영웅의 도시 **3**

영웅의 도시 3

1판 1쇄 인쇄 | 2011. 5. 3
1판 1쇄 발행 | 2011. 5. 9

지은이 | 이원호
펴낸이 | 박연
펴낸곳 | 스토리뱅크

등록일자 | 2009년 11월 17일
등록번호 | 제313-2009-250호
주 소 | 서울시 마포구 모래내로 83 (성산동, 한올빌딩 6층)
전 화 | 02)704-3331 팩 스 | 02)704-3360

ISBN 978-89-966418-2-7 04810
ISBN 978-89-964778-9-1 (세트)

* 잘못 만들어진 책은 구입처에서 교환해 드립니다.

이원호대표장편소설

英雄의 都市

제 3 권
야망의 함정

스토리뱅크

목 차

대야망 | 7

도전자 | 40

음모 | 73

불타는 차이나타운 | 114

상처 | 147

사는 자와 죽는 자 | 187

하바롭스크의 담판 | 221

견제하는 세력들 | 252

마피아와의 전쟁 | 279

몰락 | 315

유랑 | 353

기다리는 사람들 | 385

대결 | 418

대야망

중국인 거리의 주택가는 밤이 되면서 인적이 드물어졌다. 거주민 대부분이 거리의 사업장으로 일하러 나갔기 때문이다. 말이 주택가지 시멘트 블록으로 벽을 쌓고 통나무나 판자로 지붕을 올린 임시 가옥들이어서 변변한 대문도 없다. 그러나 바람에 밀려 빈집의 문짝이 활짝 열려도 도둑이 들지 않는다. 또한 이웃 간의 다툼이나 부랑자들의 싸움도 보기 힘들었는데 그것은 경비소의 치안유지 때문이 아니었다. 삼합회가 뿌리를 내린 것이다. 중국인들은 지난번 통금과 가택수색 등으로 곤욕을 치렀지만 그것은 삼합회의 위력을 과시한 효과도 있었던 것이다. 타운의 영업 활동이 정상을 찾게 되자 이제 삼합회는 중국인 마을에서 확고한 기반을 굳히게 된 것이다.

주택가 깊숙한 곳에 시멘트 블록으로 세워진 평범한 주택 안이다. 밖에서 보면 불빛도 새어나오지 않고 인기척도 없는 빈집 같았다. 그러나 덜렁 거리는 판자문을 젖히고 들어서면 어둠 속에서 두 명의 사내가 나타나 신원을 확인한다. 그들을 지나 다시 육중한 나무 문짝을 열면 흐린 불빛 속에 모여 있는 수십 명의 사내들이 드러난다.

10평 정도의 방 안은 자욱한 연기로 눈이 매웠는데 그것은 눕거나 기대앉은 사내들이 모두 아편을 피우고 있기 때문이다. 말소리도 들리지 않는 조용한 방 안에는 가끔 돌아눕거나 빨대가 뽀글거리는 소리가 들릴 뿐이다. 이곳은 중국인들 사이에 마약방으로 알려진 아편방이다. 철저한 신원 확인을 마친 다음 안내를 받아 입장케 하고 있었으므로 일반 중국인들은 소문으로만 듣는 곳이었다.

아편방의 뒤쪽, 미로처럼 얽힌 좁은 복도의 끝에 붙은 방 안이다. 창문도 없는 좁은 방 안에 마주앉아 있는 것은 진대원과 마연중이었다. 진대원이 입을 열었다.

"김상철과 이금철의 한판 승부를 보지 못한 것이 유감이다. 겉보기와는 달리 양쪽 모두 신중한 면이 있는 모양이야."

"경비본부 때문이지요. 그놈들이 양쪽을 조정했습니다. 정보도 주었을 것이고요."

사건 이후로 한 달 가깝게 계속된 가택수색과 검문으로 하급 회원 몇 명이 붙잡혀 추방되었지만 지도부는 건재했다. 그러나 이제 경비본부와 남북한 양쪽의 노골적인 견제를 받아야만 한다는 것이 그들에게는 큰 부담이었다. 마연중이 조심스럽게 입을 열었다.

"그 일 이후로 우리 중국인들의 사기와 단결력이 크게 고양되었습니다. 자진해서 세금을 내고 질서가 잡힌 것만으로도 대성공입니다, 진 형님."

"회장한테서 너무 성급했다는 꾸지람을 들었어. 그리고 내가 경비본부의 정보력과 김상철이를 얕본 것 역시 사실이야. 단숨에 판도를 바꿔놓으려고 했던 내가 경솔했어."

"……"

"하지만 이것으로 우리 삼합회가 고려리아에 명함을 내밀고 우리의 세력을 과시한 효과도 있었지. 회장은 그 점은 인정해 주셨다."

"우린 손해 본 것이 없으니까요."

머리를 끄덕인 진대원이 탁자 위에 펴놓은 고려시 지도를 내려다보았다. 본부의 사무실에서 잡일을 하는 조선족으로부터 입수한 시의 개발계획이 나열된 지도였다.

"고려타운에서 닦은 경험으로 이제 고려시로 진출해야 한다. 이곳에서 승부를 걸어야 돼."

그는 손바닥으로 지도를 덮어 눌렀다.

"몇 백억 달러의 개발자금뿐만이 아니라 유정과 가스에서 벌어들이는 막대한 자금, 거기에다 외국 투자단의 돈이 이곳에서 돌게 된단 말이야. 이곳은 동양 최대의 황금도시란 말이다."

시베리아의 9월은 이미 겨울이다. 영하의 날씨가 계속되면서 하루걸러 눈이 내렸으므로 대지는 다시 눈에 덮인 동토가 되었다. 고려시의 넓게 포장된 도로도 흰 눈에 덮여 차량들은 속력을 줄여야만 했다. 차량의 통행이 드물기 때문에 더욱 넓게 보이는 도로를 달리던 승용차 한 대가 사거리에서 신호등에 걸려 멈춰 섰다.

"이쪽이 상가 지역이야."

운전석에 앉은 이대각이 턱으로 앞쪽을 가리켰다. 길 양쪽의 비어 있는 대지는 흰 눈이 덮여 있을 뿐으로 저 멀리 대평원의 지평선도 보였다.

"인구 100만의 고려시에 어울리는 상가와 호텔, 그리고 유흥시설이 들어서야 될 땅이다."

옆자리에 앉은 김상철이 그를 바라보았다.

"넓군요, 엄청납니다."

"땅이 넓으니까 지하 주차장 시설 같은 것은 필요 없다."

푸른 등이 켜졌으므로 그는 차를 발진시켰다.

"타운은 숙사의 근로자들을 상대로 하는 소비도시지만 이곳에서는 국제도시에 어울리는 시설을 갖춰야 될 거야. 그러기 위해서는 엄청난 자금이 필요할 것이다."

그는 지금 김상철에게 도시계획을 설명해주고 있었다. 고려시는 이제 어느 정도 골격이 갖춰졌고 개척단 본부는 이미 시청으로 이전해왔다. 그리고 지난달부터는 한국으로부터 사원 가족들의 이주가 시작되고 있었으므로 도시 서쪽의 사원 주택가는 활기를 띄고 있었다. 이대각은 길가에 차를 세웠다. 차량의 통행이 드문 벌판의 한복판이다.

"타운은 타운대로 발전해 갈 것이고 너는 이곳을 개발해야 돼."

그는 턱으로 빈 벌판을 가리켰다.

"벌써 일본과 미국 그리고 중국과 대만의 수십 개 회사가 대지 임차 신청을 해왔어. 아마 얼마 안 가서 이 땅은 임차하려는 사람들의 아우성으로 가득할 것이다."

"알고 있습니다."

"물론 우리는 엄격히 심사를 하겠지만 마피아나 야쿠자, 삼합회가 기업을 내세워 들어오는 것까지 가려내기는 힘들 거야."

"……"

"그리고 솔직히 그들이 들여오는 막대한 자본이 고려리아에 활력을 준다는 것 역시 무시할 수가 없단 말이야."

이제 고려리아는 천연 가스까지 발굴하였고 근로자와 이주민을 포함한 인구가 30만 명이 넘는 대륙이다. 고려타운만 해도 상주인구가 3만 명인 소비 도시가 되어 있는 것이다

"이제 네가 승부를 걸어야 할 곳은 이곳이야. 타운에서 단련된 경험으

로 이곳을 장악해야만 돼."

이대각이 웃음 띤 얼굴로 그를 바라보았다.

"물론 우리도 투자를 한다. 고려 간판으로 술장사 계집장사를 할 수는 없으니까 말이야."

김상철이 그에게 머리를 돌렸다.

"파벨은 저와 고려와의 관계를 알고 있으니 저를 간판으로 고려시 개발에 적극적으로 나설 것입니다. 그는 마피아의 막대한 자금을 투자할 계획이더군요."

"그렇겠지."

"그리고 간부급 부하들을 보내 관리할지도 모릅니다. 지금까지는 저한테 모든 것을 맡겨 이익금을 배분하는 입장이었지만 이곳에서도 그렇게 할지는 알 수 없는 일입니다."

"그것도 그렇다."

"어쨌든 마피아와는 좋은 관계를 유지할 생각입니다. 아직까지 파벨은 모든 것을 저와 상의하는 입장이니까요."

머리를 끄덕인 이대각이 윈도우 브러시 스위치를 켰다. 한두 점씩 눈이 뿌려지고 있었던 것이다.

"그자들도 널 이용했지만 너나 우리도 그자들을 이용해온 것이 사실이야. 북한과 삼합회가 마음 놓고 테러를 하지 못한 것도 그들 덕분이었으니까."

하용준의 피살 사건이 있은 지 석 달이 지났다. 그동안 타운은 인구수가 곱절로 늘었고 전보다 더 번화하고 풍요로운 상태에 있었다. 그리고 달라진 것이 또 있었다. 얼굴이 없는 삼합회의 존재가 타운의 모든 주민들에게 뚜렷하게 인식되어 있다는 것이다.

그 사건 이후 검문검색과 통금 등으로 300명이 넘는 중국인이 추방되었고 50여 개의 중국인 가게가 영업정지를 당했지만 타운의 중국인 수는 1만 명 가깝게 증가해 있었다. 이상훈이 경비본부의 직권으로 며칠간 중국계 이주민을 받지 않았었지만 유장석으로부터 질책을 받고 무위로 돌아갔던 것이다.

이제 김상철도, 그리고 전쟁에 대비하여 벌목장에 있다가 돌아온 이금철도 삼합회가 중국인들의 구심점이 되어 있다는 것을 알 수 있었다. 며칠간의 서툰 탄압이 그들을 더욱 뭉치게 했던 것이다. 이대각이 담배에 불을 붙여 물었다. 한낮이었지만 하늘은 흐렸고 눈발이 굵어지고 있었다.

"총회장이 너한테 걸고 있는 기대가 커. 앞으로 이곳 건설은 내가 직접 나서서 너를 돕기로 되어 있다. 이건 나한테도 영광이야, 총회장의 직접 지시를 받았으니까."

시선이 마주치자 그는 얼굴에 웃음을 띠었다.

"그리고 네놈은 곧 로열패밀리가 될 것 아니냐? 그러니 너에게 미리 공덕을 베풀어 놓을 기회가 주어진 것이 내 장래를 위해서도 얼마나 다행인지 모른다."

"참, 내, 부단장님은."

마침내 김상철도 쓴웃음을 지었다.

"마음에도 없는 말씀은 그만하십시오. 전 로열패밀리가 될 생각은 없습니다."

"이제 소동도 가라앉은 것 같으니 고려리아에 갈 작정이다."

아침 식사를 마친 강 회장이 숭늉그릇을 들며 말하자 식탁 주위는 조용해졌다.

"언제 떠나실 건데요?"

그렇게 물은 것은 강용식이다.

"다음 주 중으로…… 가서 해야 할 일들이 많아. 투자단 심사에다 행정 조직 개편 등, 이 실장과 기획실 임원들을 데리고 간다."

강용식이 잠자코 머리를 끄덕였다. 고려리아의 업무에 나선 적이 없는 그였지만 상황은 모두 파악하고 있다. 이제 인구가 30만이 넘는 고려리아는 하나의 국가나 다름없었고 그것에 맞는 체제로 운영되어야 하는 것이다. 강 회장이 말을 이었다.

"올해 안에 인구가 50만 가깝게 될 것이다. 러시아와 중국계 이주민들이 예상보다 많은데다 중국의 조선족까지 몰려들고 있어. 내년까지는 인구가 100만이 될 것이라고 한다."

"그런데 북한 당국이 또 나서는 것 같던데요. 다음 달에 열리는 남북관계 실무자 회담에서 그 문제로 항의해올 것 같다고 합니다."

그러자 강 회장이 쓴웃음을 지었다.

"나도 들었다. 매일 수백 명이 국경을 넘어온다는 거야. 또 그만큼이 붙잡혀서 되돌아가고. 국경 수비대가 배로 늘어났다고도 들었다."

"북한 당국이 신경을 곤두세울 만하지 않습니까?"

"그러면 목숨을 걸고 국경을 넘어 러시아 땅을 횡단해 우리 땅에 들어오는 동포를 되돌려 보내란 말이냐?"

강 회장의 목소리가 높아지자 식사를 마친 다른 식구들이 슬슬 식탁을 빠져나갔다. 강미현도 오빠인 강재원의 눈짓을 받고는 식당을 나왔다.

"도대체 나는 할아버지의 고려리아에 대한 집착을 이해할 수가 없어."

아직 출근하기에는 이른 시각이다. 응접실로 들어선 강재원이 찌푸린 얼굴로 말했다.

"물론 유정과 가스를 발굴해서 우리에게 이익을 가져다주었지만 개발비가 얼마야? 그 몇 백억 달러로 전자산업을 지원하면 그 이상의 이익을 올릴 텐데 말이야."

"할아버지 앞에서 그런 소리 했다간 큰일 나려고."

강미현이 눈을 크게 뜨자 그가 피식 웃었다.

"그랬다간 후계자로서의 자질을 의심받겠지. 하지만 난 고려리아에는 관심 없다. 한국 일만 해도 벅차단 말이야."

그는 손을 들어 강미현을 가리켰다.

"너는 어떠냐? 네가 관심이 있는 것은 고려리아야? 아니면 그곳에 있는 김상철이냐?"

김상철이 고려리아로 돌아간 후로 강 회장은 그에 관한 이야기를 꺼낸 적이 없었다. 고려리아에 대한 이야기가 나올 적마다 강미현은 귀를 세우고 긴장했지만 김상철의 이름이 나온 적은 없었던 것이다. 참다못한 강미현이 오빠인 강재원에게 자신과 김상철과의 관계를 털어놓은 것은 불안감이라기보다 김상철을 인정받게 하고 싶어서였다. 곧 할아버지의 승낙을 공식화시키고 싶은 바람 때문이었던 것이다. 그러나 아버지인 강용식에게는 아직 엄두를 내지 못했는데 할아버지가 말했을지도 모른다는 기대를 갖고 있었다. 강미현이 머리를 들었다.

"오빠, 할아버지에게 할아버지를 따라 고려리아에 가고 싶다고 말씀드리면 반대하실까?"

강재원이 얼굴에 웃음을 띠었다. 그는 김상철에 대해서 호의적이었는데 그의 환경과 생활력에 끌린 것 같았다.

"이건 강미현의 스타일이 아닌데? 얘가 왜 이렇게 약해졌지?"

"놀리지 말고, 어떻게 생각하실 것 같아?"

"글쎄, 아마 네가 김상철이 때문에 가려고 한다는 것은 금방 아실 테고."

"……."

"도무지 예측 불가능한 양반이어서, 럭비공이 튀는 것처럼 방향을 잡을 수가 없단 말이다."

잠자코 있는 강미현이 안쓰러웠는지 그가 입맛을 다셨다.

"얘가 정말 달라졌다니까, 언제? 내가 대신 말해줄까? 네가 따라가고 싶다고 말이야?"

"그렇지 않아도 널 데려갈 생각이었다."

강 회장의 말에 강미현은 숨을 들이마시며 어깨를 폈다.

"정말이세요?"

강재원이 나선다는 걸 마다하고 강 회장에게 직접 얘기한 강미현이었다. 눈을 동그랗게 뜬 강미현을 향해 강 회장이 머리를 끄덕였다.

"이번에는 한 달쯤 걸릴 테니 네가 고생을 좀 해야겠다."

"고생이라뇨? 전 괜찮아요."

"고려시에 투자단들이 모여들고 있어. 나는 그곳을 세계에서 제일 멋진 도시로 만들 것이다."

조선족과 남북한 이주민이 중심이 된 거대한 한민족의 나라를 북방에 세운다. 이제는 강미현의 머릿속에도 강 회장의 꿈이 심어져 있는 것이다.

기쁜 나머지 얼른 그 자리를 떠나려는 그녀에게 강 회장이 물었다.

"그래, 김상철이 하고는 자주 연락하느냐?"

강미현은 당황했다. 그때 이후로 강 회장이 김상철에 대해 물어보는 것은 처음이다.

"네, 그동안 서너 번."

"그놈이 바쁘다. 그동안 꽤 시끄러웠고."

"……"

"그놈은 이제 사업장 서른 개를 관리하는 사장이 되었어. 그리고 이제 곧 고려시로 진출하게 될 것이다. 그놈은 사업운도 있는 놈이지."

"오늘 늦어요?"
박미정이 뒤에서 물었으므로 안인석이 몸을 돌려 그녀를 바라보았다.
"전 과장하고 회식이 있어."
"내가 차 가지고 갈까? 회식 끝날 때쯤."
"이거 왜 이래? 눈치 보이게."
안인석이 눈을 치켜뜨는 시늉을 했다.
"그렇지 않아도 얼굴색이 어떻다느니 허리가 괜찮느냐니 하는 판인데."
박미정의 입술에 가볍게 입을 맞춘 안인석은 아파트를 나왔다. 결혼한 지 한 달이 채 안 된 때여서 둘 다 서툴기 짝이 없는 생활을 하고 있었지만 행복했다. 아주 가끔씩 그녀의 행복해하는 얼굴 위로 김상철의 모습이 떠올랐고 그의 목소리가 귀를 울렸지만 이제는 금방 떨쳐버릴 수 있었다.

자신으로서는 어쩔 수 없는 일이었고 박미정도 마찬가지였다. 그리고 현실적으로 그는 한국에 발을 붙이지 못할 상황이지 않은가. 그래서 전화로도 자신이 살아 있다는 사실을 박미정에게 말하지 말라고 했던 것이다. 안인석은 언제나 그 이상은 생각하지 않았다.

그가 사무실에 들어섰을 때는 8시 30분이 막 지나고 있었다. 지난달 초에 과장으로 승진하면서 팀장이 된 전규영이 책상에 앉아 신문 너머로 그를 바라보았다.

"안인석 씨, 나하고 차 한 잔 할까?"
"예, 제가 커피 뽑아오겠습니다."
전임 과장 강형문이 천신만고 끝에 진급하는 것을 옆에서 지켜보았고 나름대로 일조를 했다고 생각했던 안인석이다. 그러나 몸을 아끼지 않고 거의 필사적으로 1년을 보낸 다음 대망의 팀장이 되었던 강형문의 너무나도 허망한 몰락도 보았던 것이다. 안인석은 자신이 그 몰락에 일조를 했음을 안다. 그러나 그것은 곧 새로운 팀장 전규영과 깊은 유대 관계가 성립된다는 것을 뜻한다. 안인석은 커피 두 잔을 뽑아와서는 전규영의 앞자리에 앉았다. 아직 출근시간이 20여 분이나 남아 있어서 주위의 자리는 비어 있었다.

"이봐, 안인석 씨. 물어볼 것이 있는데……."

커피 잔을 쥔 전규영이 부드러운 얼굴로 그를 바라보았다.

"채 상무님하고 어떤 관계야?"

안인석이 몸을 굳혔다.

"무슨 말씀입니까? 저는……."

"우리 사이에 감출 것이 뭐가 있다고 그래? 아는 사람은 다 알던데."

"전혀 관계없습니다."

"그러지 말고."

전규영이 의자를 당겨 다가앉았다.

"채 상무님이 당신을 밀어주었다는 것을 모르는 간부들이 없어. 아마 강 과장이 퍼뜨린 모양인 것 같은데."

"……"

"안인석 씨 부친하고 아시는 사인가?"

"아닙니다."

"그럼, 뭐야?"

이제 전규영이 강재원의 심복으로 앞길이 확 트인 간부라는 것을 모르는 직원은 없다. 그가 뉴욕에서 전자로 전출된 것은 사고를 내고 좌천된 것이 아니라 고려전자를 장악하기 위해 강재원이 미리 보낸 것이라는 말에 무게가 실려지는 중이었다.
"채 상무님하고의 소문은 정말 사실이 아닙니다, 과장님."
안인석의 얼굴이 상기되었다가 이제는 빛바랜 백지색이 되었다.
"저도 이해할 수가 없습니다. 강 과장이 채 상무님한테서 저에 대한 말씀을 들었다고 했을 때도 그렇게 말했습니다."
"……"
"저는 채 상무님을 직접 뵌 적이 한 번도 없고 인과관계도 없습니다."
"그런가?"
전규영이 천천히 머리를 끄덕였다.
"하긴 복도에서 인사만 해도 그런 소문이 나돌기도 하니까."
"……"
"그러면 채 상무님이 내일자로 자동차의 전무로 영전되어 가시는 것도 모르고 있겠구먼."
"예? 그렇습니까? 모르고 있었습니다."
"총회장은 전자의 매출을 내년까지는 대영과 같은 수준으로 올리라고 하셔. 생산규모와 개발수준이 같은데 매출액이 반밖에 안 된다는 것은 참을 수가 없다고."
말하자면 채 상무의 자동차로의 영전이 순수한 뜻의 영전이 아니라는 뜻이었다. 각 단위기업의 경영 쇄신은 경영진의 교체로부터 시작되는 것이 순서인 것이다.
"생각나는 김에 확인했을 뿐이니까 마음 쓰지 말라고."
전규영이 다시 부드러운 표정으로 말했다.
"아마 며칠 내에 각 팀별로 추가 목표가 할당될 거야. 이건 기획실에서 일방적으로 산출해낸 것이지만 어쩔 수 없어. 밀어붙이는 수밖에. 이것이 고려그룹의 장점이자 약점이라니까?"

안인석에게 그날은 하루 종일 몸이 찌뿌듯하고 덩달아서 컨디션이 나쁜 날이었다. 퇴근 무렵이 되자 어깨가 더욱 무거워졌으므로 퇴근 후의 회식을 생각하면 짜증이 났다. 그러나 미뤄왔던 전 과장의 승진 축하파티여서 빠질 수가 없는 형편이었다. 책상 위를 정리하는데 전화벨이 울렸다.

"네, 구주팀 안인석입니다."

안인석은 조금은 의식적으로 활기 있게 전화를 받았다.

"오랜만이야, 인석 씨."

이유미의 목소리였다. 수화기를 귀에 댄 채 그는 주위를 둘러보았는데 그것은 무의식적인 행동이었다.

"그래, 오랜만이야. 그동안 잘 있었어?"

"나야 뭐……. 그런데 결혼 축하가 늦었네. 정말 축하해."

"고맙다. 나도 늦었구먼, 그러고 보면."

이렇게 건성으로 오가던 대화가 잠시 끊겼다. 거의 1년만이었다. 그동안 이유미는 약혼과 함께 여행사의 LA 지사장이 되어 한국을 떠났던 것이다. 그녀가 LA에서 홍만규와 성대한 결혼식을 올렸다는 것도 신문을 보고 알았을 뿐이었다. 이윽고 이유미가 말했다.

"서울에 온 지 두 달쯤 돼, 이제 본사 일을 맡아보고 있어."

"잘됐다. 그 여행사 신문광고 가끔 봤어."

"내가 부사장이야. 회사는 거의 내가 맡아서 해. 그 사람은 유통업으로 나설 준비를 하고 있거든."

"……."

"어때? 오늘 저녁에 내가 술 한잔 살까? 괜찮다면 부인을 데려와도 좋고."

"오늘 저녁에 약속이 있어."

"회사일 때문이야?"

안인석이 잠자코 있자 이유미가 가볍게 웃었다.

"이제는 오히려 부담이 적을 것 같은데, 우리가 만난다는 것이 말이야. 그렇지 않아? 우리가 만나지 못할 이유가 뭐지?"

회식이 끝났을 때는 밤 9시가 되어 있었다. 회사 근처의 음식점 앞에서 직원들은 뿔뿔이 흩어졌다. 이제는 예전처럼 2차나 3차로 연결되는 경우는 거의 없다. 택시정류장을 향해 걷던 안인석은 옆쪽에서 들리는 자동차의 경적 소리에 머리를 돌렸다. 검정색 대형 승용차가 그의 옆을 천천히 굴러가고 있었는데 운전석에 앉은 것은 이유미였다.

"어서 타, 한참이나 기다렸어."

이유미가 그를 향해 소리치듯 말했다.

"커피숍에서 기다리기가 지겨워서 온 거야."

안인석이 옆자리에 앉자 차는 곧장 속력을 냈다. 음식점 근처의 커피숍에서 만나기로 약속하고는 회식이 언제 끝날지 알 수 없었으므로 9시에서 10시 사이에 보자고 했던 것이다. 러시아워가 지나 차들이 빠져나간 시내의 도로를 승용차는 속력을 내달려 나갔다.

"오랜만이지?"

핸들을 쥔 이유미가 슬쩍 그를 바라보며 웃었다. 말아 올린 머리 뒤쪽으로 목선이 드러났고 귀에 매달린 귀고리가 반짝이며 흔들렸다.

"내가 만나자고 해서 화난 것은 아니지?"

"그렇지는 않아. 본래 넌 그런 여자였으니까."

앞쪽을 바라본 안인석이 낮은 목소리로 말했다.

"넌 상대방의 입장 따위는 안중에도 없었지. 철저히 이기적이었고 교활한 여자였으니까."

"난 변하지 않았어, 그때나 지금이나."

3호 터널을 빠져나온 차는 다시 속력을 냈다.

"그리고 인석 씨에 대한 내 감정도. 인석 씨를 만나면 마치 혈육 같은 안정감이 느껴져."

"허튼소리 그만해, 이런 말 하려고 날 보자고 한 거냐?"

이맛살을 찌푸린 안인석이 시계를 내려다보는 시늉을 했다.

"솔직히 난 너하고 이렇게 주고받는 분위기도 싫어. 부담이 있으니 없으니 하는 너의 자기중심적 사고도 싫고, 그리고 이젠 너하고 같이 있으면 불안하단 말이야."

"날 아직도 좋아하고 있지?"

차는 마악 노란색 신호등이 켜진 횡단보도를 가로질러 속력을 낸 채 달려 나갔다. 안인석은 손잡이를 움켜쥐었다.

"인석 씨가 나를 잘 알듯이 나도 인석 씨를 알아. 내가 좋아하는 만큼 인석 씨도 날 잊지 못하고 있어."

"잊었어."

"거짓말이야."

"정말이야, 네 생각해 본 적 없어."

그러자 이유미는 갑자기 브레이크를 밟았고 승용차는 요란한 마찰음을 내면서 길가로 다가가 멈춰 섰다. 이유미가 머리를 들어 그를 바라보았다 차 안은 어두웠으나 창밖에서 흘러 들어온 빛을 받아 그녀의 눈은 반짝였다.

"박미정 씨한테 죄책감이 들어서 그래?"

"잘 살아. 쓸데없는 짓은 이제 그만두고."

문의 손잡이를 잡으면서 안인석이 그녀를 바라보았다.

"그, 홍사장인가 그 사람한테나 신경을 쓰란 말이야, 난 내버려 두고."

문을 열고 안인석이 밖으로 나오자 승용차는 곧 떠나버렸고, 그의 시야에서 멀어져갔다.

"동창회, 재미있었어?"

홍만규가 화장실에서 나오는 이유미에게 물었다. 수건으로 젖은 머리칼을 쓸어 올려 묶으면서 이유미는 그의 앞자리에 앉았다.

벽시계가 10시 30분을 가리키고 있었다.

"재미없었어요. 모두 각자의 생활로 바쁜데다 자주 만나지도 못해서 이야기가 자주 끊기더라고요."

머리를 끄덕인 홍만규가 얼굴에 웃음을 띠었다.

"나도 그래, 난 변하지 않은 것 같은데 동창 놈들은 거리를 두더라니까? 갑자기 하게로 말을 올리니 도무지 어색해서."

"Q마트하고는 잘 돼가요?"

이유미가 말머리를 돌렸다. 미국의 유명 연쇄점인 Q마트와 합작으로 한국 진출을 계획하고 있는 홍만규는 바쁘게 움직이고 있었다. 이제 여행사 업무는 이유미에게 맡겨놓은 상황이다.

"다음 달쯤 계약이 될 것 같아. 제일그룹이 아직도 로비를 하고 있지만 우리 조건이 좋으니까."

그의 시선이 벌려진 가운자락 사이로 옮겨져 왔으므로 이유미는 다리를 오무렸다.

"현금 동원 능력은 우리가 제일그룹보다 월등하다는 것을 맥도웰이 잘 알고 있으니까. 그리고 우릴 상대하는 것이 수월하다는 이점도 있고."

홍만규가 자리에서 일어서더니 그녀의 앞으로 다가와 섰다.

"오늘따라 섹시하게 보이는군. 그만 들어가 잘까?"

손목을 잡아 일으킨 홍만규가 그녀를 부드럽게 안았다.

"오늘은 거칠게 해줘요."

안긴 채로 손을 뻗어 그의 다리 사이를 만지면서 그녀가 말했다.
"당신한테 안겨서 실컷 비명을 지르고 싶어요."
"그것, 흥분되는군."
그녀를 번쩍 안아든 홍만규가 침실의 문을 발로 차 열었다.
"어쨌든 당신은 날 끓어오르게 하는 재주가 있어."

토요일 오후 1시. 사무실의 분위기는 언제나처럼 들떠 있었다. 아예 등산복 차림으로 출근해서는 회사 근처에서 가족이나 친구를 만나 곧장 산으로 가는 직원들도 있었다. 책상 위를 정리한 안인석은 자리에서 일어섰다.
"안인석 씨는 어디 안 가?"
지나가던 직원이 묻자 그가 머리를 저었다.
"가기는, 집에 가서 잠이나 자야지. 그게 진짜 휴식이야."
"그렇기도 하겠다. 요즘 밤마다 운동할 테니."
회사를 나온 그는 전철을 타고 세 정거장 거리인 시청 앞에서 내렸다. 그가 들어선 곳은 시청 근처의 시티 호텔이다. 토요일 오후였으나 라운지에는 손님들이 드물었는데 붐비는 아래층 커피숍과는 대조적이었다. 회원제로 운영되고 있어서 일반 손님은 받지 않기 때문이다. 입구에서 멈춰선 그가 주위를 둘러보았을 때 벽 쪽에 앉아 있던 두 사내중의 하나가 손을 들어보였다. 그가 다가가자 사내들이 자리에서 일어섰다.
"뵙자고 해서 미안합니다. 토요일이라 계획도 있으실 텐데."
그중 젊어 보이는 사내가 정중하게 말했다. 인사를 마치고 자리에 앉은 안인석이 그들을 번갈아 바라보았다.
"국정원에서 나한테 무슨 일입니까? 솔직히 이렇게 불러내는 것, 기분 나쁩니다. 내가 무슨 범법자도 아니고."

"압니다."

젊은 사내가 부드러운 표정으로 말했다.

"뭐, 서로 도움이 되자고 하는 일인데도 막상 뵙자고 하면 언짢아하시더군요, 대부분이."

종업원이 다가와 커피 주문을 받고 소리 없이 물러갔다.

"바쁘실 텐데 단도직입적으로 말씀드리지요. 김상철 씨 문제로 뵙자고 한 겁니다."

젊은 사내가 그에게로 바짝 다가앉았다.

"그가 한국에 다녀갔다는 것을 모르고 계시지요?"

"……."

"아마 석 달쯤 되었지요? 그 친구가 서울을 다녀간 지가. 그 친구, 서울에 와서 총회장과 총회장의 손녀까지 만나고 갔습니다. 크게 환영을 받은 셈이지요."

안인석이 마른 입술을 혀로 축였다.

"그렇다면, 상철이의 살인 혐의는……."

"그거야 정책적인 문제로 덮어두었습니다. 큰일을 위해서는 가끔 그런 융통성도 필요할 때가 있으니까요."

"……."

"우리끼리 이야기입니다만 안 형은 김상철 씨의 애인이었던 박미정 씨와 결혼을 하셨더군요, 그렇지 않습니까?"

얼굴을 굳힌 안인석이 머리를 들어 그들을 바라보았다. 그러나 선뜻 입을 열지는 않았다. 그러자 나이든 사내가 가볍게 헛기침을 했다.

"안 형, 난 이런 일에 익숙지 않아서 말입니다."

그가 안인석을 똑바로 바라보았다.

"솔직히 말하겠소. 우린 국정원 직원이 아니오. 대영그룹 비서실 직원이오."

이제 안인석의 얼굴은 돌처럼 굳어 있었다. 무의식중에 주위를 둘러본 그가 겨우 입을 열었다.

"도대체 왜 이러는 거요?"

"조금 전에 말하지 않았습니까? 서로 돕자고. 안 형을 도울 사람은 국정원이 아니오. 이제 그들은 김상철 편으로 돌아섰고 고려그룹도 마찬가집니다. 김상철이 총회장을 만났다는 말이 거짓일 것 같습니까? 김상철은 지금 고려리아에서 고려의 중요한 일을 맡고 있단 말입니다."

사내의 말이 열기를 띠기 시작했다.

"그런데 지금의 안 형 입장을 돌아보시오. 김상철이 지난번 귀국했을 때 열흘이 넘게 있으면서도 안 형을 찾지 않은 것은 무엇 때문이겠소? 입장을 바꿔 내가 김상철의 입장이 되었다고 하더라도 참지 못했을 거요."

"……."

"우리가 후견인이 되어 드리겠소. 인간의 사회생활이란, 특히 우리처럼 치열한 사회생활을 사는 사람들은 자신의 가치를 잘 활용할 수 있어야 합니다. 의리나 배신의 차이를 안 형은 잘 아실 거요. 그것은 이기고 지느냐의 결과에 따라서 평가된단 말입니다. 그것이 사회생활의 철칙이오."

허리를 편 사내가 비스듬한 시선으로 안인석을 내려다보았다.

"이제 우리는 서로 필요한 관계요, 안 형."

눈발이 짙어지고 있었으므로 운전사는 윈도우 브러시의 속도를 높였다. 그러나 기어를 저속으로 바꾼 지프의 속력은 더 떨어졌고 엔진 음만 요란해졌다. 창밖으로 보이는 것은 흐린 하늘에서 쏟아져 내리는 눈발과 눈에 덮인 평원뿐이다. 살아 움직이고 소리를 내는 것은 평원을 달리는 두 대의 지프뿐이어서 강미현은 동그랗게 뜬 눈으로 다시 주위를 둘러보았다. 2년 전만 해도 이곳은 죽음의 땅이었다. 악명 높은 소련연방의 시베리아 유형지도 훨씬 아래쪽에 위치하고 있었으므로 이곳에 인간이 자리 잡은 기록이 없다. 순록 떼가 겨울에 이동을 하며 이곳을 지났고 이리 떼들이 드물게 자리 잡고 있을 뿐이었던 곳이다.

고려시에서 타운까지는 30킬로미터였지만 출발한 지 한 시간이 되도록 타운이 보이지 않았으므로 강미현은 불안해졌다. 오후 3시가 조금 넘었을 뿐인데 주위는 어두워져 있는 것이다.

"저기 차들이 오는데."

앞자리에 앉은 경비본부의 간부가 혼잣말처럼 중얼거렸다. 머리를 든 강미현은 앞쪽에서 반짝이는 불빛을 보았다. 어둑한 날씨 때문인지 라이트를 켠 차량 두 대가 이쪽으로 다가오고 있는 중이다.

"눈 때문에 속력을 낼 수 없어서……. 30분쯤 후에는 타운에 도착할 수 있을 겁니다."

몸을 돌린 앞자리의 사내가 강미현에게 말했다. 그 순간 차가 속력을 줄였으므로 사내는 손잡이를 움켜쥐었다. 앞에서 다가오던 차량들이 라이트를 켠 채 길 한복판에서 멈춰 섰기 때문이다.

"저것 뭐야?"

화가 난 경비대 간부가 투덜거리자 운전사가 말했다.

"김 사장이신데요."

강미현은 앞쪽 창문을 통해 지프에서 내리는 사내들을 바라보았다. 그들은 한 사내를 중심으로 둘러서더니 곧장 이쪽으로 다가왔다. 가운데 긴 슈바를 입은 사내가 김상철이었다. 힐끗 강미현을 바라본 경비대 간부가 차에서 내렸으므로 강미현도 따라 내렸다. 그리고는 눈보라 속을 뛰어 김상철에게로 다가갔다. 뛰어오는 강미현을 바라보며 김상철이 얼굴에 웃음을 띠었다. 강미현은 어설프게 두 손을 올리는 둥 마는 둥 하면서 다가오는 그의 팔 안으로 뛰어들었다.

"어, 이봐, 강미현 씨."

강미현의 몸을 받아 안으면서 김상철이 당황하여 말했다. 강미현이 목을 안고 매달려 있었던 것이다.

"이것 놔, 눈도 오는데."

말도 안 되는 소리였는데 그것을 알아차린 것은 오히려 뛰어 매달린 강미현이다. 그녀는 주위에 둘러선 험상궂은 사내들이 하나같이 자신과 시선을 마주치려 하지 않는 것에도 감동 받았다.

강미현은 한동안 더 그렇게 매달려 있었다.

김상철이 안내해 간 집은 타운의 북쪽 끝부분에 세워진 통나무집이었다. 그러나 말이 통나무집이지 사람의 몸통만한 통나무를 반으로 잘라 자른 면을 안으로 돌려지은 대저택이었다.

성처럼 쌓은 담장에다가 대형트럭 두 대가 동시에 들어설 수 있을 만큼 대문도 넓다. 저택의 현관으로 들어선 강미현은 동그랗게 뜬 눈으로 주위를 둘러보았다. 넓은 홀과 그 안쪽의 복도가 보였다. 복도 양쪽에 달힌 여러 개의 문이 있었고 우측에는 2층으로 올라가는 계단이 있다.

"나와 내 부하들이 사는 곳이야."

김상철이 홀을 가로질러 가면서 말했다. 복도 입구에 서 있던 사내가 그가 다가서자 옆쪽의 방문을 열고 비켜섰다. 그는 그녀와 함께 방 안으로 들어섰다.

"말하자면 성이지. 방어하기 위한 은신처인 셈이야."

벽 쪽의 페치카에서 장작불이 기세 좋게 타오르고 있는 응접실이었다. 둥근 유리창 밖으로는 거대한 담장밖에 보이지 않았지만 뜰이 넓어서 답답한 느낌은 들지 않았다. 더욱 어두워진 하늘에서는 짙은 눈발이 그치지 않았고 뜰은 눈에 덮여 있었다.

"눈이 그치면 헬기가 온다고 했으니까 마음 놓고 여기서 쉬도록 해야."

사내 하나가 들어와 탁자 위에 커피 잔을 내려놓고 돌아갔다. 창가에 서 있던 강미현이 몸을 돌려 김상철 앞으로 다가와 섰다.

"안아줘요."

김상철이 강미현의 허리를 부드럽게 안고는 입술을 가져갔다. 그녀의 입술 바깥쪽은 아직 차가웠지만 곧 따뜻한 안쪽이 벌려져서 그의 입술을 맞았다. 강미현은 김상철의 등을 힘껏 끌어당겨 안고는 눈을 감았다. 그리고 곧 모든 것을 잊었다.

얼마쯤 시간이 흘렀는지 모른다. 눈을 뜬 강미현이 머리를 돌려 창밖을 바라보았다. 이미 짙은 어둠에 덮여 있는 뜰에 전등이 반짝이고 있었다. 일정한 간격을 두고 담장 안쪽에 켜진 전등이 마치 영업시간이 지난 놀이터의 불빛처럼 보인다고 생각하는 순간 문이 열리더니 김상철이 들어섰다. 그는 이미 바지에 스웨터를 걸친 평상복 차림을 하고 있었다.

"피곤했던 모양이지? 금방 잠이 든 걸 보니."

침대 옆의 의자에 앉은 김상철이 말했다. 시트로 자신의 알몸을 가린 강미현이 상반신을 일으켰다.

"몇 시나 되었어요?"

"여섯시, 미현 씨는 30분쯤 잤어."

그는 턱으로 창문 쪽을 가리켰다.

"눈발이 조금 약해졌어. 본부에서는 일곱 시쯤 이곳으로 헬기를 보낸다고 했으니 걱정하지 않아도 돼요."

"걱정은 무슨."

김상철이 자리에서 일어서며 말했다.

"내가 저녁 준비를 해두었어."

잠시 후 그들은 식당의 식탁에 마주앉았다. 이미 식탁 위에는 음식이 차려져 있었으므로 강미현은 스푼을 들었다.

"이제 곧 고려시로 옮기겠네요?"

강미현이 묻자 그가 머리를 끄덕였다.

"다시 고려 일을 하게 되었어. 타운에서는 마피아 조직과 사업장을 관리했지만 마피아는 고려시에 투자할 사업체는 직접 관리할 모양이야."

"그렇다면 그들과의 관계는 끊어지게 되는 건가요?"

"그건 아니야. 파벨과는 아직도 좋은 관계지만 그는 고려가 나를 내세워서 유흥업소 등을 관리할 작정이라는 것을 알아. 그런 나에게 그들이 일을 맡길 수는 없지."

연하게 구운 스테이크를 잘라 입에 넣은 강미현이 머리를 끄덕였다.

"그렇다면 다시 원점으로 돌아왔어요?"

"고려시에서는 그런 셈이지."

김상철이 얼굴에 웃음을 띠었다.

"러시아 마피아와 일본 야쿠자, 그리고 중국의 삼합회까지 막대한 자본을 투자해서 상가와 유흥사업, 금융업체를 세우게 될 테니까. 고려리아에 투자단이 몰려드는 것이지. 그것을 막을 필요는 없어."

그것은 강 회장이 입버릇처럼 말해오던 고려리아의 경영방침이었다. 강 회장은 마피아나 야쿠자는 사양 산업이나 장래가 보이지 않는 지역에는 절대로 자본을 투자하지 않는다고 말했었다. 역으로 그것은 그들이 투자하는 지역의 산업이나 경기가 활성화 된다는 것을 뜻했다. 그러나 개척지인 고려리아의 유통과 유흥산업을 그들에게만 맡길 수는 없었다. 그렇다고 고려가 공식적으로 갖가지 사업에 뛰어들 수도 없는 노릇이었다. 그러나 다행히 마땅한 대리인을 찾아냈는데 바로 김상철이었던 것이다. 강미현은 입안의 음식을 삼키고는 그를 바라보았다. 이 사람은 마피아를 업고 타운에서 사업을 일으켜 다시 고려에 필요한 인물이 되었다. 그래서 제 힘으로 살인혐의의 기소를 풀고 이제 고려의 비공식사업 대리인이 되어 있는 것이다. 김상철이 강미현의 시선을 받더니 다시 말을 이었다.

"내 역할은 사업도 사업이지만 마피아나 야쿠자, 삼합회 등의 세력을 적절하게 견제하는 것이지. 물론 경비본부나 고려리아 본부에서도 조처를 하겠지만 현장에 있는 나하고 손발을 맞추면 더욱 효율적이 될 테니까."

포크를 내려놓은 그는 포도주 잔을 들어 한 모금 마셨다.

"난 타운에서 사업을 하면서 조선족과 러시아인으로 구성된 조직을 만들어 놓았어. 모두 이곳으로 도망쳐온 수배자나 부랑자, 또는 북한 탈주자들이지만 그것이 내 자본이고…… 배경이지."

그러자 강미현이 웃었다.

"알고 있어요. 그것이 할아버지나 국정원 쪽에 유용하게 보였다는 것도."

김상철의 얼굴에도 웃음이 떠올랐다. 밖에서 낮은 엔진 소리가 들리더니 금방 가까워 졌다. 헬기가 오고 있는 것이다.

노동자들처럼 길고 두툼한 파카를 걸치고 머리에 방한모를 눌러쓴 황윤은 소년처럼 보였다. 중국인 거리에 있는 조그만 음식점 앞이다. 밤 8시경이어서 거리에 행인들의 왕래가 가장 활발한 시간이었다. 밤이 되자 눈은 그쳤지만 매서운 바람이 거리를 휩쓸고 있었다. 파카 주머니에 두 손을 찌른 황윤이 다시 주위를 둘러보았을 때 사내 한 명이 다가와 섰다.

"당신이 교랑인가?"

사내가 중국어로 묻자 황윤은 머리를 끄덕였다.

"예, 그럼, 아저씨가……."

"내가 위 아저씨야."

중국인 거리의 직업소개소에서 알려준 대청여관 앞에서 위 아저씨를 만난 것이다. 사내는 40대쯤으로 보통 체격에 특징 없는 얼굴이어서 돌아서면 잊어버릴 인상이었다.

"따라와."

그렇게 한마디를 던지고 앞장서 걷는 사내의 뒤를 따르면서 황윤은 주위를 둘러보았다. 아무도 이쪽에 관심을 갖는 것 같지 않았다. 20분쯤 후에 사내와 황윤이 들어선 곳은 거리 안쪽 깊숙한 곳에 있는 통나무 건물 안이다. 전기 시설이 안 되어 있어서 가스등을 매달아놓은 방 안으로 들어서자 벽 쪽의 의자에 앉아 있던 대여섯 명의 여자들이 일제히 그녀에게로 시선을 주었다.

"여기서 기다리고 있어."

사내가 황윤의 어깨를 그쪽으로 밀었다.

"여기서 다 알아서 해줄 테니까."

황윤은 어제 고려타운에 도착한 중국여자로 위장하고 있었다. 소개소를 찾아가 돈을 벌기 위해서는 무슨 일이든지 하겠다고 말했던 참이어서 놀란 얼굴이 될 필요는 없었다. 옆에 앉은 여자들도 비슷한 상황인 모양으로 모두 늘어진 표정이었다. 한참 후에 황윤은 옆방으로 불려 들어갔다. 방 안에는 책상 한 개가 놓여 있을 뿐이었고 30대의 멀끔한 사내가 이쪽을 바라보며 앉아 있었다. 황윤이 앞쪽 의자에 앉았을 때 사내가 담배에 불을 붙여 물었다.

"하얼빈이 고향이라고?"

"네."

사내가 책상 위에 펼쳐놓은 서류는 놀랍게도 자신이 소개소에 적어냈던 이력서였다.

"블라디보스토크에서 한 달간 남자 상대로 일을 했고, 일했던 곳이 안토노프 바, 맞나요?"

"맞아요."

"그곳 수입이 어땠어?"

"좋았으면 이곳에 왔겠어요?"

그러자 사내가 이를 드러내며 웃었다.

"네 눈이 팽글팽글 돌아가는 걸 보니 이곳에서 한 밑천 잡을 수 있겠다."

"……."

"하지만 우린 사람을 고용하기 전에는 계약을 한다. 변호사도 없고 무법천지인 곳이지만 우리는 고용주와 고용인 사이의 계약을 엄격하게 지켜오고 있어."

"얼마 떼요?"

"얼마 떼다니?"

"몸 판 돈에서."

"아직 네가 할 일을 정하지 않았어."

"……."

"여러 가지 일이 있으니 곧 정해질 것이고 그때 계약을 한다. 그동안 이곳에서 쉬어."

그가 무슨 신호를 보냈는지 방문이 열리더니 사내 한 병이 들어섰다.

"이 사람을 따라 나가라. 새 옷도 줄 것이고 목욕을 하고 배고프면 식사도 할 수 있을 테니까."

장인규가 다가와 앉자 이한이 머리를 들었다. 창백한 얼굴에 두 눈의 흰자위가 번들거리고 있어서 처음 보는 사람은 가슴이 선뜩해질 인상이다.

"그 애는 언제 돌아올 거냐?"

장인규가 낮은 목소리로 물었으나 이한은 못 들은 척 대답하지 않았다. 장인규의 장 클럽 안이다. 여름에 공사를 끝낸, 시멘트로 지은 3층짜리 장 클럽은 이제 타운의 명물중의 하나가 되어 있었다. 홀을 가득 메운 손님들과 음악의 소음이 그들이 앉아 있는 2층의 커피숍까지 크게 울려왔다. 장인규가 그에게로 몸을 숙였다.

"네가 그 애에게 가라고 했니?"

"아니요, 자원한 거요."

이한이 무표정한 얼굴로 그녀를 바라보았다.

"지나는 말로 중국인 정보원이 필요하다고 했더니 윤이가 나섰소."

"정보원은 아무나 하는 것이 아니다."

"……."

"애가 당돌하고 재치도 있지만 상대는 삼합회야. 내가 미리 알았다면 못 가게 했을 텐데."

이한이 핏발이 선 눈으로 잠자코 탁자 위에 시선을 주었다.

황윤은 중국여자인 것이다. 그러나 하용준이 무참히 살해된 후에 이한의 분노와 슬픔을 옆에서 지켜본 유일한 여인이었다. 이윽고 이한이 머리를 들었다.

"내 탓이요, 누님. 내가 밤낮으로 하용준의 원수를 갚겠다고 말해 왔으니까."

"……."

"윤이는 길수한테 가서 내 허락을 받았다면서 곧장 소개소로 떠나버려서 내가 알았을 때는 이미 늦었소."

장인규가 억누르고 있던 숨을 길게 내려쉬었다.

"그렇다면 기다리는 수밖에 없어."

"누님."

이한이 그녀를 똑바로 바라보았다.

"나는 윤이한테 중국 년이라고 욕을 한 적도 있소. 보기 싫으니 나가라고도 했고."

"술을 한 잔 마셔. 지난 일이야."

장인규가 탁자 위에 놓인 보드카 병을 들자 그가 머리를 저었다.

"아니요, 비겁하게 술로 잊지는 않겠소."

지프에서 내린 그레고리가 이번에 새로 지은 슈퍼마켓의 입구로 다가가다가 걸음을 멈추었다. 그의 앞에서 그를 보고 먼저 멈춰선 사람이 있었기 때문이다. 그것은 이금철이었다.

"여어, 이 대좌, 같은 곳에 살면서 이제야 만나다니."

그레고리가 얼굴을 활짝 펴고 웃었다. 이금철이 눈을 치켜뜨고는 그레고리의 아래위를 훑어보는 시늉을 했다.

"그레고리 씨, 당신 신수가 좋군. 옷에서 지린내도 나지 않고."

"그래, 아마 당신들을 만나지 않고 나서부터 냄새가 없어진 것 같더구먼."

통행인이 많았으므로 그들이 길 옆쪽으로 한두 발자국씩 자리를 옮기자 그들의 수행원들도 따라 옮겼다. 수행원들은 그들과는 달리 무섭게 긴장하고 있었다. 이금철이 다시 유창한 러시아어로 말했다.

"그 애송이 김상철이를 정성으로 받들어 모신다고 소문이 났던데……. 훌륭한 변신이야, 그레고리 씨."

"내 변신도 그렇지만 듣자하니 당신은 여자 화대를 떼어먹는 저질 뚜쟁이로 변신했다던데, 며칠 전에 그쪽에서 도망쳐온 다섯 명이 나한테 왔어."

"그레고리, 까불다가는 곧 뒈질 거야. 그리고 아무도 그것을 문제 삼지 않을 것이다. 넌 소모품이라는 것을 알아야 돼."

마침내 이금철이 직설화법으로 바꾸자 그레고리의 표정도 싸늘해졌다.

"너도 조심해. 내 솜씨를 잘 알 테니까 말이야."

이금철과 갈라선 그레고리가 슈퍼마켓 2층의 사무실로 들어서자 그루진스키가 그를 맞았다. 슈퍼마켓은 마피아 자금으로 세워졌고 관리 책임자는 그루진스키인 것이다.

"그루진스키, 보드카 3000병하고 쇠고기 2000킬로미터를 추가로 주문해야겠다. 갑자기 주문이 늘었어."

자리에 앉으며 그가 말하자 그루진스키가 머리를 끄덕였다.

"5일 안에 도착할 거요, 그레고리."

"4일 안에 받을 수는 없나?"

"비행기로 실어오면 이틀 안에 되겠지만 트럭으로는 어림도 없소."

그레고리가 머리를 끄덕였다. 고려시 북쪽에 비행장이 건설되어서 하루에도 10여 편의 수송기가 발착했고 부정기편이었지만 가끔씩 여객기도 내렸다. 그러나 보드카나 생필품을 비행기로 나른다면 원가가 높아져서 이윤이 줄어든다.

"날씨가 추워져서 술 매상이 부쩍 늘었어."

소파에 등을 기대면서 그레고리가 만족한 듯 말했다. 이제 그는 김상철의 심복으로 제2인자가 되어 있었고 사업에 재미를 붙여 가는 참이었다. 강도단을 이끌고 시베리아 대륙을 횡행하던 그로서는 이금철의 말대로 대단한 변신을 한 것이었다. 그러나 본래 그는 구소련연방의 소령 출신으로 조직과 규율에 익숙한 사람이다. 지금이야말로 그에게 맞는 일과 분위기가 찾아왔는지도 몰랐다.

슈퍼마켓을 나온 그레고리가 지프를 몰고 김상철의 저택에 도착한 것은 오후 4시가 되었을 때였다. 응접실에서 그의 보고를 받은 김상철이 입을 열었다.

"그레고리, 지금까지 우리는 보급품을 파벨한테 의뢰해왔어. 왜냐하면 마피아가 동부 러시아의 수송수단을 장악하고 있기 때문이지."

"동부뿐만이 아닙니다. 시베리아 철도는 물론 러시아 전역이라고 해도 과언이 아닙니다."

러시아 사정에 밝은 그레고리이다. 그는 또한 강도단을 이끌고 다녔을 때 마피아와 거래해온 경험도 있다. 김상철이 머리를 끄덕였다.

"하지만 이곳 고려리아에는 아직 손을 뻗치지 않았지. 그래서 말인데……."

그가 상체를 펴자 긴장한 그레고리도 바짝 다가앉았다.

"고려는 자체 수송수단을 갖고 있지만 그것으로는 부족한 형편이야. 그리고 지금도 그렇고 앞으로 고려리아 내의 화물 운송량이 크게 늘어날 거야."

"그렇습니다."

"지금까지 우리 사업장에 필요한 물품은 모두 파벨이 공급해 주었지만 앞으로는 우리가 직접 나서야 될 것 같아. 파벨에게 의지 할 수만은 없어."

그레고리가 머리를 끄덕였다.

"그렇습니다, 보스. 마피아가 물품 공급을 쥐고 있다는 것은 우리 목에 그들이 손을 대고 있는 것과 같습니다. 그들과 지금은 좋은 관계지만 만일의 경우에도 대비해야만 합니다."

"운송회사를 차리겠어. 고려리아 내의 물품 운송은 물론 고려의 운송 용역도 맡도록 말해보겠어."

"그렇다면 더 바랄 것이 없습니다. 고려화물의 용역까지 맡으면서 우리 사업장의 물품을 실어온다면 마피아도 할 말이 없을 겁니다."

방금 그루진스키에게 물품 운송을 부탁하고 온 그레고리였다. 뭔가 찜찜한 기분이었던 그가 김상철의 계획에 적극적인 공감을 표시한 것은 당연한 일이었다. 김상철 또한 그 나름대로 운송수단에 대해 전부터 궁리해 왔었으므로 정확하게 상황을 짚는 그레고리의 말에 크게 고무되었다.

고려시 서쪽에 신축된 강 회장의 대저택 겸 집무실은 천만 평이 넘는 대지를 차지하고 있었다. 아직 주위 공사를 끝내지 못해서 집무실만 지어놓은 상태지만 내년에 완공되면 그 규모와 웅장함이 세계 제일이 될 것이라고 유장석은 믿고 있었다. 러시아의 산업장관을 배웅하고 난 유장석은 강 회장의 집무실에 들어섰다. 응접실과 거실, 도서실과 대기실 등은 격에 맞는 고급제품으로 장식 되었지만 집무실은 다르다. 강 회장의 묘한 고집으로 집기라고는 목제 책상과 가죽 소파, 그리고 책장 두 개를 벽에 붙여 세웠을 뿐인 을씨년스러운 풍경이었다.

"그래, 그 자식 갔나?"

강 회장이 몸을 일으켰는데 그것은 방 안 장식과 어울리는 언행이었다. 그는 소파에 길게 누워 있었던 것이다.

"예, 내년 초에 다시 방문하겠다고 했습니다."

"흠, 그때는 내가 자리를 비워야겠다."

강 회장이 그를 미워하게 된 것은 아주 사소한 이유 때문이었다. 산업장관은 가스기지 옆의 구릉지에 고려의 건설단이 나무를 잘라내어 길을 만들자 구릉을 우회하여 길을 만들면 어떻겠느냐고 조언했던 것이다. 그러나 구릉의 나무는 지금도 베고 있는 중이었고 남의 땅에서 간섭을 한 장관은 강 회장의 배웅도 받지 못하고 떠났다. 앞자리에 앉은 유장석이 서류를 펼쳤다.

"투자신청사들의 조사를 끝냈습니다. 현재까지 12개국 85개 회사가 상가지역에 투자신청을 해왔습니다."

강 회장이 머리를 끄덕이자 그가 말을 이었다.

"그중에서 러시아 마피아의 대리인으로 추정되는 회사가 5개사에 투자 계획금액이 3500만 달러, 일본 야쿠자 자금이라고 추정되는 회사와 금액이 4개사에 5800만 달러, 그리고 홍콩과 싱가포르 회사지만 삼합회로 추정되는 것이 6개사에 3000만 달러 정도가 됩니다. 그리고 기타 회사의 총액은 1억 달러가 조금 넘습니다."

"그렇다면 상가지역의 현재까지 투자예정금액이 얼마인가?"

"약 2억 3000만 달러입니다."

"마피아와 야쿠자들의 자금은?"

"약 1억 2000만 달러 정도가 됩니다."

"그놈들이 모두 유통, 유흥업에 신청을 했나?"

"예, 호텔업까지 있습니다."

한동안 탁자 위에 시선을 주었던 강 회장이 머리를 들었다.

"받아들여, 계획이 불량한 것은 제외시키고."

"예, 알겠습니다."

"그리고 김상철이가 관리할 업종과 규모, 거기에다 구역배분을 꼼꼼하게 마련해야 돼. 알짜 사업을 마피아나 야쿠자한테 넘길 수만은 없으니까."

"잘 알고 있습니다."

"고려직영의 호텔, 체인점 등의 계획은 따로 세워놓았지?"

"예, 회장님."

"그렇다면 고려시의 상가와 유통업은 고려직영, 고려계열의 김상철, 마피아, 야쿠자, 삼합회에다 일반 투자가로 나눠지는 것인가?"

"예, 아무래도 그렇게……."

"투자하라고 해. 쿠데타를 일으키지 않는 한 열쇠는 고려가 쥐고 있을 테니까."

서류를 덮던 유장석이 머리를 들었다.

"회장님, 그런데 김상철이 운송업을 하겠다고 합니다. 이제까지 마피아를 통해 타운에 필요한 물품을 공급받았는데 불안하다는 겁니다. 그래서 직접 운송업체를 관리하면서 고려의 용역까지를 받고 싶다는데요."

"그놈, 참."

강 회장이 입맛을 다시면서 쓴웃음을 지었다.

"그놈은 우리가 직영 운송회사를 설립하려는 것을 모르고 있군 그래."

"그렇습니다."

"지금 어느 단계까지 와 있나?"

"운송본부의 차량 50여 대를 직영 운송회사로 이전시키는 계획까지는 수립해놓았습니다만 아직 조직체계는 입안되지 않았습니다."

"……."

"아무래도 직영 운송회사는 마피아나 기타 조직 세력과 마찰이 생길 것 같습니다. 이제까지는 마피아 트럭이 물품을 싣고 들어 온 김에 고려리아 내에서 영업활동을 해왔거든요."

"너도 김상철이가 운송회사를 맡는 게 낫다는 생각이군."

그러자 유장석이 대답대신 헛기침을 했다.

도전자

"야망을 가진 놈이야."

대형 유리창 앞에 선 강 회장은 회색 하늘 아래 끝없이 펼쳐진 대평원을 바라보았다. 아침 10시가 넘었지만 태양은 짙고 두터운 회색구름 안쪽에 갇혀 보이지 않았다. 흰 눈에 덮인 대지 위를 바람 끝이 날카롭게 긁고 지나면서 흰 파도 같은 눈가루가 휘날렸다.

"이젠 제 스스로 맥을 짚어가고 있어. 운송수단에 눈을 돌리는 걸 봐도 그렇고 타운에 제 소유의 사업장을 늘려가는 재주도 그렇다."

강 회장의 뒷모습을 바라보며 서 있던 이남호가 입을 열었다.

"장악력이 있는데다 관리능력도 우수합니다. 타운에서는 이미 독자적인 세력 기반을 굳혔습니다."

머리를 끄덕인 강 회장이 몸을 돌려 이남호를 바라보았다.

"내 부하들이 날 배신하지 않은 것은 내 인간성 때문이 아니라 그들에게 새로운 목표를 끝없이 부여하기 때문이야. 말하자면 내 밑에서라면 얼마든지 제 꿈을 펼쳐나갈 수 있다는 가능성을 보았던 것이지."

"……."

"이곳은 그놈들에게는 그야말로 기회의 땅일 것이다. 제 능력과 운을 시험하고 그 가치를 인정받을 수 있는 전장일 거야."

강 회장이 소파에 앉았으므로 이남호도 그를 마주보고 앉았다. 자신의 숨소리를 들을 수 있을 정도로 방음장치가 잘된 방이다. 난방시설도 잘 돼 있어 방 안 온도는 매우 쾌적했다.

"제 생각입니다만 김상철에게 운송 사업을 맡기시는 것이 낫지 않겠습니까? 행정적인 뒷받침만 조금 해준다면 충분히 관리해 나갈 수 있을 것 같은데요."

조심스럽게 이남호가 말하자 강 회장이 한동안 그를 바라보았다. 무언가를 생각하는 듯한 먼 시선이었으므로 이남호는 숨을 죽였다. 이윽고 강 회장이 입을 열었다.

"운송수단까지 그놈이 장악하면 그놈은 명실공히 고려리아의 실력자가 되겠지. 그렇지 않나?"

그제서 이남호는 강 회장이 길게 말을 늘어놓는 이유를 알 수 있었다. 그는 김상철이 그 다음에 갖게 될 목표를 생각하고 있었던 것이다. 이남호가 천천히 머리를 끄덕였다.

"그렇게 되겠지요. 하지만 우리가 마피아나 야쿠자, 삼합회의 견제세력으로 내세울 사람은 김상철이가 적격입니다."

"……."

"이제 고려시의 개발이 시작된 상황입니다, 회장님."

"알겠어, 그놈한테 운송 사업을 맡기도록 하자."

머리를 든 강 회장이 소파에 등을 기댔다.

"유장석이한테 제출한 계획서를 보면 고려와 자신이 반씩 지분을 갖는 것으로 되어 있어. 투자는 고려에서 하고 관리는 자신이 하겠다는 맹

랑한 계획이야. 하지만 그것도 허락한다."

"알겠습니다."

"그놈은 너무 빠르게 내 앞으로 다가온다. 그것이 마음에 걸려."

"이곳은 상황이 다른 곳입니다, 회장님. 그리고 솔직히 김상철은 운만 좋은 것이 아니었습니다."

"그것은 인정한다."

강 회장이 헛기침을 했다.

"나는 미현이와 그놈과의 교제를 허락했어. 그놈에게 내 가슴을 열어 놓은 셈이야."

"알고 있습니다, 회장님."

"그놈을 생각할 때마다 뭔가 빼앗기고 있다는 생각이 불쑥불쑥 드는 것도 아마 그것 때문일 거다."

입맛을 다신 강 회장이 쓴웃음을 지었다.

"내가 이런 소리 늘어놓는 걸 보면 아무래도 늙은 것 같다."

"아닙니다, 회장님은 아직도……."

"아부는 그만해라."

말을 자른 강 회장이 그를 노려보았다.

"내가 갈수록 초조하고 조급해지고 있다는 것을 네가 모른단 말이냐? 난 고려리아가 확실하게 기반을 굳히는 것을 죽기 전에 보아야겠단 말이다."

강미현이 홀 안으로 들어서자 주위는 순식간에 조용해졌다. 술잔을 든 채, 또는 웃다가 멈춰서 입을 떡 벌린 채 사내들은 그녀를 바라보았다. 영업이 활기를 띠기 시작하는 저녁 7시, 나파스 클럽 안이다. 주위의 시선에 조금 당황했던 강미현이 마음을 정한 듯 발을 떼자 홀 안은 다시 소란스러워졌다.

"저쪽으로."

그녀 옆으로 붙어선 이한이 안쪽을 가리켰다. 클럽 안에서 가장 전망이 좋고 시선을 차단할 수 있는 구석진 자리였다. 이한의 손끝을 바라본 종업원 서너 명이 재빠르게 그 테이블로 다가가더니 이미 진을 치고 앉아 있는 사내들을 일으켜 세웠다. 다가가던 강미현은 그들의 시선을 피하려는 듯 머리를 돌렸다. 오늘도 타운을 구경하려고 나온 참인데 여느 때와 마찬가지로 이한이 그녀를 안내하고 있다. 강미현이 자리에 앉자 종업원이 다가와 주문을 받고 돌아갔다. 홀 안은 자욱한 담배연기에 덮여 있는데다가 취객들의 떠드는 소리로 금방 머리가 어지러워졌다.

"시끄러우면 방으로 옮기시지요."

상체를 테이블 위로 숙인 이한이 소리쳐 말하자 그녀는 머리를 저었다. 손님들은 모두 남자들이었다. 어림잡아 200명이 넘어 보이는 남자들 중 여자는 자신을 포함하여 대여섯 명뿐이었다. 그것도 홀의 한복판에 세워진 무대 위에서 비키니 차림으로 몸을 비틀고 있는 러시아 여자 두 명을 포함한 숫자였다. 그들은 한결 같이 투명한 색의 보드카를 마셔대고 있었는데 벌써부터 몸이 풀려 있는 사람도 보였다.

"2층은 여자들이 있는 곳인가요?"

옆쪽의 계단 위에 걸터앉은 사내들을 바라보며 그녀가 묻자 이한이 머리를 끄덕였다.

"여자가 몇 명 있어요?"

"50명 정도."

던지듯 말한 이한에게 사내 한 명이 다가와 귓속말을 했다. 머리를 끄덕인 이한이 자리에서 일어섰다.

"형님이 뒤채로 오시랍니다. 가시지요."

그를 따라 클럽을 나온 강미현이 뒤채의 사무실로 들어서자 김상철이 자리에서 일어섰다. 그녀를 안내한 이한이 문을 닫고 나가자 방 안에는 이제 둘 뿐이었다.

"대충 돌아보았겠군."

그는 탁자 위에 놓인 보드카 병을 들더니 잔을 채웠다.

"내가 직접 안내해주지 못해서 미안해. 그래, 볼 만한 것 있었어?"

"알고는 있었지만 여자가 절대적으로 부족하다는 것, 성범죄가 많이 일어나겠어요."

김상철이 그녀에게 술잔을 건네주었다.

"성범죄는 거의 없어, 이상하게도."

그는 한 모금에 술을 삼켰다.

"여자가 드물기 때문이기도 하지만 공창을 공인해주기 때문인 것 같아."

"모두 열심히 살아가는 것 같더군요."

"그렇게 보였어?"

김상철이 얼굴에 웃음을 띠었다.

"다행인데. 하긴 그 말도 일리가 있어. 고려직원을 제외하면 나머지는 모두 사연들이 있지. 죄를 짓고 도망쳐 왔거나 아니면 이곳에 마지막 희망을 걸고 온 놈들이어서 더 이상 갈 곳도 없을 테니까."

"……"

"하긴 나도 그중의 하나였지만."

"범죄 발생률이 꽤 높겠네."

"요즘은 줄어든 편이야. 경비대의 치안강화 때문이 아니라 각 조직이 기반을 잡아가는 상황이어서."

술잔을 내려놓은 김상철이 정색을 했다.

"하지만 미현 씨는 이제 그만 돌아다녔으면 좋겠어, 이것은 회장님의 지시야."

강미현이 머리를 끄덕였다.

"상철 씨 사업장을 꼭 둘러보고 싶었어요. 이젠 거의 다 보았으니 그만 두겠어요."

"내가 안내해주지 못해서 미안해."

"아녜요. 바쁘신데 괜히……."

이 상황에서 고려리아의 총수인 강 회장의 손녀에게 손을 댈 조직은 없다. 그러나 김상철이 그녀처럼 저녁시간에 가게를 순회한다면 총 한 발에 끝장이 날 수가 있는 것이다. 그렇게 되면 그의 조직은 곧 조각으로 찢겨지고 새로운 대리인이 자리를 차지하게 될 것이다. 그의 시선을 받은 강미현이 얼굴에 웃음을 띠었다. 반짝이던 눈이 반쯤 감기면서 입술 끝이 위쪽으로 살짝 올라간 얼굴이 되었다.

김상철은 소리죽여 숨을 내쉬었다. 만약에 자신이 죽는다면 자신은 곧 잊힐 것이었다. 아직 시작도 제대로 하지 않은 상황에서 잊힌 사람이 될 수는 없다.

"무슨 생각을 해요?"

강미현이 묻자 김상철이 시선을 들었다.

"집에 저녁 준비를 해두었어. 늦기 전에 갑시다."

"좋아요. 오늘은 조금 늦는다고 할아버지께 말씀드렸으니까."

자리에서 일어선 강미현이 다시 그를 바라보며 웃었다.

"내가 간이 커졌는지 아니면 할아버지가 그런 분위기를 만들어 주셔서 그런지 아직 알 수는 없지만요."

"아직 연락이 없어?"

지나가는 말처럼 물었으나 이한의 눈빛은 강했다. 클럽 앞에서 김상철과 강미현을 마악 배웅하고 난 후였다. 클럽으로 다가가던 송길수가 걸음을 멈추더니 머리를 저었다.

"아직 없어."

"벌써 닷새째 아냐?"

"그래, 하지만 아직 윤곽을 잡지 못하고 있는지도 모르지. 보고할 것이 없으니까 연락을 안 하는 거야."

그가 한 손을 어깨 위에 올려놓자 이한은 몸을 틀어 떨어뜨렸다.

"혹시 걔를 알아본 중국 놈이 있을지도 모르지 않아?"

"글쎄, 그래서 내가 처음에는 말렸는데……."

송길수가 힐끗 그의 눈치를 살폈다. 그들은 뒤채의 사무실로 들어가 마주앉았는데 서둘러 담배를 빼어 문 송길수는 찌푸린 표정을 지었다. 황윤을 중국인 거리로 보낸 후 이한으로부터 전해지는 압박감이 보통이 아닌 것이다.

"별것 없으면 그냥 돌아오라고 했어, 무리하지 말라고 했단 말이야."

담배 연기를 길게 뿜은 송길수가 말을 이었다.

"내가 어디 알았나? 네 허락을 받았다고 하길래 그런 줄 알았지."

"가방 가지러 사람을 보내지 않는다면 저라도 나왔어야 할 것 아냐?"

"글쎄, 나도 그것이……."

황윤은 소개소에 들어가기 전에 옷가방을 근처의 음식점에다 맡겨 놓았던 것이다.

그것은 미리 송길수와 만들어 놓은 연락방법으로 가방을 찾으려고 사람을 보낸다면 무슨 일이 생긴 것이라는 표시였다. 아마 그때는 황윤이 그들에게 잡혀 가방을 가게에 맡겨놓았다고 자백하는 경우가 될 것이다.

"이 봐, 2, 3일만 더 기다려 보자."

송길수가 달래듯 말을 이었다.

"그래도 소식이 없으면 아예 그 소개소의 중국 놈을 납치 해다가 껍질을 벗겨서라도 개가 간 곳을 알아낼 테니까."

"내일까지."

자르듯 말한 이한이 그를 쏘아보았다.

"내일까지 연락이 없으면 내가 알아서 하겠어."

"형님한테 우선 보고를 해야 되니까 먼저 나서지 마라, 알았어?"

"마음대로 해. 어쨌든 나는 내일까지만 기다린다."

재떨이에 담배를 비벼 끈 송길수가 혀를 찼다.

"빌어먹을, 이건 도무지 신경이 곤두서서."

그는 김상철한테서 쓸데없는 짓을 했다고 꾸지람을 들은 데다가 이한으로부터는 아예 죽이려고 보냈다는 식의 눈치를 받고 있는 것이다.

"이쪽에서 경솔하게 서둘다가 그놈들이 눈치를 챌 수도 있단 말이다."

얼굴을 찌푸린 송길수가 다시 말했다.

"그러니 며칠만 더 기다려 봐, 알았어?"

황윤이 정식으로 일하게 된 곳은 중국인 거리 안쪽에 있는 노름방으로 겉으로 보기에는 평범한 통나무집이었다. 그러나 서너 채의 집이 사람 하나가 겨우 지나갈 수 있는 골목으로 연결되어서 대기실과 노름방, 색싯집이 한울타리 안에 있는 것과 마찬가지였다. 주위를 둘러싼 가옥들은 담장 역할을 했다. 말하자면 10여 채의 가옥이 한 무리가 되어 있었으므로 집 밖으로는 한 발자국도 나갈 수가 없는 형편이었다.

지난번 사건으로 경비부가 가택수색을 했을 때에도 이곳에서는 한 사람도 잡혀가지 않았다는 것이다. 주위의 가옥에 분산 배치되었던 여자들도 무사했을 뿐더러 수색이 끝난 지 한 시간 후부터 노름방과 색싯집 영업이 다시 시작되었다고 곽비가 말해주었다. 곽비는 그녀와 함께 일하는 색싯집 여자였다.

나무 침대에서 몸을 일으킨 황윤은 한동안 멍한 얼굴로 벽을 바라보며 앉아 있었다. 옆방에서는 여자가 신음소리를 뱉어내고 있었지만 그것이 꾸며내는 소리라는 것을 황윤은 알고 있었다. 침대에서 일어선 황윤은 가운을 걸치고 방문을 열었다. 반 평짜리 방이 좁은 복도 양쪽으로 열 개씩 붙어있는 이곳에는 15명의 색시가 있었다. 거기에다 7, 8명의 사내들이 언제나 집 안팎에 머물고 있다. 갖가지 교성과 신음소리가 들리는 복도를 지나 끝 쪽의 화장실로 들어서는데 뒤에서 말소리가 들렸다.

"빨리 끝내. 곧 들여보낼 테니까."

화장실과 마주보이는 출입구에 앉아 있는 화선생의 목소리였다. 그의 등 뒤에 늘어져 있는 검은 휘장 안쪽이 대기실이었다. 황윤은 잠자코 화장실로 들어섰다. 여자용 공동 화장실이어서 빨랫감과 갖가지 잡다한 물건이 놓인 사이로 이미 여자 한 명이 쭈그리고 앉아 아랫도리를 씻고 있었다. 황윤은 플라스틱 통에 담겨진 더운물을 세면기에 퍼 담고는 그 위로 쪼그리고 앉았다.

"오늘밤에 두 명이 온단다. 낮에 고가한테서 들었어."

옆에 앉은 서파가 찰박거리는 물소리를 내면서 말했다 그녀는 이곳에 온 지 석 달째인 고참으로 고향이 뻬이안이라고 했다. 굵은 몸에 얼굴도 투박했고 나이는 서른이라고 하지만 마흔도 넘어 보였는데 단골이 꽤 있었다.

"돈벌이도 좋고 이 짓도 할만은 하지만 갑갑해서 못 살겠다."

서파가 일어서더니 수건으로 아랫도리를 눌러 닦았다. 주름진 뱃가죽이 드러났으므로 황윤은 머리를 돌렸다.

"석 달 동안 시내구경을 딱 한 번 했을 뿐이야. 그리고는 밤낮으로 소시지 구경만 했다."

 서파가 소리 나게 문을 닫고 나가자 황윤은 저도 모르게 숨을 내려쉬었다. 이제 이곳을 운영하는 조직이 삼합회라는 것을 알게 되었다. 그리고 이만한 규모의 색싯집이 중국인 거주지 안에 여섯 개가 더 있고 안쪽 깊은 곳에는 마약방도 두 개나 있다는 것을 알아냈다. 모두 색시들로부터 들은 정보였는데 다소 과장된 부분도 있겠지만 타운에 있는 삼합회원이 5백 명이 넘고 북경에서 내려온 따거의 지휘를 받고 있다는 것은 정확한 정보 같았다. 가운을 추스르며 일어선 황윤은 세면기에 담긴 물을 발끝으로 차 쏟은 다음 화장실을 나섰다. 계약서에는 원한다면 외출을 허가한다고 되어 있었지만 서파의 말처럼 자신은 감금되어 있는 것이나 마찬가지였다. 그들은 계약대로 수익금의 반을 정확하게 나눠주었고 본인이 싫다면 남자를 들여보내지 않았으므로 큰 불만들은 없다. 그녀가 방으로 들어간 지 얼마 되지 않아 사내 한 명이 들어섰다. 중국인으로 어깨가 딱 벌어지고 가는 눈매가 날카로워 보이는 사내였다. 가운 자락을 펼쳐 아랫도리를 내보이며 황윤은 침대에 누웠다. 이제 알 만큼 알았으니 이곳을 빠져나가야 할 차례였다.

 타운의 중심 부근에 세워진 5층짜리 시멘트 건물은 타운에서 큰 건물 중의 하나였다. 정사각형의 단순한 건물에다 무슨 생각으로 그랬는지 흰색 페인트를 칠해 놓아서 얼핏 보면 병원이나 관공서 건물같이 보였는데 가까이 가보면 현관 위에 타운 호텔이라는 간판이 붙어 있다. 이곳이 타운의 유일한 공식 호텔이었고 고려리아를 비공식적으로 방문한 점잖은 손님들이 묵는 곳이었다. 그런 이유로 호텔 입구에는 언제나 두 명의 경비소 직원이 지켜서 있다. 물론 고려리아를 공식 방문한 사람들은 숙사 근처에 있는 7층짜리 영빈관에 묵었는데 그곳은 세계 초일류호텔의 시설을 갖춘 곳이었다. 그러나 고려시에 건설예정인 호텔들이 완공되기 전까지 타운 호텔은 사업상 고려리아를 찾는 사람들의 유일한 고급스런 숙소가 될 것이었다.

호텔의 1층 커피숍 안이다. 아침 9시경이 되자 식사를 마친 투숙객들이 들어섰으므로 좁은 커피숍은 금방 떠들썩해졌다. 대부분이 고려리아에 물건을 판매하려고 세계 각지에서 몰려든 수출업자들인 것이다. 커피숍 입구에서 박기동은 빈자리를 찾는 듯 잠시 안을 둘러보았다. 그는 30대 후반의 잘생긴 호남으로 짙은 색 양복에 넥타이를 맨 단정한 차림이었다. 주방 옆쪽의 테이블에 앉아 있는 손영만을 발견한 그는 얼굴에 사람 좋은 웃음을 띠었다.

"어젯밤에 한잔 하신 모양이요, 손 형."

다가간 그가 앞자리에 앉으며 말했다.

손영만은 서양식 변기를 생산하는 회사의 영업부장으로 지금 기를 쓰고 고려의 구매본부와 접촉하는 중이었다. 그의 말에 의하면 고려시만 해도 필요한 변기가 30만 개였고 대부분이 한국의 제일요업과 계약이 되었지만 이번에 공사를 시작할 상가지역은 미계약 상태라는 것이다. 찌푸린 얼굴의 손영만이 커피 잔을 들어 한 모금을 마셨다.

"이렇게 막힌 경우는 처음이야. 도무지 말이 먹히지가 않아."

찻잔을 내려놓은 손영만이 꺼칠한 얼굴을 손바닥으로 쓸었다.

"고려는 시베리아로 꽉 막힌 놈들만 보냈어."

손영만은 40대 중반으로 박기동보다는 7, 8년 연상이었다. 그러자 얼굴에 웃음을 띤 박기동이 의자를 당겨 다가앉았다.

"손 형은 지금 엉뚱한 곳을 쑤시고 있는 거요. 고려의 구매본부보다 러시아나 일본 회사와 직접 로비를 해야 돼요."

"공사는 고려가 맡아서 하기로 되어 있으니 구매본부를 잡으면 돼. 그리고 아직 어느 놈의 공사인지도 알 수 없는 상황이니까."

"내가 기가 막힌 줄을 소개시켜 드릴까?"

손영만이 눈을 껌벅이며 그를 바라보았다.

"어떤 줄인데?"

"내가 기가 막히다고 하지 않았소? 상가 공사와도 직결되는 줄이야. 그리고 그 사람만 잡으면 아마 고려리아의 모든 화장실은 손 형이 장악하게 될 거요."

"아, 글쎄 그게 누군데?"

이제 손영만이 의자에 엉덩이 끝만 걸치고는 바짝 다가앉았다.

"말을 해줘야 알 것 아냐?"

"내가 이곳에서 그 질긴 스테이크만 먹고 허송세월을 보낸 줄 아쇼? 나만큼 고려리아에 정통한 놈이 있다면 나와 보라고 해."

"글쎄 그건 알아."

"그 친구는 절대로 외부에 얼굴을 내보이지 않습니다. 타운이 마피아와 북한세력으로 나뉘어져 있다는 건 알고 있지요?"

"그건 알지. 그래서 북한쪽 술집에는 안 가고 있어. 그런데 그 줄이 누구란 얘기야?"

"그 친구는 타운에 있는 일급 사업장의 반 이상을 갖고 있어요. 크라우프 바, 나파스, 투돌레프 클럽 모두가 그 친구 소유지."

"그 사람 이야기는 나도 들었어."

손영만이 상체를 뒤로 조금 젖혔다.

"한국 사람이라던데, 마피아 간부이고."

"고려그룹 총회장인 강우진의 손녀사위가 될 친구야."

"……"

"지금 손녀가 와 있어요. 그 친구를 만나러."

놀라 눈을 껌벅이는 그를 향해 박기동이 말을 이었다.

"그 친구가 상가로 진출해서 수십 개의 사업장을 지을 거요. 그 친구만 잡으면 손 형 사업은 만세삼창을 부르고 끝납니다."

"그렇다면 박 형이……."

"내가 조금 알지요, 그 김상철이라는 친구를."

박기동이 의자에 등을 기댔다.

"이런 말은 안하려고 했는데 손 형이 애태우는 것을 보다 못해 말씀드리는 거요. 그 친구가 도무지 나서기를 싫어하기도 하고."

김상철이 들어서자 창가에 서 있던 강 회장이 얼굴에 웃음을 띠었다.

"어서 오너라."

"그동안 건강하셨습니까?"

머리를 숙이는 김상철에게 다가온 그가 팔을 뻗어 어깨를 쳤다.

"그래, 너도 잘하고 있더구나."

그들은 소파로 다가가 마주앉았다. 강 회장이 고려리아에 온지 보름째 되는 날 아침이다. 그동안 강미현은 매일 만나다시피 했지만 강 회장과의 대면은 처음이었다.

"내가 온 지 꽤 되었지만 바빴다. 하지만 네 이야기는 매일 들었다."

눈을 가늘게 뜬 강 회장이 김상철을 바라보았다.

"지금 타운에서 네가 관리하는 사업장이 몇 곳이더라?"

"예, 총 27개이고 그중 파벨이 투자한 곳이 8개, 지난번 고려에서 인계받은 곳이 10개, 그리고 제가 만든 곳이 7개, 기타가 2개입니다."

"기타라니?"

"예, 제 자본은 아니지만 제가 보호해주는 곳입니다."

강 회장이 생각난 듯 탁자 위에 놓인 커피포트를 들어 잔에 녹차를 채웠다. 김상철 앞으로 녹차 잔을 내려놓은 그가 다시 물었다.

"앞으로 마피아하고는 어떻게 할 계획이냐?"

"파벨은 고려시의 사업장은 직접 관리 하겠다고 합니다."

"그놈이 널 실컷 이용만 했군. 그렇지 않나?"

"저도 그 사람 덕분에 기반을 굳힐 수가 있었으니 서로 이용한 셈입니다."

"그것도 그렇군."

머리를 끄덕인 강 회장이 찻잔을 들었는데 이제 얼굴에 웃음기는 보이지 않는다.

"네 세력은 얼마나 되느냐?"

문득 강 회장이 그렇게 물었으므로 김상철은 긴장했다.

"저, 세력이라면……."

"네 부하들 말이다. 듣자하니 그 강도단 놈들도 끌어들였다던데."

"예, 회장님. 그들은 이제 완전히 우리 편이 되었습니다. 이곳에 정착하려고 가족들을 데려오고 있습니다."

"모두 몇 명이냐?"

"그들까지 포함해서 350명 정도를 데리고 있습니다."

"무장 세력을 말이지?"

김상철이 잠자코 그를 바라보았다. 무장 세력의 규모로 본다면 마피아가 100여 명, 북한계도 그와 비슷한 숫자이고 삼합회는 아직 윤곽이 드러나지 않았지만 3, 400명이 넘을 것이다. 그러나 삼합회가 고려시로 본격적으로 진출한다면 그들은 세력을 대폭 증강할 것이다. 강 회장이 다시 입을 열었다.

"기획단에서 여러 의견이 나왔지만 난 야쿠자나 마피아 등도 선별해서 받아들이기로 했다. 그자들이 투자열기를 일으키는 효과도 있는데다가 결국은 우리가 장악할 수 있다고 보았기 때문이야."

"……."

"그래서 너한테 그자들을 조정할 책임을 맡기기로 했다. 경비 본부와 긴밀하게 협조해서 타운에서와 같은 불상사가 자주 일어나지 않도록 신경써라."

"알겠습니다."

"그렇다면 타운에서 네가 관리 하는 마피아 업체들도 그들에게 떼어 줘 야 겠군."

"그러려고 합니다. 하지만 파벨과는 서로 협조하는 사이로 지낼 생각입니다."

"상가지역 계획서는 보았나?"

"예, 회장님."

"그리고 너한테 운송 사업을 맡기기로 했다. 고려리아에는 본부의 운송부와 네 운송회사, 그 두 개의 운송체제만 있게 될 것이야."

"예, 회장님."

"나는 아직 너에게 익숙해 있지 않다."

낮은 목소리였지만 그의 목소리가 방 안에 울렸다.

"너는 지금 내 말을 이해하지 못하겠지만 시간이 지나면 알게 될 것이다."

"……."

"나도 노력 하는 중이니까 너는 더욱 그래야 될 것이야."

"예, 회장님."

"내 꿈을 안다면 적은 욕심은 버려라. 그래야 내가 너를 받아들일 수 있을 테니까. 진정한 가족으로 말이다."

간부회의를 마치고 상담실로 들어선 전규영의 얼굴은 굳어져 있었다. 자리에 앉은 그는 안인석을 바라보았다.

"고마쓰에 있던 미스터 강이 구속되었어, 그 자식 방심하고 있다가 고마쓰 직원의 감시에 걸린 거야. 그 일 때문에 회사가 지금 비상이 걸려 있어."

"미스터 강이라뇨?"

안인석이 묻자 그는 쓴웃음을 지었다.

"그렇군, 자넨 이름을 모르고 있겠구먼. 강규호라고 2년 동안 그곳에 침투해 있던 친구야."

안인석이 이맛살을 찌푸렸다.

"이것, 야단났는데요. 구속되었다면 모두 털어놓을 것 아닙니까?"

"그 바보 같은 놈이 정보를 빼돌리는 현장에서 잡혀버렸으니 변명을 할 여지가 없어."

시계를 들여다본 그가 자리에서 일어섰다.

"이것, 밀러가 올 시간인데 안인석 씨가 내 대신 상담을 해. 대충 알 테니까."

"어디 가시려고요?"

"그 일 때문에 나가봐야 돼. 강규호 와이프한테는 이미 감시가 붙어져 있을 테니 하다못해 장인이나 장모를 통해서라도 그 친구에게 말을 전해야 한단 말이야."

"아니, 그걸 왜 과장님이……."

"나뿐만이 아냐, 지금 여러 명이 뛰고 있어."

전규영이 상담실을 나가자 혼자 남게 된 안인석은 시계를 내려다보았다. 영국의 대리점 사장 밀러와의 약속시간은 20분쯤 남아 있었다. 상담실을 나온 그는 회사 빌딩 지하실에 있는 커피숍으로 들어섰다. 곧장 안쪽에 있는 공중전화 박스로 다가간 그는 카드를 넣고 다이얼을 눌렀다. 신호음이 가자 그는 수화기를 귀에 댄 채 몸을 돌려 빈 커피숍을 바라보았다.

"여보세요."

곧 귀에 익은 사내의 목소리가 들려왔다. 대영그룹 비서실의 이재환 과장이다.

"납니다. 안이오."

"그렇지 않아도 전화 기다리고 있었어요."

이재환의 목소리는 부드러웠다.

"거기 어딥니까?"

"회사 지하의 공중전화요."

"좋아요, 매사 조심해야지. 그런데 지금 그곳 분위기는 어때요?"

"비상이오."

"그렇겠지. 이건 토픽뉴스감이니까. 아마 내일쯤 일본 정부에서도 움직일 거요."

이맛살을 찌푸린 안인석이 수화기를 고쳐 쥐었다. 손바닥에 땀이 배어 나온 것이다.

"그렇게 크게 벌어질 사건이라고 왜 미리 말해주지 않은 겁니까? 구속시키고, 토픽뉴스감이라니, 더구나……."

"그렇게 되었어요, 안 형. 하지만 안 형한테는 어떤 문제도 일어나지 않을 테니까 걱정하지 마시고."

"……."

"그리고 안 형은 아마 10월 말이나 11월 초 인사에 포함되는 것이 확실합니다. 내가 전에 말했던 대로 오사카지사로 가게될 거요."

이쪽이 잠자코 있었으므로 이재환이 목소리를 낮추었다.

"안 형, 듣고 계시오?"

"듣고 있어요."

"그쪽이 지금 어떤 분위기인지 구체적으로 말해주지 않을 겁니까?"

다이애나 클럽은 안인석이 대학시절 때 자주 다니던 곳으로 강남의 고급 칵테일 바였다. 그러나 직장생활을 시작한 후에는 거의 찾지 않았는데 그것은 바빴기 때문이 아니라 이유미 때문이었다. 그녀와 헤어진 후에는 그녀와 같이 다니던 장소는 결코 가지 않으려고 했던 것이다. 저녁 8시가 다 되어갈 무렵이다. 안인석이 클럽 안으로 들어서자 어둑한 클럽의 안쪽에서 누군가가 손을 들었다. 그쪽으로 다가가는 안인석을 향해 웃어 보인 것은 이유미이다.

"오늘은 웬일이야? 먼저 전화를 다 하고."

이미 술을 시켜놓은 이유미가 그의 잔에 위스키를 채웠다.

"좋은 일인지 나쁜 일인지 내가 맞춰 봐?"

그렇게 묻는 그녀의 표정은 밝다.

"나쁜 일이겠지, 그렇지? 인석 씨는 감정상태가 표정에 금방 드러나."

안인석은 잔을 들어 한 모금에 술을 삼켰다.

"억울해, 아니, 갑갑해."

낮게 웅얼거리듯 말했지만 이유미는 그 말을 들은 모양인지 두 눈이 둥그레졌다.

"뭐가?"

그러나 안인석은 잔에 술을 따라 입 안에 털어놓고 나서도 대답하지 않았다. 홀 안이 잔잔한 노랫소리에 덮여 있었다. 낮고 맑은 목소리를 가진 이태리 가수였다. 빈 잔이 보이면 서로 채워주고 때로는 자작을 하면서 그들은 말없이 술잔을 비웠다. 이윽고 술 한 병을 더 시킨 이유미가 안인석을 바라보았다.

"힘든데 억지로 매달려 있을 필요는 없어. 길은 얼마든지 있으니까."

"……."

"일단 털어내고 나면 쓸데없는 승부욕이었다는 걸 알게 된다고 하던데."

안인석이 퍼뜩 시선을 들었다.

"너, 김상철이가 살아 있는 걸 알아?"

"그래? 어디에?"

상반신을 세운 이유미의 얼굴이 팽팽해졌다.

"서울에 있어?"

"시베리아에."

"다행이네."

"악몽이지, 나한테는."

"……."

"놈은 이미 상당한 실력자야. 이제 내 목줄을 쥐고 있어. 나는 그놈이 지금 어떤 생각을 하고 있는지 알아."

사정을 아는 이유미가 이맛살을 찌푸렸다.

"설마, 아무려나. 그때 상황이……."

"난 그놈 연락을 받고서도 미정이한테 그놈이 살아 있다고 말해주지 않았어. 하긴 그때 그놈은 말하지 말라고 했지만. 그리고 난 대전에 내려가지도 않았고……. 혹시 미정이가 대전 내려가서 아버지한테서 그 말을 들을까 봐. 미안하지만 나로서도 어쩔 수 없었어."

"……."

"그놈은 지난 5월에 얼굴을 드러내지 않고 한국을 다녀갔어. 난 그걸 생각하면 지금도 소름이 돋는다. 그놈의 시선이 그때 분명히 내 몸을 훑었을 거야. 그리고 미정이도."

술잔을 든 안인석이 다시 술을 삼키고는 잔을 소리 나게 내려놓았다.

"그렇다고 이제 물러설 수는 없어. 비록 그놈이 로열패밀리가 되더라도 말이야."

"무슨 말이야?"

"그놈은 지금 회장 손녀와 가까운 사이라는 거다."

"……."

"난 다음 달에 오사카 지사로 쫓겨 갈 모양이야. 그것은 그놈의 복수가 시작된다는 증거지."

"그만두면 되지 않아? 회사를."

안인석이 천천히 머리를 저었다. 술잔을 연거푸 비웠지만 술을 입에 대지도 않은 것 같은 얼굴이었다.

"그런다고 끝낼 놈이 아니야."

"……."

"놈이 노리는 것은 나 혼자만이 아닐 테니까, 나와 미정이 둘이야."

"……."

"난 회사에 남아 있겠어. 그리고 내식으로 해나갈 테야. 그놈이 나를 아는 만큼 나도 그놈을 잘 아니까."

"술 그만 마셔."

걱정스러운 표정으로 이유미가 말했으나 안인석은 다시 잔에 술을 채웠다.

"우선 내 가정을 파탄시키겠지."

"한번 만나보지 그래? 그래서……."

"이미 끝난 일이야. 엎질러진 물이라고."

빈 잔을 내려놓은 안인석이 이유미를 똑바로 바라보았다.

"자리 옮기자, 괜찮지? 네 남편 미국에 가 있다며?"
잠시 안인석과 시선을 마주치던 이유미가 이윽고 머리를 끄덕였다.

깜박 잠이 들었던 안인석은 눈을 떴다. 방 안은 어두워서 아무것도 보이지 않았지만 그의 의식은 순식간에 되돌아왔다. 이곳은 테헤란로의 파크 호텔이다. 그리고 자신의 하반신에 다리를 걸치고 누워 있는 것은 이유미이다. 그가 손을 뻗어 옆쪽의 스탠드 불을 켜자 이유미가 뒤치락거리더니 그에게 온몸을 붙여왔다. 그 순간 안인석은 자신과 이유미가 모두 알몸인 것을 깨달았고 격렬하면서 자극적이었던 그녀와의 정사를 떠올렸다.

"벌써 세 시야."
손으로 그의 다리 사이를 쓸어 올리면서 이유미가 말했다. 약간 코가 막힌 듯한 가라앉은 목소리였다.

"집에 들어가야지, 자기는."
자신은 상관없다는 말이었다. 침대에서 몸을 일으킨 안인석은 냉장고로 다가가 음료수 캔을 꺼내들었다.

"나도 냉수 한 컵 줘."
몸을 일으킨 이유미가 머리칼을 쓸어 올리면서 말했다. 이유미는 알몸을 감추려는 어떤 행동도 하지 않았고 물 잔을 건네주는 안인석도 마찬가지였다. 그들은 곧 상반신만 세우고 침대에 나란히 앉았다.

"정말 오랜만이야, 그렇지?"
이유미가 가라앉은 목소리로 묻자 안인석이 가볍게 머리를 끄덕였다. 이제 술은 깼으나 머리가 아팠고 입 안이 썼다.

"정말 집에 안 들어가도 돼?"
"내 걱정으로 그러는 거야?"

"걱정은 무슨, 내가 불안해서 그러는 거지."

얼굴에 웃음을 띤 이유미가 시트를 당겨 아랫배를 덮었다.

"다음 달에 오사카로 발령 나면 정말 갈 생각이야?"

"가겠다니까?"

"가족은 데리고?"

"나 혼자."

"왜? 거긴 못 데리고 가게 돼 있어?"

"갈 수는 있지만 당분간은……."

"박미정 씨는 알아?"

"알긴 뭘 알아?"

이유미가 다시 손을 뻗어 그의 다리 사이를 쓸었다.

"그럼, 내가 오사카에 자주 들릴게."

"……."

"내가 도와줄게."

"그럴 필요는 없어."

"정말 김상철이가 자기를 벼르고 있다고 믿어?"

그러자 안인석이 얼굴을 돌리면서 입맛을 다셨다. 그리고는 탁자 위에 놓인 전화기를 집어 들었다. 다이얼을 누르는 동안 방 안에는 정적이 흘렀다. 상체를 안인석에게 반쯤 기댄 이유미도 숨을 죽인 듯 잠자코 있다.

"아, 자기야?"

안인석의 목소리가 방의 정적을 깼다.

"나, 여기 상갓집인데 어제 갑자기 친구한테서 연락이 와서, 친구 아버님이 돌아가셨거든……. 미안해, 전화 못해서. 경황이 없어서 전화를 못했어. 지금 몇 시야?……. 나 여기서 밤새우고 회사로 바로 가는 게 낫겠어……. 여긴 상계동이라 멀어. 그래. 어디 가서 사우나나 하고……. 그래.

아침에 회사에서 전화할게.”

그리고는 전화를 때려 부수듯이 내려놓은 안인석은 앞쪽을 노려보았다. 마악 무어라고 입을 열려던 이유미가 다시 입을 달았을 때 그가 뱉듯이 말했다.

"어디 두고 보자구.”

"……."

"나도 당하고만 있지는 않을 테니까.”

안인석은 문득 이유미의 손 안에 잡혀 있던 자신의 남성이 어느덧 뜨거워져 있는 것을 보았다. 그리고 이유미가 몸을 굴려 자신을 타고 앉자 그는 두 팔로 그녀의 허리를 안았다.

"신문 봤어요?,

식탁에 앉아 있는 안인석에게 박미정이 다가왔다. 손에는 신문을 접어 들고 있다.

"응, 화장실에서 봤어.”

"세상에, 야단났네.”

대충 타이틀만 읽었던 모양으로 그녀는 앞자리에 앉더니 신문 속으로 빨려 들어가는 것처럼 집중하고 있었다.

된장국을 떠 입에 넣은 안인석은 입맛이 썼으므로 이맛살을 찌푸렸다. 신문 사회면에 큼지막하게 보도된 것은 고려전자의 산업스파이 사건이다. 2년 동안이나 일본 고마쓰 상사의 한국지사에 심어두었던 정보원이 현장에서 체포되었다는 특종기사였다.

더욱이 고려전자는 정보원의 자백을 염려해서 그의 처남을 통해 면회를 시키려는 공작을 하려다가 실패했다는 것이다. 경찰은 고려전자 기획실의 모 과장이 처남을 설득하는 대화 내용을 증거로 하여 강규호로부터 자백을 받아낼 수 있었다는 내용이었다. 박미정이 신문에서 머리를 들었다. 놀란 듯 두 눈을 동그랗게 뜨고 있었다.

"세상에, 이걸 어떡해."

그녀는 아직도 고려맨이다. 남편이 고려전자에 근무하고 있기 때문이라기보다는 비서실에서 일하던 때의 감정상태 때문이다.

"큰일 났네, 회장님이 아시면……."

안인석이 수저를 내려놓자 그녀가 밥그릇과 그의 얼굴을 번갈아 바라보았다.

"왜요? 밥맛없어?"

"응, 입맛이."

"이 강규호라는 사람, 자기는 몰라?"

"내가 알리가 있나?"

"기획실의 서 과장이라는 사람도 당하게 되겠네."

"할 수 없지, 뭐."

식탁에서 일어선 안인석은 저고리를 집어 들었다. 오늘은 보통 때 보다 조금 빨리 집을 나서는 셈이다.

사무실로 들어서자 예상했던 대로 분위기가 뒤숭숭한 것을 느낄 수 있었다. 둘씩 셋씩 모여 있는 사원들의 화제는 모두 강규호에 관한 사건일 것이다.

아침 일찍부터 간부회의가 열렸고 회의가 끝나 간부들이 사무실로 돌아온 것은 10시 30분이 되어서였다. 그러나 전규영은 점심시간이 끝난 오후 1시 30분이 되어서야 사무실에 모습을 드러냈다.

그가 다시 대리급 조장들과 상담실에서 회의를 마친 것은 오후 3시경, 이제는 안인석의 조장인 박창환 대리가 조원들을 상담실로 불러 모았다. 박창환은 입사 5년의 1년차 대리이다.

"대영이 고마쓰와 연합해서 우릴 깐 거야. 별일 아니니까 그 일은 무시하라는 지시야."

박창환이 네 명의 조원을 둘러보았다.

"혹시 누가 물으면 모른다고 할 것, 물론 나도 모르는 일이지만."

"그, 기획실의 서 과장은 어떻게 되었습니까?"

안인석의 1년 선배로 입사 3년차인 이광우가 물었다.

"듣기로는 서 과장도 잡혀 있다던데."

"쉬고 있어. 쓸데없는 소리 그만해."

이맛살을 찌푸린 박창환이 말을 이었다.

"이건 고마쓰보다 대영이 주도해서 우릴 견제하려는 거야. 고려리아 개발 이후로 급격히 올라간 우리의 명성을 깨려는 의도다."

그의 시선이 자신에게 부딪쳐왔으므로 안인석은 조그맣게 머리를 끄덕여보였다. 고려리아는 이제 차츰 한국인들의 꿈의 땅이 되어가고 있었다. 거대한 면적의 시베리아, 그곳에는 희망이 있는 것처럼 보였기 때문이다. TV에서는 매일 눈에 덮인 끝없는 대지와 그곳에서 일하는 활기찬 고려인의 모습을 보여주고 있었다. 답답할 때나 일이 풀리지 않을 때 사람들은 '고려리아에나 가겠다'라고 유행어처럼 말하곤 했는데 그것은 그곳이 마지막 기회의 땅이라는 의미를 담고 있었다. 그리고 한국인들은 그런 꿈을 갖게 해준 고려그룹에 대해서 호의를 느끼고 있었던 것이다.

최선호 전무는 이재환 과장이 보고를 마치자 천천히 머리를 끄덕였다.

"고려가 강규호의 처가 쪽에 접근할 것이라는 정보가 아주 적시에 들어왔어. 이과장이 수고했다."

"아닙니다, 마침 상황이 그렇게 되어서……."

이재환이 멋쩍은 듯 뒷머리를 쓸었다. 비서실 안쪽에 있는 최선호의 집무실 안이었다. 창밖으로 오후의 햇살이 밝게 빛났고 가을 하늘은 구름 한 점 없이 맑았다. 이재환이 머리를 들었다.

"안인석의 김상철에 대한 피해의식은 예상보다 강합니다. 솔직히 그가 그렇게 협조적으로 나올 줄은 예상 밖이었습니다."

"내가 김상철이를 알지."

쓴웃음을 지은 최선호가 말을 이었다.

"환경 탓이기도 하겠지만 독사 같은 놈이다. 그놈과 절친했던 안인석이가 그걸 모를 리가 없지. 안인석이는 피해의식이라기보다 아마 공포심 때문에 우리에게 의지해 왔을 거야."

"안인석은 의지가 약하고 끈기가 없습니다. 그 친구를 끌어들이려면 끊임없이 자극을 줄 필요가 있습니다."

"그 친구의 오사카 발령은 확실한가?"

"이미 결정이 났습니다. 이달 말에 인사발표가 나갈 겁니다."

생각에 잠긴 얼굴로 최선호가 머리를 끄덕였다.

"위에서 작용한 것이 확실하지?"

"그렇습니다. 고려전자 자체에서 그런 결정을 내릴 이유도 결정을 내렸다는 흔적도 찾아볼 수 없습니다. 이건 제 생각입니다만 강미현과 강재원 그리고 고려전자의 경영진으로 이어지는 라인이 작용한 것 같습니다."

"그렇다면 김상철이 강미현에게 안인석의 조처를 부탁했을까?"

"그럴 가능성도 있고 사정을 아는 강미현의 독단일 수도 있습니다. 강미현은 개성이 강하다고 들었습니다. 안인석의 행태를 알았을 가능성이 많고, 그래서 김상철 대신으로 조처를 했는지도 모릅니다."

"……."

"더욱이 안인석은 요즘 옛애인을 만나고 있습니다. 결혼해서 여행사

대표로 있는 여자인데 만나는 횟수가 늘었습니다."

"파탄이로군."

혼잣말처럼 중얼거린 최선호는 의자에 등을 기댔다.

"박미정한테는 자신의 현재 상황을 털어놓을 수도, 도움을 받을 수도 없다고 생각할 테니까 그 성격에 다른 상대를 찾을 수밖에."

그는 앞에 앉은 이재환을 바라보았다. 분석력이 뛰어나고 업무 의욕과 집념이 강해서 과장급으로는 그가 직접 일을 맡기는 유일한 직원이었다. 그에게 안인석과 같은 인물은 부담 없이 이용하고 도태시킬 대상이외에는 아무것도 아닐 것이다. 최선호는 얼굴에 문득 웃음을 띠었다. 안인석을 이용해 보라는 지시를 내린 것은 자신이었다. 그러자 이재환은 고려의 명성에 찬물을 끼얹는 큰 성과를 올렸을 뿐만 아니라 앞으로 이용할 조건까지 갖춰놓은 것이다.

"수고했어."

만족한 듯한 최선호의 표정을 읽은 이재환이 활기차게 일어서서 고개를 숙여보인 뒤 집무실을 나갔다. 최선호는 한동안 그 표정으로 앉아 있었다. 그는 이재환의 모습에서 김상철을 본 것이다. 유형은 다르지만 대영에도 김상철과 같은 인물이 있었고 또한 안인석과 같은 제물이 있을 것이었다. 이것이 총 없는 전장인 직장생활의 실상이다.

회사 근처의 일식집 안이다. 방 안에 자리 잡고 앉은 전규영과 안인석은 생선회 안주로 정종을 마시는 중이었다. 퇴근하고 곧장 이곳으로 온 것인데 저녁 8시가 되자 정종 주전자는 세 개째 비워졌다. 한 시간이 조금 넘는 동안 그만큼 마셨다면 빨리 마신 셈이다. 이윽고 강규호 사건과 대영그룹의 모략에 대한 열변을 토하고난 전규영 이 술잔을 내려놓고 안인석을 바라보았다.

"이봐, 안인석 씨. 당신. 오사카 지사로 발령이 났어. 11월 1일자로."

그는 잠자코 바라보는 안인석의 시선을 피하지 않았다.

"내가 모르고 있었다면 체면이 말이 아니지만 할 수 없지. 이번 인사는 경영진에서 정책적인 차원으로 조치한 거야."

"……"

"오사카 지사를 강화시킨다는 이유이고 안인석 씨는 그곳에 필요한 인물로 결정된 거야. 그리고 사원급 물갈이가 대폭 있어. 우리 부에도 대여섯 명쯤."

"오사카 지사는 저 혼잡니까?"

안인석이 묻자 그가 머리를 끄덕였다.

"그래, 당신 혼자야. 왜냐하면……."

"아니, 그만 됐습니다."

그의 말을 자른 안인석의 술잔을 들어 한 모금을 삼켰다.

"그것만 알면 됩니다."

"오사카 지사 발령은 영전이야. 그것은 알고 있지?"

"압니다."

"그런데 너무 갑작스런 일이라서 그러는 거야? 아니면……."

"아무 생각 없습니다."

술잔을 내려놓은 전규영이 정색을 했다.

"내가 엄 과장한테 들었는데 당신 신입사원 때 오사카 파견 문제가 거론되었을 때 하고는 경우가 달라. 그땐 강형문이의 편파적인 감정이 개입되었던 것이고……."

"……"

"지금은 엄연히 유능한 사원으로 차출되어 보내지는 상황이란 말이야."

퇴근하는 그를 잡고 단둘이 술을 마시자고 한 것은 이 때문이었다. 그는 안인석을 설득시켜야 할 책임이 있는 것이다.
　전규영이 열띤 목소리로 말을 이었다.
　"솔직히 아침에 그 이야기를 듣고 내가 누굴 찾아간지 알아?"
　"……."
　"중공업의 강 실장님을 찾아갔어. 사원 한 명의 인사 문제를 그 양반께 부탁하려고."
　그리고는 그는 입맛을 다시더니 길게 숨을 내려쉬었다.
　"직사하게 깨졌어. 난 그 양반이 그렇게 화를 내는 것을 처음 보았단 말이야. 하긴 그럴 만도 하지. 오늘같이 어수선한 날에 그런 이야기나 하려고 찾아간 내가 어이없는 놈으로 보였겠지."
　이를 테면 최선을 다했다는 말이었는데 하긴 어느 누구도 그 이상의 노력은 할 수 없을 것이다. 안인석이 입을 열었다.
　"가지요, 할 수 없지 않습니까?"
　"그래주겠나?"
　활짝 펴진 얼굴로 전규영이 그를 바라보았다.
　"잘 생각했어. 나도 뉴욕 생활을 했지만 지금 생각하면 그건 허송생활이 아니었어. 상사맨이 되려면 꼭 해외주재원 생활을 해야 된다고 나는 믿고 있어. 현지에서 감을 익혀야 된단 말이야."
　그의 길고 열띤 이야기를 들으면서 안인석은 박미정이 아닌 이유미를 떠올리고 있었다. 이것이 결코 그녀 탓이 아닌 것을 알고 있지만 지금 박미정은 자신에게 아무런 도움이 안 되는 것이다.

　"요즘 자기 무슨 일 있어?"
　박미정이 몸을 돌려 그를 향해 누웠다. 방의 불을 껐으므로 방안은 어두웠으나 그녀의 흰 얼굴과 검은 눈동자는 손에 잡힐 듯 보였다. 안인석이 다시 천장으로 머리를 돌리자 박미정의 손이 가슴 위에 놓여졌다.

"회사일로 그러는 거야?"

"응, 조금."

"조금이라니?"

안인석이 침대 위에 일어나 앉았으므로 박미정도 따라 몸을 일으켰다.

"말할 것이 있어."

"가만, 불을 켜고."

그러나 일어서려던 박미정은 안인석에게 잡혀 다시 침대 위에 앉았다. 둘은 침대에 나란히 앉아 잠시 입을 열지 않았다. 벽에 걸린 시계의 야광침이 새벽 1시 30분을 가리키고 있었다. 아주 멀리 자동차의 엔진 소리가 들려왔다가 사라져갔다.

"나, 오사카 지사로 발령이 났어."

안인석은 자신의 목소리가 메말라 있는 것을 느끼고는 헛기침을 했다. 검은 눈동자가 더욱 뚜렷해진 박미정의 얼굴이 가깝게 떠 있었다.

"열흘 후야, 11월 1일자. 회사에서는 지사업무를 강화할 목적으로 그랬다고……."

박미정이 머리를 끄덕이는 것 같았지만 확실하지는 않았다. 그가 말을 이었다.

"어쨌든 난 간다고 했어."

문득 손을 뻗은 박미정이 그의 손을 잡았다.

"자기, 잘했어. 정말."

"……"

"지금은 지난번하고 경우가 다르니까 자기는 영전한 것이나 다름없어."

"……."

"지사업무를 강화시킨다는 말이 맞을 거야. 그 말은 나도 들었거든."

"난 당분간 혼자 가 있어야 돼."

"내가 얼른 이곳 정리하고 따라갈 테니까 걱정할 것 없어. 내가 다 알아서 할 테니까."

"……."

"그곳에서 시간 나면 우리 여행을 해. 이곳저곳 돌아다니면 재미있을 거야."

"……."

"2년 기간일 테니 그렇다면 우리 아기도 일본에서 낳을지 모르겠네."

박미정의 손끝이 그의 가슴을 부드럽게 쓸었다.

"그 일로 요즘 그렇게 심란했어? 나한테 말하기도 걸렸고?".

몸을 안인석에게 붙인 박미정이 속삭이듯 말했다.

"자기가 어디로 가든 그리고 어떤 결정을 하든 따라갈 테야. 그러니까 내 걱정은 말고 기운을 내."

논현로에 있는 작지만 깨끗한 커피숍 체인점 앞에서 이유미는 택시를 세웠다. 10월 하순 오후, 하늘은 맑았지만 약한 햇살에 대기가 건조한 전형적인 가을 날씨였다. 그녀가 커피숍 안으로 들어서자 창가에 앉아 있던 사내가 일어섰다. 유리창을 통해 밖을 내다보고 있었던 모양이었다.

"미안해요, 조금 늦었어요."

자리에 앉으며 그녀가 말하자 40대의 사내가 마른 얼굴에 주름을 만들며 웃었다.

"아닙니다, 저야 기다리는 것에 익숙해서요."

종업원이 다가왔으므로 커피를 시킨 이유미가 담배를 꺼내 입에 물었다.

"어떻게 되었어요?"

"다 되었습니다."

사내가 옆쪽 의자 위에 올려두었던 두툼한 서류봉투를 탁자 위에 놓았다.

"최근 한 달간의 행적이 시간별로 기록되어 있습니다. 그런데 아주 복잡하더군요."

사내가 힐끗 이유미의 눈치를 살폈다.

"남자관계가 하나둘이 아니란 말씀입니다. 그래서 애를 먹었어요. 인력과 비용이 예상보다 훨씬……."

봉투를 열자 두툼한 서류와 각 서류마다 끼워진 사진이 드러났다. 대충 훑어보는 시늉을 하던 이유미가 서류를 내려놓았다.

그는 흥신소 사장으로 이유미가 한 달 계약으로 고용한 사내였다. 조사대상은 홍만규와 그녀의 전 애인이었던 신명인이었다.

"그 여자한테 홍만규 씨가 몇 번 갔지요?"

이유미가 묻자 사내는 손으로 서류를 가리켰다.

"예, 미국 가시기 전에, 그러니까 한 달이 아니라 20일로 계산해야지요. 20일 동안 두 번입니다."

종업원이 커피를 가져다놓고 돌아갔다.

"그 여자하고 같이 있는 사진은요?"

"예, 거기……."

사내가 서류를 뒤적여 사진을 찾아주었다. 망원렌즈로 찍었는지 배경이 조금 흐렸지만 창가에 나란히 서 있는 홍만규와 여자의 얼굴은 또렷했다. 셔츠차림의 홍만규는 얼굴에 웃음을 띠며 서 있었다. 이유미가 사진 속의 홍만규를 향해 쓰게 웃고는 머리를 들었다.

"이 여자, 남자가 많아요?"

"예, 한 달 동안에 동침했던 남자가 거기 홍 사장 포함해서 네 명, 횟수로는 12회, 각 남자별 동침 횟수와 장소는 거기 적혀 있습니다."

"그런데 홍만규 씨는 겨우 두 번이란 말예요?"

"예, 하지만 두 번 모두 아파트에서 했고 또 아무래도 스폰서니까 제일 비중이 크지요."

그가 다시 손으로 서류를 가리켰다.

"거기 아파트의 등기부등본 카피가 있습니다. 거기에 원 소유주가 조동철이라고 되어 있는데 그 사람은 홍 사장 부친의 부동산 관리인입니다."

"……."

"그러니까 조동철 씨한테서 신명인이가 사간 것으로 등기되어 있단 말씀입니다."

신명인의 나이는 26세, 학력은 대학중퇴에 부모는 대구에서 상업을 하고 있다고 적혀 있었고 대학 다니는 남동생이 한 명 있다.

사내가 말을 이었다.

"그리고 나머지 세 놈 중 두 놈은 건달입니다. 하는 일 없이 먹고 노는 놈들로 거기 신상명세서가 있습니다."

"……."

"나머지 한 놈은 기둥인데…… 이거 실례했습니다. 그러니까 신명인이한테 얹혀사는 놈이란 말씀입니다. 가끔 신명인의 차를 몰고 나가서는 은행 심부름도 합니다."

이유미는 차분한 표정으로 설탕과 프림을 뺀 커피를 한 모금 마셨다.

음모

고려시에서 돌아오는 차 안이다. 눈보라가 휘몰아치고 있어서 최복수는 지프의 속력을 줄였다. 와이퍼가 빠르게 움직이고 있었지만 와이퍼가 아래쪽으로 내려간 순간에는 이미 앞이 보이지 않을 정도로 눈발이 세지는 것이다. 오후 3시가 조금 넘었으나 벌써 주위는 어두워져 있었다. 옆자리에 앉은 이한이 손바닥으로 유리창 안쪽에 덮인 습기를 닦아냈다. 고려시와 타운 사이에 위치한 도로인 탓에 가끔씩 고려마크를 붙인 트럭이 그들을 스치고 지나갈 뿐 차량의 통행도 드물어진 시간이었다.

"오늘이 며칠이냐?"

문득 뒷좌석에 앉은 김상철이 물었으므로 최복수는 긴장했다. 그러나 대 답은 이한의 몫이다.

"예, 11월 1입니다."

반쯤 몸을 돌린 이한이 대답하자 김상철이 머리를 끄덕였다.

"그렇다면 20일이 되었구먼."

그러자 이한이 그에게 힐끗 시선을 주고는 몸을 굳혔다. 황윤 이야기를 하는 것이다. 중국인 거리로 그녀를 찾아 나서려던 그는 김상철의 제지로 뜻을 이루지 못했다. 그리고 이제 20일이 지난 것이다.

"눈이 꽤 오는구먼."

김상철의 목소리가 차 안을 울렸다.

"오늘 같은 날은 공사가 일찍 끝날 테니 초저녁부터 가게에 손님들이 몰리겠다."

"……."

"어제 직업소개소의 왕 씨라는 놈을 잡아서 창고에 가둬두었다."

"……."

"그레고리가 그놈한테서 자백을 받아냈는데 황윤이는 색싯집을 도망쳐 나오다가 잡혔다는 거다. 그것이 일주일쯤 전 일이라는데 황윤이의 생사는 알 수가 없다."

지프는 마악 타운의 입구를 지나 위쪽으로 가고 있었다. 김상철이 입을 다물었으므로 이한은 몸을 돌렸다. 이제 삼합회가 타운의 중국인 사회를 지배하고 있다는 것을 모르는 사람은 없다. 타운을 혼란에 빠뜨렸던 지난번의 연쇄사건도 모두 그들의 소행이라는 것이 알려지고 나서 전쟁의 위기는 잠시 가라앉았다. 양대 세력인 마피아와 북한계가 모두 삼합회 농간에 놀아난 것이다. 삼합회는 자신들의 피는 한 방울도 흘리지 않고 별다른 투자도 하지 않은 채 타운의 3대 세력중의 하나가 되어 있었다.

"오늘은 환경부에서 중국인 거리로 위생 점검을 나갈 것이다."

김상철이 말을 이었다.

"거리 안쪽의 민가까지 샅샅이 점검할 거야. 중국인 거주지는 위생상태가 나쁘다고 소문이 나 있거든."

응접실로 들어선 김상철은 코트를 벗어 소파 위에 걸쳐놓고는 탁자 위에 있는 보드카 병을 들었다. 페치카에서 장작불이 기세 좋게 타오르고 있었으므로 방 안은 훈훈했다. 오늘은 고려시에 들려 유장석과 간부들을 만나고 돌아온 참이었다. 거의 매일 이곳에 찾아왔던 강미현은 며칠 전에 강 회장을 따라 서울로 돌아갔다. 소파에 앉은 김상철은 술병을 기울여 두어 모금을 삼켰다. 짜릿한 알코올이 식도를 흘러 위장에 가라앉는 것이 그대로 느껴졌다. 방문이 열리더니 부하가 조심스럽게 들어섰다.

"사장님, 손님이 오셨는데요."

그가 머리를 끄덕이자 곧 사내 한 명이 들어섰다. 30대쯤으로 웃음을 띤 환한 얼굴이 호감이 가는 인상이었다.

"처음 뵙습니다. 저는 박기동이라고 합니다."

사내가 허리를 깊게 꺾으면서 말했다.

"어서 오십시오, 박 선생님."

그의 손을 잡으면서 김상철도 반가운 듯 말했다.

"바빠서 이제야 뵙습니다. 진즉 뵈었어야 했는데."

"아닙니다, 이렇게 시간을 내주신 것만 해도 영광입니다."

그는 여러 차례 송길수를 찾아와 김상철과의 면담을 요청해왔던 것이다. 인사를 마친 그들은 소파에 마주앉았다.

"타운 호텔에 묵고 계신다구요?"

김상철이 묻자 박기동이 다시 눈초리를 내리며 웃었다.

"예, 꽤 오래 되었습니다."

"무역을 하신다고 들었는데."

"본래 중국에 신발공장을 갖고 있었지요. 하지만 지금은 그만 두고 조금 특별한 사업을 합니다. 이것도 무역업입니다만……."

요즘 들어 거래관계를 맺으려는 사람들이 많았으나 김상철은 특별한 경우가 아니면 만나지 않았다. 그들은 대부분이 무역업자들로 개발에 필요한 갖가지 상품을 팔려는 사람들이었다. 잠자코 있는 김상철을 향해 그가 말을 이었다.

"인력수출이라고 하면 맞는 말이 되겠지요. 갖가지 인력을 공급할 수가 있습니다. 예를 들어 직업별로 나누면 군인에서 전기기술자까지, 그것을 또 여자만 분류해서 말씀드리자면 간호원에서 몸 파는 여자까지⋯⋯. 제가 다른 장사꾼처럼 샘플을 갖고 다닐 수가 없어서 유감입니다만 여하간에 어떤 종류의 인력이라도 공급해드릴 수가 있다는 말씀입니다."

김상철이 이를 드러내며 웃었다.

"그것, 굉장히 다양한 상품입니다"

"예, 그리고 수량도 얼마든지 있습니다."

진지한 표정으로 그가 말을 이었다.

"품질에 대해서도 염려하실 것 없지요. 마음에 맞지 않으면 발 달린 인간이라 내보내면 제 발로 돌아갈 것입니다. 손해 보실 것이 없습니다."

"고려리아 본부에 말씀해 보셨나요?"

"그쪽은 아시다시피 그룹차원에서 모집하고 있어서요."

박기동이 상체를 조금 숙이고는 김상철을 바라보았다.

"김 사장님께서 꼭 필요로 하실 것 같아서 이렇게 오래 기다리고 있었지요. 저는 확신하고 있었습니다."

이제 김상철의 얼굴에서 웃음기가 사라졌다.

"그럼, 인력은 한국에서 데려오는 겁니까?"

"예, 고급인력은 주로 그쪽에서⋯⋯. 잘 아시다시피 아무래도 한국 사람은 그, 3D업종은 피하는 형편이라서요."

"그렇다면 다른 인력은 어디서?"

"중국의 조선족이 제 주력상품입니다. 그리고 필요하다면 태국이나 필리핀, 또는 방글라데시에서 동원해 드릴수도 있습니다."

김상철이 의자에 등을 기대고는 박기동을 바라보았다.

"박 사장님은 지금 나에게 어떤 인력이 필요하다고 보십니까?"

"여자지요, 색싯집의 여자 아닙니까?"

말이 떨어지기가 무섭게 그가 대답했다.

"지금 타운의 남자와 여자의 비율이 10대 1입니다. 여긴 치마만 둘렀다 하면 호박을 데려와도 금값을 받을 수가 있습니다."

"……"

"이제까지 김 사장님께서는 그…… 마피아 사람들한테서 여자를 공급받으셨습니다. 그런데 김 사장님 소속 사업장의 여자들 질이 마피아나 북한쪽에 비해서 떨어져 있다는 건 사장님께서도 잘 알고 계실 겁니다. 그것은 마피아가 제 사업장 우선으로 여자를 골라 보내고 남는 여자들을 김 사장님께 보내기 때문이지요."

호흡을 가다듬은 그가 말을 이었다.

"북한쪽은 아예 러시아 땅을 휘젓고 다니면서 고려족 여자들을 고릅니다. 그러다보니 김 사장님 사업장 쪽 여자들 질이 떨어질 수밖에요. 그리고 수량도 제대로 공급이 안 되고."

"……"

"아다라시, 아니, 처녀나 다름없는 조선족 여자들을, 그것도 반반한 애들로만 추려서 얼마든지 공급할 수가 있습니다. 그리고 저는 아주 저렴한 수수료만 두당 계산해서 받으면 됩니다."

차 안에 앉아 빈 벌판을 바라보던 이금철이 옆자리의 최태호에게 머리를 돌렸다.

"딱 어디가 요지라고 말하기는 어렵겠다. 원체 도로가 넓은데다가 모두 길가의 땅이어서……."

오랜만에 외출한 이금철의 행차여서 도로가에는 그들이 탄 네 대의 차량이 나란히 멈춰서 있다. 바람이 벌판 위에 쌓인 눈가루를 긁어 일으키며 지나갔다. 그들은 지금 고려시에 건설될 거대한 상가 부지를 바라보고 있는 것이다.

"사업장당 5000평에서 1만 평까지 배분해주고 특별한 경우에는 5만 평 한도 내에서 조정해줄 수 있다더군요."

최태호가 말하자 그는 천천히 머리를 끄덕였다. 이미 400만 평이 넘는 상가부지에 각국의 투자단이 투자계획서를 제출해놓은 상태인 것이다. 그들의 옆을 지프 두 대가 스치고 지나갔다. 속도를 늦추고 길가에 붙어가고 있는 것을 보면 아마 투자단 일행이 타고 있는 모양이었다.

"타운으로 돌아가자."

이금철이 말하고는 고쳐 앉았다.

"곧 눈이 내릴 것 같다."

힐끗 그의 눈치를 살핀 최태호가 시선을 앞으로 준 채 입을 다물었다. 늦은 오후인데다 하늘은 흐려서 금방이라도 눈이 내릴 것 같은 날씨였다. 평양의 해외사업반이 동분서주하고 있었지만 아직까지 스폰서가 되겠다는 자본주는 나타나지 않은 것이다. 시간이 얼마 남지 않은 상황에서 그들이 초조해하는 것은 당연했다. 이금철이 모두 도로가의 땅이어서 요지가 따로 없다고 말한 것은 그러한 허탈감을 달래려는 허세였다. 중심가에서 가까울수록 요지이고 그것이 이미 투자신청서를 제출한 각국의 투자단에게 선점될 것이기 때문이다. 최태호가 이금철을 바라보았다.

"해외 사업반이 조총련 사람들을 설득하는 모양이던데요."

이금철은 잠자코 창밖을 바라보고 있다.

"몇 사람을 집중적으로 설득하고 있다고 들었습니다."

"나도 들었어. 그런데 조금 어렵다는 거야. 그럴 돈이 있다면 차라리 나진 선봉에 공장을 짓겠다고 반발을 한다는군."

"……"

"하나만 알고 둘은 모르는 놈들이지만 그럴 만도 하지. 이제까지 너무 쏟아 부은 덕분에 돈이 말랐으니까."

"빠찡고의 김원달 씨 같은 사람은……"

"그 사람은 위험한 투자는 못하겠다고 거절했어. 시베리아 임차지는 한국땅이고 한국땅에 들어갈 수 없다고……"

차 안에 무거운 정적이 흘렀다.

고려시에 진출하려면 타운에서처럼 1, 2백만 달러로는 어림도 없는 것이다. 최소한 천만 달러 규모의 투자계획서를 내야 검토를 한 후에 승인을 받는다. 최태호는 어금니를 물었다. 이제는 한국 쪽이 북한을 배제시키려고 일부러 조건을 그렇게 만들었다는 생각이 들었기 때문이다. 만일 스폰서를 찾지 못하면 북한은 고려시에 기반은커녕 발을 딛지도 못한 채 좁은 타운만을 맴돌다가 사라질지도 몰랐다.

"고려의 강 회장, 이 영감탱이, 보통이 아니야."

이금철이 혼잣말처럼 중얼거렸다.

"이 땅에 엄청난 자본을 끌어들이고 있는 것을 보라우. 러시아 마피아, 중국의 삼합회, 거기에다 일본의 야쿠자까지 돈을 싸들고 와서 기반을 잡도록 내버려둔다. 거기에다 한국과 우리까지 끼여 들면 다섯 개 세력이 된다. 그것은 마치 동북아시아의 축소판과 같아…… 고려리아 땅에 말이다."

"……"

"나는 우리 모두가 그 영감탱이의 손바닥 안에서 놀아나는 것이 아닌가 하는 생각이 들어."

최태호는 잠자코 그를 바라보았다. 어쩌면 그 다섯 세력이 각각 제 나라의 국력을 나타내는지도 모른다는 생각이 들었던 것이다.

고려마크가 새겨진 코트를 입고 방한모에 마스크를 쓴 환경부 직원들은 사업장뿐만 아니라 일반 주민들에게도 공포의 대상이었다. 그들은 정기적인 위생검사 외에 불시검사를 실시하여 위생상태, 전기와 가스의 안전도검사, 구조물의 안전 상태까지 감독했기 때문에 어느 면에서는 경비부보다 더 위력이 있는 기관이다.

환경부 직원들이 들어서자 왕 씨는 웃음 띤 얼굴로 그들을 맞았다.

"어서 오십시오. 수고가 많으십니다."

"방문은 모두 열어놓으시오, 화장실까지."

앞장선 직원이 유창한 중국어로 말했다. 그는 마스크로 얼굴을 가려서 눈만 보였는데 아마도 중국계 조선족일 것이다. 왕 씨가 옆에 선 사내에게 눈짓을 하자 사내가 몸을 돌렸다.

"이곳은 합숙소요? 웬 방이 이렇게 많아?"

직원이 안으로 들어서며 묻자 왕 씨가 서둘러 따랐다. 나머지 직원들은 제각기 집 안으로 흩어져 들어갔다.

"애들은 모두 치웠습니다."

중국인 거리 입구에 있는 그릇가게 안이다. 가게 안쪽의 계산대 옆에 앉은 마연중이 사내 말에 입맛을 다셨다.

"며칠 전에는 서쪽 러시아촌을 불시 검문하더니 망할 자식들이 오늘은 이 쪽이네."

"거리 뒤쪽을 재개발한다는 소문이 있었는데 그일 때문인지도 모르겠습니다."

"그거야 상관없다. 그런데 환경부 직원은 모두 몇 명이나 돼?"

"20명 정도로 서너 명씩 한 조가 되어서 집중적으로 검사한다는데요."

의자에서 일어선 마연중이 옷걸이에 걸린 슈바를 집어 들었다.

"봉우와 안망을 불러서 애들을 데리고 그쪽으로 가라고 해라. 앞뒤를 지키란 말이다."

긴장한 사내가 그를 바라보았다.

"예, 형님, 지키라고만 합니까?"

"그렇다, 만일을 위해서. 놈들이 얼쩡거리다가 운 좋게 뭔가 찾을지도 모르니까."

"예, 형님."

"나는 대형한테 가 있을 테니 그쪽으로 연락하고."

황윤이 눕혀진 곳은 깨끗하게 정돈된 침대 위로 벽에는 옷장까지 붙어 있는 방이었다.

"환경부 검사다. 금방 끝날 테니까 그때까지 이곳에 있어야 되겠다."

황윤을 내려다보며 화씨가 말했다. 침대에 걸터앉은 그는 주머니를 뒤져 기름종이에 싼 쥐똥만한 알약을 손끝으로 집어 들었다.

"자, 두 개만 드실까? 이것이면 아주 기분 좋게 주무실 수 있을 거야."

그는 한 손으로 황윤의 상반신을 일으켜 세우더니 그녀의 입속에 알약을 쑤셔 넣었다. 그리고는 침대 머리맡에 놓인 주전자 물로 입 안의 약을 삼키게 하고나서 다시 그녀의 입을 벌려 입 안을 확인했다.

"자, 됐다, 주무셔라."

다시 황윤을 눕힌 화씨가 침대에서 엉덩이를 들었다.

"네 서방님 꿈이나 꾸거라, 이년아."

그가 방을 나가자 황윤은 물끄러미 천장을 올려다보았다. 부러진 왼쪽 다리는 부목을 대고 있었는데 감각을 잃은 지 오래였다.

오히려 성한 오른쪽 다리와 전신에 통증이 왔다. 도망치다가 잡혀 무지막지한 고문을 당했기 때문인데 일주일이 지났어도 통증이 가시지 않는 것이다. 온몸에 열이 올랐고 머리가 어지러웠으므로 그녀는 눈을 감았다. 곧 아편의 효과가 올 것이었다. 그러면 통증도 두려움도 잊고 오직 뜨겁고 반짝이는 쾌감만이 온몸을 휩싸게 된다. 문득 이한의 얼굴을 떠올린 황윤은 눈을 떴다. 이제는 이곳으로 들어왔던 자신이 무모했다는 후회는 더 이상 일어나지 않았다. 그들의 고문에 견디지 못해 모든 것을 자백한 자신에 대한 수치심도 없다. 이윽고 이한의 얼굴이 흐려지기 시작했다. 이를 악문 그녀가 더 크게 눈을 부릅떴지만 눈앞에는 아무것도 보이지 않았다. 그리고 자신도 모르게 기다리고 있던 쾌감을 느끼기 시작했다.

"이쪽으로."

이한이 턱으로 옆쪽을 가리키며 앞장을 섰다. 이미 밤 10시 가까운 시간이어서 기온은 영하 20도로 뚝 떨어져 있었다. 이한과 뒤를 따르는 최복수와 정기만 세 사람 모두 환경부원 차림이었다. 그들이 미로와 같은 좁은 골목을 걸어 나가는 동안 스치고 지나간 서너 명의 사내는 모두 놀란 듯 양쪽으로 비켜섰다.

이곳은 중국인 밀집 주거지역의 한복판으로 대낮에는 경비부원도 들어서기를 꺼리는 곳이다. 지난번 사건 이후로 일부 조선족 경비원들은 중국계 사내들의 비위를 거스르지 않으려는 경향까지 보이는 상황이었다. 이한이 문득 걸음을 멈추자 최복수 등도 따라 멈췄다. 그들은 다시 갈림길에 접어들었던 것이다.

"저쪽이다."

이한이 다시 오른쪽을 가리켰다. 소개소 왕 씨가 말해준 대로라면 오른쪽 골목은 막혀 있어야 한다. 뛰듯이 골목길을 달려간 이한은 앞을 가로막은 나무문짝을 보았다. 짙은 어둠 속이었지만 문짝 사이로 희미한 불빛이 새어나오고 있었다. 그가 나무문짝을 밀어젖혔을 때 안쪽에서 사내 한 명이 나타났다. 마치 기다리고 있었던 듯이 나타난 사내가 중국어로 물었다.

"무슨 일이요?"

그러자 뒤에 서 있던 정기만이 앞으로 나섰다.

"환경부 검사야. 소식 못 들었어?"

그는 선양 출신의 조선족으로 중국어가 유창했다.

"비켜서. 우리도 시간이 없다."

이한은 사내를 밀치고 앞을 가로막은 육중한 나무문을 밀었다. 그러나 안에서 잠근 문짝은 꼼짝도 하지 않았다.

"문 열어!"

정기만이 발길로 문을 걷어찼다. 환경부의 위생검사를 거부한다면 사업장이나 주택을 막론하고 폐쇄당할 각오를 해야 한다. 정기만이 다시 문짝을 내지르자 고리가 빠지면서 문이 열렸다. 안은 넓은 마룻방으로 희미한 전등 한 개가 천장에 매달려 있을 뿐 텅 비어 있었다. 그러나 방 안에 들어선 이한은 아직도 남아있던 사람들의 온기와 함께 콧속을 파고드는 매운 듯한 냄새를 맡을 수 있었다. 아편이다. 이곳이 왕 씨가 말해주었던 아편방이었다. 그는 몸을 날려 반대쪽 문으로 뛰었다. 문을 밀어젖히고 안으로 들어서자 대기실이 나타났다.

나무의자와 탁자가 어수선하게 놓인 한쪽 탁자 위에서 가는 연기가 피어오르고 있었다. 그것은 재떨이에 놓인 담배연기였다. 이한이 다시 옆쪽의 문을 열고 들어서자 방 안에 앉아 있던 사내가 그를 바라보았다.

"이 밤중에 웬 환경부 검사요?"

40대쯤의 둥근 얼굴과 몸집을 가진 사내는 눈을 동그랗게 뜨고 있었지만 앉은 채였고 여유 있는 말투였다.

"이건 마치 범죄자 수색을 하는 것 같군요, 환경부원이."

"이 새끼, 아편소굴을 운영하고 있었어. 당장에 체포하겠다고 해라."

뒤따라온 정기만에게 이한이 뱉듯이 말했다. 정기만의 중국어를 들은 사내가 천천히 자리에서 일어섰다.

"이거 정말 놀랄 일이군. 이곳은 노동자 합숙소로 고려의 허가증도 받아놓은 곳이오."

그는 이한에게 다가와 섰다.

"그리고 우리 모두는 등록증이 있는 고려리아 시민이오. 우리가 중국인이라고 해서 차별을 하는 겁니까?"

그러자 이한의 옆으로 최복수가 다가와 섰다.

"형님, 아무것도 없습니다."

"경비부에 연락해서 이 새끼를 끌고 가."

이를 악문 이한이 몸을 돌렸다. 실패다. 5개 조로 나눠진 환경부원들이 황윤이 있다는 색싯집을 포위하듯 수색하게 했는데 그는 소개소의 왕 씨가 자백한대로 그들의 탈출 예정지인 이곳을 맡았던 것이다. 그러나 환경부원들이나 그도 여자들은 얼굴도 보지 못했다. 그들에게 철저히 조롱당한 것이다.

"그놈이 몸이 달았어."

밀실에 앉은 진대원이 찻잔을 들며 말했다.

"며칠 전에는 러시아촌의 환경부 불시점검을 하는 등 사전에 꽤 치밀한 계획을 세운 것 같다."

"그래도 조금만 늦었다면 아편방에서 그년을 빼앗길 뻔했지 않습니까? 그놈들이 골목 입구에 들어섰을 때 겨우 연락을 받고 치웠으니까요."

진대원의 기분이 좋아보였으므로 마연중도 여유있는 말투이다.

"하지만 대형, 위 선생이 경비소에 들어간 것이 걱정입니다. 김상철측이 악에 받쳐 있을 텐데 혹시나……."

"내가 일부러 위형을 그곳에 남게 한 것이다."

"……"

"위형에게 중국에 돌아가라고 했다. 경비소가 위형을 추방시키지 않는다면 내가 낭패야."

찻잔을 내려놓은 진대원이 정색을 했다.

"결국은 그놈들이 여자를 구하려고 움직이는군, 그따위 작전으로 여자를 구해내려고 하다니, 우리를 어떻게 보고……"

"제 생각입니다만 놈들이 오늘밤은 허탕을 쳤지만 그냥 물러날 것 같지 않은데요. 아마 다시 시작할 것 같습니다."

마연중의 말에 진대원이 머리를 끄덕였다.

"그렇겠지. 하용준에 대한 원한도 있는데다가 우리 세력에 대해서 불안감을 느끼고 있기도 할 테니까."

머리를 든 진대원이 물었다.

"여자는 어디에 두었지?"

"마작방의 공 씨한테 맡겨두었습니다."

진대원이 생각에 잠긴 듯 벽을 바라보았으므로 마연중도 입을 다물었다.

왕 씨가 소개소로 돌아온 것은 다음날 아침이다. 직원이라야 하북 출신의 상군이라는 젊은이 한 사람뿐인 조그만 사무실이었지만 중국인 거리에 한 곳밖에 없는 소개소였다.

"감기 괜찮으십니까?"

바닥에 빗질을 하고 있던 상군이 묻자 그는 건성으로 머리를 끄덕였다. 김상철의 부하한테 납치되었을 때 왕 씨는 상군에게 전화를 걸어 감기로 사무실에 나가지 못한다고 말했던 것이다.

"제가 어제 저녁에 숙소에 들렸었는데 안 계시더군요. 옆방의 모선생도 모르신다고 하고."

"몸이 조금 풀려서 마작방에 갔었어."

자리에 앉은 왕 씨는 책상 위에 놓인 서류를 훑어보았다. 이력서가 20여 장 모여져 있었는데 어제와 그제, 이틀 동안의 실적으로는 적은 편이다.

"이봐, 상군, 그 동안 별일 없었나?"

그가 묻자 상군이 다가와 섰다.

"별일 없었습니다. 소개료 받은 것이 50달러 조금 넘고 또……."

"누가 나 찾지 않았어? 마 선생이나 또 다른……."

"찾지 않았습니다."

숨을 내리쉰 그에게 상군이 말을 이었다.

"어제 트럭 편으로 100명이 넘게 들어왔다니까 오늘은 꽤 올 것 같은데요."

고려리아에 연고를 찾아오는 사람은 적었고 대부분 무작정 들어왔으므로 그들이 들릴 곳은 이곳뿐이다. 왕 씨는 입맛을 다셨다. 이 자리는 곧 달러박스였다. 직종과 남녀의 차이에 따라 소개료는 각각이었지만 수수료는 달러로만 받는다. 특히 여자 고객들 중에서 색싯집 지원자를 넘겨줄 때 업주로부터 받는 사례금 몫이 제일 컸다. 그는 책상을 열고 담배를 꺼내 입에 물었다.

"이봐, 어제 우리 거주지에서 무슨 일 없었나?"

"글쎄요."

머리를 한쪽으로 기울였던 상군이 그를 바라보았다.

"참, 어제 저녁에 환경부 직원들이 위생 점검을 했다고 합니다. 그 화 선생네 색싯집하고 그 근방의 합숙집들을……"

"……"

"일부는 위쪽의 아편방까지 갔던 모양인데 허탕을 쳤다더군요. 그래서 홧김에 아편방에 있던 위 선생을 데려갔다고 합니다."

별일 아니라는 듯 말한 상군이 몸을 돌리자 그는 다시 길게 숨을 내려쉬었다. 놈들의 구출작전이 실패했다는 것에 마음이 놓인 것이다. 거기에다 그 끔찍한 송가 놈도 앞으로 다시 만날 날이 없을 것이라고 말해주었다. 이쪽만 모르고 있으면 지난 이틀간은 악몽으로 접어두고 다시 시작할 수도 있는 것이다. 문이 열렸으므로 그는 머리를 들었다. 마연중이 들어서고 있었다. 그의 웃음 띤 얼굴을 보는 순간 왕 씨는 어깨를 늘어뜨렸다. 지난 이틀간의 악몽보다 더한 것이 다가올지도 모른다는 생각이 든 것이다.

이한의 눈이 벌게진 것은 낮술을 마셨기 때문이다. 그리고 그와 대작하고 있는 것은 김상철이었다. 송길수는 옆에서 얼쩡거리다가 슬그머니 일어나 나가더니 다시 오지 않았으므로 둘이서 잔을 주고받는다. 오전 10시 30분이었지만 금방이라도 눈이 쏟아질 듯 잔뜩 흐린 날씨였다. 보드카를 한 모금 삼킨 김상철이 입을 열었다.

"내가 사랑했던 여자가 있었는데 그 여자는 지금 서울에서 내 친구와 결혼해서 살고 있지."

그는 마치 옛날이야기를 하는 것처럼 보였다.

"그 여자는 지금도 내가 이곳에서 실종된 것으로 알고 있을 거다. 하지만 내 친구는 내가 살아 있는 것을 알아."

"……."

"무슨 일이냐 하면 내 친구가 그 여자를 놓치지 않으려고 그녀를 속였다는 말이야. 그놈은 내가 살아 있다는 사실이 여자에게 알려질까 봐 교도소에 있는 내 부친한테도 그 말을 전해주지 않았거든."

술잔을 든 채로 잠자코 있는 이한을 향해 그가 말을 이었다.

"서울에 갔을 때 숨어서 그 여자를 훔쳐보았다. 자신이 부끄럽다는 생각도 들었지만 참을 수가 없었어, 보고 싶어서."

"……."

"그래, 기다려주지 못한 그 여자를 죽여 버리고 싶었지. 내 친구란 놈하고 함께. 그러면 미련도 없이 새생활을 시작할 수 있을 것 같았다."

이제까지 김상철은 여자 이야기는커녕 집안 이야기조차 꺼낸 적이 없다. 이한은 긴장으로 온몸이 굳어졌다.

"이해하는 척했지만 받아들일 수가 없었고, 잊을 수도 없었다. 행복을 바란다는 따위의 우스운 생각은 하지도 않았고."

감히 나설 처지도, 분위기도 아니었으므로 이한은 술잔만 내려놓았다.

"지금도 그 두 연놈을 생각하면 가슴이 끓어오른다. 그것들이 차라리 사고라도 나서 죽어버렸으면 하고 바랄 때도 있으니까."

이한을 바라보며 김상철이 빙그레 웃었다.

"하지만 나는 누구한테 내색한 적이 없고 어떤 행동을 한 적도 없다. 그저 그들 생각을 할 때마다 가슴에 칼질을 당하는 것 같은 느낌을 받으면서 살아왔어, 지금까지."

"……."

"그리고 앞으로도 그렇게 살아야만 될 것 같다. 이것은 누구도 도와줄 수 없는 내 개인의 일이니까 말이야."

이한이 머리를 숙였다.

"형님, 죄송합니다. 제가 서둘렀기 때문에 형님 체면에 먹칠을 했습니다."

"이놈아 체면은 무슨, 우스운 소리 말아."

쓴웃음을 지은 김상철이 말을 이었다.

"네가 답답한 것 같기에 나도 모르게 내 이야기를 한 것뿐이다. 넌 기다리면 된다. 희망이 있어."

코즈모프 바의 밀실 안이다. 소파에 앉은 이금철은 최태호와 함께 들어서는 사내를 눈 한번 깜박이지 않고 바라보았다. 등을 기대고 앉은 여유로운 자세였다.

"위원장 동지."

다가선 최태호가 입을 열자 그는 천천히 몸을 풀면서 자리에서 일어섰는데 누가 보아도 의식적인 행동이다.

"어서 오시오."

사내를 향해 그렇게 말했지만 무표정한 얼굴이었다.

"이거 뵙게 되어 영광입니다."

들어설 때부터 웃는 얼굴을 허물지 않고 있는 사내는 박기동이었다.

"박기동이올시다."

"나, 이씹니다."

인사를 나눈 그들은 마주앉았다. 박기동의 옆자리에 앉은 최태호는 이제 이금철에게 맡겼다는 시늉으로 아예 딴전을 피우기 시작했다. 분위기가 어떻게 될지 감을 잡을 수 없었기 때문이었다. '방이 아주 좋습니다'

하고 방을 둘러보던 박기동이 감탄하는 시늉을 했지만 말을 받는 사람은 없다.

"참, 이번에 북한 축구팀이 말레이시아를 깼더군요. 축하드립니다."

3대 0으로 이겼지만 그전에 중국에 연패를 당해서 월드컵은 이미 물 건너갔다.

"올 겨울은 눈이 많이 내릴 모양이던데요."

그렇게 말하는 박기동은 웃는 얼굴 그대로였는데 참지 못한 것은 최태호였다. 그가 상체를 세우고 헛기침을 했을 때 이금철이 입을 열었다.

"그래, 박 선생, 날 만나자고 한 이유가 뭐요?"

"아, 그거야 뻔한 것 아니겠습니까? 전 장사꾼이니까 장사하려고 뵙자는 것이지요."

박기동이 이를 드러내며 웃었다.

"만나뵈려다가 타운 호텔의 터줏대감이 다 되었습니다."

"우리하고 장사를 하겠다고?"

"아, 네."

"어떤 장사인데?"

그러자 박기동이 정색을 하고는 자리를 고쳐 앉았다.

"장사라고 하시니…… 제가 물건을 팔려는 것으로 오해하신 모양인데 사실 사려고 왔습니다."

"무얼 말이요?"

"여자를 삽니다."

이금철과 최태호가 서로 얼굴을 마주보았다. 이제는 방 안의 분위기가 달라져 있었는데 무게중심이 박기동 쪽으로 넘어가 있다.

"여자를 사다니? 그게 무슨 말이야."

이맛살을 찌푸린 이금철이 묻자 박기동이 헛기침을 했다.

"색싯집 여자, 클럽 종업원, 가게 점원, 안내원, 거기에다 앞으로 고려시에 들어설 수많은 호텔과 클럽, 유흥업소에 필요한 여자 말씀입니다."

"……."

"물건만 대주시면 얼마든지 사드릴 수가 있습니다. 몸값을 드린다는 것이 아니라 수수료를 드린다는 말씀입니다. 물론 수수료는 종류에 따라 차이가 있어야겠지요."

"잠깐만."

이금철이 그의 말을 잘랐다.

"말하자면 우리가 물건을 대면 당신이 넘겨받는다는 말이 아닌가?"

"그렇습니다."

"그리고 당신은 그것을 공급처에 다시 넘기고, 수수료를 받고 말이야."

"맞습니다."

"이것 봐."

이금철이 최태호를 불렀다. 그리고 턱으로 박기동을 가리켰다.

"똑똑히 봐두라우. 이것이 바로 한국 장사꾼이야. 이놈들은 이렇게 해서 돈을 벌었다고."

눈을 껌벅이고 있는 박기동을 향해 그가 말을 이었다.

"이 놈은 우리가 죽겠다고 만들어 내면 수수료만 떼어 먹고 다른 곳에 넘긴다는 거야. 머리 돌리는 것 좀 보라우."

박기동이 다시 얼굴에 웃음을 띠었다.

"혹시 직접 공급하실 데가 있습니까? 그렇다면 물론 내가 필요 없지요."

"당신은 있나?"

"물론입니다."

"어디야?"

"김상철 씨와 계약을 했습니다."

그러자 숨을 들여 마신 최태호가 이금철을 바라보았다. 이금철이 박기동을 노려보았는데 목젖이 위아래로 움직였다.

"계약을 했다고? 김상철이 하고?"

"앞으로 김 사장한테 필요한 인력은 모두 내가 공급합니다."

"……."

"아무래도 러시아 땅이나 중국 땅에 있는 조선인들을 모으기에는 이쪽이 나을 것 같아서 찾아왔지요. 하지만 내키지 않으시다면 할 수 없습니다. 다른 사람을 찾을 수밖에요. 물론 찾기는 어렵지 않을 겁니다, 잘 아시겠지만."

박기동이 커피숍에 들어서자 구석자리에 혼자 앉아 있던 손영만이 반색했다.

"오후 내내 안 보이시던데, 여자 만나러 간 거요?"

앞자리에 앉은 박기동이 머리를 저었다.

"난 낮거리는 안합니다."

"그럼, 우리 슬슬 나가볼까?"

저녁 8시가 되어 있어서 타운 전체가 북적이는 시간이다. 손영만이 재촉하듯 다시 말했다.

"갑시다. 내가 한잔 살 테니까, 내일 서울로 돌아갈 테니 오늘 밤은 비상금을 풀 생각이오."

"방에서 한잔 합시다. 나가야 소란스럽기만 하고…… 어디 반반한 여자 하나라도 있어야지."

"하긴 러시아 여자들하고는 사이즈도 안 맞고."

손영만은 이제 박기동을 깍듯이 대접하고 있었다. 대개 외국에서 만나는 한국인들끼리는 서로 업종이 다르더라도 경계심을 갖는 것이 보통이다. 그것은 현지에서 만난 한국인에게 사기를 당했다거나 골탕을 먹은 사례가 많은 것도 그 이유가 되겠지만 외국에서 만나는 한국인에게 더 큰 경쟁의식을 느끼기 때문일 것이다. 실적을 가져가야 하는 상사원들로서는 외국에서 만나는 한국인이 국내에서보다 오히려 더 위험한 상대다. 그러나 손영만은 지금 기대에 차 있었다. 박기동이 김상철과 친밀한 관계라는 것이 사실이었고 힘들게 가져왔던 변기 샘플 두 개도 김상철의 저택에 가져다 놓았던 것이다. 물론 계약이 되었을 때 거래금액의 5%를 박기동에게 수수료로 떼 줘야 하지만 그쯤은 아무것도 아니다.

자리에서 일어선 그들은 커피숍을 나와 계단 쪽으로 다가갔다. 방에서 손영만의 환송파티를 하려는 것이다.

"박기동 씨, 잠깐만 보십시다."

뒤쪽에서 부르는 소리에 그들은 몸을 돌렸다. 슈바 차림에 방한모를 쓴 두 사내가 그들에게로 다가왔다.

"박기동 씨, 잠깐 우리하고 같이 가주셔야 겠는데."

사내 한 명이 부드럽게 말하고 신분증을 꺼내보였다.

"경비본부에서 왔습니다. 저기 전화로 본부에 제 신분증을 확인해보십시오."

고려리아에서는 연행해가기 전에 반드시 본부에 확인하도록 되어 있었는데 그것은 경비부원의 신분을 가장한 사건을 방지하기 위해서였다. 머리를 끄덕인 박기동이 손영만을 바라보며 웃었다.

"환송파티가 조금 늦겠는데요, 손 형."

"박 형, 무슨 일로……."

얼굴을 굳힌 손영만이 묻자 그가 어깨를 슬쩍 추켜올려 보였다.

"낸들 압니까? 하지만 손 형이 나파스 클럽의 송길수 지배인을 찾아이 일 좀 전해줄랍니까? 그 사람이 김 사장의 심복이거든."

그는 여유 있는 걸음으로 프런트의 전화기를 향해 다가갔다.

장동택은 국정원에서 고려리아로 파견된 사내로서 경비본부에서의 직책은 보안과장이었다. 보안과는 경비본부의 직할부서였고 주업무는 이름 그대로 보안에 관한 모든 것을 통괄하는 것이었는데 쉽게 표현하면 고려리아의 국정원였다. 따라서 5명의 간부는 모두 국정원원 출신이었고 50여 명의 직원들은 대부분 사상이 투철한 한국인이었다. 장동택이 고려시 서쪽에 위치한 보안과의 작전주택에 도착한 것은 밤 10시 30분이었다. 매서운 바람과 함께 눈보라가 몰아치고 있는 밖의 기온은 영하 30도를 가리키고 있었다. 이런 날에는 타운에서만 해도 대여섯 명의 동사자가 생긴다. 그가 아래층의 조사실로 들어서자 방 안에 있던 대여섯 명의 사내들이 일제히 차렷 자세를 취했다. 장동택은 부하들의 절도 있는 자세를 좋아했는데 그것은 그가 해병 출신이기 때문만은 아니다. 30대 후반이 된 그가 아직도 20대의 체력을 유지하고 있는 것은 그의 절도 있는 생활 때문이었다. 자리에 앉은 그가 부하들을 둘러보았다.

"그놈 데려와."

그러자 부하들이 일제히 움직이기 시작했다. 나가는 사내, 의자를 준비하는 사내, 그리고 자료를 챙기는 사내들로 나뉘어져 일사분란하게 움직였다. 장동택은 팔짱을 끼고 앉아 움직이지 않았다. 큰 몸집에 두터운 입술을 꾹 다물고 부리부리한 눈을 굴리고 있는 그의 별명은 동탁이다.

삼국지에서 동탁은 초선이란 계집에 빠져 엉망진창의 삶을 살았는데 그가 그런 엉뚱한 별명을 듣게 된 것은 이름이 비슷했기 때문일 것이다. 부하들이 박기동을 데리고 들어서자 그의 두 눈이 더욱 커졌다.

그의 앞에 놓인 의자에 앉은 박기동의 얼굴에는 웃음기가 떠올라 있었다. 이것은 박기동의 장사꾼 생활에서 비롯된 습관이었지만 상대방의 대부분이 그런 모습을 보고 호감을 느끼는 것을 알기 때문이었다.

"철썩!"

갑자기 요란한 소리와 함께 귀싸대기를 얻어맞은 박기동이 옆으로 자빠질 뻔 하다가 겨우 몸을 세웠다. 웃음기는 순식간에 사라졌고 두 눈과 입이 쩍 벌어진 얼굴이 되었다.

"이 개새끼야, 너 이금철이 왜 만났어?"

장동택이 다시 팔을 들어 올리는 시늉을 하자 박기동이 몸을 반대쪽으로 기울였다.

"아니, 이거 왜 이러십니까?"

"이놈이."

장동택의 다른 쪽 손이 날아가 그의 뺨을 다시 쳤다. 허점을 찌른 것이다.

"두 번 묻게 하지 말란 말이다. 너, 이금철이 왜 만났어?"

"예, 사업관계로······."

"아이고!"

박기동이 비명을 지른 것은 장동택의 구두 끝이 그의 정강이를 내려쳤기 때문이다. 조인트를 깐 것이다.

"사업? 니가 무슨······."

장동택이 반쯤 몸을 일으키고 윗도리를 벗어던지자 부하가 그것을 집어 들어 옷걸이에 걸었다.

"너, 이 새끼, 부도내고 도망 나와서 한국 땅은 밟지도 못할 놈이 무슨 사업?"

"아이고."

이번에는 맞은 것도 아니었는데 장동택이 불쑥 상체를 들이대자 저도

95

모르게 터져 나온 비명이다.

"너, 이북으로 넘어가려고 그랬지?"

"아이고, 제가……."

장동택은 상체를 번쩍 세웠고 박기동은 몸을 젖히려고 하다가 의자와 함께 뒤로 넘어졌다.

"너 같은 놈은 산 채로 묻어도 흔적도 남지 않는다. 찾을 사람도 없고."

장동택이 기세등등하게 소리쳤다.

"이 새끼, 며칠 전에는 김 사장 찾아가더니 오늘은 이금철이를 만나? 이놈이 무슨 이중간첩이야, 뭐야?"

몸을 세우고 시멘트 바닥에 주저앉은 박기동은 이제 제정신이 아니었다.

"아이고, 잠깐만요, 제가 무슨, 정말로……."

손을 휘저으며 박기동이 정신없이 말했다.

"저는 장사하러 갔습니다. 정말입니다. 물어보십시오. 여자장사를 하러 가서……."

"뭐여?"

장동택이 버럭 소리를 질렀고 주위 사내들의 얼굴에도 호기심이 가득 담겨졌다.

"여자 장사?"

"예, 여자를 모아달라고, 제가 판다고, 예, 김 사장께 팔고, 그렇게 해서……."

겨우 일어나 의자 귀퉁이에 엉덩이 끝만 걸친 박기동은 평소와는 전혀 달리 두서없는 말로 해명을 해댔다.

참을성 있게 그의 말을 듣고난 장동택은 주위의 부하들을 둘러보았다.

"이게 도대체 무슨 소리여?"

"사기 치는 겁니다, 남북한 양쪽에다."

부하 한 명이 단언하듯 말했다. 벽 쪽에 서 있던 부하의 의견은 조금 다르다.

"이 새끼 혹시 삼합회 끄나풀인지도 모릅니다. 양쪽을 이간질시켜서……."

"아이고, 무슨 말씀을……."

이제 박기동의 목소리는 갈라져 있었다. 가슴이 내려앉았고 몸에서 기력이 빠져나가기 시작했다. 유능한 세일즈맨으로 시작해 촉망받던 중소기업 경영자로 승승장구 하다가 부도를 맞은 것이 1년 전이다. 중국과 러시아를 떠돌다가 마지막 희망을 걸고 고려리아로 들어온 것이 말 그대로 마지막이 될지도 모르는 상황이었다.

김상철이 방에 들어선 것은 다음날 아침 10시가 조금 넘었을 때였다.

나무의자에 넋을 잃고 앉아 있던 박기동은 그를 보더니 금방 얼굴이 벌겋게 되었다.

"아이고, 김 사장님."

그는 엉거주춤 자리에서 일어섰다.

"오해가 있었습니다, 그래서……."

방 안으로 들어서던 장동택이 그 말을 들었다.

"뭐? 오해? 저 새끼가, 저……."

그는 김상철의 옆에 서서 박기동을 노려보았다.

"오늘 비행기 편으로 널 한국으로 보낼 작정이었어. 그런데 김 사장께서 보증을 서주셨다, 알겠어?"

커다랗게 머리를 끄덕이는 박기동을 향해 그가 말을 이었다.

"당분간 너를 김 사장께 맡긴다. 하지만 명심해 둬, 넌 우리 감시를 받고 있다는 것을 말이야."

한바탕 경고를 받고난 박기동은 김상철을 따라 작전주택을 나왔다. 길가에 대기하고 있는 차에 오르자 박기동이 옆자리의 김상철을 향해 머리를 숙였다.

"신세를 졌습니다. 잊지 않겠습니다."

김상철이 얼굴에 웃음을 띠었다.

"이금철이가 여자를 조달해준다고 합디까?"

"예, 지원자가 얼마든지 있다고. 하지만 김 사장님이 받으실 지는 모르겠다고 했습니다."

"그래서 뭐라고 했소?"

"받으신다고 했습니다."

"어째서?"

"누구 손을 거치나 여자는 마찬가지기 때문이지요."

"건설현장 노동자들처럼 훈련받은 공산당 조직원을 내 사업장에 넣는단 말인가?"

"고려리아에 있는 조선족 대부분이 북한계 아닙니까? 그건 예상하고 계실 줄 알았는데요."

"……"

"사업장에 넣은 후 우리 사람을 만들면 됩니다. 이제 곧 북한에서도 몰려올지 모르는데 조선족마저 경계한다면……."

한동안 앞쪽을 바라보던 김상철이 천천히 머리를 끄덕였다.

"당신 말도 일리가 있어요."

"제가 중국과 러시아를 떠돌아다녀 봐서 아는데 북한에서 교육시킨다고 될 일이 아닙니다."

박기동의 말투에 열기가 띠워졌다.

"그리고 건설현장을 보십시오. 공산당 조직이 세력을 잃어가고 있지 않습니까?"

"그런데 당신은 서울에서 부도를 내고 도망쳐 왔더구먼, 부정수표 단속법 위반에다 사기혐의로 기소된 수배자 신분이던데……."

그러자 박기동이 어깨를 늘어뜨렸다.

"패가망신 했습니다."

"타운 호텔에서도 사기를 친 것 같던데."

"타운 호텔에서라니요?"

눈을 둥그렇게 뜬 박기동이 그를 바라보았다.

"그런 일 없습니다."

"변기사업을 하는 사람한테서 나하고 로비하는데 필요하다고 만 달러를 받았다는데……."

"아니, 그것은 빌린 겁니다."

김상철이 앞자리에 앉은 송길수를 바라보았다.

"누구 말이 맞는 거냐?"

송길수가 몸을 돌려 박기동을 바라보았다.

"박 선생님이 거짓말을 하고 계시는 것 같습니다."

그는 박기동을 향해 눈을 부릅떴다.

"금방 들통 날 거짓말을 아주 잘하십니다, 박 선생님은."

"안으로 데려가, 내 숙소로."

장인규가 날이 선 목소리로 소리쳤다.

"뭘 꾸물대고 있는 거야!"

장 클럽의 현관 앞이다. 지나가던 행인들이 걸음을 멈추고는 이쪽을 바라보고 있었으므로 장인규는 황윤을 가로막고 섰다. 길바닥에 앉아있는 황윤은 창백한 얼굴로 몽롱한 시선만을 이리저리 굴릴 뿐 입도 열지 않았다. 사내들이 달려들어 황윤을 안아들었을 때 장인규는 황윤의 치마 속의 다리 한쪽에 부목이 붙여져 있는 것을 보았다. 그들은 텅 빈 클럽을 지나 안쪽의 숙소로 들어섰다.

점심시간이어서 식사 중이던 종업원들이 놀란 얼굴로 그들을 바라보았다. 황윤은 조금 전에 클럽 앞의 길가에서 발견되었던 것이다. 클럽의 종업원 하나가 길가에 두 다리를 쭈욱 펴고 앉아 있는 황윤을 처음 발견했는데 다리 한쪽이 이런 상태라면 제 발로 왔을 리는 없다. 황윤은 장인규의 침대 위에 눕혀졌다. 여자들이 달려들어 눈에 범벅이 된 옷을 벗기고 새 옷으로 갈아입히는 동안 그녀는 순한 어린아이처럼 몸을 맡기고 있었다. 그러나 그들이 번갈아 말을 시켜도 표정 없는 얼굴로 입을 열지 않는다.

"아편을 먹었어요."

중국계 여자 하나가 장인규를 바라보며 말했다.

"아편 먹으면 이래요, 내가 알아요."

장인규가 뒤쪽에 선 사내에게 몸을 돌렸다.

"나파스 클럽으로 연락을 해. 거기에 사람들이 있을 거야."

그녀는 다시 침대 위에 누운 황윤을 내려다보았다. 이제 여자들은 그녀의 얼굴과 손발을 물수건으로 씻어 주고 있는 중이었다.

"가서 안토노프를 데려 와."

장인규가 말하자 누군가가 밖으로 뛰어나갔다. 안토노프는 러시아인 의사였다.

이한이 들어선 것은 그로부터 20분쯤 지난 후였다. 그때는 이미 안토노프가 진찰을 시작하고 있었으므로 그는 잠자코 황윤을 내려다보았다.

"아편을 먹였다는 거야. 그래서 의식이 없어."

옆에 선 장인규가 낮게 말했다.

"다리가 부러졌는데 부목을 잘못 댄 것 같다고 해. 몸에 타박상이 많고."

"……."

"그놈들이 어떤 생각으로 이 꼴로 돌려보냈는지 알 수가 없어."

"살 수는 있답니까?"

중얼거리듯 이한이 묻자 장인규가 눈을 껌벅이며 그를 바라보았다.

"글쎄, 아직 안토노프가……."

"눈을 깜박이는 걸 보면 우리를 알아보는 것 아닙니까?"

"아니, 처음부터 그랬어."

그러자 안토노프가 그들을 돌아보았다.

"본부 병원으로 데려가는 것이 낫겠소. 아직 의식이 없고 몸이 극도로 쇠약해진데다가 마약중독이요, 외상도 많고."

차에서 내린 이유미는 가벼운 걸음으로 호텔 현관을 들어섰다. 조금 턱을 든 자세로 시선을 곧장 앞쪽으로 뻗은 채 로비를 횡단한 그녀는 엘리베이터 앞에서 멈춰 섰다. 12월 초순의 오후, 맑은 날씨였으나 기온이 낮았으므로 주위에 선 사람들은 모두 두터운 겨울옷 차림이었다. 엘리베이터에서 내린 그녀가 라운지에 들어서자 창가에 앉아 있던 홍만규가 손을 들어보였다. 밝은 표정이었다.

"이렇게 밖에서 만나는 것도 나쁘지 않군."

그녀가 앞자리에 앉자 홍만규가 부드럽게 말했다.

"당신 멋져, 정말 아름다워."

"그런 말은 언제 들어도 기분 좋아요."

이유미가 얼굴에 웃음을 띠었다.

"당신도 양복이 어울려요, 넥타이도."

라운지에는 두어 팀의 손님뿐으로 한산했다. 차를 주문하고 난 홍만규가 시계를 들여다보았다.

"맥도웰과 1시 약속인데 괜찮다면 당신과 같이 가고 싶은데……. 같이 식사한 지 오래되었지 않아?"

"아니, 됐어요."

홍만규가 추진하고 있는 대형 유통합작 회사는 내년 초에 출범할 예정이었다. 커피 잔을 내려놓고 종업원이 돌아가자 그가 이유미를 바라보았다.

"회사에 무슨 일 있는 건 아니지?"

"잘 돼가요, 회사는."

"정말 맥도웰한테 같이 안 갈 테야?"

"우리 이혼해요."

그러자 홍만규가 알아듣지 못한 듯 부드러운 표정 그대로 그녀를 바라보았다.

"응? 뭐라고 했어?"

"이혼하자고 했어요."

"당신 무슨……."

차츰 굳어지기 시작하던 그의 얼굴이 이유미가 커피를 한 모금 마시고 잔을 내려놓았을 때는 딱딱하게 굳어져 있었다.

"난 당신한테 더 이상 미련 없어요. 헤어져 주세요."

"이것 봐."

"그랜드 여행사 지분 모두하고 여행사 빌딩을 저한테 위자료로 넘겨주세요. 난 그것만 가지면 돼요."

"……."

"며칠 안에 정리해주셨으면 좋겠어요. 그리고 오늘부터는 집에 오시지 마세요. 내일 중으로 당신 짐 모두 꾸려서 청담동 신명인의 아파트로 보내든지 아니면 본가로 보내드리든지 할 테니까."

"당신 정말 왜 이러는 거야?"

홍만규가 눈을 치켜떴다. 하얗게 되었던 그의 얼굴이 차츰 붉어지기 시작했다.

"무슨 말을 그렇게 함부로 하는 거야?"

"조금 심하게 할까요? 당신이 거부한다면 내일 중으로 간통죄로 고발할 작정이에요, 그리고 법적으로 위자료를 청구할 생각이고. 당신 재산의 반을 뜯어낼 수 있다면서 사건만 맡겨달라는 변호사들이 많더군요."

"이…… 이런."

"증거도 모두 갖춰져 있으니까 추태 보이지 말아 주셨으면 해요."

"내 말은 이제 들을 필요도 없다는 건가?"

"네, 그래요. 필요 없어요, 이젠."

"여행사와 빌딩을?"

"집까지 끼워 넣을까 했는데 그건 뺐어요."

"당신, 이제 보니 정말……."

"내일 아침에 당신 사무실로 제 변호사가 갈 거예요, 서류가지고. 그 안에 당신 변호사와 상의해 보세요."

자리에서 일어선 이유미가 그를 내려다보았다.

"집에 우리 어머니를 오시라고 했어요. 당신은 미국 출장을 갔다고 했으니 나타나시면 안 돼요."

집 안으로 들어서자 이연희 여사는 핸드백을 소파 위로 던져 놓더니 수화기를 집어 들었다.

"에이, 엄마는 참……."

코트를 벗으면서 박미정이 그렇게 말했지만 웃는 얼굴이었다.

이곳은 친정집이다. 안인석이 오사카로 떠난 후에 그녀는 친정을 찾아오는 횟수가 늘었다.

"당신이요?"

이쪽에 등을 보인 채 어머니가 소리치듯 말했다. 회사에 계신 아버지께 하는 전화였다.

"여보, 미정이가 애를 가졌다우. 금방 미정이하고 병원에서 오는 길이에요. 3개월째라고 합디다."

박미정은 자신의 아랫배를 내려다보았다. 자신의 몸속에 또 하나의 생명이 들어있다는 것이 현실로 느껴지지가 않았기 때문이다.

"얘, 아버지 전화 받아라."

활짝 핀 얼굴로 어머니가 수화기를 건네주었다. 병원에서부터 어머니는 줄곧 흥분하고 있는 것이다.

"아버지, 저예요."

"이놈아, 축하한다."

아버지의 목소리가 커다랗게 들려왔다.

"안 서방도 좋아하겠구나, 연락했느냐?"

"아뇨, 아직."

"연락해라, 어서."

"네."

"오늘은 거기 있거라. 그리고 앞으로는 몸 관리를 잘해야 돼."

수화기를 내려놓은 박미정이 어머니를 흘겨보았다.

"어머니, 또 어디다 전화할 데 없어요?"

"있다 네 이모하고 숙모, 아이구, 참."

어머니가 웃는 얼굴로 박미정을 바라보았다.

"네 시댁에 연락을 해야지. 그건 네가 할래? 아니면 안 서방이, 아니 그것보다 네가 먼저 안 서방한테……."

자리에서 일어선 박미정은 화장실로 들어섰다. 말로만 듣던 헛구역질을 시작했을 때 박미정은 그것을 무심히 넘겼었다. 그러다가 생리가 끊긴 것을 알고 어머니와 함께 병원을 찾았던 것이다. 화장실에서 입을 헹구고 있는데 어머니의 목소리가 들려왔다. 아마 이모한테 전화를 하는 모양이었다.

안인석이 박미정의 전화를 받은 것은 오후 6시경이었다.

"자기 바빠요?"

"아냐, 조금 있다 퇴근하려고."

"저녁 꼭 챙겨 드세요."

그는 당분간 지사원 두 명과 함께 아파트 생활을 하고 있었다.

"그래 알았어, 걱정하지 마."

"저, 나 오늘 병원에 갔다 왔는데……."

박미정이 조금 뜸을 들이다가 말했다.

"나 임신했어요. 3개월이래."

"뭐라고?"

퍼뜩 머리를 든 안인석이 주위를 둘러보았다. 그러나 그와 시선을 마주치는 직원은 없다.

"그거 정말이야?"

목소리가 컸으므로 앞쪽의 직원이 힐끗 그를 바라보았다.

"그래요, 놀랬어요?"

"그럼, 아니, 그게 정말……."

안인석이 말을 더듬자 박미정이 웃음소리를 냈다.

"지금 어머니한테 와 있어요, 친정."

"그래?"

"좋아요?"

"그걸 말이라고 해?"

"잠깐만요, 엄마가 바꿔달래요."

곧 이 여사의 목소리가 들렸다.

"이 사람아, 축하하네."

"예, 저도 정말……."

"애 아빠가 되겠어, 이젠."

"예."

통화를 마치고 나자 퇴근시간이 되어 있었다. 앞쪽 자리의 서현섭이 코트를 걸치며 그를 바라보았다.

"안 형, 서울 전화야?"

그가 머리를 끄덕이자 서현섭이 궁금한 듯 다가섰다.

"뭐, 무슨 일 있어?"

안인석이 힐끗 그를 바라보았다.

"아냐, 아무것도."

오사카 지사는 상무급 지사장에 현지인을 포함한 지사원 수가 30명이 넘는 1급 지사이다. 지사원은 고려그룹의 주력기업인 고려상사, 중공업, 전자와 해운 등에서 파견된 사원들로 구성되었는데 전자는 네 명이었다. 안인석과 함께 회사를 나와 식당에 마주앉은 서현섭도 전자 소속으로 그와는 입사 동기였다. 그러나 신입사원 때 오사카에 파견된 서현섭은 고참이다. 안인석은 현지사정과 업무현황에 밝았고 거기에다 일본어까지 유창하게 하는 그에게서 배울 것이 많았다.

"왜 그래? 우울하게 보이는데."

"그렇게 보여?"

"그래, 아까 전화 받고나서부터."

"아무것도 아니라니까 그러네."

안인석이 정종잔을 들고 한 모금에 삼켰다.

"술이나 들자고. 오늘은 그냥 술이나 실컷 마시고 싶구먼."

"그럴 때도 있지."

식당 안은 퇴근한 직장인들로 가득 차 있었다. 논현동이나 인사동 골목의 식당에서 흔히 볼 수 있는 장면이었다.

다음날 아침. 홍만규의 사무실 안이다. 홍만규는 두 사내와 마주보며 앉아 있었는데 머리가 반백인 사내는 자신의 변호사인 최기욱 씨였고 검은 머리에 혈색이 좋은 사내가 이유미의 변호사 고동호 씨다. 고동호가 다시 말을 이었다.

"이런 상황에선 야비하느니 어쩌느니 따질 것이 못 되지요. 우리는 확실한 증거를 갖고 있으니까요. 솔직히 여기 최 변호사님도 계시지만 고발하면 구속되십니다."

그러자 최기욱이 나섰다.

"그거 마음대로 안 될 거요. 사진 몇 장 가지고 확실한 증거라고 볼 수가 없지."

그는 화난 듯 목청을 높였다.

"고변호사 당신도 판사생활을 했으니 생각해봐요. 신명인이란 여자하고의 증거라는 것이 사진 몇 장하고…… 그래 아파트 등기부등본인데, 그것이 확실한 간통의 증거란 말이요? 어림도 없지."

간통이라는 말에 홍만규가 문 쪽으로 힐끗 시선을 주었다. 최기욱이 말을 이었다.

"해봅시다. 우린 무고로 맞고발을 할 테니까. 그리고 이유미 씨가 재산을 노리고 결혼했다고 주장할 수도 있어요. 그렇게 되면 위자료는커녕 이혼도 힘들테니까."

"그렇게 말씀하시면 안 되지요. 최 변호사님께서 억지를 쓰시는 겁니다."

고동호가 입가를 비틀며 웃었다.

"그렇다면 할 수 없지요. 이것은 내놓지 않으려고 했는데."

고동호는 가방을 열고 탁자 위에 소형 녹음기를 내려놓았다 긴장한 홍만규와 최기욱의 시선을 받으며 그가 스위치를 켰다. 그러자 방 안에는 헐떡이는 숨소리와 여자의 신음소리로 가득 찼다.

"여긴 그렇고."

혼잣말을 하며 고동호가 테이프를 뒤쪽으로 돌렸다가 다시 켰다.

'좋았니?' 하고 남자가 물었는데 호흡이 조금 가쁘기는 했지만 바로 홍만규의 목소리였다.

"응, 자기 점점 나아지는 것 같애."

이것은 아마 신명인일 것이다.

스위치를 누른 고동호가 홍만규를 힐끗 바라보고는 헛기침을 했다.

"길어요. 여섯 시간짜립니다."

"이런 개 같은······."

얼굴이 시뻘겋게 된 홍만규가 악문 잇사이로 말했다.

그러나 두 변호사는 머리를 다른 곳으로 돌리고는 입을 열지 않았다.

30분쯤 후에 고동호는 홍만규의 사무실을 나와 근처에 있는 호텔 커피숍으로 들어섰다. 커피를 반쯤 마셨을 때 커피숍 입구로 최기욱이 들어섰다. 그는 곧장 고동호에게로 다가와 앞자리에 앉았다.

"여행사는 해외 지점의 자산과 기타자산까지 합하면 1백억이 넘어. 그리고 여행사가 들어 있는 빌딩도 시가로 100억 정도고. 모두 200억이 넘는 위자료야."

최기욱이 말하자 고동호가 빙긋 웃었다.

"그러니 사전에 철저하게 준비해두었지 않습니까? 홍만규는 제 애비 재산이 2000억이 넘습니다. 그만큼은 내놓아야죠."

"내가 홍만규 아버지를 알아. 그는 교도소에 가는 한이 있더라도 내놓지 않을 거야. 다행히 그것들이 홍만규 명의로 되어 있으니까 망정이지."

"어쨌든 이건은 그대로 간통죄로 들어갈 수 있는 사건입니다."

"가운뎃다리 한번 잘못 놀려서 200억이 날아갔군."

"수고하셨습니다, 최 선배."

"내가 무슨……."

고동호가 양복 가슴 주머니에서 봉투 한 장을 꺼내 탁자 위로 밀어 놓았다

"여기 약속대로 1억 입니다."

"내가 무슨 일을 했다고……."

그러면서도 최기욱은 손을 뻗어 봉투를 거머쥐었다.

"그나저나 그 여자, 통이 크네. 난 10년이 넘도록 홍 씨 집안을 맡았어도 이런 목돈은 못 만졌어."

"통이 남자 이상입니다. 머리 좋고."

"당신은 얼마 받았어?"

"에이, 최 선배도."

"그런데 참, 그 녹음은 누가 했어? 해결사를 시켰나?"

"아니오, 그 신명인이의 기둥서방 되는 놈을 시킨 겁니다."

"허어."

"그 여자 머리 좋다고 안했습니까? 덕분에 나나 최 선배까지도 주머니 돈도 채우고……."

"언제 골프나 가지, 우리."

그들은 얼굴을 마주보며 웃었다.

저녁 식사를 마친 강미현은 아버지를 따라 2층의 서재에 들어섰다. 강회장은 수원의 영빈관에 머무르고 있었는데 내일쯤 상경할 예정이었다.

서재에 마주앉자 강용식이 피로한 듯 어깨를 두어 번 손으로 주무르더니 입을 열었다.

"그 김상철이란 자에 대해서 이야기 좀 하자."

강미현이 몸을 굳혔다. 그는 소파에 등을 기대더니 똑바로 강미현을 바라보았다.

"네 할아버지께서 하시는 일이고 또 너에 대해서 유난하신 분이라 내가 조금 방관하는 것처럼 보인 것도 사실이야."

강용식은 차분한 성격으로, 강미현은 이제까지 아버지가 화를 내거나 언성을 높인 것을 한 번도 보지 못했다. 그가 부드럽게 말을 이었다

"지난번 네가 할아버지 모시고 고려리아에 간 것도 홍보필름 제작보다는 그자를 만나는 것에 목적이 있었던 것 같은데…… 그렇지 않니?"

"네, 아버지, 그랬어요."

"그자는 운송 사업까지 맡게 되었고, 상가 관리까지 하게 되었으니 이제는 고려리아의 실력자가 되었어."

"……."

"능력이 뛰어나고 거기에다 운도 강한 자라고 하시더구나, 할아버지께서는."

"곧 아버지께 인사드릴 거예요. 지금은 그곳 일이 바빠서……."

"그런 뜻이 아니야."

강용식이 천천히 머리를 저었다.

"난 네 걱정을 하는 것이다. 고려리아나 그룹의 장래와는 별개로 네 인생을 걱정해서 말하는 거야."

"……."

"할아버지나 또는 김상철의 야망에 자칫 네가 잘못 끼어들어서…… 그래, 심한 표현이지만 희생물이 되지나 않을까 하는 생각이 들어서."

눈을 동그랗게 뜬 강미현이 아버지를 바라보았다.

"아버지, 저는 그 사람을 사랑하고 있어요. 이건 제 스스로 찾은 감정이에요. 누구의 강요는 전혀 없었어요."

"알고 있어, 이제까지 이야기는."

강용식이 낮은 목소리로 그녀의 말을 잘랐다.

"내가 나서지는 않았지만 그렇다고 잠자코 있을 수만은 없었다. 나름대로 김상철의 주변이나 성격도 파악해 놓았어."

"……."

"김상철이도 널 사랑하고 있느냐?"

"네, 아버지."

"믿을 수가 있겠어? 말하자면 너처럼, 이건 비교할 성질은 아니다마는, 너처럼 절실한 감정이 그에게 있더냐?"

"확신해요, 아버지."

"……."

"그 사람. 상처를 많이 받았다는 것도 아시겠네요. 그래서 혹시 제가 대신, 아니면 정략적으로 저를 선택했을지도 모른다고 생각하시지 마세요. 그쯤은 저도 알 수가 있으니까요."

"나는 이제까지 할아버지의 충실한 수족이었다. 뭐, 아들이니 수족보다 더한 부분이라고 볼 수도 있지. 나는 할아버지가 벌여 놓으신 사업의 뒷처리를 해왔어. 우린 아주 호흡이 잘 맞는 상하관계였고 부자지간이었다."

잠자코 있는 강미현을 향해 강용식이 부드럽게 말을 이었다.

"이번 사업에…… 고려리아 말이다. 김상철이 대단히 중요한 자라는 것에는 할아버지나 나나 의견이 같아. 그리고 할아버지가 너와 김상철이의 교제를 허락하신 것에도 이의를 달지 않았다. 할아버지로서는 당연하신 처사였으니까."

"……"

"넌 김상철이 하루하루를 목숨을 걸고 살아가고 있는 것을 아느냐?"

"네, 아버지."

"할아버지를 거론할 필요 없이 그런 남자에게 이 애비가 딸을 맡길 수 있을 것 같으냐?"

"……"

"감정을 누르고 냉정해지거라. 강우진의 손녀이고 강용식의 자식으로, 고려그룹의 두 번째 후계자가 될 신분으로 생각을 해보란 말이다."

"……"

"나는 그런 생각도 해보았다. 자신이 처해 있는 상황을 제일 잘 아는 것이 김상철이 본인이야. 그렇다면 사랑하는 사람한테 약속을 할 수 있을까? 언제 어떻게 될지 모르는 자신의 입장을 무시하고 여자에게 무엇을 강요할 수 있을까 하고."

"그 사람은 저한테 약속하지 않아요. 내일을 이야기하지도 않고."

얼굴이 하얗게 굳어진 강미현이 말했다.

"그 사람은 이미 할아버지, 아버지의 의도를 알고 있어요."

"다행이다."

"그 사람을 조사하셨다면 여자관계도 아셨을 텐데요. 그 사람이 결혼하려던 여자와 그 사람의 친구가 결혼했어요. 그런데 그 여자는 아직도 김상철 씨가 죽은 줄로만 알고 있어요. 왠지 아세요? 그는 그 여자에게 더 이상 상처를 주지 않으려고 했던 거예요."

"알고 있다."

다시 강용식이 그녀의 말을 잘랐다.

"친구가 배신했다는 것도 안다. 그래서 아무래도 서울에 두면 안 될 것 같아 오사카로 보내게 했다."

"……."

"이번 일도 내가 마무리해야 할 것 같다. 더욱이 이 일은 내 딸 인생에 관한 일이야. 그렇다고 교제를 끊으라는 말이 아니다. 우리는 네가 상처받는 것을 원하지 않아. 그러려면 이제 누가 노력을 해야 하는지 잘 알 것이다. 그것이 네 자신뿐만 아니라 우리 그룹의 미래를 위해서 필요한 일이란 것을 명심하란 말이다."

불타는 차이나타운

　크리스마스가 사흘 앞으로 다가온 저녁 무렵이다. 회색빛 하늘을 향해 솟아오른 오사카성을 바라보며 이유미는 커피 잔을 들었다. 오사카의 뉴오타니 호텔 라운지 안이다. 오다 노부나가가 아께지 미쓰히데의 배신으로 혼노지(本能寺)에서 죽고, 그 뒤를 이어 천하를 통일한 히데요시에 의해 오사카 성이 세워졌다. 그리고 무참한 전화를 두 번이나 치른 다음 다시 천하를 통일한 도쿠가와 정권에 의해 오사카 성은 다시 재건되었던 것이다. 이유미는 성에서 자랐다는 하데요시의 어린 아들 이름이 기억나지 않자 이맛살을 찌푸렸다. 그러나 기억력이 떨어졌다기보다 안내원의 말을 건성으로 들었기 때문이라고 자위하면서 머리를 돌렸다.
　그러자 라운지의 입구로 들어서는 안인석의 모습이 보였다. 그도 그녀를 본 모양으로 이쪽으로 곧장 다가왔다.
　"미안해, 조금 늦었어."
　이유미는 앞자리에 앉는 그의 얼굴이 그동안 여윈 것처럼 느껴졌다.
　"일이 바쁜 모양이지?"

이유미가 묻자 안인석이 쓴웃음을 지었다.

"바쁘기는 뭘, 정보수집이나 하고 슬슬 눈치 보며 지내는 거지, 회사 돈으로 휴가온 셈 치는 거야."

"회사에서 알면 짜증나겠는데."

"뭐, 그쪽도 알고 있을 거야."

말은 그렇게 하고 있지만 이유미는 그의 시선이 자꾸 흔들리고 있는 것을 보았다.

"어디 분위기 좋은 데 있어?"

이유미가 묻자 안인석이 머리를 끄덕였다.

"마시기 좋은 데가 있지. 네가 있으니 분위기는 이미 잡혔고."

안인석을 만나러 서울에서 날아온 참이다. 방은 이미 잡아놓았겠다 안인석도 혼자 있는 몸이었으므로 이유미는 마음도 가볍게 자리에서 일어섰다.

안인석이 그녀를 안내한 곳은 호텔에서 얼마 떨어지지 않은 거리에 있는 바였다. 성인용의 조용한 분위기인데다가 화려하지도, 그렇다고 너무 무겁지도 않는 바 안을 둘러본 이유미가 얼굴에 웃음을 띠었다.

"자긴 역시 나하고 기호가 같아. 마음에 들어."

그들은 자리를 잡고 앉아 위스키를 시켰다. 고급 스카치 한 병 값이 엄청나게 비쌌지만 신경 쓰는 사람은 없다. 빙 크로스비의 크리스마스 캐럴이 낮게 홀 안을 울리고 있었다. 카운터 옆쪽의 조그만 장식용 전등 몇 줄기가 반짝이고 있는 것이 오히려 요란한 트리의 불빛보다 더 운치가 있어 보였다. 위스키를 반병쯤 마시고 났을 때 이유미가 물었다.

"와이프가 오겠다고 안 해?"

술잔을 든 안인석이 머리를 저었다.

"오기는 뭘……"

"그럼, 이렇게 살 거야?"

"글쎄, 그것도……."

한 모금 술을 삼킨 이유미가 그를 빤히 바라보았다.

"자기가 안 돼 보여서 그래, 이곳에 혼자 버려진 것 같아서."

내내 가라앉은 표정으로 술잔만 비우던 안인석이다. 머리를 든 그가 퍼뜩이는 시선으로 그녀를 바라보았다.

"날 몰아낸 고려그룹에 빚을 갚아줘야 돼. 난 이대로 죽지는 않아."

"누가 죽는대? 그런데 어떻게 갚아? 여기에서?"

"네가 알 필요 없어."

술잔을 들어 한 모금에 술을 삼킨 안인석이 더운 숨을 뱉어냈다.

"미정이가 임신을 했어."

"……."

"3개월이야. 그래서 집안에서는 서울에 있는 것이 낫다고들 해."

"……."

"빌어먹을."

안인석이 길게 숨을 내려쉬었다.

"정말 미치겠어, 지금은 아이를 가질 상황이 아닌데."

그러자 얼굴에 웃음을 띤 이유미가 술잔을 들었다

"난 자길 잘 알아. 자기는 기대하지도 않았을 거야."

"넌 나쁜 여자야."

"자긴 우유부단하고 책임감이 강하지 못해. 하지만 평온한 일상에서는 둘도 없는 애인감, 남편감이야."

"나만 매도하지 말란 말이다."

"자기를 위해서 하는 말이야. 박미정을 서울에 남겨둔 것은 인석 씨의 무의식적인 자기방어였어. 같이 있어야 도움도 안 되고 눈치가 보일 테니까. 언제 사실이 드러날지 불안도 했을 것이고, 그렇지?"

"뭐라고 해도 좋아. 하지만 미정이는 그만큼 가치가 있는 여자라는 것만은 알아둬라. 나하고 김상철이가 이렇게 될 정도로."

얼굴을 굳힌 이유미가 조금 미소 지었다.

"거짓말."

"너는 네 집안이나 신경 써. 괜히 네 일까지 나한테 겹치게 하지 말고."

"내일은 내가 알아서 하고 있으니 걱정하지 마."

이유미가 바닥이 난 술병을 들고는 그를 바라보았다.

"여기서 한 병 더할까? 아니면 내 방으로 가서 마실 거야?"

안인석이 잠자코 있자 그녀는 자리에서 일어섰다.

"내 방으로 가. 그게 낫겠어."

눈발이 한두 점씩 날리고 있었지만 포근한 날씨였다. 크리스마스 이브가 되면 꼭 눈이 내려야 하는 것처럼 어렸을 때에는 눈을 기다렸었다. 김상철은 피부에 닿는 순간 녹아 없어지는 눈을 맞으며 다시 손목시계를 내려다보았다. 오전 11시 10분, 오늘은 크리스마스 이브고 그가 서 있는 곳은 대전 교도소 정문 앞이다. 그는 지금 성탄특사로 석방되는 아버지를 기다리고 있는 중이었다.

성탄특사로 석방될 사람들의 가족들이 수백 명 몰려와 있었으므로 그는 사람들에게 밀려 이리저리 발을 옮겨야 했다.

"시간이 20분이나 지났는데."

옆으로 다가서며 투덜거리는 사내는 심재택이다.

"이 빌어먹을 놈들은 왜 이렇게 꾸물대는 거야?"

그들은 벽 쪽에 붙어 섰다. 담배를 꺼내 문 심재택이 그를 바라보았다.

"김 형은 고려리아에서 운송수단까지 장악하게 되셨다면서요?"

"예, 아무래도 필요할 것 같아서."

김상철이 다시 정문을 바라보았으나 철문이 열릴 기척은 없다.

"이젠 우리 국정원에서도 고려리아 파견 지원자가 줄을 섰어. 경쟁률이 5대 1이오. 그것이 고려리아 개발의 성공을 의미한다고 볼 수 있을까?"

심재택의 웃는 얼굴을 본 김상철도 따라 웃었다.

"글쎄요. 어쨌든 좋은 현상이긴 합니다."

"삼합회가 아주 적극적으로 나서는 모양이오. 홍콩 조직이 대거 고려리아로 이주한다는 정보도 있고."

이렇게 말을 건너뛰는 것이 기관원들의 말버릇임을 겪어 아는 탓에 김상철은 잠자코 머리를 끄덕였다.

"그리고 곧 야쿠자가 들어갑니다. 그들에게도 고려리아가 자금을 투자하는 최적의 장소로 판단된 모양이야."

"……"

"달러의 유출에 제한이 없고 은행잔고 체크도 없는데다 기름과 가스로 벌어들이는 돈을 다시 개발에 쏟아 부으니 그야말로 고려리아는 그런 놈들한테 물 반 고기 반의 어장이지."

"북한은 어떻습니까?"

이제 김상철이 그에게로 몸을 돌렸다.

"아직 그자들은 고려시에 투자계획서를 내지 않았어요."

"도태되었으면 좋겠는데 말이야."

심재택이 입맛을 다셨다.

"조총련에서 자금을 끌어내려고 애를 쓰고 있어요. 그곳에 그들의 사업을 전개할 토대를 다지기 위한 몸부림이오."

그때 갑자기 군중들이 소란스러워지면서 정문 앞으로 몰려들었다. 특사자들이 나오는 모양이었다. 사람들에게 밀려 김상철이 앞으로 다가갔을 때 철문이 삐걱거리며 열렸다. 안에서 각양각색의 옷차림을 한 사람들이 몰려나오고 있었다.

눈을 치켜뜨고 한껏 목을 뽑아 그들을 훑어보던 김상철은 이윽고 아버지를 보았다. 김영환 씨는 양복에 단정히 넥타이를 맨 차림에 손에는 꽤 무거워 보이는 보따리를 들고 있었다. 시선을 아래쪽으로 내린 그는 조금 불안한 표정이었다. 사람들을 헤치고 아버지에게로 다가간 김상철은 목이 메었다.

"아버지."

"응, 너 왔구나."

그가 얼굴을 허물어뜨리면서 조금 웃었다.

"오래 기다린 거냐?"

그가 누구를 찾는 듯이 주위를 둘러보자 김상철은 숨을 들여 마셨다. 다시 돌아온 아버지의 시선이 깊게 가라앉아 있었다. 이제 가족은 둘뿐이다.

"안 서방이 모레 온다니 내일 아침에 나하고 같이 가자. 가서 집안 청소만 하면 되겠지. 음식은 여기서 대충 준비해가면 될 테니까."

어머니가 주방에서 말했다. 사흘 후면 신년이다. 안인석은 신년 연휴를 맞아 모레 귀국할 예정이었다.

"네 시어머니가 그렇게 좋아한다니 나도 좋아. 안사돈을 조금 뻑뻑하게 보았는데 그게 아니네."

저녁 무렵이어서 주방에서는 구수한 찌개 냄새가 풍겨 나오고 있었다. 박미정은 임신 사실을 앓게 되었을 때부터 친정에 머무르면서 손 한 번 까딱 알고 지내는 중이다. 전화벨이 울렸으므로 박미정은 수화기를 들었다.

"여보세요."

"거기, 혹시 박미정 씨 계십니까?"

낯선 사내의 목소리였다.

"전데요."

"아, 마침 직접 받으셨군요."

"어디신데요."

"예, 저는 고려리아 직원 박영대라고 합니다."

사내가 정중하게 말하자 박미정이 수화기를 고쳐 쥐었다.

"무슨 일이신데요?"

"이것, 정말 미안합니다. 제가 경솔해서 전화번호를 잃어버리는 바람에……."

"……."

"저, 혹시 김상철 씨 이모님댁 전화번호를 아십니까? 제가 심부름을 왔는데 전화번호를 잃어버렸지 뭡니까? 그래서 생각나는 것이……."

"이모님 댁은 왜요?"

얼굴을 굳힌 박미정 옆으로 어머니가 다가와 앉았다. 박미정이 다그치듯 물었다.

"그리고 제 전화번호는 어떻게 아셨나요?"

"전부터 알고 있었습니다. 그건 수첩에 적어놓고 있어서."

"……."

"김상철 씨가 이모님 드리라면서 캐비어 한 통하고 코트 한 벌을 보냈거든요. 그렇다고 고려리아에 있는 김상철 씨한테 전화번호를 잃어 버렸다고 할 수도 없고."

"뭐라고 하셨어요?"

목소리가 높아지자 어머니가 바짝 다가앉았으므로 박미정은 몸을 돌렸다.

"지금 뭐라고 하셨어요? 김상철 씨한테 연락을 하신다고 했어요?"

바짝 마른 목소리로 묻는 그녀에게 저쪽은 당황한 듯 잠시 말을 멈췄다 다시 이었다.

"예, 박미정 씨가 모르신다면 그럴 수밖에 없지 않겠습니까?"

"그럼, 그 사람이 지금 고려리아에 있단 말인가요?"

"아니, 그럼, 모르고 계셨단 말입니까?"

이제는 사내가 되레 놀란 목소리로 물었다.

"그럴 리가, 농담하시는 것 아닙니까? 고려리아에서 사업을 시작한 지 1년이 넘었는데……."

"……."

"그 양반, 요즘은 높은 사람이 되어서 우리 같은 사람은 만나볼 수도 없습니다. 그는 고려타운을 장악하고 있어요."

"여보세요."

"아아, 이것 낭패인데……."

문득 사내가 전후 사정을 파악한 듯 혼잣말처럼 중얼거렸다.

"야단났네, 내가 괜히……."

"고려리아의 어디에……."

얼굴이 하얗게 굳어진 박미정이 물었을 때 전화가 끊겼다.

"무슨 전화냐? 김상철이가 어떻게."

어머니가 다급한 얼굴로 바짝 다가앉았으나 박미정은 탁자를 내려다본 채 입을 열지 않았다.

"무슨 일이냐니까?"

그러자 수화기를 내려놓은 박미정이 어머니를 바라보았다. 초점이 잡히지 않은 시선이다. 덜컥 겁이 난 어머니가 이제 그녀의 어깨를 흔들었으나 박미정은 한동안 입을 열지 않았다.

저녁 무렵 가볍게 흩날리던 눈이 밤이 깊어지자 무겁고 굵어지기 시작했다. 함박눈이다. 길가의 나뭇가지 위에는 그 굵기 만큼이나 흰 눈이 위태롭게 떨어져 있었다.

낮고 맑은 피아노 선율이 흐르는 카페 안. 김상철과 강미현이 앉아 있었다. 앞에 놓인 것은 커피 잔으로 아직 따뜻한 커피가 가득 담겨져 있다. 이윽고 김상철이 입을 열었다.

"어느 아버지라도 그렇게 말씀하시는 것이 당연하지. 특별한 예가 아니야."

그의 표정은 밝다.

"그리고 나도 미현 씨의 지원이나 배경을 기반으로 일할 생각은 없고."

강미현이 희미하게 웃었다.

"난 언제까지 기다려야 돼요?"

"몇 년이 걸릴지, 아니면……."

"그때까지 상철 씨가 살아남을지 아닐지는 다시 운에 맡기고?"

"그럴 수밖에."

그러자 퍼뜩 눈을 치켜뜬 강미현이 그를 쏘아보았다.

"자신 없어요?"

"운에 무슨 자신이……."

"날 데려갈 자신 말이야, 이 멍청아."

이번에는 김상철이 눈을 껌벅이며 그녀를 바라보았다.

"지금은 시기가 너무 일러. 그리고……."

"시기는 무슨…… 우리 둘 이야기만 해."

"그러니까 그쪽 상황이…… 아직 고려시의 상가 문제도 그렇고."

"그만."

강미현이 손바닥을 와락 펴보이며 그의 말을 막았다.

"지금 기분이 어떤지 알아요? 내가 오히려 이용당하고 있는 기분이야."

"……."

"주고받는다는 어설픈 말장난도 이젠 그만해. 난 이제부터 내 감정에만 충실할 테니까 그런 줄 알아요. 계산은 당신네들이 알아서 해. 난 상관 안하겠어."

"이것 봐, 미현이."

"통나무집 침실 벽지를 다른 색깔로 바꿔요. 그 색이 난 싫어."

김상철이 이모 집에 돌아왔을 때는 12시가 넘어 있었지만 아버지와 이모부는 술상 앞에 앉아 있었다.

"너 기다리는 중이다. 우선 한잔해라."

소주잔을 내미는 이모부와 마찬가지로 아버지도 술기운이 배인 얼굴이었다. 김상철이 이모 집에 아버지를 모시고 온 것은 갈 곳이 없어서라기보다 무난한 성격의 이모부와 함께 있는 것이 낫다고 생각했기 때문이다. 술잔을 받아 한 모금을 마시고 내려놓은 아버지가 입을 열었다.

"네 이모부하고 내일부터 목장을 보러 다니기로 했다. 네 이모부도 이제 보니까 목장 연구를 해온 모양이야."

"돈이 없어서 못했지. 돈만 있다면야 진즉 시작했어."

이모부가 목소리를 높였다. 고려에서 받은 보상금이 그대로 있는데다 이번에 가져온 돈을 합하면 조그만 목장 하나는 통째로 살 수 있는 것이다.

"장하다."

다시 술잔을 건네주며 이모부가 말했다.

"너 같은 효자가 없다. 이제 아버지 걱정은 하지 알아도 돼."

술자리가 끝나고 나서 김영환과 김상철 두 부자는 방에 들어와 나란히 누웠다.

"그래, 내일 그곳으로 돌아가면 다음에는 언제쯤 나을 생각이냐?"

천장을 바라보며 김영환이 물었다.

"봄쯤이나……. 하지만 시간이 나면 자주 오겠어요."

"일이 바쁘냐?"

"예, 아버지."

"그런데 무슨 돈을 그렇게 많이 벌어?"

"가게를 해요."

"무슨 가게?"

"음식 같은 것을……."

한동안 잠자코 있던 김영환이 혼잣소리처럼 말했다.

"정말 내가 특사 받는데 타협하지 않았겠지?"

"안했다니까요? 타협할 일이 뭐가 있겠어요?"

"……."

"주무세요, 아버지."

한동안 방 안에는 두 사람의 낮은 호흡소리만 들려왔다. 건넌방의 이모부도 잠이 들었는지 집안은 조용했다. 이윽고 김영환이 부스럭거리며 등을 보이고 돌아누웠다.

"고맙다, 상철아."

감았던 눈을 번쩍 뜬 김상철이 그의 등을 한동안 바라보았다. 그리고 다시 눈을 감았다.

1월 중순 무렵, 고려리아의 중부지역에 쏟아지기 시작한 폭설은 하순이 되어서도 그치지 않았다. 가옥이 눈에 파묻혀 버릴 정도의 눈이어서 러시아와 고려리아간의 육상교통이 끊긴 것은 당연한 일이었다. 타운과 고려시를 잇는 도로를 제외하고는 모두 두절 상태였다. 다만 제설반의 필사적인 노력으로 비행기의 이착륙은 가능했는데 네 개의 활주로 중에서 사용할 수 있는 것은 한 개뿐이었다. 그러나 눈보라가 심한 날은 비행장 위를 맴돌다가 돌아가는 비행기가 많았고 결국 고려리아 전역에는 물자부족 현상이 나타나기 시작했다. 열흘이 넘도록 정상적인 보급이 끊겼기 때문이다. 고려리아 본부에서 창고에 있는 재고 식량과 생필품을 타운의 상인들에게 파는 방법으로 공급량을 유지하려 했지만 타운의 생필품 값은 두 배 가깝게 폭등해 있었다. 고려리아가 개발된 이후로 처음 있는 대폭설이다.

이제 고려리아는 고려시 외곽의 공단이 정상가동을 시작했고 근로자 가족들이 시와 타운 외곽의 숙사에 정착하기 시작한데다 이주민이 몰려들어, 인구가 50만에 이르는 하나의 자치국 같은 모습으로 성장했다.

고려시를 중심으로 사방으로 뻗어나간 도로 주위에는 개발의 특성에 맞는 마을이 건설되었는데 자연 발생적으로 생긴 것까지 합하면 100여 개쯤 되었다.

고려시 한복판에 있는 고려리아 본부 안이다. 아침 10시가 되자 유장석의 사무실에 이대각과 경비본부장인 박종용, 경비부장 이상훈이 바쁜 듯이 들어와 자리를 잡았고 그들의 뒤를 따라 김상철이 들어섰다. 특별회의가 소집된 것이다. 유장석이 그들을 둘러보았다.

"인공위성의 예보로는 폭설이 앞으로 열흘쯤 더 계속된다는군. 그래서 창고에 있는 생필품을 모두 내놓을 작정이야."

그는 박종용에게 시선을 돌렸다.

"사재기만 하지 않으면 고려리아 인구가 한 달은 견딜 수 있는 양이오."

"이미 열흘 분을 방출했는데도 가격이 두 배로 뛰었습니다. 아마 소매상들의 농간인 것 같습니다."

박종용이 말을 이었다.

"고려 자체에서 판매한다고 해도 호구별 인구대로 배급하는 방식이라면 모를까 통제하기가 어렵습니다."

생필품 소매상은 대부분이 중국계로 영세업체들이다. 그들이 모두 삼합회의 통제를 받고 있다는 것을 방 안의 사내들은 모두 알고 있다. 이상훈이 헛기침을 하더니 입을 열었다.

"어제 타운에서 중국계 생필품 소매상 한 명이 행방불명이 되었는데 아무래도 삼합회 소행 같습니다."

모두가 이유가 무엇이냐는 시선을 주자 이상훈이 말을 이었다.

"그자의 고기가게에 러시아인 단골들이 많았다기에 러시아인 몇 명을 만나보았습니다. 그랬더니 그자는 고기값을 올리지 않고 팔았다더군요."

"삼합회가 지시를 어겼다고 처벌한 것이로군."

이대각이 말하자 그가 머리를 끄덕였다.

"중국인들한테는 공정가격으로 거래하게 하고 다른 민족에게 값을 올려 팔게 하는 겁니다."

타운의 인구 5만 중 중국인은 2만 명에 가까웠다. 그러나 그들의 주력 업종이 자본이 많이 들지 않는 식당, 생필품 가게 등인 것이 문제였다.

유장석이 찌푸린 얼굴로 입을 열었다.

"작년 초에는 조선족이 타운 인구의 반이었는데 지금은 30%인 1만 5000명 정도야. 거기에다 남북 세력으로 찢어져 있어 한심한 노릇이지. 중국인 가게에서 두배 값을 내고 쌀을 사야만 하다니, 이 땅이 도대체 누구를 위한 땅인데……."

그가 김상철에게로 머리를 돌렸다.

"수송단은 지금 어디에 있지?"

"어제 50킬로미터쯤 전진해왔습니다만 길이 막혀서 제설작업을 하고 있습니다."

방 안에는 잠시 무거운 정적이 흘렀다. 지난해 말부터 김상철은 컨테이너 트럭 200여 대를 보유한 운송회사를 관리하게 되었던 것이다. 1월 초에 하바롭스크로 떠났던 1백여 대의 트럭은 지금 눈에 발이 묶여서 고려리아 도로 위에 세워져 있다. 고려시로부터 700킬로미터나 떨어진 지점이었는데 트럭들은 모두 식량을 만재하고 있었다. 그것은 본부의 지시로 자재들을 모두 내리고 대신 식량을 실었기 때문이다. 이윽고 유장석이 다시 입을 열었다.

"생필품 가격을 철저히 단속할 것, 경비부 전원을 투입해서라도. 그리고 고려시와 타운에 직영 판매점을 설치하도록. 일단은 그렇게 하는 수밖에 없다."

그날 오후, 고려 비행장의 활주로에 수송기 한 대가 위험을 무릅쓰고 내려앉았다. 아직도 폭설이 쏟아지는 악천후였다. 더구나 활주로는 빙판이 되어 있어서 길게 미끄러지던 수송기가 겨우 멈추자 사람들은 모두 숨을 내려쉬었다.

"하물이 뭐야?"

관제탑 안에서 수송기를 내려다보던 관제사 한 명이 옆의 동료에게 물었다.

"이것 봐라?"

옆의 동료가 컴퓨터 화면을 가리켰다.

"하물이 여자야, 153명. 국적은 조선족과 어이구…… 조선 인민공화국이다."

그러자 주위에 있던 관제사들이 그를 둘러쌌다. 조선족이 50여 명이었고 100명 가까운 여자들이 북한 국적으로 나타나 있는 것이다.

"어떤 여자들이야?"

누군가가 물었지만 대답할 것도 없었다. 아래쪽에 접객업소 근로자로 입국된 것이고 고용주는 대아운송이다. 대아운송의 책임자가 김상철임을 모르는 사람은 없다 이윽고 누군가가 한마디 했다.

"드디어 북한 여자들을 건드릴 기회가 왔다."

"악착같은 기질이 드러났어. 이런 기상조건에 내려앉다니."

옆에서 말을 받자 웃음소리가 났다. 수송기가 악착같이 내려앉은 것은 조종사 때문이지 여자들이 그런 것은 아니었다. 그러나 수십 대의 수송기가 비행장 상공을 맴돌다가 돌아간 상황이어서 별로 틀린 말도 아니다.

"이제 북한쪽과도 길이 뚫린 모양이군."

제각기 흩어지면서 누군가가 혼잣소리를 했다.

공항의 입국심사소 안에 자리 잡고 앉은 박기동은 어금니를 힘껏 악물고 두 눈을 부릅뜬 얼굴이었다. 그러나 북받쳐 오르는 감정 때문에 가끔씩 콧구멍이 크게 벌어졌다가 오므라든다. 옆에 심사원들만 없었다면 두 손을 쳐들고 만세라도 부르고 싶은 심정인 것이다. 그것은 지금 내려앉은 하물이 바로 자신의 첫 번째 오더였기 때문이었다. 만일의 경우를 대비해서 돌아갈 연료를 싣지 않은 부주의한 조종사에게 입이라도 맞춰주고 싶은 마음이다.

"어디로 데려갈 거요?"

여자들에게 나눠줄 허가증을 체크하던 심사원이 그를 바라보았다. 호기심에 가득 찬 얼굴이었다.

"타운에 숙사를 마련해 놓았으니 우선 그곳으로, 거기서 분류가 되겠지요."

"그럼, 안나네 집에도 가나?"

"글쎄, 가는 여자도 있겠지."

그러자 주위의 심사원들이 얼굴에 웃음을 띠었다.

"박 사장하고 친해져야겠어, 앞으로는."

"아, 말씀만 하시오, 언제든지."

박기동이 어깨를 펴고 말했다.

"고려리아의 여자공급은 내가 맡았으니까."

그날 밤에는 강한 눈바람이 휘몰아치고 있어서 거리에는 행인이 드물었다. 폭설로 인한 물가폭등으로 사업장도 손님이 크게 줄어들고 있는 상황이다. 밤 11시경이 되자 한두 대씩 차도를 지나던 차량의 통행도 끊겼고 타운은 눈바람 속에 묻혔다. 동쪽 거리의 2층짜리 창고 건물 앞에 설상트럭 한 대가 멈춰 섰다. 바람이 거칠어져 있었으므로 차에서 내린 사내들이 쫓기듯 건물 안으로 들어서고 있었다.

"이쪽으로."

입구 안쪽에 서 있던 사내가 몸을 돌리더니 앞장을 섰다. 계단을 올라 2층 복도에 선 사내는 안쪽 문을 가리켰다.

"안에 혼자 계십니다."

머리를 끄덕인 김상철이 주위에 둘러선 사내들을 바라보았다.

"너희들은 여기서 기다려."

그가 방 안으로 들어서자 자리에 앉아 있던 이금철이 일어섰다. 꽤 넓은 방이었으나 가구라고는 소파 한 세트와 탁자뿐이어서 썰렁한 분위기였는데 오늘밤의 회동을 위해 급히 꾸민 모양이었다.

"김 선생, 이거 꽤 오랜만이오."

이금철이 손을 내밀며 얼굴에 웃음을 띠었다.

"그렇군요. 가까운 곳에 있었으면서도 뵙지 못했습니다."

김상철이 자리에 앉자 이금철이 탁자 위에 놓인 보드카 병을 쥐었다.

"우선 한잔 합시다."

박기동을 통해 김상철의 만나자는 제의를 받은 이금철은 만나는 장소를 자신이 정하는 조건을 붙였던 것이다. 이곳은 북한 쪽이 창고로 사용하는 건물이다. 술잔을 들어 한 모금에 삼킨 그들은 잔을 내려놓았다.

"오늘 여자 153명이 들어 왔어요. 북한 여권을 가진 근로자로는 처음이오."

김상철의 말에 이금철이 머리를 끄덕였다.

"나도 감개가 크오. 솔직히 난 김 선생이 받아들일지 의문이었소."

"모두가 박기동 씨 업적이오."

김상철이 얼굴에 웃음을 띠었다.

"그 사람한테는 국경이나 이념 같은 것은 없어요. 오직 상품만 보일 뿐이지요."

"그 동무, 사기꾼이오. 김 선생도 아시지요?"

"예, 조금 그런 면도 있습니다."

둘은 얼굴을 마주보고 웃었다.

술잔을 서너 잔씩 비우자 분위기는 더욱 부드러워졌다. 창밖을 지나는 바람소리가 날카롭게 들려오고 있었다. 김상철이 입을 열었다.

"그동안 삼합회가 농간을 부렸습니다. 그자들은 우리가 절대로 동반자가 될 수 없는 관계라고 믿고 있지요."

"그런 것 같소."

머리를 끄덕인 이금철도 정색을 했다.

"우리는 서로 믿지 않았으니까, 하긴 이제까지의 행태를 보면 그럴 법도 하지."

"그래서 내가 만나자고 한 겁니다. 이제 고려리아는 우리 남북양쪽의 세력에다 러시아 마피아, 삼합회, 거기에다 일본의 야쿠자까지 가세한 각축장이 되었어요."

"동양의 5강이 모두 모였다니까, 각자의 국가세력을 배경으로 대리전 양상이 되어가는 거요."

"내가 이 선생을 만나자고 한 이유는 바로 그것 때문입니다."

김상철이 정색을 하면서 그를 바라보았다.

"비공식이지만 나는 이 선생과 협조관계를 유지하고 싶습니다. 어떻습니까?"

"짐작은 하고 있었소, 김 선생이 우리 공화국 처녀들을 받아들였을 때부터."

그는 문득 머리를 들었다.

"고려본부도 묵인했으니 여자들이 들어온 것 아니겠소?"

"그렇지요."

"그렇다면 한국 정부도……."

"한국 정부까지 연결시킬 필요는 없지요. 경비본부가 국정원의 영향력 밑에 있지만 이쪽은 한국과 상황이 다르니까. 융통성 있게 상황처리를 합니다."

머리를 끄덕인 이금철이 김상철의 빈 잔에 술을 따랐다.

"당신들은 그렇지만 나로서는 대단히 복잡한 문제요. 오늘 당장 평양에 어떤 방식으로든 보고를 해야 하는데……."

"……."

"솔직히 현지 상황을 평양에 이해시키기가 어렵소. 일부 이해해주는 사람도 있지만 강경파의 원칙론과 기세가 살아 있고, 잘못하면 변절자가 되거든."

긴장한 얼굴로 김상철이 그를 바라보았다. 이금철은 자신의 마음을 모두 털어놓고 있다. 그것이 계산에 의한 행동인지는 알 수 없었지만 진실을 말하고 있다는 것은 알 수 있었다. 이금철이 말을 이었다.

"김 선생도 잘 아시다시피 우리의 목표는 변하지 않았소. 고려리아를 우리 공화국의 세력권으로 만든다는 것 말이오. 노동자나 주민의 50% 이상이 북한계 조선족이니 그 가능성은 충분히 있다는 것이오. 그리고……."

술잔을 든 이금철이 단숨에 술을 삼켰다.

"이제 우리 공화국에서 선발된 일꾼들까지 들어오게 된 이상 평양에서는 그 가능성이 더 높아졌다고 생각할 거요."

김상철이 머리를 끄덕였다.

"평양의 승인까지는 바라지 않았습니다. 내가 바라는 것은 이선생의 협조뿐이오. 아마 그것이 이선생이나 궁극적으로 평양을 위한 일이 될지도 모르지요."

"우스운 일이지만 평양에서는 김 선생이 포섭되기를 바라고 있소."

그러면서 이금철이 웃었다.

"그 사람들 생각하는 것이 그런 식이오."

"아마 우리 쪽 국정원에서도 그런 생각을 할지도 모르지요. 이 선생이 포섭되기를 바라는지도요."

둘은 서로의 얼굴을 마주보고 웃었다. 이금철이 입을 열었다.

"협조하겠습니다. 문제가 있을 때나 도움이 필요할 때는 박기동이를 이용하도록 합시다. 그 동무, 사기꾼이지만 대단히 쓸모가 있는 동무요."

"좋습니다."
웃음 띤 얼굴로 김상철이 술잔을 들었다.
"나도 그러려고 했습니다, 잘 되었어요."

그레고리도 이런 폭설은 처음이었으나 헤쳐 나갈 방법이 없는 것은 아니었다. 이곳은 고려시 남방 650킬로미터 지점의 도로 위다. 말이 도로이지 눈더미에 묻힌 길은 보이지도 않았고 그저 길게 늘어선 트럭 대열이 있을 뿐이다.
"이런 개 같은 파벨, 이놈의 새끼."
무전기를 내던진 그레고리가 옆에 선 주코프를 바라보았다.
"파벨이 마르첸코에게 지시를 했을 것이다. 제설차를 부수라고."
눈에 핏발이 선 그의 수염에 눈송이가 잔뜩 달라붙어 있었다.
"우리 운송 사업을 방해하는 거다. 마피아와 우리의 동맹관계는 끝났어."
주코프는 잠자코 입맛을 다셨다. 어젯밤에 하바롭스크에서 출발하기로 한 제설차 5대가 모두 엔진이 부서져 움직이지 못한다는 연락을 받은 것이다.
파벨은 고려리아로의 운송 사업을 대아운송이 독점하게 되자 겉으로는 아무런 반응도 내보이지 않았다. 그러나 하루 500여 대가 넘는 트럭을 고려리아로 보내던 마피아의 운송 수입이 절반 이하로 뚝 떨어진 것은 그들에게도 대단한 충격이었을 것이다.
그리고 대아운송은 머지않아 컨테이너 트럭 200여 대를 더 들여올 계획인데다 독점운영을 하게 되었으니 운송 수입은 제로가 될 위험에 처해 있었다. 그레고리가 수염에 붙은 눈을 거칠게 털어냈다.
"내가 하바롭스크로 가겠다."

"아니, 대장, 내가 갑니다."

충직한 부관 주코프가 머리를 저었다.

"대장은 러시아에 발만 들여 놓아도 곧장 유치장 행이오. 이런 상황에서 파벨이 내버려둘 것 같습니까? 러시아 경찰을 데려올 거요."

"그놈들이 감히 나를 어떻게……."

"안 됩니다, 대장, 내가 다녀오지요."

주코프의 말투도 강해졌다.

"난 아직 얼굴이 알려지지 않았으니 돌아다녀도 상관없습니다. 가서 사흘 안에 제설차를 이곳까지 끌고 오겠소."

"빌어먹을."

그레고리가 어깨를 들어 올리더니 주위를 둘러보았다. 트럭 위로 눈이 덮여가고 있어서 마치 작은 언덕들이 길게 늘어서 있는 모양이었다. 대열의 앞에서 제설차 3대가 전진해 나가고 있었지만 진행 속도는 하루 50킬로미터가 고작이다.

"좋아, 애들 데리고 다녀와."

그가 턱을 들어 길가에 내려앉아 있는 헬기를 가리켰다.

"서둘러라, 돈은 달라는 대로 주고."

제설차 5대가 도착하면 진행속도는 두 배쯤 빨라질 것이니 일주일이면 고려시로 들어 갈 수 있을 것이었다.

하바롭스크 공항의 국제선 터미널 안이다. 오후 3시가 되자 도쿄와 서울행 비행기가 연달아 탑승을 시작하는 바람에 대합실은 잠깐 소란스러워졌다가 다시 조용해졌다. 벽에 붙은 탑승 안내판이 움직이면서 아래쪽의 지명이 위쪽으로 올라가고 있었다. 그러나 아에로프로트의 고려시행은 끝자리를 지키면서 움직이지 않았다. 출발 시간도 지워진 채 '지연'이라고 표시되어 있을 뿐이다. 아에로프로트의 고려시행 창구에 앉아 있는 직원은 한국인이었는데 승객들의 문의에 지친 듯 아예 이쪽으로 시선을 주려고도 하지 않았다. 한동안 그를 바라보던 박미정이 자리에서 일어나 그의 앞으로 다가가 섰다

"저 좀 보세요."

사내가 머리를 들었다.

"예, 손님."

애써 입술에 웃음을 띠었으나 짜증을 참는 기색이 역력한 얼굴이었다.

"혹시 다른 비행 편은 없을까요? 수송기나 헬기라도."

그러자 사내가 어이없다는 표정을 했다.

"아니 그건 왜요? 수송기나 헬기라니요?"

"폭설로 여객기는 안 뜰지 모르지만 수송기는 갈 것 아녜요?"

"그래서요?"

"그것이라도 타고 가려고."

"나아 참."

입맛을 다신 사내가 눈을 껌벅이며 박미정을 바라보았다.

"지금 고려직원도 수백 명이 공항에서 발이 묶여 있는 형편입니다. 도대체 무슨 말씀을 하시는지, 저는······."

"저는 2년 전에 헬기로 가본 적이 있어서 그래요. 회장님을 모시고······."

"회장님을 모시고 말씀입니까?"

사내의 눈이 조금 커졌다.

"2년 전이라면······."

"유전이 처음 발견 되었을 때죠."

"아아."

"이곳에서 헬기를 타고 두 번 쉬고는 그곳에 도착했어요."
"실례지만 고려 직원 되십니까?"
"비서실에 있었어요."
"그러면······."
흔들리던 사내의 시선이 다시 모아졌다.
"그러나 저희들로서는 어려운 일입니다. 수송기나 헬기 스케줄도 모르고."
"어디에서 컨트롤하는지만 알려주세요."
박미정이 데스크에 바짝 다가섰다.
"그것만 말씀해주시면 돼요."
폭설로 비행기가 끊긴 바람에 박미정은 지금 사흘째 기다리고만 있었다. 그러나 이대로 돌아갈 수는 없다. 박미정은 타는 듯한 시선으로 사내의 얼굴을 바라보고 있었다.

화명안이 으스대면서 색싯집에 들어선 것은 저녁 7시 정각이다. 계속되는 폭설로 술집은 매상이 줄었지만 색싯집은 호황이었다. 작년 말에 며칠 동안 기온이 영하 40도 이하로 떨어졌을 때에도 장사가 잘 되었지만 지금처럼 붐비지는 않았었다. 폭설로 모든 것이 불편한 상황에서 색싯집은 전성기를 구가하고 있는 것이다. 대기실에는 10여 명의 사내가 제각기 시치미를 뗀 얼굴로 순서를 기다리는 중이었다. 휘장 옆의 의자에 앉아 있던 부하가 일어서더니 그에게 귓속말을 했다.
"방이 모두 꽉 찼소, 형님."
머리를 끄덕인 화명안은 휘장 안으로 들어섰다. 안쪽에도 사내 하나가 의자에 걸터앉아 있었는데 그의 옆으로는 길게 뻗어 있는 복도가 보였고 좌우로는 방들이었다.

"시간을 땡겨."

화명안이 짧게 말하자 벌떡 일어선 부하가 복도로 들어섰다. 그는 손에 100미터 달리기의 기록을 재는 기계처럼 큼직한 스톱워치를 쥐고 있었다.

"어이, 여기 시간이 지났어!"

이렇게 말하면서 그가 방 문짝을 두드렸다.

"여기, 일 분 남았어! 빨리 싸!"

다른 쪽 방에는 발길질을 했다. 화명안은 사내가 앉았던 의자에 앉아 탁자 위에 놓인 장부를 들여다보았다. 그것은 방별로 입방과 퇴방 시간을 기록해놓은 것으로 손님을 몇 명 받았는가 한눈에 알 수 있었다. 영업을 시작한 지 4시간이 된 지금 대부분이 8명째 손님을 받는 중이었으나 7번 방은 5명째였다. 그는 이맛살을 찌푸렸다. 곽비 이년은 지난번 황윤이의 탈출을 돕다가 골병이 나도록 맞은 때문인지 일부러 손님과 시간을 보내고 있는 것 같았다. 그래서 횟수를 줄이려고 한다. 자리에서 벌떡 일어선 그가 복도로 들어서려는데 뒤쪽의 대기실에서 웅성대는 소리가 들려왔다. 손님들이 항의를 하는 것 같다. 몸을 돌린 그는 휘장을 들치고 대기실을 들여다보았다. 그 순간 그는 눈앞을 가로막듯 서 있는 사내와 마주쳤고 그 다음 순간 아랫배에 선뜻한 느낌을 맛보았다. 불로 금방 지져대는 것 같은 고통으로 허리를 숙이면서 그는 가슴에 찬 권총의 손잡이를 쥐었다. 그러나 곧 가슴에 또 다른 충격이 오면서 그는 팔을 떨어뜨리고 무릎을 꿇었다.

피 묻은 칼을 던진 사내는 파카 주머니에서 묵직한 권총을 꺼내들더니 휘장을 젖히고 들어섰다. 마악 부하 한 명이 이쪽으로 다가오는 중이었다.

"퍽, 퍽."

2미터도 안 되는 거리였으므로 가슴에 고스란히 총탄을 받은 부하가 두어 발짝 뒤로 날아가 넘어졌다. 사내는 몸을 돌려 대기실 안을 둘러보았다. 두 눈만 내어놓은 방한 마스크를 쓰고 있어서 동양인인지 러시아인인지 구별이 안 되었고 다른 세 사내도 마찬가지였다. 벽에 찰싹 달라붙어 두 손을 치켜든 10여 명의 중국인들은 지금 마스크를 한 사내들에게 가진 것을 몽땅 털리고 있는 중이었다.

소개소는 왕 씨가 계단에서 굴러 목뼈가 부러져 죽은 다음에 상군이 맡아 하고 있었는데 매일 저녁마다 마연중의 감사를 받는다. 그러나 요즘은 폭설로 이주민이 뚝 끊긴 바람에 한산했고 전업을 원하는 사람들만 간혹 찾을 뿐이었다. 마연중이 소개소에 들린 것은 7시가 조금 넘었을 때였다. 소개소는 중국인 거리의 입구에 있었으므로 일이 많으나 적으나 지나는 길에 꼭 들리는 것이다. 경호원 두 명을 대동하고 들어선 마연중이 왕 씨가 앉던 의자에 앉았다.
"오늘은 다섯 명밖에 일이 없었습니다."
책상 앞으로 다가간 상군은 풀죽은 표정이었다.
"더구나 두 명은 소개료를 후불로 해달라고······."
"괜찮다."
마연중이 얼굴을 펴고 웃었다.
"소개료에 신경 쓸 것 없다. 우린 지금 폭설로 엄청난 이득을 내고 있으니까."
생필품 시장을 장악하고 있는 중국계 이주민들이 가격 담합으로 폭리를 취하고 있는 것은 상군도 안다.
"이렇게 며칠만 더 지나면 조선족의 올망졸망한 가게나 러시아계 잡상인들이 문을 닫게 될 것이야. 그땐 다시 이곳이 벅적이게 되겠지."

시계를 내려다본 마연중이 자리에서 일어섰을 때 사무실 문이 열렸다. 동양인이다. 세 명의 동양인이 날렵하게 방 안으로 들어섰는데 모두 손에 소음기를 긴 권총을 쥐고 있었다.

"퍽, 퍽, 퍽."

그들의 총구에서 무딘 발사음과 함께 섬광이 튀면서 먼저 마연중의 부하 두 명이 꼬꾸라졌다. 남아있는 것은 상군과 마연중 둘이다.

"누구냐!?"

눈을 부릅뜬 마연중이 어깨를 펴고 소리쳤다.

"너 이 새끼들, 내가 누군 줄 알고……."

그러나 그의 중국어가 그치기도 전에 세 사내의 총구에서 다시 일제히 섬광이 튀어나왔고 마연중은 뒤로 벌떡 넘어졌다. 이어서 사내들의 시선과 함께 총구가 자신에게로 향해지자 상군은 눈앞이 흐려져 아무것도 보이지 않았다.

"넌 소개소 직원이지?"

어디선가 중국어가 들려 왔으므로 그는 우선 목청껏 대답했다.

"예, 선생님, 저는 직원입니다."

"이곳 금고에 돈이 얼마나 들어 있어?"

"예, 한 달분 소개료로 3000달러쯤."

"그걸 꺼내가라."

"예."

"그걸 꺼내가란 말이다. 이 멍청아, 그 돈은 우리가 털어갔다고 하고."

온몸을 떨면서 상군이 눈을 껌벅였으나 아직 초점이 잡히지는 않았다. 그러자 낮은 웃음소리와 함께 문이 닫히는 소리가 상군의 귀에 들렸다.

마약방의 밀실에 있던 진대원은 부릅뜬 눈으로 부하들을 둘러보았다.

"그놈들은 김상철이가 데리고 있는 조선족들일 것이다."

그의 목소리는 갈라져 있었다.

"전쟁이다. 우리도 그놈들을 친다."

그 순간 방문이 열리더니 부하 서너 명이 서둘러 들어섰다.

"대형, 마형님이 당했습니다. 소개소에서 동생들과 같이……."

방 안의 사내들이 제각기 얼굴을 마주보았다.

"상관없어."

술렁대는 분위기를 장악하려는 듯 진대원이 차갑게 말했다.

"오늘밤에 김상철의 사업장을 모두 태워라. 나도 나서겠다."

그가 자리를 차고 일어서자 부하들도 따라 일어섰다. 저녁 7시 50분이었다. 그들이 마약방 입구를 나서는데 다시 두어 명의 부하들이 달려왔다.

"대형, 시내에 폭동이 터졌습니다. 사람들이 쏟아져 나와 거리에 있는 중국인 가게 수십 군데를 약탈하고 있습니다."

이를 악문 진대원을 향해 다시 부하 하나가 허덕이며 말했다.

"러시아인들과 조선족들입니다, 대형."

"습격한 자들이 말인가?"

"아닙니다. 물건을 약탈해 가는 놈들이."

"경비소는, 그놈들은 무얼 하고 있기에……."

"진압은 하고 있지만 원체 군중들이 많아서……."

진대원이 번들거리는 시선으로 주위의 부하들을 둘러보았다. 그러자 어디선가 총소리가 났다. 요란한 기관총의 발사음이었는데 한두 정이 아니다.

"대형."

부하 한 명이 그의 옆으로 다가섰다.

"기습이오. 놈들은 사전 계획이 치밀했던 것 같습니다. 우선 피합시다."
"……."
"여기서 나서다가는 함정에 빠질 염려가 있습니다."
중국인 거리 깊숙한 곳에 있는 색싯집 6곳이 습격당했고 마작방에 수류탄이 던져져서 수십 명의 사상자가 났다. 그리고 곳곳에서 너댓 명씩 조를 짠 놈들에게 기습을 당해 사상자는 헤아릴 수가 없을 정도였다. 진 대원은 이를 악물었다. 경비대는 가게를 습격해서 약탈하도록 내버려두고 있는 것이다. 놈들은 김상철을 배후에서 지원하고 있는 것이 틀림없었다.

이한이 맹렬하게 앞장서 달렸으므로 뒤를 따르는 최복수와 정기만은 그를 놓치지 않아야겠다는 생각뿐이었다. 지난번에 한번 달렸던 길이어서 이한은 날듯이 달려 나갔다. 이한이 움켜쥐고 있는 것은 칼라시니코프 돌격소총의 개량형인 AKS-74U로 러시아 낙하산 부대 등 특수부대용 기관총이다. 목구멍으로 뜨거운 숨결을 뱉어내면서 골목의 입구로 내달려간 이한은 앞에서 어른거리는 그림자들을 보았다.
"타타타타타타."
좁은 골목 안이다. 앞으로 쏘면서 달려 나가자 두어 명의 몸뚱이는 이미 땅바닥에 쑤셔 박혀져 있다. 이제 곧 지난번의 마약방이 나온다. 다시 어둠 속을 향해 기관총을 난사한 이한은 골목 안쪽으로 꺾어져 들어갔다. 순간 앞쪽에서 총성이 요란하게 났으므로 그는 땅바닥으로 몸을 굴렸다. 총에 맞았다면 총소리도 듣지 못했을 것이다. 그러나 그는 살아 있었다.
"비켜! 비켜!"
뒤를 쫓아온 최복수가 소리치더니 이한의 옆으로 엎어지면서 수류탄을 집어던졌다. 고막이 터지는 듯한 폭음과 함께 파편이 쏟아졌으므로 그들은 납작 엎드렸는데 연거푸 폭발이 일어났다.

최복수의 뒤를 따라온 정기만이 다시 수류탄을 내던진 것이다.

"잘 깐다."

폭음을 들으면서 이렇게 내뱉는 것은 최태호였다. 마작방을 털고 난 그는 부하들과 함께 골목을 빠져나오는 참이었다.

"자, 이젠 철수다."

그는 앞장서서 눈가루가 흩날리는 골목을 뛰쳐나갔다. 사전에 치밀하게 계획된 습격이다. 놈들의 주요 아지트와 가게에 습격조가 정해졌는데 북한은 25개 조, 김상철의 한국 측은 30개 조, 거기에다 파벨의 부하인 그루진스키가 지휘하는 습격조도 10여 개였으니 한 시간 동안에 65개 조가 치고 들어간 것이다. 거리로 나선 최태호는 화광이 충천한 가게들을 보았다. 대부분이 통나무로 만든 가게여서 눈발 속에 붉은 불기둥을 일으키며 타오르는 중이었다. 경비대원들이 도로의 곳곳에 서 있었지만 서두르며 스치고 지나는 그들을 제지하지 않았다. 사실상 경비대까지 가세한 삼합회 토벌이다. 대리전의 양상이라고는 말할 수 없지만 한국과 북한, 그리고 러시아의 연합세력이 중국의 기세를 꺾은 것이다.

자강도의 강계에서 북쪽으로 60킬로미터 정도 거리에 있는 온산 시범소는 질이 나쁜 사상범을 수용하는 집단 수용소이다. 벌거숭이 산기슭에 자리 잡은 시범소에는 400여 명의 사상범이 막사 생활을 하고 있었는데 이들은 자급자족으로 생계를 꾸려나갔다. 그러나 경작지라야 산기슭의 천 평 미만의 옥수수 밭뿐이어서 식량은 수용인원의 10분의 1의 몫도 되지 않았다. 그래서 경비대에서는 궁여지책으로 수용소 인원들에게 근처의 협동농장에 사역을 시키고 품삯으로 식량을 받아오게 했지만 그쪽도 흉년인데다 겨울이라는 악조건이었다. 노인들과 병약자들이 하룻밤 사이에 서너 명씩 죽어가는 상황이었다.

아침 6시가 되자 357호는 겨우 몸을 틀어 나무 침상에서 상반신을 일으켰다. 아직도 자고 있는 딸아이를 깨우지 않으려는 조심스런 몸놀림이었지만 아이는 눈을 떴다. 맑은 얼굴이었지만 핏기가 없었고 두 눈이 깊게 패여 있다.

"어머니, 어디……."

경희가 가느다란 소리로 물었다. 6살짜리인데도 이젠 배고프다는 소리도 하지 않고 눈치만 본다.

"자고 있어라, 내 곧 돌아올 테니."

영하 20도가 넘는 기온이었으므로 이인숙은 담요를 잘라 만든 외투를 뒤집어쓰고 막사를 나왔다. 길게 이어진 막사는 각각 3평 정도의 칸막이로 나뉘어져 있었는데 그것이 각 단위 가족의 숙소였다. 손에 양철그릇을 든 그녀가 막사 아래쪽 길로 들어서자 아직도 어둠에 덮인 주위에서 사람들의 인기척이 들렸다. 모두 그녀처럼 경비대의 막사로 가려는 사람들이다. 그들은 곧 긴 행렬을 이루면서 아래쪽의 막사를 향해 내려갔다. 막사에서는 땔감이 있었고 그곳에서 더운물과 강냉이 한 개씩을 넣어줄 것이다. 그러나 그것도 경비병의 점호가 끝나야만 했으니 두어 시간은 기다려야 할 것이었다. 동별로 나누어 앉아 경비군관이 나타나기를 기다리는 사람들은 모두 말이 없었다. 찬바람이 휘몰고 지나갔으므로 몸을 더욱 웅크린 채 그들은 기다리고만 있었다. 점호는 7시였지만 8시가 될 때도 있고 어떤 때에는 9시까지 기다린 적도 있었다. 이제 반년이 가까워진 시범소 생활로 이인숙도 점차 짐승이 되어 가는 중이었다.

몸을 웅크린 채 쪼그리고 앉아 깜박 잠이 들었던 그녀는 웅성거리는 기척에 놀라 깨었다. 점호가 시작되는 모양으로 사람들이 몸을 펴며 일어서고 있었다. 동녘이 뿌옇게 밝아지고 있었지만 아직도 주위는 어두웠다.

경비군관이 막사의 불빛을 등으로 받으며 나와 섰으므로 사람들은 열을 맞추었다. 그러자 군관이 소리 쳤다.

"357호, 이인숙, 앞으로!"

그의 목소리가 골짜기를 울리며 새벽하늘로 메아리치자 이인숙은 온몸을 굳혔다. 그리고는 자신도 모르게 눈에 눈물이 고였다. 딸아이가 걱정되었기 때문이다. 여기서 살아나가는 경우는 없다 그리고 이름이 불리는 경우는 형을 집행할 때뿐인 것이다.

"351호, 이인숙!"

다시 군관이 소리치자 사람들이 몸짓으로 웅성거렸다.

"빨리 나왓!"

굳어진 다리로 비틀거리며 열에서 빠져나온 이인숙이 한 걸음씩 앞으로 나아갔다. 군관이 싸늘한 시선으로 그녀를 내려다보고 있었다. 그러자 그가 머리를 돌려 옆에 늘어선 병사들에게 짧게 무언가를 말했다. 그러자 병사 두 명이 그녀에게 다가왔다. 그리고는 양쪽 팔을 하나씩 붙들고는 곧장 막사 안으로 들어섰다. 막사 안으로 들려가면서 그녀는 눈물을 쏟았다. 경희를 부탁한다는 말을 하고 싶었지만 부질없는 일이라는 것을 알고 있는 것이다. 그곳은 시범소장의 방이었다.

시범소장인 중좌가 들어서는 그녀를 바라보았다. 그의 옆쪽에는 사복차림의 두 사내가 나란히 앉아 있었으므로 이인숙의 가슴은 바닥까지 무너져 내렸다. 형집행관 이외에는 올 사람이 없다.

"어험."

커다랗게 헛기침을 한 박기동이 중좌를 바라보았다.

"중좌님, 애는 어디 있습니까?"

"막사로 데리러 갔습니다."

중좌가 대답하자 박기동이 커다랗게 머리를 끄덕였다.

"저, 부인은 어디 앉으셔야 하지 않겠습니까?"

중좌의 눈짓에 앞쪽에 서 있던 이인숙을 병사들이 의자에 앉혔다. 잠자코 있던 사복차림의 사람이 뱉듯이 말했다.

"어서 씻기고 이 선생 따라 보내."

"예, 알겠습니다, 위원장 동지."

중좌가 공손하게 대답하자 박기동이 다시 머리를 끄덕였다.

"내가 옷을 미리 준비해 왔으니 그렇게만 해주시고, 어, 날씨가 꽤 춥네, 이곳도……."

그는 지금 김상철의 지시를 받고 장국진의 유가족을 데리러 온 것이다.

"아니, 이 새끼 어디로 간 거야?"

주코프가 버럭 소리를 치고는 문짝을 발로 걷어찼으므로 요란한 소리가 났다.

"이 개새끼, 어디 잡히기만 해봐라. 당장에 쏴 죽여 버릴 테니까."

그때 문이 열리며 할머니가 다시 나왔다.

"이봐, 젊은이, 왜 그래!"

몸을 돌린 주코프가 부하들과 함께 현관을 떠났다.

"빌어먹을, 모두 마피아 놈들 짓이야."

기다리게 했던 택시에 오르자 주코프가 부하들을 돌아보았다.

"그놈들이 운전사들을 협박했어. 그래서 운전사 놈들이 모두 도망쳐 버린 거야."

하바롭스크의 고려지사가 협력해준 덕분에 제설차는 다시 준비할 수가 있었는데 이제는 차를 몰고 갈 운전사들이 도망쳐버린 것이다. 어제까지만 해도 두둑한 보수로 계약을 한 것에 만족해하던 그들이 아침이 되자 한 사람도 나타나지 않았다. 갑자기 주코프가 주먹으로 택시의 시트를 쳤다.

"좋다, 내가 운전사들을 데려 오겠다."

그는 부하들에게 시선을 돌렸다.

"내가 날아갔다 올 동안 너희들은 차를 지켜, 이젠 어떤 훼방을 놓을지 모르니까."

부하들을 내려놓은 주코프가 헬기 전용비행장에 도착한 것은 오전 11시가 넘어 있을 때였다. 고려리아는 아직도 눈바람 속에 묻혀 있지만 이곳은 청명한 날씨였다. 서둘러 운항 관리실 안으로 들어선 그는 관리원에게로 다가갔다.

"KA 24호기 조종사를 불러주시오. 지금 당장 고려리아로 떠나야겠어."

관리원은 고려직원으로 한국인이다. 그는 머리를 끄덕이더니 주코프의 뒤쪽으로 시선을 주었다.

"그런데 잠깐 저 분과 이야기를 해 보시지요."

"뭔데?"

몸을 돌린 주코프 앞으로 다가온 것은 박미정이다. 조금 피로해 보였지만 보기 드문 미모의 여자였으므로 주코프의 시선이 부드러워졌다.

"저, 고려리아로 떠나시나요?"

그녀가 정확한 영어로 묻자 주코프가 머리를 끄덕였다.

"그렇소, 마담, 그런데 무슨 일입니까?"

상처

"고려리아로 떠났어."

이유미가 말하자 안인석이 움직임을 멈추었다. 오사카의 뉴 오타니 호텔 안이다. 아래층 식당에서 점심을 마친 그들은 라운지로 올라와 차를 마시는 중이었다.

"고려리아로 떠나다니?"

그렇게 묻는 안인석의 얼굴은 뻣뻣하게 굳어져 있었다.

"그럼, 미정이가……."

"그래, 김상철이 만나러 간 것이지."

"……."

"시골에 갔다는 것은 거짓말이야. 난 여행사 사장이야. 한국에 있다면 모를까 외국으로 나간 것은 5분 안에 알아낼 수가 있어."

"……."

"닷새 전에 도쿄를 거쳐 하바롭스크로 갔어."

"……그렇다면……."

"김상철이가 고려리아에 살아 있다는 것을 알았기 때문 아니겠어?"

온몸을 굳힌 안인석이 탁자를 내려다보았다. 연초의 나흘간의 휴가 동안 그녀는 내내 침울했었고 말수도 적었던 것을 떠올린 것이다. 그래서 어디 아픈 것이 아니냐고 묻기까지 했었다.

이유미가 그를 자극하지 않으려는 듯 부드럽게 말했다.

"미정 씨하고 연락이 안 된다고 걱정하기에 그저 생각 없이 여행자 리스트를 컴퓨터로 조회 해보았어. 그랬더니……."

"……."

"놀랐어. 언젠가는 밝혀질 일이었지만 그렇다고 곧장 달려가다니."

"아, 그만, 조용히 해."

번쩍 얼굴을 든 안인석이 그녀를 노려보았다.

"입 좀 닥치란 말이다."

그러자 이유미가 쓴웃음을 짓고는 찻잔을 들었다.

"내, 이럴 줄 알았어, 그래서 처음부터 입 닥치고 있을 작정이었는데 생각해서 말해준 것이."

"그만두라니까!"

안인석의 목소리가 커지자 주위의 시선들이 그들에게 모아졌다. 한동안 그들은 말없이 앉아 있었다. 이유미는 찻잔을 든 채 오사카 성을 바라보았고 안인석은 탁자를 내려다보는 자세였다. 요즘 이유미는 주말이면 오사카로 날아왔다가 일요일 밤이나 월요일 아침에 서울로 돌아가는 생활을 하고 있었는데 안인석은 아직 그녀가 이혼한 것을 모른다. 여행사와 빌딩을 자신의 명의로 이전하고 홍만규와 이혼한 이유미는 그야말로 자유로운 입장이 되었지만 그것을 안인석에게 말하지는 않았던 것이다.

이윽고 안인석이 치켜 뜬 눈으로 이유미를 바라보았다.

"도대체 미정이가 그것을 어떻게 알게 되었어?"

그의 몸은 금방이라도 터질 듯 긴장되어 있었다.

"집 안에만 있는 애가, 응?"

"그걸 내가 알아?"

이맛살을 찌푸린 이유미가 얼굴을 옆쪽으로 돌렸다.

"매일 사람들이 고려리아로 수백 명씩 왕래하는 상황이야. 가능성은 얼마든지 있어."

"……."

"차분하게 생각해야 돼. 이미 일은 벌어졌으니까."

의자에 등을 붙인 이유미가 다시 입을 다물자 안인석도 더 이상 입을 열지 않았다.

눈발은 조금 잠잠해졌지만 아직도 하늘은 어둑한 고려시. 유장석의 방 안에는 박종용과 이상훈, 그리고 김상철이 모여앉아 있었다. 어젯밤에 한숨도 자지 못한 듯 김상철의 눈에는 핏발이 서 있었다. 상석에 앉은 유장석이나 다른 사람들의 얼굴에도 피로의 기색이 역력하게 드러나 있다.

"이제 이 일은 경비본부가 마무리를 짓도록, 앞으로 더 이상의 난동은 없도록 하고."

유장석이 그들을 둘러보았다.

"대다수 중국계는 선량한 시민이야. 그리고 생필품 가게의 대부분도 삼합회의 지시에 마지못해 따른 것이니까……."

"그렇습니다. 폭리를 취한 만큼 삼합회에 상납했으니 그들도 피해자라고 볼 수도 있습니다."

그렇게 말한 것은 경비본부장인 박종용이다. 타운의 소요는 이제 그쳤지만 중국인 마을은 수십 군데의 가게가 불에 탔고 마을 안쪽의 색싯집, 마약, 마작방은 철저히 파괴되어 마치 전쟁을 치른 듯한 참상이었다. 경비 본부가 집계한 중국인 사상자는 사망이 47명, 부상이 128명인 대참사였다. 이상훈이 입을 열었다.

"어젯밤의 공격으로 삼합회는 당분간 예전의 세력으로 회복되지 못할 것 같습니다. 제2인자인 마연중이 죽고 진대원도 부상당했다는 정보가 있습니다."

어젯밤에 제일 바쁜 사람 중의 하나가 이상훈이었다. 그는 경비대원들을 지휘하여 공격조들의 뒤를 받쳐주면서 습격당한 가게가 약탈당하지 않도록 보호하는 양면작전을 썼기 때문이다.

"진대원이 부상당했다고?"

놀란 듯 유장석이 묻자 이상훈이 머리를 끄덕였다.

"그렇습니다. 같이 있다가 부상당한 부하가 자백했습니다. 수류탄 파편에 맞았다고 합니다."

"……."

"아직도 중국인 마을에 숨어 있을 테지만 감정을 자극시킬 염려가 있어서 가택수색은 하지 않는 게 낫다고 믿습니다."

"당연하지, 그리고 주민들에게 이 일은 삼합회 때문에 벌어진 일이라는 것을 알려야 돼."

유장석이 사내들을 둘러보았다.

"이것은 해외 토픽감이다. 특히 중국 정부가 알게 된다면 가만있지 않을 것이다."

가라앉은 목소리로 그가 말을 이었다.

"따라서 계획한 대로 고려아로의 입출국을 엄격히 통제하도록. 이 주민 외에 입국은 특별한 경우를 제외하고는 금지시키고 출국은 말할 것도 없다."

타운으로 돌아온 김상철은 나파스 클럽 앞에서 차를 세웠다. 오후 3시가 조금 넘었을 뿐이지만 하늘은 벌써 잿빛이었고 끈질긴 눈발은 그치려 하지 않았다. 클럽의 현관을 들어선 김상철에게 안에서 송길수가 다가왔다. 조금 허둥거리는 모습이었다.

"형님, 조금 전에 그레고리한테서 연락이 왔었습니다."

그와 나란히 걸으면서 송길수가 말했다.

"아무래도 마피아가 방해를 하는 것 같다고 합니다. 이번에는 제설차를 끌고 올 운전사들이 모두 행방불명이 되었다는 겁니다."

"……."

"그래서 주코프가 운전사를 실으려고 그레고리한테 갔습니다, 그런데……."

그들은 사무실 안으로 들어섰다.

"그런데 형님, 주코프가 여자 한 명을 싣고 왔답니다."

"여자라니?"

소파에 앉은 김상철이 묻자 송길수가 그의 앞자리에 앉았다.

"박미정이라고, 형님의 친척이 되신다는데……."

김상철이 그를 쏘아보았다.

"박미정?"

"예, 형님, 친척 되십니까?"

"내 친척이라고?"

"예, 제가 확인을 했더니 형님의 친구인 안 누구하고 결혼한 박미정이라고 하면 아실 것이라고."

"……."

"지금 그레고리의 임시 막사에 있습니다, 형님."

"……."

"주코프의 말로는 막무가내로 매달렸다고 합니다. 형님을 만나야 한다고, 하바롭스크에서 닷새를 기다린 모양입니다."

"……."

"형님, 헬기를 그레고리한테 보낼까요?"

그 시간에 헬기 한 대가 만 피트 고도를 유지한 채 고려리아의 상공을 날아오고 있었다. 헬기는 러시아 공군의 주력 공격용 Ml-24 하인드를 민간용으로 개조한 것으로 2200마력짜리 엔진 두 개에서 뿜어내는 강력한 힘으로 쏜살같이 날아오는 중이었다. 조종석과 분리된 뒤쪽에는 20명이 앉을 수 있는 좌석이 만들어져 있었는데 오늘 승객은 세 사람뿐이다. 벽에 방음장치까지 덧대어 있어서 진동과 속도감을 느낄 수 있었지만 소음은 적다. 갑자기 천장의 스피커에서 러시아인 조종사의 러시아어가 흘러나왔다.

"앞으로 한 시간 반 후에 고려리아에 도착합니다."

그러자 박기동이 시계를 내려다보았다.

"한 시간 후에 도착한다고 그러는군."

러시아어를 제대로 못 알아들으면서 어림잡고 말하는 것이다.

이인숙은 파카로 몸을 감싼 데다 바지에 가죽 장화를 신은 산뜻한 차림이었다. 단정히 빗어 넘긴 머리를 뒤로 묶어 올렸고 화장기 없는 얼굴은 여위었지만 깔끔했다. 털코트로 온몸을 감싼 경희는 엄마의 무릎을 베고 잠이 들어 있었다.

"고려타운에는 조선족이 많습니다. 북한에서도 이번에 내가 사람들을 데려 왔는데……"

박기동이 다시 입을 열었다.

"앞으로도 계속 데려올 거요."

"저처럼 말인가요?"

이인숙이 묻자 그는 크게 머리를 저었다.

"아니오. 아주머니는 우리 사장님의 특별 손님이라니까 그러시네."

"……."

"아주머니의 남편 되시는 분하고 우리 사장님이 친했던 사이라고 말씀드렸지 않습니까? 그런 사람들하고는 달라요."

김상철에게서 대충 들은 대로 남편이 죽었다는 이야기를 하자 그녀는 잠자코 머리를 끄덕일 뿐 놀라는 것 같지도 않았다. 그러나 그녀는 고려리아에서 새생활을 시작하게 된다는 말을 듣고 얼굴에 생기를 띄었다. 이인숙은 경희를 내려다보았다. 악몽에서 벗어난 지 아직 사흘도 되지 않는다. 지금도 꿈을 꾸고 있는 것인지 가끔씩 두려워질 때도 있었으므로 생각에도 두서가 없다. 하지만 고급 모피옷을 입고 있는 경희를 보면 살아 있다는 실감이 난다. 그리고 그때마다 이것이 꿈이라면 깨어나지 말기를 바라는 것이었다.

헬기가 도착했을 때는 대지가 짙은 어둠이 덮인 오후 6시경이었다. 헬기의 문이 열리자 눈보라가 휘몰려 들어왔으므로 박미정은 어깨를 움츠렸다.

"이쪽으로."

먼저 내린 사내의 안내를 받고 그녀는 앞쪽에 있는 건물로 다가갔다. 헬기의 회전날개가 일으키는 바람에 눈더미가 맹렬하게 몸에 부딪치며 지나갔다. 그들이 건물로 다가갔을 때 문 앞에 서 있던 서너 명의 사내들이 다가왔다. 불빛을 등에 지고 있었으므로 방한모와 코트로 몸을 감싼 그들은 모두 거인처럼 느껴졌다. 그들은 순식간에 가까워졌고 박미정은 자신의 앞에 정면으로 다가온 사내에게로 시선을 주었다. 어두웠지만 김상철의 얼굴 윤곽은 뚜렷하게 드러나 있었다. 그가 뿜어내는 흰 입김이 코끝에까지 와 닿았을 때 박미정은 그에게 와락 몸을 부딪쳤다. 그의 몸을 깍지 끼듯 안자 김상철의 손이 어깨 위에 놓이는 것이 느껴졌다.

"가자, 집으로."

헬기의 엔진소음이 컸지만 그가 귀에 대고 말하는 소리는 선명하게 들렸다. 그것도 분명 김상철의 목소리였으므로 박미정은 어깨에서 순식간에 힘이 빠짐을 느꼈다.

통나무집의 거실, 페치카에서는 장작불이 기세 좋게 타오르는 중이라 방 안은 훈훈했다. 짙은 어둠에 덮인 창밖에는 불빛 한 점 없다. 박미정은 스웨터에 바지의 가벼운 차림으로 소파에 기대앉아 있었다. 그녀가 손에 쥐고 있는 것은 뜨거운 홍차로 위스키를 조금 섞은 것이다. 뜨거운 물에 목욕을 하고 우선 쉬라는 김상철의 제의를 거절한 대신 마시는 두 번째 잔이었다. 김상철은 위스키 잔을 쥐고 앞자리에 앉아 있었다. 그의 표정은 평상시와 다르지 않았으므로 갑작스러운 여자 손님에 술렁였던 집안 분위기도 가라앉았다. 과일 접시를 들고 온 황윤의 태도도 그래서인지 거북스럽지 않다. 조금 절름거리면서 그녀가 나가자 김상철이 입을 열었다.

"인석이는 오사카에 있다고 들었는데, 연락이나 하고 온 거야?"

그녀가 잠자코 있자 대답을 기대하지는 않았던지 그가 말을 이었다.

"꼭 이렇게 확인하지 않아도 됐을 텐데, 그럴 만한 가치도 없고, 이제는."

"……."

"왜 이렇게 되었느냐고 서로 묻지 않는 것이 낫다는 얘기야."

"그냥 왔어요."

박미정이 또렷한 목소리로 말했으므로 그가 주춤 말을 멈추었다.

"나도 다른 뜻은 없어요. 그냥 보려고."

"……"

"어쩌면 당신이 누굴 시켜서 여기에 있다는 것을 전한 것이 아닌가, 생각도 했었는데."

"……"

"아닌 것 같네."

"난 미정이 하고는 맞는 상대가 아니었어."

그러자 박미정이 새삼스럽게 방 안을 둘러보는 시늉을 했다.

"상철 씨, 성공했네요."

"……"

"다른 건 잊고 지낼 만도 하겠네."

"바쁜 생활이야."

"뻔한 이야기가 되겠지만……"

그러고는 잠시 아랫입술을 물었던 박미정이 그를 바라보았다.

"나한테 연락 안한 이유는 듣고 싶어요."

그녀의 시선을 받은 김상철이 천천히 머리를 끄덕였다.

"나한테 여자가 생겼기 때문이야."

"……"

"그리고 아까 말한 것처럼 미정이하고는 맞는 상대가 아니었고."

"난 당신이 죽은 걸로만 알고 있었어."

갑자기 목이 멘 박미정이 이를 악물었다.

"넌 나쁜 자식이야."

"……"

"나하고 인석 씨가 얼마나 걱정 했는지 알아? 우리는 상철 씨를 찾으려고…….”

"……."

"난 인석 씨한테 이 이야기를 하지도 못했어. 상철 씨한테 미안해하고 놀랄까봐서."

김상철이 손에 든 술잔을 한 모금에 입 안으로 삼켰다. 그 순간 문에서 노크소리가 들리더니 박기동이 들어섰다.

의기양양한 표정이고 몸짓이다.

"사장님, 모시고 왔습니다. 지금 응접실에 계십니다만."

소파에 얌전히 앉은 경희는 분주히 시선을 놀려 방 안의 호화로운 가구를 바라보고 있었지만 움직이려고 하지는 않았다. 그저 엄마 곁에 붙어 앉아서 경계심을 늦추지 않는다. 6개월 동안의 시범소 생활이 여섯 살짜리 아이를 철저히 주눅 들게 한 것이다. 이인숙은 손을 뻗어 경희의 조그만 손을 쥐었다. 본래의 밝고 천진한 아이로 되돌아가려면 꽤 오랜 시간이 필요할 것이었지만 그쯤은 문제가 아니다. 살아나왔다는 것만으로도 축복인 것이다. 방문이 열리고 박기동과 함께 사내 하나가 들어섰으므로 이인숙은 자리에서 일어섰다. 경희도 재빨리 따라 일어서서 새로운 사내에게 시선을 주었다. 사내는 얼굴 가득히 웃음을 띠우고 있었다.

"어서 오십시오. 제가 김상철입니다."

반갑게 말한 그가 손을 뻗어 경희의 머리를 쓸었다. 경희가 어머니의 등 뒤로 몸을 숨겼다. 머리를 숙인 이인숙이 감사의 인사를 몇 마디 했지만 잘 들리지도 않았다. 자리를 잡고 앉자 김상철이 부드럽게 입을 열었다.

"이 집에 방이 꽤 많습니다. 부디 내 집이라 생각하시고…….."

박기동이 소파 끝 쪽에 앉아 가볍게 헛기침을 한 것은 뭐라고 대답을 하라는 표시 같았지만 이인숙은 채 말문이 열리지 않았다.

"경희 교육 문제도 걱정하실 것 없습니다. 학교도 있으니까요."

"……."

"집 안에 일하는 사람이 대여섯 명 있고, 묵고 있는 사람도 20명이 넘습니다. 대가족이지요. 괜찮으시다면 당분간 이곳에 계시면서 그 사람들 관리를 해주셔도 좋고……."

"시킨신 일은 뭐든지……."

겨우 이인숙이 말하자 박기동이 어깨를 늘어뜨렸다.

"열심히 일하겠습니다."

그러자 정색을 한 김상철이 손을 저었다.

"일을 하시라는 것이 아닙니다. 일할 사람은 얼마든지…… 그저 감독만……."

"알고 있습니다."

이인숙이 머리를 들었다.

"어떻게든 저희 모녀에게 잘 해주시려고 하신다는 것을."

"당연한 일이지요. 장 형이 제 목숨을 구해주었습니다."

"……."

"제가 약속을 했지요. 부인과 경희를 보살피겠다고, 이젠 경희를 위해서라도 기운을 내셔야 합니다."

"열심히 살겠어요."

이제 또렷해진 그녀의 목소리에 김상철은 만족한 듯 머리를 끄덕였다.

"잘 견디셨습니다."

"저어……."

이인숙이 그를 바라보았다.

"제가 할 일이 있을까요? 저는 외국어를 조금 하는데요."

"아아, 그렇습니까? 어떤?"

"김일성대학에서 어학을 했습니다. 영어가 전공이었지만, 노어, 중국어도 할 수 있습니다."

"얼마든지 이용하실 수 있지요. 우선 푹 쉬시고 나서……."

김상철이 박기동에게로 머리를 돌렸다.

"당신도 러시아어, 중국어는 모르지?"

"아아, 예."

자신도 모르게 얼굴이 벌게진 박기동이 이리저리 눈을 굴렸다.

"모릅니다, 사장님."

"잘 되었다. 내가 그쪽 일을 부인께 부탁할 수도 있겠습니다. 더구나 영어를 전공하셨다니 영어는 능통하시겠고."

박기동이 다시 조그맣게 헛기침을 했다.

다음 날 하늘이 무너져 내리는 것처럼 내리던 눈이 딱 그치더니 참으로 오랜만에 햇살이 비추었다. 눈에 오랫동안 씻기고 있었던 것처럼 파란 하늘은 더욱 맑은데다가 햇살은 한없이 밝았다. 이한은 아침 일찍부터 저택 주위의 제설작업을 감독하고 있었다. 이제까지 대충 치웠던 눈을 땅바닥이 보이도록 치워내는 작업이다. 그가 정문 앞에 서 있는데 지프 한 대가 덜컹이며 달려오더니 멈춰 섰다. 안에 타고 있는 것은 의사인 안토노프였다.

"아니, 당신 웬일이요?"

이한이 묻자 안토노프가 눈으로 저택을 가리켰다.

"아침부터 의사가 놀러오겠어? 여자 손님이 아프다는 거야."

"어느 여자?"

어젯밤의 여자 손님은 공교롭게도 두 팀의 세 명이다. 대답도 하지 않고 저택 안으로 차를 모는 안토노프를 따라 이한도 안으로 들어섰다.

　현관에서 만난 조선족 여인에게 물은 후에야 그는 박미정이 앓고 있다는 것을 알았다. 저택 안의 사람들은 그녀가 김상철의 친척인 줄 알고 있었는데 그것은 그녀가 그렇게 말했기 때문이다 그러나 이한은 언젠가 김상철로부터 들었던 이야기를 떠올리고 있었다. 헬기장에서 그들이 만나는 장면을 본 때문인지도 모른다. 안토노프가 진찰을 끝낸 것은 그로부터 30분쯤 후였다. 그는 기다리고 있던 김상철에게 말했다.

　"감기 기운이 있고 몸이 쇠약해져 있소. 당분간 쉬어야지 잘못하면 태아에게도 영향이 옵니다."

　잠자코 있는 김상철을 향해 그가 말을 이었다.

　"임신 3개월이오. 푹 쉬도록 하는 것이 제일 좋은 처방이오."

　김상철이 방으로 들어서자 침대에 누워 있던 박미정이 천장으로 시선을 돌렸다. 얼굴에 열기를 띠고 있었고 입술에는 물기가 없다. 침대 옆의 의자에 앉은 그가 박미정을 내려다보았다.

　"무모한 일을 했어. 더구나 아이까지 있는 몸으로."

　박미정은 천장을 향한 시선을 움직이지 않았다.

　"내가 인석이한테 전화를 하겠어, 미정이가 이곳에 있다고. 그리고 내가 초청한 것으로 말할 테니까."

　"……."

　"하루 이틀쯤 쉬어야 한다니까 마음 놓고."

　김상철이 몸을 일으키자 박미정이 입을 열었다.

　"오늘 떠날 테니 준비 좀 해주실래요?"

　"오늘은 안 돼, 의사 말이……."

　"더 이상 이곳에 있기 싫어요."

　"……."

"더 이상 당신의 얼굴을 보기도, 목소리도 듣기 싫어서 그래요."

"그렇다면 내가 나타나지 않을 테니까."

"글쎄, 이곳이 싫다니까."

크게 뜬 눈으로 박미정이 그를 올려다보았다.

"오늘 당장, 지금이라도."

한동안 잠자코 서 있던 김상철이 머리를 끄덕였다.

"그럼, 준비를 하지."

"부탁해요."

그녀가 피로한 듯 눈을 감았으므로 김상철은 몸을 돌렸다.

진대원은 부상을 당한 것이 아니었다. 이한의 습격을 받았을 때 집이 무너지는 바람에 기둥에 몸이 깔렸지만 다행히도 기둥 한쪽이 벽에 걸려 무사할 수 있었던 것이다. 구사일생으로 목숨을 건진 그는 중국인 마을 안의 임시거처에 은신해 있었다. 그러나 조직은 엄청난 피해를 입은 상황이었다. 우선 마연중을 비롯한 간부급 10여 명이 죽었고 3분의 1이 넘는 부하가 죽거나 부상을 당한 것이다. 그리고 조직의 기반이었던 색싯집과 마약방, 마작방이 모조리 파괴된 데다가 중국인 가게 30여 곳이 불태워졌다. 이것이 남북한과 마피아까지 연합한 세력의 공동작전이라는 것을 알게 되었을 때 진대원은 아연해졌다.

그로서는 남북한의 연합작전은 생각지도 못했기 때문이었다. 남북한 정부의 경직성을 오래도록 들어 온 진대원이다. 김상철과 이금철이 연합하려면 양국 정부의 승인을 받아야만 할 것이고 그것은 현실적으로 불가능한 일이었다. 그러나 그들은 마피아까지 끌어들여 이쪽을 쳤다. 더욱이 경비대까지 배후를 도왔으니 자신은 사면초가의 형세였고 그 책임은 물론 자신에게 있었다. 무리했던 것이다. 피우던 담배를 재떨이에 비벼 끈 진대원이 입을 열었다.

"내가 방심했다. 남북한이 연합할 줄은 미처 생각하지 못했다."

보다 구체적으로 말한다면 이금철이 북한의 조종을 받는 것처럼 고려리아 행정부나 김상철이 한국의 지휘를 받는다고 생각한 것이 잘못이었다. 둘러 앉아 있던 부하중의 하나가 번쩍 허리를 세웠다.

"대형, 조직원은 둘째이고 주민들의 불만이 큽니다. 그들은 우리 지시를 따랐다가 생계수단을 잃었습니다."

30대 후반의 그는 사천성 출신으로 이름은 양필성이다. 삼합회 내에서의 지위는 중간계급이었지만 마약을 전담하는 부서에서 파견되어 고려리아의 마약을 총괄하는 사내였다.

"근본기반이 흔들리는 상황이오. 대형의 반성만으로 끝날 일이 아닙니다."

"건방진……."

진대원이 눈을 치켜떴다.

"네가 나설 자리가 아니야, 양필성."

"마약방이 폭파되었고 돈과 마약을 몽땅 털렸소. 대형의 오판이 조직을 망쳐 놓은 거요."

보통 체격에 그저 평범한 인상의 양필성이었지만 눈을 부릅뜨고 대들자 위압감이 느껴졌다.

"애초부터 남북한 양쪽을 건드려서 싸움을 붙인다는 발상도 단순했고 그것이 무위로 끝났다면 자중하고 있어야만 했소. 폭설을 기화로 생필품 가격을 폭등시키도록 한 것으로 우리는 모든 조직들의 공적이 된 것이오."

그의 굵은 목소리가 방 안을 울리자 진대원의 얼굴빛이 시뻘겋게 달아올랐다가 곧 하얗게 굳어졌다.

"양필성, 이놈, 반항하는 것이냐!"

"당신은 나를 처벌할 수 없소. 나는 회주 직속의 충방 사람이야."

"너를 처단하고 회주께 보고해도 된다."

내분이다. 일이 순조롭게 진행될 때에는 별 탈 없이 조직이 굴러 가지만 어긋날 때에는 조직도 흔들리는 것이 상례이다. 따라서 악조건에서 어떻게 조직을 운용하느냐 하는 것으로 지도자의 역량이 판가름 난다. 지금은 양필성을 장악하지 못했던 진대원의 미숙함이 드러나고 있었다.

"고려리아는 내 소관이다!"

손바닥으로 의자의 팔걸이를 내려치면서 진대원이 소리쳤다. 충실한 오른팔이었던 마연중의 존재가 사무치게 아쉬웠는데 그것은 조직의 장래보다도 우선 그가 살아 있었다면 양필성 같은 중급 간부가 감히 대들지 못했을 것이라는 생각 때문이었다.

창밖의 하늘은 구름 한 점 없이 맑았다. 흰 눈 위에 반사되는 한낮의 햇살로 대지는 더욱 밝게 빛나고 있었다. 문에서 노크소리가 났으므로 김상철은 창에서 몸을 뗐다. 들어서는 건 이한이다.

"형님, 준비되었습니다."

머리를 끄덕인 그는 이한과 함께 방을 나왔다. 잠시 후에 그는 지프의 뒷좌석에 박미정과 앉아 있었다. 차는 속력을 내 눈 덮인 평원을 끼고 달려가는 중이다. 차가 덜컹이며 흔들릴 때마다 차안의 공기가 움직이면서 그의 코에는 박미정의 체취가 스며들었다. 코에 익은 향기였다. 숨을 내리쉰 그는 반대쪽 창으로 머리를 돌렸다. 제설차에 치워진 눈더미가 작은 언덕처럼 길가에 쌓여 있었다. 박미정은 똑바로 앞쪽을 바라본 채 움직이지 않았다. 아직도 온몸에 열이 났고 등이 땀으로 젖어 있었지만 이제는 한시라도 빨리 이곳을 벗어나고 싶은 생각뿐이었다. 이윽고 지프는 오른쪽으로 꺾어지더니 공항 입구로 들어섰다. 게이트의 경비원에게 통과 확인을 받으려고 차가 멈춰 섰을 때 이한이 뒤쪽으로 몸을 돌렸다.

"비행기 앞으로 곧장 가겠습니다. 지금 탑승을 시작했으니까요."

김상철이 머리를 끄덕이자 지프는 속력을 내며 넓은 활주로 위를 달려 나갔다. 저택에서 공항까지 오는 한 시간 동안 그들은 한 마디의 말도 뱉지 않았다. 덩달아 내내 가슴을 졸이고 있던 이한은 앞쪽으로 비행기가 보이자 길게 숨을 내려쉬었다. 비행기는 아에로플로트의 쌍발 제트기로 승객들이 트랩을 오르고 있는 중이다. 트랩 밑에서 지프가 멈추자 이한이 먼저 내렸다. 따라 내리던 박미정이 문득 머리를 돌려 차 안에 앉아 있는 김상철을 바라보았다.

"김상철 씨, 그럼, 안녕히……. 난 당신과의 모든 감정을 이 눈밭에 두고 떠나요."

"……"

"여기 오길 잘했다는 생각이 들어요. 나뿐만 아니라 내 가정을 위해서라도."

박미정이 몸을 돌리자 가방을 들고 옆에 서 있던 이한이 앞장섰다. 그러자 밖에 서 있던 운전사가 힐끗 김상철의 눈치를 보더니 문을 닫았다. 곧 이한으로부터 가방을 받아 쥔 그녀는 꼿꼿한 걸음으로 트랩을 올라 비행기 안으로 사라졌다.

그레고리가 수송단을 이끌고 고려시에 들어온 것은 그로부터 일주일 후이다. 고려리아 건설단의 지원을 받아 밤을 낮 삼아 길을 뚫고 전진해 온 것인데 꽤 멀리까지 마중나간 김상철을 보자 그는 소리치듯 말했다.

"마피아 새끼들의 방해만 없었다면 사흘은 빨리 도착할 수 있었을 거요."

그들은 김상철의 지프에 올랐다. 트럭의 긴 대열이 이제는 속력을 내어 그들의 옆을 달려가고 있었다.

"제설차를 부숴 놓았을 뿐만 아니라 나중에는 운전사들을 위협해서 도망치게 했단 말입니다."

"알고 있어."

김상철이 머리를 끄덕였다.

"이제 마피아하고의 밀월은 끝났다."

지난번의 연합전선을 구축할 때처럼 필요한 때에는 손을 잡을 수도 있겠지만 그들은 더 이상 김상철을 이용할 필요성을 찾지 못한 것이다. 그들이 고려리아에 기반을 굳히게 된 것은 김상철의 공이었다. 김상철 입장에서도 자신의 입지를 굳히게 된 것은 마피아의 배경이 있었기 때문이었다. 그러나 이제 그들은 각기 기반을 굳혔고 서로 매어 있을 필요성을 느끼지 않는다. 그것이 김상철의 운송회사 설립으로 분명하게 나타난 것이다. 마피아는 고려리아 내의 황금사업인 운송업을 김상철에게 강탈당했다고 생각할지도 몰랐다.

"이번은 간접적인 방해만으로 그쳤지만 다음에는 노골적으로 나올 것이다."

김상철이 말을 이었다.

"삼합회를 치려고 연합전선이 형성되어 있을 때라 그 정도로 그쳤을 것이야. 이제 삼합회 토벌도 끝났으니 마피아가 우리에게 부담을 느낄 이유도 없어."

"내가 이번 전쟁에 참석하지 못한 것이 유감이오."

"전쟁도 아니었어. 기습토벌이었지. 진대원은 이제 주민들의 신뢰도 잃은 모양이야."

그들이 탄 차는 수송단을 앞질러 고려시 외곽에 자리 잡은 운송회사로 달려가는 중이다.

"하지만 세력이 꺾였을 뿐이지 삼합회는 곧 재기할 것이다. 중국계 주민이 있는 이상 뿌리가 쉽게 뽑혀지지 않아."

그레고리가 머리를 끄덕였다.

"마피아도, 북한계 조직도 마찬가지요. 러시아계, 조선족 주민들을 바탕으로 그들의 세력이 뿌리박혀 있으니까."

"그들뿐만이 아니야. 곧 야쿠자가 일본 기업을 내세우고 들어온다. 아마 올해 안으로 한국계 일본인들이 고려리아로 대거 몰려들어 올 것인데 그자들은 대부분 야쿠자 조직원들로 보아도 될 거야."

"이것, 고려리아가 해외 조선족들의 집결지가 되는군."

웃음 띤 얼굴로 그레고리가 말하자 김상철이 머리를 끄덕였다.

"그것이 고려리아를 세운 강 회장의 목적이야. 조선족의 나라…… 그런데 병균처럼 묻어오는 무리들이 있지. 마피아나 삼합회, 야쿠자 같은 것들 말이야."

저녁 무렵이 되자 타운은 흥청대는 분위기가 되어갔다. 네온사인이 휘황하게 빛났고 거리는 인파로 채워져 어느 대도시의 밤거리 못지 않았다. 서쪽 거리에 있는 마야 클럽에도 이미 좌석의 반 이상이 채워져 있었는데 홀 중앙의 무대에서는 러시아인 댄서가 느린 몸짓으로 춤을 추고 있었다. 클럽 2층에 있는 사무실 안이다. 상석에 앉은 사내는 고려리아의 마피아 책임자인 그루진스키였고 그의 앞쪽에 앉아 있는 것이 진대원이었다. 오늘의 회담은 진대원이 기습 방문한 것으로 그루진스키는 처음에는 당황했다가 이제 여유를 찾아가는 참이었다. 손님으로 클럽에 들어와서는 면담을 요청하는 바람에 그루진스키는 부하들을 서둘러 모으는 소동을 벌였던 것이다. 며칠 전에 남북한 세력과 연합하여 그의 부하들도 중국인들을 기습했다는 것을 모르는 사람이 없었으니 당연한 일이었다. 진대원은 러시아어에 유창했다. 그루진스키를 똑바로 바라보며 진대원이 입을 열었다.

"이제 내가 찾아온 목적을 말하겠소. 그루진스키 씨, 난 우리 양대 세력의 이익을 위해서 온 겁니다."

그루진스키는 40대 중반으로 거구였다. 수염에 덮인 얼굴은 무표정했지만 다음 말을 기다린다는 듯 진대원을 잠자코 바라보았다.

"당신들의 운송 사업을 김상철이 가로채 버려서 이제 당신들 화물까지 김상철의 운송회사가 운송해주게 되었소. 말하자면 당신들은 다리가 잘려진 꼴이지."

"……"

"경비대를 배후에 두고 있는 김상철의 세력은 곧 우리를 말살시키게 될 거요. 러시아 주민이나 중국계 주민은 고려리아의 서자야. 조선족을 배경으로 하는 북한계는 달래면서 남겨둘지도 모르지만 우리는 아니야. 무슨 말인지 아시겠소?"

"그럴 듯한 말이기는 한데……."

그루진스키가 쓴웃음을 지었다.

"고려리아가 러시아 영토라는 것을 잊으신 모양이군. 조선족들은 우리 땅에서 세를 살고 있는 것이라고. 따라서 우리 러시아 주민은 서자가 아니야."

"말장난 하려고 여기 온 게 아니야."

이맛살을 찌푸린 진대원이 그를 쏘아보았다.

"한국세력을 누를 방법을 이야기하려고 온 거요. 물론 당신도 동의 할 줄로 믿고."

"그것이 쉽게 될까? 그리고 당신은 시급할지 모르지만 우린 아직 아니야. 이 공존관계를 깨뜨려서 득이 될 것이 별로 없단 말이야."

"한국세력을 무너뜨린다는 것이 아니야, 다만……."

진대원이 탁자 위로 상체를 숙였다.

"다만 세력을 반감시킬 필요가 있단 말이야. 그러면 우선 당신들의 운송 사업을 되찾게 될 길이 생길 것이고."

"동무, 이젠 우리도 길이 생겼어."

이금철이 얼굴에 환한 웃음을 띠었다. 드디어 조총련이 고려리아에 투자하기로 결정을 내린 것이다. 며칠 후면 투자단이 고려리아를 방문한다는 연락을 받은 참이다. 그는 앞에 앉은 최태호를 바라보았다.

"평양에서 해외사업부 부장동지가 직접 투자단을 이끌고 온다. 타운 호텔 한 층을 지금 예약해 두도록. 실수가 있으면 안 돼."

"알겠습니다, 위원장 동지."

최태호도 밝은 표정이었다. 우물 안 개구리처럼 타운에만 갇혀 있게 될 것인가 그도 걱정하고 있었던 것이다.

"공항에 환영단을 보내는 게 어떻겠습니까? 1000명쯤은 동원할 수 있습니다만."

그러자 이금철이 멍한 얼굴로 그를 바라보았다.

"이봐, 여기가 평양인 줄 알아? 부장 동지는 비공식으로 이곳에 오는 거란 말이야."

"아아, 예."

최태호가 뒷머리를 긁적였다.

"제가 경솔했습니다."

"우리 공화국 노동자를 받은 것은 김상철이지 고려리아 행정당국이 아니야. 그들은 공식적으로는 우리 공화국과 단절된 관계에 있다는 걸

명심하라고."

"알겠습니다, 위원장 동지."

"삼합회 덕분에 당분간은 공존 관계가 되었지만 이 땅의 조선족은 대부분이 공화국과 연고가 있는 동포들이야. 고려리아가 무슨 수단을 쓰건 간에 이 땅은 결국 공화국의 수중에 들어올 것이다."

"이번에 평양에서 온 동무들이 큰 도움이 될 것입니다."

최태호가 그의 말을 받았다.

"박기동이의 말을 들으면 김상철이 곧 일꾼들을 더 모집할 것이라고 합니다."

이금철이 머리를 끄덕였다. 얼마 전까지만 해도 김상철은 철천지원수 사이였지만 지금은 그들에게 아주 유용한 존재가 되어 있었다. 각 기지 내의 노동자 파업이 실패로 돌아간 지금은 안팎에서 조직을 강화할 시간과 인력이 필요한 때였다. 그것을 김상철이 모두 채워주고 있는 것이다. 그의 삼합회를 꺾기 위한 연합제의는 이금철에게 조직을 강화할 시간을 주었는데 평양에서 데려온 100여 명의 인력은 모두 훈련된 당원들이었기 때문이다.

장인규는 클럽 뒤에 2층 벽돌집을 지어 블라디보스토크에서부터 따라온 서규환과 여러 명의 경호원에 둘러싸여 살고 있었으므로 김상철의 저택에 자주 오는 편은 아니었다. 그러나 요즘엔 이틀에 한 번꼴로 볼가 승용차를 타고 찾아왔는데 그것은 이인숙과 친해졌기 때문이다.

김상철의 저택은 통나무로 만든 방어용 성곽 같은 구조이다. 높이가 5미터가 넘는 통나무 담장이 빙 둘러쳐진 안으로 들어서서 밋밋한 능선을 200미터쯤 올라가야 본채가 나온다. 전혀 엄폐물이 없는 200미터의 공지에서 습격자들은 저지당할 것이고 만에 하나 본채까지 온다고 해도 20여 명의 경호대가 상주하고 있어서 난공불락의 요새였다. 공지를 오른 장인규가 현관 앞에 차를 세웠을 때 현관문이 열리면서 김상철이 나왔다. 코트에 방한모를 쓴 외출복 차림이었다.

"요즘은 자주 오는군."

김상철이 웃음 띤 얼굴로 말하자 장인규도 따라 웃었다.

"언니가 생겼으니까요, 경희도 귀엽고."

"잘 됐어. 그런데……."

김상철이 그녀에게 한걸음 다가섰다.

"당신이 타운 내 사업체들을 맡아주었으면 좋겠는데. 난 고려시와 운송 사업에 전념해야 될 것 같아서."

"날 당신 수하로 끌어들이겠다는 말인가요?"

그러자 김상철이 머리를 끄덕였다.

"어차피 그렇게 되어가는 상황 아닌가? 그럴 바에는 확실하게 해두는 것이 낫지."

"이 장인규가 결국 당신 수하가 되는군요."

"날 찾아왔을 때부터 그렇게 되도록 결정된 거야."

"참, 지난번에 찾아온 여자는 누구지요? 친척이라고 했다는 여자."

장인규가 자연스럽게 말을 돌렸다.

"그 여자가 당신의 옛애인이었다는 소문도 있던데."

"그런 소문이 났어?"

"당신에 관한 소문은 금방 퍼져요. 당신의 모든 행동이 관심의 대상이니까."

이한과 경호원들이 차를 세워두고 이쪽을 바라보고 서 있었다.

김상철이 가볍게 머리를 끄덕였다.

"옛애인이었어. 지금은 내 친구의 아내가 되어있지만."

"그렇군요."

장인규가 천천히 머리를 끄덕였다.

"당신이 피해 다니는 사이에 그렇게 된 것이겠군요?"

"그런 셈이지."

"여자는 당신이 살아있다는 것을 이제야 알았고, 그래서 확인하러 왔군요."

"이제 모두 끝난 일이야."

김상철이 발을 떼었다.

"내일 아침에 이곳으로 와. 사업체 현황과 관리 문제를 상의해야 될 테니까."

토요일 오후였다. 유리 창 밖으로 오후의 비스듬한 햇살을 받은 앞동 아파트는 이미 반쯤 그늘에 묻혀 있었다. 화장실에서 나온 안인석이 수건으로 얼굴을 닦으며 소파에 앉자 박미정이 앞자리에 앉았다. 그는 예고도 없이 날아와서 시치미를 떼고 옷을 벗은 다음 씻고 나왔는데 마치 아침에 출근했다가 퇴근한 것 같은 행동이었다.

"무슨 일 있어요?"

수건을 옆으로 던진 안인석이 그녀를 바라보았다.

"나한테 할 얘기 없어?"

"무슨 얘기요?"

"쭈욱 기다려왔어. 당신이 먼저 이야기를 해주겠지 하고……."

"……."

"감출 생각이었어?"

박미정이 크게 숨을 마셨다가 천천히 뱉어냈다.

"내가 고려리아에 다녀온 이야기 말인가요?"

"……."

"당신, 김상철 씨가 살아 있다는 걸 알아요?"

"그놈을 만났어?"

"알고 있었어요?"

그러자 안인석이 와락 이맛살을 찌푸렸다.

"내가 물었지 알아? 그놈을 만났느냐고."

"만났어요."

"왜? 그놈을 아직도 못 잊어서?"

아랫입술을 깨문 박미정이 머리를 돌렸다.

"대답해, 멀쩡한 남편 놔두고 그 먼 곳까지 다녀온 이유를. 감격의 해후를 했어?"

"……."

"그놈이 뭐라고 그래? 이 안인석이가 배신자라고 했겠지? 그렇지?"

"……."

"내가 그놈 때문에 오사카로 밀려난 걸 이제 알 수 있겠지? 그놈은 총회장의 손녀와 곧 결혼할 귀하신 몸이 되었으니까."

퍼뜩 머리를 든 박미정이 그를 바라보았다.

"그게 무슨 말예요?"

"나는 지금 그놈의 복수의 대상, 아니, 노리개가 되어 있다는 말이야. 내가 오사카로 밀려난 것도 그놈이 조종했다는 증거가 있어."

안인석이 호흡을 진정하려는 듯 잠시 말을 멈추었다가 이었다.

"그런데 이제 너까지 그놈을 찾아가서 해후를 해? 그리고 입을 다물고 비밀을 지키고 있어?"

"나는 당신이 모르고 있을 줄 알았어요. 그래서 충격을 주지 않으려고."

박미정이 겨우 입을 열었다.

"그리고 그곳 다녀온 것, 그저 확인해 보려고 했지. 다른 의미는……."
"거짓말 말아!"
버럭 소리친 안인석이 그녀를 노려보았다.
"말도 안 되는 소리 그만하란 말이야! 너는 기대를 가지고 갔어. 그리고 그놈한테서 나에 대한 이야기를 들었을 것이고. 너희들 음모에 놀아날 내가 아니야!"
"당신……."
창백해진 얼굴로 박미정이 그를 바라보았다.
"당신이 오사카로 간 것이 그 사람의 복수라는 말, 이해가 안 돼요. 도대체 왜?"
"내가 널 빼앗아갔기 때문이지. 그놈은 그런 이야기는 안한 모양이구만. 하긴 그런 말을 할 필요는 없겠지."
"당신은 그 사람이 살아 있다는 걸 알고 있었어요?"
"그건 왜 물어?"
"놀라지도 않고."
문득 말을 멈춘 그녀가 안인석을 똑바로 바라보았다.
"내가 고려리아에 가기 전부터 알고 있었지요?"
"그놈이 말해주지 않았단 말이야?"
버럭 소리친 안인석이 자리에서 일어섰다.
"이제 그놈은 내 인생, 그리고 내 가정도 부서 놓았어. 나는 당하고 있지만은 않을 거다."
"부서 놓은 것 없어요."
"나는 이미 부서졌어."
그가 차가운 눈으로 박미정을 내려다보았다.
"네가 고려리아로 떠났다는 것을 알게 되었을 때부터, 나는 이제 더 이상 네 말을 믿지 않기로 했어. 그놈한테 세뇌되었을 테니까."

"……."

"그놈은 회장의 손녀를 꼬드겨서 내가 비열한 배신자라고 말했을 거야. 내가 너와 결합한 것을 용납하지 못하는 거지."

"그가 무슨 자격으로?"

메마른 소리로 박미정이 묻자 그가 코웃음을 쳤다.

"사랑했던 여자를 가로채 갔으니까."

"그 사람은 나를 잊었어요. 그래서 연락을 안했던 거야."

"잊지 않았어, 지금도."

그녀에게로 한 걸음 다가선 안인석의 얼굴이 일그러졌다.

"너도 마찬가지고, 내가 너와 같이 있는 동안은 내내 그놈의 목표가 될 거야."

박미정이 눈을 치켜떴으나 말을 잇지는 않았다. 그저 참담한 표정으로 안인석을 올려다보고만 있을 뿐이었다.

커피숍에 들어선 강미현은 카운터 앞에 멈춰 서서 주위를 둘러보았다. 점심시간이 마악 지난 때여서 손님이 꽤 많았다. 안면이 있는 종업원이 다가왔다.

"누구 찾으세요?"

그 순간 강미현은 벽 쪽의 테이블에서 이쪽을 바라보며 일어서는 여자를 보았다. 짙은 색 코트 차림에 눈에 띄는 미모의 여자였다.

강미현이 다가가자 그녀가 조심스럽게 물었다.

"강미현 씨 되시나요?"

"네, 그럼, 그쪽은 박미정 씨."

"갑자기 뵙자고 해서 죄송합니다."

"아녜요. 그렇지 않아도 한번쯤 만나고 싶었습니다."

강미현이 부드러운 얼굴로 말했다. 회사 빌딩의 지하 커피숍이어서 옆을 지나는 몇 명이 강미현에게 아는 척을 했다. 이제 그녀가 회장의 손녀인 것을 모르는 직원은 없다. 차를 주문하고 나자 박미정이 머리를 들었다. 긴장한 모양으로 표정이 굳어져 있다.

"저, 갑자기 이런 말씀 드리면 놀라시겠지만 저는 전에 김상철 씨와 가깝던 사이였습니다."

그러자 강미현이 밝게 웃었다.

"알고 있어요. 그리고 결혼하신 것도."

"저는 그 사람이 실종된 줄로만 알고 있었어요."

"……"

"그런데 최근에야 그 사람이 고려리아에 있다는 걸 알게 되었어요. 그래서 얼마 전에 그곳에 다녀왔습니다."

강미현이 머리를 끄덕였다.

"저도 들었어요. 폭설로 꽤 고생하셨다고."

"이제 후련해요. 그 사람과의 관계는 정리되었습니다."

"……"

"그런데 말씀드릴 것은……."

얼굴을 더욱 굳힌 박미정이 자리를 고쳐 앉았다.

"우리, 그이, 제 남편 되는 사람한테 그 사람이 배신감을 느끼고 있다는 건데요. 그이는 김상철 씨가 영향력을 행사해서 오사카로 전출되었다고 믿고 있습니다."

그러자 머리를 한쪽으로 기울인 강미현이 그녀를 바라보았다.

"그렇다면 저하고도 관련이 있다고 믿으시겠네?"

"……"

"그런 일 없어요. 아마도 남편 되시는 분의 피해의식 때문인 것 같은데요, 제 생각이지만."

"……."

"이제 말씀드리지만 남편 되시는 분은 김상철 씨의 생존 사실을 오래 전부터 알고 있었어요. 박미정 씨와 결혼하기 훨씬 전부터 말예요. 그런데 아마 그 사실을 박미정 씨한테 숨긴 것 같더군요. 만일 말했다가는 결혼도 안 되었을 테니까."

몸을 굳힌 채 꼼짝하지 않고 바라보는 박미정을 향해 그녀가 말을 이었다.

"김상철 씨가 박미정 씨한테 연락을 못한 것은 살인혐의로 기소된 상태로 떠돌고 있었기 때문이었지요. 내일을 알 수 없는 상황에서 박미정 씨를 구속하기 싫었던 것입니다. 그리고 그가 자유의 몸이 되었을 때는 이미 당신 둘이는 깊은 관계가 되어 있었고…… 그는 당신들의 결혼을 알면서도 그저 멀리서 지켜만 보았어요."

"……."

"나는 그런 김상철 씨를 존경 했어요. 그리고 더욱 사랑하게 되었지요."

"……."

"그런 김상철 씨가 이제 와서 그런 일을 하다니, 믿을 수가 있겠어요?"

다시 얼굴에 웃음을 띤 강미현이 찻잔을 들었다.

"나는 그이를 믿어요, 누구보다도."

"아니, 아직 못 만나셨습니까? 부인 만난다고 삼십 분쯤 전에 나갔는데."

직원이 의아한 듯 물었다. 공항의 공중전화 박스 안이다. 박미정은 수화기를 고쳐 쥐었다.

"저, 어디로 가셨는지 혹시 아세요?"

"뉴 오타니 호텔 아십니까? 부인께서 그곳에 묵고 계시는 걸로 알고 있는데, 그렇죠?"

"아아, 네."

"언제 한번 뵙게 해달라고 했는데 안 형이 계속 미룬단 말입니다."

직원과의 통화를 마친 박미정은 박스를 나와 잠시 주위를 둘러보았다. 오사카에 온 것은 안인석을 만나 확실한 이야기를 들어야겠다는 생각이었으나 비행기 안에서부터 마음이 흔들리기 시작하더니 공항에 도착하고 나서는 그냥 돌아가야겠다는 생각이 들었다. 그러나 마음을 굳게 먹고 회사로 전화를 하자 그는 아내를 만나러 갔다는 것이다.

박미정이 뉴 오타니 호텔에 도착한 것은 그로부터 두 시간쯤 후인 저녁 7시경이었다. 로비는 사람들로 북적이고 있는데다가 안인석이 아직까지 이곳에 있으리라는 생각도 들지 않았으므로 그녀는 로비 안쪽의 소파에 우두커니 앉아 있었다. 그의 하숙집 전화번호는 알고 있었으니 만날 수는 있을 것이었고 그것도 여의치 않으면 이곳에 방을 잡아 묵을 작정이었다. 한동안 그러고 있던 박미정은 문득 머리를 들었다. 부인이 이곳에 묵고 있지 않느냐는 직원의 말이 아까부터 자꾸 귓속을 맴돌고 있던 것이다. 자리에서 일어선 박미정은 프런트로 다가갔다. 접수구의 직원은 웃음 띤 얼굴의 남자였다.

"무얼 도와드릴까요?"

그는 대뜸 영어로 이렇게 물었는데 그것은 호텔맨 직감으로 국적을 알아차렸기 때문이다.

"미안하지만 한국인 투숙객 명단을 알고 싶어서요."

박미정의 유창한 일본어에 사내의 얼굴이 더욱 환해졌다 이제 그도 일본어를 쓴다.

"그건 곤란한데요, 손님. 한국인 투숙객이 한두 명이 아닙니다. 정확하게 이름을 말씀해 주시면 도와드릴 수 있겠습니다만……."

박미정이 난감한 표정을 짓자 사내가 데스크에 몸을 바짝 기댔다.

"남잡니까?"

"안인석."

박미정이 불러주는 영어 스펠링대로 컴퓨터를 두드리고 난 사내가 머리를 저었다.

"유감인데요, 없습니다."

"한국인 여자는요?"

사내가 컴퓨터를 재빠르게 두드리고 나서 말했다.

"여자 투숙객은 모두 여섯 명이군요."

"이름을 불러 주시겠어요? 미안합니다."

"천만에요. 하경숙, 조미선, 김영희, 이유미, 고순자, 박경미. 이제 됐습니까?"

"이유미라고 하셨나요?"

"네, 927호실 손님입니다."

이유미와 안인석이 방에 들어선 것은 밤 12시가 다 되었을 때였다. 시내의 클럽에서 위스키 한 병을 나눠 마신 그들은 적당히 취기가 올라 있었다.

코트를 벗어 소파 위에 던져놓은 이유미가 이제는 발을 흔들어 구두를 벗어 던졌다. 눈가가 약간 불그스름하게 달아오른 그녀의 얼굴은 요염했다.

"그래, 이제 어떡하려고 그래?"

소파에 털썩 앉은 그녀가 다리를 꼬며 물었다. 검정색 망사 스타킹 사이로 발가락의 선이 뚜렷이 드러나 있다. 냉장고에서 음료수를 꺼내던 안인석이 몸을 돌렸다.

"어떡하다니?"

"이혼할 거야?"

안인석은 캔의 뚜껑을 뜯어내고는 벌컥거리며 마셨다. 그러는 그를 바라보던 이유미의 얼굴에 천천히 웃음기가 번졌다.

"미안해, 그런 식으로 말해서."

안인석은 넥타이의 매듭을 풀어 내리면서 그녀의 앞자리에 앉았다.

"우선 아이 문제가 걸려. 아직 아이를 가질 여유가 없어."

"그럼, 아이 지우라고 할 거야?"

"정나미가 떨어졌을 테니 제가 알아서 했으면 좋겠는데."

이유미가 머리를 돌리고는 코웃음을 쳤다.

"자기 입으로는 말할 용기가 나지 않는다는 말이군."

"……"

"아직도 박미정이한테 미련이 있어?"

그러자 안인석이 술기운으로 붉어진 얼굴을 들었다.

"이봐, 솔직히 미정이가 무슨 죄가 있어? 모두 다 내 잘못이지. 나하고 김상철이의 악연 사이로 미정이가 끼어든 죄밖에 없단 말이다."

"행복하겠어, 그 여자는. 두 남자의 사랑을 한 몸에 받고 있으니."

"내가 잘못한 거야. 그리고 책임은 너한테도 있어. 너는 이래라 저래라 할 자격이 없단 말이야."

"짜증나."

단추를 푼 이유미가 재킷을 벗어던지자 브래지어 차림의 상반신이 드러났다.

"자기의 우유부단한 성격, 그 책임전가의 버릇……. 정말 싫어."

"곧 결정하겠어."

자리에서 일어선 안인석이 냉장고 위에 놓인 샘플 위스키의 마개를 뜯더니, 병 채로 들여 마셨다.

"김상철이는 내가 미정이를 내놓기를 기다리고 있을지도 모르지. 내 가정이 파탄이 나야 속이 시원할 테니까. 그래, 가라고 해."

몸을 돌린 안인석이 그녀를 바라보았다.

"넌 어떻게 할 거야?"

"어떡하다니?"

"이대로 살 거냔 말이다. 밥 먹듯이 외박을 하면서 이런 생활을 계속할 수 있을 것 같아? 네 남편은 바지저고리야?"

이유미가 피식 웃었다.

"내 걱정은 마. 내가 알아서 하니까."

그때 탁자 위의 전화벨이 울렸으므로 그들은 말을 멈추었다.

벽시계는 12시 30분을 가리키고 있었다.

"웬놈의 전화."

짜증난 얼굴로 안인석이 수화기를 들었다.

"여보세요."

한국말이다. 그러나 저쪽에서 응답이 없었으므로 안인석은 금방 일본말로 바꾸었다.

"모시 모시."

그러자 전화가 끊겼다.

김상철이 강미현의 전화를 받은 것은 오후 3시경으로 그가 운송회사의 사무실에 앉아 있을 때였다.

"운송회사가 잘 된다면서요?"

179

맑은 목소리로 강미현이 말했다.

"바쁜데 전화한 것 아녜요?"

"아니, 괜찮아."

김상철은 의자에 등을 기대고 앉았다.

운송회사는 이미 차량 대수가 210대 가량이 되었고 고려에서 지원받은 정비요원과 행정직원들을 포함하면 사원수만 해도 700명이 넘는다. 고려의 수송부를 제외하면 고려리아 내에서 유일하게 운송 독점권을 가진 회사였으므로 벌써부터 화물량이 폭주했고 하바롭스크와 블라디보스토크에 지사도 설치되어 있었다.

"별일 없지요?"

그녀가 묻자 김상철은 잠시 앞쪽을 바라보았다.

"지난번 폭설이 내릴 때 박미정 씨가 다녀갔어."

"……."

"내가 여기 있다는 것을 이제야 알게 된 모양인데, 잘 돌아갔는지 모르겠어."

"……."

"내 말 듣고 있어?"

"들어요."

"그 여자한테 상처를 주었어. 어쩔 수 없는 일이야."

"사랑하는 여자가 생겼기 때문이라고 했나요?"

"……."

"나한테 찾아왔더군요. 안인석 씨가 오사카로 간 것은 당신이 영향력을 행사한 것이 아니냐고."

"……."

"그래서 말해주었어요, 사실을."

김상철이 목소리를 높였다.

"무슨 사실을 말이야?"

그의 목청이 높았던 때문인지 잠깐 말을 멈췄던 강미현은 계속했다.

"모두 다. 나는 내 남자가 그런 누명을 쓰고 있는 것은 참을 수 없었어요."

"……."

"어차피 상처는 받게 되어 있어요. 당신이 어떻게 말하든……. 하지만 그 쪽은 받아들일 자세가 아니더군요. 특히 안인석이란 사람은."

"……."

"이제 모두 말해주었으니 그들 일은 그들이 알아서 하겠죠. 우리가 책임질 일은 아니니까."

"그 여자는 피해자야."

김상철이 겨우 이렇게 말하자 강미현의 목소리가 딱딱해졌다.

"피해자는 당신이에요, 멍청이 같으니."

"……."

"당신이 벌판을 헤매는 동안 그들은 행복에 겨워 당신을 잊었어요. 그리고 또 욕심을 부려 그 여자는……."

"……."

"두 남자를 모두 가질 셈인가?"

"그만해."

"갑자기 화가 나서…… 그만할게요."

강미현의 목소리가 부드러워졌다.

"시간 내서 만나러 갈게요. 몸조심해요."

수화기를 내려놓은 김상철은 한동안 벽을 바라보고 앉아 움직이지 않았다. 그러던 그가 문 쪽으로 시선을 주었다.

문에서 노크소리가 들리더니 박기동이 들어섰다. 그는 요즘 고려리아에 와 있는 무역상 중에서 제일 잘 나가는 인물이 되어있었다. 이제는 그가 타운 호텔에 얼굴을 보이면 그와 면담을 하려고 무역상들이 줄을 서곤 했다. 허리를 숙여 절을 한 박기동이 김상철을 바라보았다.

"사장님, 여섯시에 타운 호텔에서 약속이 있으십니다."

"알고 있어."

"5층의 연회실을 빌려 놓았고 식사준비도 시켜 두었습니다."

무역상과의 상담은 박기동이 주선을 하는 것이다. 그는 재치가 뛰어났고 경험도 풍부했지만 김상철은 그가 아직도 나쁜 버릇을 고치지 않았다는 것을 알고 있었다. 김상철이 입을 열었다.

"나파스 클럽의 송길수한테 준비를 하라고 해. 그러면 알아."

다시 한 번 절을 한 박기동이 소리 없이 방을 나갔다.

타운 호텔에서 김상철과 만나기로 한 사람은 러시아인 주류도매상 세메노프였다. 그는 김상철과 꽤 오랫동안 거래를 해온 거상으로 구 소련 연방 시절에는 내무성 관리였다는 인물이었다. 백발에 풍성한 턱수염이 머리와 같은 색으로 센 육중한 체격의 세메노프에게 산타의 옷을 입히면 위엄 있는 산타클로스로 보일 것이다.

그런 그가 두 명의 경호원을 뒤에 달고 아래층의 커피숍에 들어서자 주위의 시선이 일제히 집중되었다. 저녁 6시 5분 전이어서 커피숍에 손님이 모일 시간이었다. 빈자리를 찾아 앉은 세메노프가 팔을 들어 올려 시계를 보는 시늉을 했을 때 슈바 차림의 러시아인 하나가 그에게로 다가갔다.

"세메노프 선생, 저는 김상철 사장이 보낸 사람입니다. 모시러 왔습니다."

그가 정중히 말하자 세메노프가 이맛살을 찌푸렸다.

"아니, 이곳에서 만나기로 했는데, 어디로?"

"밖에 차가 대기하고 있습니다, 선생."

세메노프가 잠시 망설이듯 옆 좌석에 앉은 경호원들에게 시선을 주었다가 자리에서 일어섰다.

"그럼, 갑시다."

호텔 앞에는 두 대의 검정색 볼가가 주차되어 있었다. 세메노프와 경호원들이 차에 오르자 볼가는 어두워진 거리를 달려 나갔다.

나파스 클럽의 뒤채에는 타운의 여러 사업체를 관리하는 본부 사무실이 있다. 클럽 뒤쪽의 넓은 뜰을 사이에 두고 통나무와 벽돌을 섞어 만든 2층집인데 지금도 그렇지만 초창기의 무법시대에 만든 집이다. 마치 인디언의 습격을 막으려는 서부 개척자들의 통나무집처럼 총안이 군데군데 만들어져 있고 벽도 두껍다.

저녁 7시가 되자 주위는 짙은 어둠에 덮였다. 앞쪽의 클럽에서 흘러나온 소음이 뒤채까지 희미하게 전해져 오고 있었다. 검정색 볼가 두 대가 현관 앞에 나란히 세워진 뒤채는 환하게 불을 밝혔으나 깊은 정적에 잠겨 있었다. 지붕 위의 벽돌로 만든 굴뚝 옆이다. 모피 깔개를 지붕 위에 펴놓고 아래쪽의 뜰을 내려다보던 곽동기가 옆의 동료에게 머리를 돌렸다.

"몇 시냐?"

"일곱 시 십 분."

명령이 있어야 내려 갈 것이므로 시간을 물어 보는 것은 쓸데없는 짓이었지만 그냥 해본 말이다.

그는 손에 쥔 기관총을 조심스럽게 지붕턱 위에 걸쳐놓았다. 뒤채는 철통같이 경비되고 있었다. 지붕 위에 올라가 있는 인원 만도 8명이었고 사무실과 앞쪽 클럽의 빈방에서 대기하고 있는 인원이 30명이 넘는다.

"빌어먹을, 무지 춥구먼."

곽동기가 다시 중얼거렸다. 이런 식의 경비를 한두 번 하는 것이 아니다. 그러나 오늘은 지휘하는 송길수가 긴장하고 있는 것을 보면 조금 색다른 상황인 모양이었다. 입맛을 다신 곽동기가 무심코 머리를 들었을 때 그는 옆쪽 어둠 속에서 무엇인가 반짝이는 것을 보았다. 처음에는 그쪽 가게의 네온사인이 떨어져나갔다고 생각했지만 그것이 아니다. 그가 입을 쩍 벌렸을 때 불빛은 순식간에 다가왔다.

"아앗!"

그 순간 빛살은 일직선으로 날아와 자신이 엎드린 바로 아래쪽 2층으로 들어갔다. 그 순간 밤하늘을 울리는 폭음과 함께 곽동기는 허공으로 솟아오르며 의식을 잃었다.

폭음은 세 번이 들린 다음 잠잠해졌으나 방 안의 사내들은 모두 자리에서 일어나 있었다. 그만큼 폭음이 컸기 때문이다.

"어디야?"

누군가가 소리치 듯 물었으나 대답하는 사람은 없다. 그때 전화벨이 요란하게 울렸다. 사내들이 다투어 전화기를 집으려다 결국 이한이 수화기를 귀에 댔다.

"여보세요?"

"여기는 나파스요."

누구인지 알 수는 없었지만 상대방은 악을 쓰듯 소리치고 있었다.

"뒤채에 로켓탄을 맞았습니다. 뒤채가 박살이 났어요!"

"안의 사람들은 어떻게 되었어?"

놀란 이한의 목소리도 덩달아 높아졌다. 사내가 숨을 몰아쉬며 더듬거렸다.

"모, 모릅니다. 아마……."

수화기를 내 던진 이한은 복도를 달려 응접실로 들어섰다. 세메노프와 마주앉아 있던 김상철이 이한을 바라보았다.

"형님, 나파스가……."

"뒤채 말이냐?"

"예, 로켓탄을 맞았습니다."

팅기는 듯한 한국말을 알아듣지 못한 세메노프는 고개를 갸웃거리며 그들의 얼굴만 바라보았다.

"안에 누가 있었어?"

"송길수가……."

그때 탁자 위에서 전화벨이 울렸다. 김상철이 턱으로 받으라는 시늉을 했다. 이한이 전화를 받았다. 김상철이 머리를 돌려 세메노프를 바라보았다.

"세메노프 씨. 이제 내가 당신을 두 번이나 옮겨 다니게 한 이유를 알겠소?"

김상철을 말에 세메노프는 어깨를 으쓱하며 고개를 갸웃했다.

세메노프는 지금 무슨 일이 일어났는지 알 리 없었던 것이다.

"나파스가 로켓포 공격을 받았소. 물론 놈들의 목표는 나였소."

"누굽니까?"

세메노프가 놀란 얼굴로 물었다. 그러나 김상철은 대답하지 않았다. 그때 이한이 수화기를 내려놓고 김상철을 바라보았다.

"형님, 장 누님의 전화입니다. 더 이상의 공격은 없었답니다. 나파스에서는 지금 사상자 수습을 하고 있답니다."

이한도 누구의 공격인지는 모른다. 김상철이 고개를 끄덕이며 생각에 잠겼다. 김상철의 굳게 쥔 두 주먹이 부르르 떨리는 것을 본 사람은 아무도 없었다.

사는 자와 죽는 자

　마파척은 산동성 출신으로 30대 후반의 조금 마른 체격의 사내였다. 젊었을 때 세상을 떠돌면서 어느 누구한테도 매어 살지 않았던 마파척이 삼합회의 일을 맡게 된 것은 2년밖에 되지 않았지만 특급 대우를 받는 별동대원이 되어 있었다. 구부정한 어깨로 휘청거리며 걷는 그가 온갖 수단에 능한 살인업자라고는 아무도 믿지 않을 것이다. 반 년 전 마카오의 염대태를 사흘 안에 살해할 때까지 진대원도 그저 허명이었거니 하고 생각했었는데 지금은 다르다. 진대원은 마파척과 밀실에 마주앉아 있었다. 죽은 생선의 눈알처럼 흐린 눈으로 자신을 바라보고 있는 마파척은 어젯밤에 타운에 잠입해 왔다. 잠입해 왔다는 것은 진대원 외에 그의 입국사실을 아는 사람이 없다는 뜻이다.
　"상황이 심각해. 부하들이 동요를 하고 주민들의 불만의 높아지고 있어."
　가라앉은 목소리로 진대원이 말했다.
　"믿을 놈은 몇 놈밖에 없어."

마파척은 잠자코 진대원을 바라보았다. 홍콩에서 진대원은 마파척에게 자신의 정보원을 제거하라는 지시를 내린 적이 있었다. 그때 마파척은 정보원을 가족 두 명과 함께 살해하여 바다에 묻었던 것이다.

"나는 내일 아침에 부하들을 동원해서 김상철을 친다."

"……."

"지난번에는 놈에게 속아서 엉뚱한 곳을 쳤어. 놈은 이만저만 몸조심을 하고 있는 것이 아니야."

"……."

"놈의 통나무집은 요새야. 밖에서는 보이지도 않는데다가 안에는 무장병력이 20명이 넘는다."

"둘러보았습니다."

조금 쉰 듯한 목소리로 마파척이 말했다.

"실패했다는 소문을 들었지요. 그래서……."

"놈이 제거되기를 바라고 있는 것은 우리뿐만이 아니다."

"압니다."

"내일 아침의 습격도 철저히 준비된 거야. 놈의 출근길을 덮칠 계획인데……."

"……."

"그러나 만일의 경우, 실패했을 때 부하들의 동요가 더 심해질 거야."

"……."

"그때에는 네가 나서라. 아마 놈도 우리 쪽 분위기를 조금쯤 읽고 있을 테니 방심하고 있을지도 모른다."

"20만 달러를 내십시오, 진 형님."

그러자 진대원이 옆에 놓인 낡은 비닐가방을 들어 그의 앞에 내려놓았다.

"그 정도 부를 줄 알고 준비해두었어."
"염대태보다 더 어려운 환경입니다."
"알고 있어. 그래서 한꺼번에 주는 거야."
진대원이 손목시계를 내려다보았다.
"부하들과 회의를 해야 한다. 내일 아침에 그놈이 제거된다면 너에게 다른 임무를 줄 테니 기다려라. 실패한다면 예정대로 진행하고."

새벽 3시가 되자 주택가의 불빛은 거의 꺼졌다. 골목 입구에 켜진 외등 한 개만이 희미하게 주위를 비칠 뿐이다. 짙은 어둠이 내려덮인 중국인 주택가의 깊숙한 안쪽, 문패도 없는 허름한 판자 대문이 줄지어 늘어선 골목 안이다. 간간이 기침소리와 웅얼거리는 말소리가 골목 밖으로 희미하게 흘러나올 뿐 적막에 싸여 있던 골목에 갑자기 발자국 소리가 울려나왔다. 한두 사람이 아닌 서너 명의 빠른 발자국 소리였다. 이어 양쪽 담장의 어둠 속에서 두어 명의 사내가 모습을 드러냈다.
"누구요?"
"나다, 용 형이야."
다가온 것은 마작방의 책임자인 용 형을 비롯한 서너 명의 간부급 보스였다. 그들은 사내들을 지나 그중 한 곳의 판자문을 들치고 들어섰다. 좁은 통로를 거쳐 그들이 방 안에 들어서자 상좌에 앉아 있던 진대원이 머리를 들었다.
"늦었군, 용 형."
"검문이 심해서 애를 먹었습니다."
방 안에는 7, 8명의 간부들이 앉아 있었는데 그가 제일 늦은 것이다. 나파스 클럽의 로켓포 공격사건이 지난 지 열흘이 지났지만 경비부의 경계는 조금도 늦추어지지 않았다. 특히 중국인 거리에 대한 검문과 검색은 갈수록 심해져서 폭설기간 때의 습격피해를 아직 복구하지도 못한 주민들을 더욱 곤경에 빠뜨리고 있었다. 진대원이 주위를 둘러보았다.

"그럼, 내일 아침에 작전을 개시한다. 이번에는 실수가 있을 수도 없고 있어서도 안 된다."

방 안의 사내들이 묵묵히 그를 바라보고 있었다.

"로켓포 세 문으로 세 대의 차량을 쏘는 거야. 거리는 50미터 미만일 테니 내일로 김상철의 인생은 끝난다."

진대원의 시선이 철안에게로 향해졌다. 그는 지난번에 나파스 클럽의 뒤채에 로켓포를 쏘아 넣은 장본인이다.

"철안, 세 대의 차량이 박살이 날 때까지 쏘아라. 한 놈도 살아 나와서는 안 된다."

"알겠습니다, 대형."

말석에 앉은 그가 머리를 숙였다. 중국군 장교출신으로 회에 가담한 그는 자신의 출세가 이번 일에 달려있다는 것을 안다.

"계획은 완벽하다. 김상철이 집을 떠날 때, 그리고 타운 앞을 지날 때에도 너에게 연락이 갈 테니까. 네가 준비할 시간은 충분히 있다."

"김상철이 차에 탔는지, 탔으면 몇 번째 차에 탔는지도 알려줄 데니까."

그렇게 말한 것은 용 형이다. 그가 말을 이었다.

"만일의 경우, 내일 아침에 그자가 대아운송에 출근하지 않을 때에는 그냥 철수해서 돌아오도록."

"알겠습니다, 용 형님."

진대원이 머리를 돌려 양필성을 바라보았다.

"경비본부 모략은 빈틈없이 하도록. 증인 제보나 신고에 허점이 있으면 안 된다."

"모두 준비해 두었습니다."

양필성이 무표정한 얼굴로 말했다.

"일만 제대로 된다면 경비본부는 정신이 없을 테니까요."

"김상철은 적이 많은 놈이야. 고려리아측에서는 일단 우리와 마피아를 용의선상에 올려놓을 것이지만 사후수습에 정신을 못 차릴 것이다."

진대원이 주위의 부하들을 둘러보았다.

"내일 일이 성공하면 고려리아의 판도는 바뀐다. 통치는 고려리아 행정부가 하겠지만 실질적으로 주민을 장악하게 되는 것은 우리와 마피아 그리고 북한이다."

회의를 마쳤을 때는 새벽 4시가 넘어 있었다. 일을 할당받은 간부들이 뿔뿔이 흩어진 후에 진대원은 용 형과 함께 임시 사무실을 나섰다. 하루에도 두어 번씩 거처를 바꾸는 진대원인지라 간부들도 그의 소재를 모른다. 경호원에게 둘러싸인 진대원과 용 형이 들어선 곳은 주택가 끝 쪽에 있는 벽돌집이었다.

방 안에 자리 잡고 앉았을 때 진대원이 용 형을 바라보았다.

"양필성이 고분고분한 것은 내가 원로회의에 보고한 것을 알고 있기 때문일 것이다."

그는 얼굴에 쓴웃음을 지었다.

"여평의 보고 내용이 어떻든 간에 그자를 이곳에서 내보내겠어. 난 내 지휘방식에 반발하는 자는 데리고 있지 않겠어."

용 형이 잠자코 머리를 끄덕이자 진대원이 손목시계를 내려다보았다.

"하긴 보고 내용에 따라 내가 즉결처분할 수도 있겠지."

그들은 양필성의 부하로 마약방의 재정을 맡고 있는 여평을 기다리고 있는 중이었다. 여평이 양필성의 자금 관계에 대해서 보고할 것이 있다고 했기 때문인데 진대원으로서는 이번이 눈 속의 가시 같은 양필성을 처단할 좋은 기회였다.

"오는 모양이군."

용 형이 귀를 기울이는 시늉을 하며 말했다. 밖에서 두런거리는 사람들의 말소리가 들리더니 곧 방문이 열렸다.

앞장서서 들어선 것은 여평이다. 그리고 그의 뒤쪽에는 낯선 사내가 한 명 따르고 있었다. 그러나 세 번째 사내를 본 진대원의 이맛살이 찌푸려졌다. 양필성이었던 것이다. 진대원이 힐끗 용 형을 바라보고는 자리를 고쳐 앉았다.

"음, 어서들 앉아."

갑작스런 양필성의 출현에 놀랐지만 그 정도에 동요할 진대원이 아니다. 그의 시선이 곧장 양필성에게 쏘아졌다.

"그래, 거기도 나한테 보고할 것이 있단 말이군."

"그렇습니다, 대형."

앞자리에 앉은 양필성이 낮은 목소리로 말하자 진대원의 시선이 끝쪽에 앉은 사내에게로 옮겨 갔다.

"그런데 이자는 누군가?"

"저승사잡니다, 대형."

억양 없는 양필성의 말에 진대원이 멍한 얼굴이 되었다가 와락 이맛살을 찌푸렸다.

"양필성, 지금은 농담할 상황이 아니다."

"당신이 그렇소."

양필성이 그를 똑바로 바라보았다.

"원로회의는 당신의 무리한 행동이 대단히 위험하다는 결정을 내렸소. 당신의 개인적인 공명심 때문에 우리 조직과 수만의 주민이 피해를 입고 있단 말이야."

"건방진, 감히 누가……."

얼굴이 하얗게 굳어진 진대원이 버럭 고함을 친 것은 문밖의 경호원을 의식한 때문이었다. 그러자 양필성이 이를 드러내며 웃었다.

"발악하지 마라, 진대원. 대형답게 품위를 지키란 말이다."

"이놈, 양필성. 네가 무사할 것 같으냐?"

"네 부친이나 숙부도 어쩔 수 없어. 원로회의가 승인했고 회주께서 결정하신 일이니까."

양필성이 여평의 옆자리에 앉은 사내를 바라보았다.

"자, 이제 당신 차례요."

그러자 사내는 가슴속에서 소음기가 끼워진 기다란 리볼버를 꺼내들고는 자리에서 일어섰다.

"이건 싱거워서……."

혼잣말처럼 중얼거린 이한이 진대원의 이마에 리볼버의 총구를 겨눴다.

"뒈지기 전에 궁금증을 풀어주겠는데 난 김상철의 부하로 이한이라고 한다. 오늘 이 자리에는 초대를 받아왔어."

유창한 중국말이다. 그러자 양필성이 말을 이었다.

"우리의 뜻을 전달하기엔 이 방법이 좋을 것 같아서 초대한 거야."

그 순간 눈을 부릅뜨고 있던 진대원이 둔탁한 총성과 함께 뒤로 벌떡 넘어졌다. 입맛을 다신 이한이 권총을 가슴 안에 끼워 넣자 양필성이 자리에서 일어섰다.

"자, 그럼, 이 일을 김 사장께 그대로 보고해 주시오, 이 선생."

"내분이 아닙니다. 삼합회가 고려리아에서의 정책을 바꾼 것이지요, 진대원이 제거당한 후에 오히려 조직이 안정되었고 주민들의 반응도 나아졌습니다."

유장석의 방 안이다. 이상훈의 보고를 들은 그가 머리를 끄덕였다.

"과격한 놈이 없어졌다니 다행이야. 그렇다면 누가 진대원의 뒤를 이었나?"

"그것은 아직 모릅니다. 하지만 보다 치밀하고 경륜을 갖춘 자가 보내질 것은 분명합니다."

유장석이 머리를 돌려 김상철을 바라보았다.

"김 사장 부하를 시켜 직접 쏘아 죽이도록 했다니 기발한 방법이다. 마음 놓을 놈들이 아니야."

진대원이 죽고 난 후로 타운은 오랜만에 휴전 분위기에 싸여 있었다. 네 개의 조직은 세력을 강화시키면서 마찰은 극력 자제하는 상황이다.

김상철이 입을 열었다.

"고려시의 상가지구가 개발을 시작하면 그곳이 격전장이 되겠지요. 이제 무대는 타운에서 고려시로 옮겨질 것입니다."

그러자 이상훈이 말을 받았다.

"날씨가 풀려 건설이 시작되면 다시 움직임이 활발해지겠지요. 모든 조직이 고려시에서 승부를 걸려고 할 테니까요."

"중국 정부가 지난번 삼합회 소탕에 대해서 우리에게 경고해 왔어."

유장석의 말에 두 사내는 긴장한 얼굴이 되었다.

"고려리아 행정부에 말입니까?"

이상훈이 묻자 그가 머리를 끄덕였다.

"그렇다. 개발단장인 내 앞으로 중국계 주민의 편파적인 탄압을 묵과하지 않겠다고. 꽤 강력한 경고야."

"……"

"삼합회의 배후에는 중국 정부가 있다고 봐야 한다. 마피아의 배후는 러시아정부고……. 이건 대리 국제전의 양상이다."

그러면서 유장석이 얼굴에 웃음을 띠었다.

"그것을 어떻게 소화해 내느냐가 우리들의 책임이야. 잘못하면 소화 불량이 되어서 어떻게 될지도 모른단 말이다."

유장석의 방을 나온 김상철이 엘리베이터 앞에 서 있는데 이상훈이 빠른 걸음으로 다가왔다.

"김 사장님, 잠깐만……."

그들은 옆쪽의 창가로 다가가 섰다.

"지난번에 들여온 북한출신 여자들 말씀인데요."

이상훈이 말을 이었다.

"대부분이 군대에서 차출된 여자들인 것 같습니다. 이금철과 북한 당국은 여자 전투요원을 보낸 겁니다."

"……."

"지금 각 사업장에 흩어져 있는 그 여자들 감시를 철저히 하셔야 될 것 같아서 말씀드리는 겁니다."

"그러리라고 예상은 하고 있었습니다. 그래서 장인규한테 관리를 맡겼는데…… 그 여자가 적임일 것 같아서 말입니다."

그러자 이상훈이 머리를 끄덕였다.

"하긴…… 하지만 조심해야 될 거요. 이금철의 명령 한마디에 뒤에서 치고 나올 년들이니까."

안인석이 들어선 곳은 공원 끝 쪽에 있는 조그만 찻집이었다. 오사카 성 옆의 공원에는 아직 2월 초순의 차가운 날씨와 평일의 오전이라는 이유 때문에 사람들이 많지 않았다. 찻집에도 손님은 한 사람뿐이었는데 대영전자의 오사카 지사원인 백용근 과장이다.

"오랜만입니다, 안 형."

백용근은 30대 중반으로 당당한 체격에 호남이다. 이번에는 열흘 만에 만나는 것이니 그가 그렇게 말할 만도 했다. 차를 주문해서 뜨거운 차를 두어 모금 마시고 나자 백용근이 먼저 입을 열었다.

"그런데 안 형, 무슨 일입니까?"

안인석은 이미 그에게 그 전에 고려전자의 중요한 자료는 대부분 빼내서 넘겨주었던 것이다.

"앞으로 이따위 도둑질은 하지 않을 작정이니까 그렇게 아시오."

안인석의 말에 백용근이 찻잔을 내려놓았다. 놀란 듯한 표정이었다.

"안 형, 갑자기 무슨……"

"나는 고려그룹에 대한 원한은 없어요. 그건 당신들이 잘 알겁니다. 그리고 당신들에 대한 인연이나 의무감은 말할 것도 없고…… 돈이라면 당신네 어느 누구보다도 많습니다."

"……"

"김상철에 대한 감정 때문에 당신들과 인연을 맺은 것인데 요즘은 아무런 도움이 되지를 않아, 내 인생에."

"잠깐만 안 형."

백용근이 부드럽게 그의 말을 잘랐다.

"그렇다면 우리한테 어떤 것을? 구체적으로 말해주시면 좋겠는데."

안인석이 그를 똑바로 바라보았다.

"당신들도 이미 눈치를 채고 있겠지만 내 가정은 파탄이야. 마누라가 김상철을 찾아 고려리아에까지 다녀온 상황이란 말이오."

"……"

"죽은 줄 알았던 그놈이 살아 있다는 소식을 듣고는 정신을 못 차린 거지."

"……."

"내가 오사카로 떠밀려나온 것이 무엇 때문인지도 알게 되었을 거요. 그런데도 나는 당신한테 지사 정보나 빼돌리고 있어야 한단 말이요? 도대체 날 어떻게 보고 하는 수작이요?"

상기 된 얼굴로 안인석이 말을 이었다.

"김상철이와 관련된 일을 돕도록 해주시오. 본래 난 그러려고 당신들과 제휴했던 것이니까. 난 앞으로 적극적으로 나설 준비가 되어 있다고도 말해주시오."

박미정의 전화가 걸려 온 것은 밤 10시가 조금 못 되었을 때였다. 숙소에 일찍 돌아와 있던 안인석은 그녀의 목소리를 듣자 저절로 긴장이 되었다. 한 달이 넘도록 서로 전화 연락이 없었던 것이다. 그는 시간이 지날수록 그녀에게 전화하기가 두려웠고 싫기도 했다.

"그동안 전화 못해서 미안해요."

박미정이 이렇게 말하자 그는 가늘게 숨을 내려쉬었다.

"아니, 나도, 요즘……."

"저, 나…… 아이 지웠어요."

숨을 멈춘 안인석이 잠자코 있자 그녀가 말을 이었다.

"자신이 없어서, 당신을 믿고 살 자신이……."

"그래서 어쩌겠다는 거야?"

억눌린 목소리로 그가 물었다.

"계획이 있을 테니, 말해 봐."

"우리, 헤어져요."

"그렇군."

"동의하시죠?"

"좋을 대로."

"시부모님께는 당신이 말씀드려 주세요. 이쪽은 내가……."

"그래야겠지. 그런데……."

안인석이 벽을 쏘아보았다.

"김상철이 하고는 이야기가 되었어?"

"……."

"널 이해하고 받아들여 준다는 거야?"

"당신은 나쁜 사람은 아니었는데……."

"무슨 소릴 하는 거야?"

"나 때문이라면 내가 당신들 앞에서 사라지겠어."

"이봐, 미정이."

그러나 전화가 끊겼으므로 안인석은 전화기를 내동댕이쳤다.

"이런 개 같은 년."

눈을 부릅뜬 안인석이 이를 악물었다.

"아주 계획적이구먼 그래, 이년도."

박미정이 응접실로 나오자 소파에 앉아 있던 이 여사가 머리를 들었다. 며칠 사이에 그녀의 얼굴도 박미정만큼이나 초췌해져 있었다.

"왜 나왔어? 누워 있지 않고?"

"난 괜찮아요."

"괜찮기도 하겠다."

중절수술을 받고 돌아왔다는 박미정의 말을 듣고는 하마터면 기절해 쓰러질 뻔했던 이 여사였다. 성화에 견디다 못한 박미정이 이혼해야 할 이유를 안인석에게 여자가 생겼기 때문이라고 하자 그녀는 다시 한 번 까무러칠 뻔했었다. 그러나 아직 아버지한테는 말을 꺼낼 엄두도 내지 못하고 두 모녀는 눈치만 살피고 있다. 소파에 기대앉은 박미정이 화장기 없는 얼굴을 들어 이 여사를 바라보았다.

"어머니, 걱정만 시켜드려서 미안해요."

이 여사가 시선을 피하려는 듯 머리를 돌렸다.

"내가 오사카에 갔을 땐 그 사람한테 기대하는 것이 조금은 있었는데……."

"가서 변했단 말이냐?"

"……."

"그래, 이미 끝난 일 같다만 그 얘기나 자세히 듣자. 오사카에서 안 서방이 뭐라고 하던?"

"헤어지자고 그래? 여자 생겼다고?"

"아니, 그냥 그런 비슷한……."

"못된 놈 같으니."

반대의 상황이더라도 어머니는 이쪽편이 되었을 것이다. 박미정이 소리 죽여 숨을 내려쉬었다.

"어머니, 나, 은희 언니한테 가 있겠어요. 그곳에서 공부도 하고. 또……."

"파리에 말이냐?"

깜짝 놀란 이 여사가 머리를 저었다.

"안 돼, 내가 네 아버지를 어떻게 감당하라고……. 안 된다."

"언니한테 가 있으면 아버지도 걱정하시지 않아요."

"그래도 안 돼, 너는."

박은희는 파리에서 치과의사로 일하는 프랑스인과 결혼해서 살고 있는 박미정의 사촌언니였다. 결혼하기 전의 일이지만 그녀는 몇 번이나 박미정을 초청 했었던 것이다.

"엄마, 나 갈 테야."

박미정이 이 여사에게 바짝 다가앉았다.

"도와줘요, 엄마. 이곳에서는 견딜 수가 없어. 이렇게 살다가는 죽을 것 같아."

어느덧 박미정의 얼굴로 눈물이 가득 흘러내렸다.

"그곳에서 얼마쯤 지나고 나면 나아질 거예요, 엄마. 엄마는 날 보려면 언제든지 파리로 올 수도 있고."

"……."

"엄마, 날 도와줘, 이곳을 떠나게 해줘."

최선호 전무는 서울발 오사카행의 대한항공 일등석에 앉아 있었다. 비행기는 파랗게 개인 동해상공을 나는 중이었고 그의 옆자리에 상체를 꼿꼿이 세우고 앉아 있는 사람은 이재환 과장이다.

"고려리아의 작년 매출액이 30억 달러였지만 올해에는 150억 달러가 된다. 그야말로 비약적인 성장이야."

최선호가 낮은 목소리로 말했다.

"경제력이 곧 국가의 힘이야. 이런 추세로 나간다면 고려리아는 3년 후에는 500억 달러의 매출액을 갖는 중견국가가 될 것이다. 강 씨 연방이라고 해야 되나?"

"지하자원이 풍부한데다 주민들의 노동력이 때 묻지 않아서 마치 60년대의 한국과 같고 거기에다 첨단기술을 갖춘 공장들이 들어서고 있으니까요."

이재환이 문득 말을 멈추었다. 기후조건 외에는 자본과 기술, 노동력에다 시장까지 확보하고 있는 것이다.

"현재 상황으로 안인석의 효용가치는 거의 제로야. 그자가 김상철이 운운하는데 우습다. 이미 레벨이 달라서 연결 고리가 없어."

최선호가 화제를 바꾸었으므로 이재환은 다시 긴장을 했다.

"그렇습니다. 더구나 박미정과 갈라서게 되었다면 더욱 끈이 닿지 않습니다."

"이제야 악이 받친 모양이지만 그렇다고 김상철이처럼 람보 같은 기질이 있는 것도 아니고."

그러면서 최선호가 쓴웃음을 지었다.

"어쨌든 김상철이는 풍파를 일으키는 놈이다. 안인석이를 가볍게 파탄시키는 걸 보면 대단한 위력이야."

그들이 오사카 공항에 도착한 것은 그로부터 30분 후였다. 대합실로 나온 그들은 곧장 택시 정류장으로 다가가서는 택시에 올랐다.

"힐튼 호텔로."

운전사에게 말하고 난 최선호가 이재환을 돌아보았다.

"예약은 되었겠지?"

"예, 전무님, 제 이름으로 했습니다."

머리를 끄덕인 최선호가 혼잣말처럼 중얼거렸다.

"어쩔 수 없어. 우리가 손을 떼야지. 그놈의 억지요구에 우리가 무리수를 둘 수 없으니까."

안인석에 대한 말이었다. 지금까지 그는 그 생각에 사로잡혀 있었던 모양이었다.

"정보도 빼낼 만큼 빼냈고 앞으로 신통한 일도 있을 것 같지 않다. 오늘 상담이 끝나고 나서 자네가 만나 통보를 해. 우리와의 관계는 끝났다고."

"알겠습니다, 전무님."

"백 과장한테 그만두겠다고 한 건 우리 일이야? 아니면 고려야?"

"그건 자세히 모르겠습니다만 아마 양쪽 다일 것 같은데요."

"안 됐어. 졸지에 모든 것을 잃다니."

"자업자득입니다, 전무님."

"그 여행사 사장이라는 여자, 그 여자가 남아 있군, 참."

회전의자에 다리를 꼬고 기대앉아 있던 이유미가 천천히 머리를 끄덕였다.

"임신 4개월째였다니 그 여자도 꽤 힘이 들었겠는데, 그렇지 않아?"

그랜드 여행사의 사장실 안이다. 넓고 쾌적한 분위기의 방 안은 엷은 향수 냄새가 배어 있었다. 그녀의 테이블 앞에 서 있던 사내가 머리를 끄덕였다.

"그렇습니다, 사장님. 위험하기도 하고."

"그 여자는 지금 친정에 가 있지?"

"예, 짐은 거의 다 옮긴 상태여서 집은 빈집이 되어 있습니다."

20대 후반으로 체격이 건장하고 용모가 미끈한 이 사내는 신명인의 정부였던 오정길이다. 그러나 홍만규가 신명인의 아파트로 거처를 옮긴 지금 그는 다시 떠돌이 생활을 하는 중이었다.

그가 테이블 앞으로 바짝 다가섰다.

"박미정이를 계속 감시 할까요?"

"아니, 이젠 됐어."

이유미가 머리를 저었다. 박미정에게 김상철이 고려리아에 있다는 것을 알리기 위해, 심부름을 하는 사내처럼 전화를 한 것도 오정길이다. 그녀는 서랍을 열어 봉투를 집어내더니 테이블 위로 밀었다.

"이것, 500만 원이야. 당분간 캬바레 가서 놀 만큼은 될 거야."

"고맙습니다, 사장님."

재빠르게 봉투를 집어 가슴 주머니에 넣은 오정길이 흰 이를 드러내며 웃었다.

"언제든지 불러만 주시면 열심히……."

"당신은 쓸모 있는 남자야. 내가 다시 연락을 할 테니까."

허리를 숙인 오정길이 방을 나가자 이유미는 결재서류를 펼쳤다. 여행사는 목표를 초과 달성해가는 중이었고 앞으로의 전망도 밝다. 인터폰의 벨이 울렸으므로 그녀는 스위치를 켰다. 등 뒤의 대형 유리창이 환한 햇살을 흠뻑 받고 있는 맑고 상쾌한 날씨였다.

"사장님, 오사카에서 전화가 왔는데요."

여직원의 목소리가 스피커에서 흘러나왔다.

"안인석 씨라고 합니다."

이유미는 시선을 돌려 테이블 위에 놓인 직통 전화기를 내려다보았다.

"출장 갔다고 해줘요, 미스 정."

"네, 사장님, 그런데 어디로 가셨다고."

"글쎄, 유럽 쪽이 좋겠네. 한 달쯤 걸릴 것이라고……."

"그럼, 이 분한테만 그렇게……."

"물론이야, 미스 정."

수화기를 내려놓은 이유미는 다시 서류에 시선을 주었다. 이미 안인석은 티케팅이 끝난 고객이었다. 그렇게 되면 여행은 그가 하는 것이지 여행사 사장이 꼭 동행할 이유는 없는 것이다.

힐튼 호텔의 스위트 룸 안이다. 응접실에는 네 사내가 둘씩 마주보는 위치로 앉아 있었는데 한쪽은 최선호와 이재환이었다. 벽에 걸린 시계가 저녁 6시 30분을 가리키고 있었다.

"나진 선봉지역의 특혜뿐만이 아니오. 앞으로 대영그룹은 우리 공화국 사업에 대해서 최우선권을 갖게 될 것입니다."

그렇게 말한 사내는 50대 후반쯤의 나이로 깡마른 체격에 온화한 인상의 사내였다. 대체적으로 마른 체격은 날카롭게 보이는 것이 보통인데 그의 웃음 띤 얼굴이 그렇게 보이게 하는 모양이었다. 그는 북한의 해외특수사업부 부장인 안철현이다. 그가 말을 이었다.

"여기 나진 선봉지역에 대한 우리 공화국의 합의서를 가져왔습니다. 지난번에 합의 했던 대로요."

그가 눈짓을 하자 옆에 앉아 있던 사내가 최선호에게 두툼한 서류를 건네주었다.

"우리 공화국의 정무원 총리, 해당 각부 부장의 수표가 찍혀 있습니다."

안철현의 얼굴에 다시 웃음기가 번졌다.

"위원장 동지께서도 영광스럽게도 저를 직접 불러 격려해 주셨습니다. 대영그룹에 대해서도 대단한 호의를 갖고 계십니다."

이재환에게 서류를 꼼꼼하게 살펴보도록 인계한 최선호가 따라 웃었다.

"영광입니다. 그토록 관심을 가져주시니, 저희 회장님께서도 기뻐하실 겁니다."

머리를 끄덕인 안철현이 잠자코 시선을 주는 이유는 알았지만 최선호는 모른 척 했다. 이윽고 이재환이 머리를 들었다.

"전무님, 끝냈습니다."

이상 없다는 말이다. 그러자 최선호가 입을 열었다.

"3000만 달러가 열흘 후에 스위스로 입금될 것입니다. 은행 이름과 계좌, 비밀번호는 그때 다시 만나서 전해드리기로 하지요."

"아, 그렇습니까?"

"저도 이 서류를 갖고 가서 보고를 해야 되니까요."

"이해합니다."

최선호가 찻잔을 들고는 편하게 앉았다.

"그런데 고려리아의 사업은 승산이 있겠습니까?"

스위스로 보내질 3000만 달러는 거의가 고려리아의 상가 개발 사업에 쓰이게 되는 것이다. 그것을 생각하면 남의 일이지만 속이 불편해진다. 그러자 안철현이 커다랗게 머리를 끄덕였다.

"승산이 있다마다요, 오래 가지 않아 승부가 납니다."

"솔직히 난 그곳에 투자하시는 것이 아깝다는 생각이 듭니다."

"천만에, 최 전무님. 그곳은 엄청난 가능성을 가진 땅이오. 우리 동포만 해도 벌써 20만이 넘었고 올해 안에는 50만이 될 겁니다."

이제까지 차분했던 그의 얼굴에 핏기가 돌았고 눈빛에는 힘이 실려 있었다.

"급속도로 번영하고 있는 겁니다. 고려리아는 지금 세계의 주목을 받고 있지 않습니까? 그렇지 않아요?"

이재환과 시선을 마주친 최선호가 헛웃음을 웃었다.

"아니, 도대체, 고려리아 번영하고 북한하고 무슨…… 그것은 고려그룹의 번영이고 강 씨 가문의 번성입니다, 부장님. 우리는 그렇게 생각하고 있습니다."

"그렇지 않습니다."

이제는 안철현의 표정이 단호해져 있었다.

"그것은 우리 조선 동포의 번영이고 번성이오. 왜냐하면 고려리아는 곧 우리 조선 동포가 지배하게 될 테니까요."

"……"

"솔직히 대영그룹에서 우릴 지원해준 것도 그런 기대가 있기 때문 아닙니까?"

"아니, 우리는 그런 생각은 해본 적이 없습니다."

최선호가 정색한 얼굴로 손을 저었다.

"우린 나진 선봉지역의 특혜 대가로 그 돈을 드린 것뿐이지 다른 건 상관하지 않습니다."

그러자 실언을 했다고 생각한 듯 안철현이 얼굴에 웃음을 띠었다.

"미안합니다. 말이 잘못 나와서…… 어쨌든 지금 고려리아에는 우리 공화국의 일꾼들이 올라가고 있으니까요."

"공화국에서 직접 말입니까?"

놀란 듯 최선호가 묻자 그가 머리를 끄덕였다.

"그렇습니다. 앞으로 계속될 거요."

"고려리아 당국에서 받아준단 말입니까?"

"당국은 아니지만 타운의 실력자가 받아들이고 있소. 그자가 당국을 설득한 모양이오."

"김상철이 말입니까?"

"잘 아시는군요."

"알다마다요. 그자의 족보까지 훤하게 알고 있지요."

최선호와 이재환의 시선이 다시 마주쳤고 다시 그가 입을 열었다.

"김상철이에 대해서 자세히 알아두실 필요가 있을 것 같은데요. 제가 정보를 조금 드릴까요?"

박기동이 이번에 데려온 사내는 이태리인으로 도난경보시스템의 판매 책임자였다. 상담을 마친 그가 김상철의 방을 나왔을 때였다. 아직도 깁스를 한 한쪽 팔을 목에 걸고 있는 송길수가 그에게로 다가왔다.

"이 보쇼, 박 사장. 잠깐 저쪽으로 갑시다."

"아니 난 이 사람하고 같이 호텔로 돌아가서 할 일이……."

이렇게 말하면서 박기동이 이태리인을 눈으로 가리키자 송길수가 이맛살을 찌푸렸다.

"잠깐이면 돼요. 그리고 그 친구는 애들 시켜서 태워 보내고."

박기동이 송길수와 함께 들어선 곳은 저택 아래층에 있는 대기실이다. 그들이 들어서자 자리에 앉아 있던 이한과 장인규가 머리를 들었다.

"무슨 일이요?"

소파에 앉은 박기동이 그들을 둘러보았다. 그레고리를 빼고 김상철의 고위급 간부가 모두 모인 셈이었다. 그러자 장인규가 입을 열었다.

"박 사장, 당신 덕분에 우리에게 필요한 여러 가지 물품을 제때에 얻게 되어서 다행이오."

"아, 그거야 뭐, 당연히……."

"그런데 내가 데리고 있는 여자들 말인데, 당신이 지난번에 북한에서 데려온……."

"무슨 문제가 있습니까?"

박기동이 상체를 세웠다.

"계약을 어기면 교환이 됩니다. 하자가 있어도 마찬가지요."

"여자들 말을 들었고 이금철 쪽의 이야기도 들었어요. 당신 여자들한테 주기로 한 1인당 1000달러의 계약금에서 수수료 100달러를 떼어먹었더구먼. 그리고 여자들한테서도 다시 수수료 50달러씩 걷었고."

얼굴이 하얗게 된 박기동을 향해 장인규가 말을 이었다.

"결론적으로 당신은 이금철한테 여자 한 명당 900달러씩 주었어. 그런데 그 돈이 어떻게 되는지 알아? 북한 당국에서 500달러를 떼고 여자들한테는 400달러씩 나눠졌지, 그 400달러에서 여자들은 집에 돈을 보내주고 겨우 50달러에서 100달러씩 가지고온 거야. 거기에서 너는……."

장인규가 박기동을 쏘아보았다.

"이 뚜쟁이 같은 놈, 넌 당장에 쏘아죽여야 마땅하다."

그러자 자리에서 벌떡 일어선 이한이 허리춤에 찔러 넣고 있던 콜트 45구경을 꺼내들었다. 그리고는 총구를 박기동의 이마에 쑤셔 넣었다.

"쫘 죽입시다, 당장. 형님도 아무 말씀하지 않으실 거요."

"아, 아, 잠깐만, 잠깐만요."

박기동이 두 손을 크게 휘젓지도 못하고 비명 같은 소리를 내었다.

"그것은 오햅니다. 내가 아니고 여자들이 걷어서……."

그 순간 송길수의 성한 한쪽 주먹이 날아가 박기동의 볼을 쳤다.

"아이고머니!"

몸을 비스듬히 굽힌 그의 뒤통수에 다시 총구가 와 닿았다.

"누님, 책임은 내가 질 테니까 쫘 죽입시다."

"아이고머니!"

"일어나! 일어나서 날 봐."

장인규의 날카로운 목소리에 박기동이 겨우 머리를 들었다.

"너, 돈을 얼마나 모았어?"

"예, 얼마 안 됩니다. 그저……."

"얼마야?"

"오, 오만 달러 정도."

"이런 도둑놈."

다시 주먹을 날리려는 송길수를 저지하면서 장인규가 말을 이었다.

"다른 돈은 상관 않겠다. 여자 몫으로 뗀 돈을 한 시간 내로 가져와라. 넌 이미 사장님한테서 수고비로 만 달러나 챙겨 넣었어. 넌 나쁜 놈이야."

"아, 글쎄 죽여 없애자는 데도……."

이한이 짜증난 듯 소리쳤으나 송길수가 박기동을 걷어차 밖으로 내몰자 더 이상 고집하지는 않았다.

대아운송의 실질적인 책임자는 그레고리 파트킨으로 강도단 두목이었던 과거를 생각하면 대단한 변신이었지만 실상은 그렇지 않다. 그의 전력은 구소련군 소령으로 그는 행정업무에 밝았고 지휘 통솔력까지 갖추어서 나무랄 데 없는 관리자였다. 더구나 그를 위시한 100여 명의 부하가 모두 새로운 직업에 만족하고 있었다. 그레고리의 주요 업무는 수송계획보다 수송로의 안전에 있었다. 지금은 겨울철이라 가끔씩 내리는 눈으로 길이 수없이 끊기고 눈에 묻히거나 구르는 사고가 난다. 그는 주요 수송로의 요소요소에 부하들을 배치해 두었지만 천재에는 속수무책이었다. 오늘도 그는 헬기를 타고 사고 지점에 도착했다. 고려아 국경에서 150킬로미터 지점으로 꽤 가파른 구릉지였다. 다섯 대의 트럭이 길 아래로 굴러 떨어진 사고였는데 길이 끊겨 20대 가량의 트럭이 발이 묶여 있는 것이다. 헬기에서 내린 그에게 부하가 다가왔다. 이곳에서 10여 킬로미터 위쪽의 길가 부락에 주재하고 있는 부하였다.

"대장, 이번 사고는 도로의 지반이 약해져서 무너진 것이 아닙니다."

그레고리를 사고 난 지점으로 서둘러 안내한 부하가 말했다.

"여길 보십시오. 멀쩡한 도로가 이 부분만 무너져 내릴 이유가 없습니다."

구릉을 깎아 만든 도로여서 아래쪽은 10여 미터 깊이의 골짜기였다. 트럭은 구릉의 구비를 돌다가 흙과 함께 굴러 떨어져서 아직도 다섯 대의 트럭이 흉한 몰골을 드러내고 있었다. 도로를 유심히 살펴본 그레고리는 부하의 판단이 옳다는 것을 깨달았다. 지반은 아직 얼어붙어 있어서 단단했다. 그런데 10미터 가량의 도로 한쪽이 떨어져나가 있는 것이다. 누군가가 도로를 폭파해 놓고 그 위를 위장해 놓았는지도 모른다. 운전사들의 말을 들어도 멀쩡했던 도로가 허망하게 꺼져 내려갔다는 것이다. 그레고리는 주위를 둘러보았다. 눈에 덮인 길을 위장해 놓기는 어렵지 않을 것이었다.

사고현장에서 돌아온 그는 곧장 사무실로 들어섰다. 헬기에서 연락을 했었으므로 김상철이 그를 기다리고 있었다. 그에게서 보고를 받은 김상철이 입을 열었다.

"이런 식의 사고가 계속해서 발생하고 있어, 사흘 전에는 유리를 싣고 오던 트럭이 뒤집혀서 큰 손해를 보았고 일주일쯤 전에는 하바롭스크에서 트럭에 불이 났다."

"저도 파벨의 방해 같다고 생각합니다만."

증거가 없으니 항의할 수도 없는 노릇이다. 그러나 폭설기간 동안 고려리아가 식량난을 겪게 될 위험한 순간에 제설차를 모조리 부수고 운전사들을 위협해서 도망치게 한 것은 분명히 마피아 소행이었다. 그레고리가 김상철을 바라보았다.

"제가 그루진스키를 만나 따지겠습니다. 이런 일이 다시 발생한다면 가만두지 않겠다고 하지요."

"증거가 없으니 모른다고 하면 그만이야."

"그렇다고 내버려둘 수도 없지 않겠습니까?"

"파벨이 운송 사업에 대단한 미련을 갖고 있다고 들었다."

파리야킨의 코쟈크 마피아가 극동지역에서 기반을 굳힌 이유는 운송수단을 장악했기 때문이다. 그것을 알고 있는 파벨이 비약적으로 성장해 가는 고려리아의 운송업에 미련을 갖는 것은 당연한 일일 것이었다.

"파벨하고 협상을 해야 돼."

저택으로 돌아온 김상철이 응접실로 들어서자 기다리고 있던 장인규가 자리에서 일어섰다. 타운의 업체들을 관리하게 된 이후로 그녀는 자주 저택에 들렸는데 이인숙과도 친해진 것이 그 원인의 하나가 될 것이다. 그녀는 이제 이인숙을 언니라 부르고 있다. 김상철이 자리에 앉기를 기다린 그녀가 입을 열었다.

"박기동을 꼭 데리고 있어야 합니까?"

"왜? 돈을 게워내게 했지 않아? 또 다른 사건이 있어?"

"병균 같은 놈이오. 남조선의 썩은 습관을 하나도 빼지 않고 갖추고 있는 놈이란 말입니다."

"그건 그렇지. 하지만 우리에게 필요한 놈이야."

그러면서 김상철이 얼굴에 웃음을 띠었다.

"그자도 역시 맹렬하게 살고 있는 중이야. 난 그자가 왠지 밉지가 않아."

"오늘 하마터면 그놈을 죽일 뻔했어요. 그런 철면피한 행동을 한 놈과 같이 지낼 수는 없습니다."

장인규가 맑은 눈을 치켜떴다.

"인간으로서 기본적인 양심도 없는 놈입니다. 그런 놈을 용서해준다면 부하들의 기강에도 문제가 생깁니다."

이제는 김상철이 이맛살을 찌푸렸다.

"그래서 내가 당신한데 맡겼지 않아? 적당히 혼을 내주라고 말이야. 그놈은 감시받고 있어서 큰일은 못해."

"언니한테 치근덕거리는 것도 내버려 둘까요?"

그러자 김상철이 멍한 얼굴이 되었다.

"언니라니?"

"이인숙 씨 말예요."

"……"

"한국의 마누라하고는 이혼했으니 같이 살자고 졸라대는 모양입니다."
"……."
"이쪽저쪽 그놈이 발을 디딘 곳은 문제가 생기지 않는 곳이 없어요. 언니는 어쩔 줄 몰라 나한테 상의를 해 왔습니다."

박기동이 응접실로 들어선 것은 그로부터 30분쯤 후였다. 약속한 대로 여자들한테 돌려줄 달러를 가방에 싸들고 돌아왔던 그는 곧장 김상철에게 불려간 것이다. 이한에게 안내되어 응접실에 들어선 그는 이미 주눅이 잔뜩 들어 있었.

시선을 올리지도 못하고 앞자리에 앉은 그의 몸은 뻣뻣해진 상태였다.
"당신, 고려리아를 어떻게 생각하고 있어?"
김상철이 대뜸 물었다.
"이곳에 대한 당신의 입장을 듣자. 솔직히 말해. 꾸며 말하면 끝장인 줄 알고."
그러자 박기동이 머리를 들었다. 한쪽 볼이 벌겋게 달아올라 있었다.
"저한테는 기회의 땅입니다. 사방에 돈이 보이는…… 예, 한밑천 금방 잡을 수 있는 곳으로 보였습니다."
그가 더듬대며 말하자 김상철이 머리를 끄덕였다.
"그러면 당신이 보는 고려리아의 미래는? 그것을 생각해 본 적이 있나?"
"있습니다, 사장님."
"말해라."
박기동의 뒤쪽에 서 있던 이한이 입을 꾹 다물고 있는 것이 못마땅한 표정이었다. 박기동이 입을 열었다.
"예측 불가능한 지역입니다. 북한이, 중국이, 또는 러시아가 장악할지도 모르는…… 모두 제각기 기반들을 굳혀가고 있어서. 한국의 고려리아 정부는 언제 전복될지도 모른다는 생각이 들었습니다."

"우리 조직은 어떤가?"

박기동이 머리를 들었다. 마음을 굳게 먹은 듯 턱까지 치켜들고 있다.

"주민을 바탕으로 하는 세력이 아니어서 기반이 약합니다. 오직 경비대와 행정부의 지원이 있을 뿐인데, 그것이 지금은 막강한 세력으로 보일지 몰라도 상황이 다급해졌을 때는……."

"계속해."

"고려리아 정부와 같이 넘어갈 것같이 보였습니다."

"당신은 지난번에 조선족을 동화시켜야 한다고 했던 것 같은데."

"예, 고려리아에 이주한 조선족이나 북한계가 고려리아식의 생활에 익숙해지면 그럴 가능성이 있다고 생각했는데……."

"……."

"북한의 조직력이 강합니다. 그들은 정부차원에서 이곳을 공략하고 있는 반면 고려리아 행정부는 한국 정부의 간섭을 배척 하고 독자노선을 걷고 있습니다. 오직 국정원의 협력으로 경비대가 운영되고 있으므로 주민 장악력이 없습니다. 군림하고만 있을 뿐이지요."

김상철이 머리를 들어 이한을 바라보았다.

"박 사장과 함께 여자들에게 돈을 나눠주고 오너라. 사과도 시키고……."

"예, 형님."

박기동의 눈에서 생기가 났다. 그러나 아직도 조심스런 표정으로 김상철과 장인규의 눈치를 살피고 있다.

"나가봐요. 그리고 참……."

마악 일어서려던 박기동이 엉거주춤한 자세로 그를 바라보았다.

"당신, 한국에 있는 가족들 말인데, 내가 사람을 시켜 이곳으로 불러올까 하는데, 어떻게 생각해?"

"아, 아닙니다. 아직."

박기동이 한 손을 올렸다가 금방 내렸다.

"제가, 아직……. 조금 나중에, 다시……."

이한과 박기동이 방을 나가자 방 안에는 한동안 정적이 흘렀다.

"제법 솔직하게 말한 것 같긴 하지만 그것만으로는 부족했어요. 그냥 보내기엔."

장인규가 혼잣소리처럼 말했다.

"저놈은 다른 쪽에 잡혀 총을 들이 대면 이쪽 사정을 술술 불거예요, 지금처럼."

머리를 올린 그녀가 김상철을 바라보았다.

"다시 한 번 이런 일이 생겼을 때는 어떻게 하죠?"

"알아서 처리해."

김상철이 낮은 목소리로 말했다.

"나한테 보고할 것도 없다."

"박 형, 한 잔 듭시다."

술잔을 든 찬드라가 박기동을 향해 말했다.

"거, 오늘 무슨 기분 나쁜 일이라도 있는 거요? 술도 안 들고."

"아니, 그런 건 없습니다."

박기동이 술잔을 들어 한숨에 위스키를 삼켰다. 나파스클럽의 특실이어서 그들은 소음이 전혀 없는 방 안에 앉아 각각 러시아계 여자들을 옆에 앉혀놓고 술을 마시는 중이다. 찬드라가 박기동의 빈 잔에 발렌타인 17년을 따랐다. 그는 싱가포르 전자회사 중역으로 고려리아에 시장조사차 나와 있는 사람이다.

"내가 술 산다고 부담 느끼실 것 없소. 난 술친구가 필요했을 뿐이니까."

찬드라가 얼굴을 펴며 웃었다. 말끔한 얼굴에 금테 안경을 낀 그는 다른 사람들처럼 박기동에게 무슨 부탁을 해온 적이 없다. 호텔에 묵은 지 보름 가깝게 되어서 서너 번씩이나 자리를 같이 할 기회가 있었지만 시장의 상황 정도나 물어볼 뿐이었다.

"싱가포르에 올 기회가 있으면 날 찾아주시오. 내가 근사한 곳을 안내해 드릴 테니까."

찬드라가 여자의 어깨를 끌어안으면서 말했다. 그의 유창한 영어에는 영국식 발음이 약간 섞여 있었다.

"이제 고려리아도 슬슬 관광사업을 시작할 때가 되었는데, 그렇지 않습니까?"

찬드라가 묻자 박기동이 머리를 끄덕였다.

"고려시의 상가와 유흥업소 공사가 끝나는 대로 시작될 겁니다. 아마 내년쯤이면 관광객이 들어올 거요."

"동계올림픽으로는 그만인 조건이지. 우리 같은 남국 사람들이 겨울 휴가를 보내는 장소로 개발시켜야 해요."

술잔을 내려놓은 찬드라가 박기동을 바라보았다.

"박 형, 난 전자제품 판매보다 관광사업에 관심이 있어요. 가능하면 고려시에 호텔이나 빠찡고 업체를 차리려고 합니다."

"그렇다면 고려리아 행정부에 신청을 하시는 것이……. 지금도 늦지 않았습니다."

정색을 한 박기동이 말했다.

어렴풋이 짐작했던 대로 그는 세일즈맨이 아니라 투자가였던 것이다.

"서둘 필요가 있습니까? 지금 분위기를 보니까 고려 쪽과 북한, 러시아, 삼합회에다 야쿠자까지 명함을 내밀고 있던데……. 나는 슬슬 움직일 작정이오."

찬드라가 여유 있게 웃었다.

"분위기도 보고, 장소나 시설들을 보고나서 시작해도 늦지 않아요."

"그건 그렇지요."

"그러고 나서 어떤 조직의 우산 밑에 들어갈 것인가를 먼저 정해야겠지. 그것이 이곳의 생존법칙인 것 같으니까."

찬드라를 바라보던 박기동이 천천히 머리를 끄덕였다. 그 자신이라도 그렇게 했을 것이기 때문이었다. 찬드라와 같은 군소 투자가들이 한둘이 아닌 것이다. 그들은 기회만을 기다리고 있다.

"찬드라 씨, 그렇다면 내가 김상철 씨를 소개시켜 드리지요. 제일 안전한 우산인데다 조건도 좋을 겁니다. 어때요? 만나보지 않으시겠소?"

"천천히."

찬드라가 가볍게 손을 저으며 웃었다.

"내가 뭘 부탁드리려고 이러는 것이 아니라고 말씀 드리지 않았소? 그리고 서둘 것 없습니다, 박 형."

"내가 뭘 바라고 이러는 것이 아니오."

박기동이 정색을 했다.

"가장 장래성이 큰 조직이 김상철의 조직이오. 그리고 인물도 그렇소. 그 사람은 도량이 크고 심지가 깊습니다. 또 사람을 아낄 줄도 알고, 한번 믿으면 어지간한 실수는 눈감아 준단 말이오."

그는 잔에 든 술을 한입에 털어 넣었다.

"그 밑에 있는 똘마니들은 좀 다르지만 말이오."

송길수는 천성이 무뚝뚝한 성격인데다 대가 굵고 큰 키의 거한이어서 거친 분위기의 사내였다. 유지노사할린스크의 조선족 경찰이었다가 상관을 살해한 그는 거지 신세가 되어 고려리아까지 도망쳐 왔다. 생에 대한 의지는 있었지만 미래가 보이지 않았던 막막한 시점에서 만난 것이 김상철이다. 그때부터 그는 김상철의 오른팔이 되어 타운을 개척하기 시작하여 오늘에 이르게 했으니 기업으로 말하면 창업공신이었다. 그는 이제 타운의 사업장들을 장인규에게 인계하고 고려시에 건설될 거대한 사업장의 책임을 맡고 있었다. 하루하루가 긴장의 연속이었지만 생의 의욕이 넘치는 나날이다. 현재 나이 28세, 아직 독신으로 주거지는 김상철의 저택 1층에 있었다.

"식사하세요."

방에 들어선 현채옥이 말하자 송길수는 머리를 들었다. 오늘 할 일을 꼼꼼히 적어두고 있는 중이었다.

"이봐, 사장님은 내려오실 건가?"

식당이 아래층에 있었으므로 특별한 일이 없으면 김상철과 같이 식사를 한다.

"아닙니다. 사장님은 이 선생님과 일찍 나가셨습니다."

"어디로?"

"그건 모릅니다."

현채옥은 지난번에 북한에서 들어온 여자 일꾼 중의 하나로 송길수의 당번이다. 클럽의 로켓포 폭파사건으로 송길수는 등과 팔에 파편이 박히는 부상을 입었고 김상철의 지시로 현채옥은 그의 시중을 들게 된 것이다.

"그렇다면 식사 안하겠어. 밥맛도 없고."

송길수가 다시 노트로 시선을 내리자 현채옥이 한 걸음 다가와 섰다.

"식사 이쪽으로 가져올까요? 조금이라도 드셔야 합니다."

"아, 신경 쓸 것 없어."

그 말에 머리를 든 송길수는 그녀와 시선이 마주쳤다. 현채옥은 키가 늘씬한 미인이었다. 맑고 또렷한 눈에 콧날이 곧았고 윤기 있는 입술이 계란형의 얼굴과 빈틈없는 조화를 이루고 있다.

"놔둬, 나가서 근배한테 10분 후에 공사장으로 출발한다고 전해."

그가 던지듯 말하자 현채옥은 잠자코 몸을 돌려 방을 나갔다. 송길수는 볼펜을 내려놓고 소파에 등을 기댔다. 현채옥의 나이는 스물다섯, 열차 기관사인 현아무개의 장녀로 함흥 교원대학을 졸업한 후에 3년간 인민학교 교사를 지냈다는 것이 그녀의 이력이었다. 시계를 올려다본 송길수는 자리에서 일어섰다. 그리고는 테이블로 다가가 서랍 속에서 리볼버를 꺼내들었다. 현채옥과 함께 들어온 100여 명의 여자가 북한군에서 차출된 정예요원이라는 것을 그도 알고 있었다. 그는 허리춤에 리볼버를 끼워 넣으면서 방을 나섰다. 저 년은 방심하면 목을 떼어갈 년이었다.

식당으로 들어선 현채옥은 안쪽에 서있는 이인숙에게로 다가갔다.

"언니, 송 선생도 식사 안하신답니다."

"오늘은 장사가 안 되는군."

스웨터에 바지차림의 이인숙이 이맛살을 찌푸렸다. 식당은 20평 정도의 크기로 직사각형의 식탁이 네 개 놓여 있었으나 두 곳에서만 사내들이 식사를 하고 있는 것이다. 주방 책임자인 사내에게 다가가 무언가를 지시하고 난 이인숙이 현채옥을 손짓해 불렀다.

"네가 아침 먹고 타운의 장 사장한테 다녀와야겠다. 가면 술하고 고기를 줄 테니 받아와."

"네, 언니."

현채옥의 얼굴이 환해졌다. 저택에서 일하고 있는 일곱 명의 여자는 모두 이인숙의 통제를 받는다. 그리고 남자들도 이인숙이 정한 집안규율에 따라야만 했다. 이제까지 타운을 두 번밖에 나가보지 못한 현채옥이다. 이인숙은 현채옥을 바라보았다. 부드러운 시선이었다.

"이리 와 앉아."

그들은 빈 식탁의 끝자리에 마주보고 앉았다. 송길수가 나온 모양으로 그의 부하들이 서둘러 식당을 빠져나가는 바람에 잠시 어수선해졌던 주위가 조용해졌다. 이제 주방 쪽에 두어 명의 사내가 식사를 하고 있을 뿐이다.

"너, 내 남편이 누구였는지 아니?"

낮은 목소리로 이인숙이 묻자 현채옥의 눈이 둥그레졌다. 대답을 기다리듯 잠자코 현채옥을 바라보던 이인숙이 다시 입을 뗐다.

"정보국 해외공작반 대위였다. 작년에 하바롭스크에서 돌아가셨어."

"……."

"알고 있는지 어쩐지는 모르지만 잘 새겨들어라. 난 강계의 온산 시범소에서 살아나온 사람이야, 이곳에서 내 자식과 함께 새생활을 찾았고 아주 만족하고 있어."

이인숙이 똑바로 그녀를 바라보았다.

"다시 한 번 주의를 주겠는데 공화국 사람들과의 접촉은 안 된다. 만일 이 규칙을 어겼을 때는 돌려 보내진다는 것을 알고 있겠지?"

"알고 있어요, 언니."

"난 네가 이곳 생활에 적응하고 그리고 새로운 인생을 살아가기를 바래."

자리에서 일어선 이인숙이 식당을 나가자 주방 안에서 여자 한 명이 식당으로 나왔다.

"무슨 얘기야?"

그녀에게 다가온 여자는 북한에서 함께 나온 동료였다.

"타운으로 심부름을 가라는 얘기…… 장 사장한테 가서 술하고 고기를 받아오라는 거야."

"그것뿐이야?"

"고되더라도 참으라는 잔소리."

"……."

"그것뿐이야."

하바롭스크의 담판

3월 중순이다. 연일 포근한 날씨가 계속되어서 남산 주위에 만발했던 개나리와 진달래가 조금씩 시들어가고 있었는데 오늘은 아침부터 비가 내렸다.

찐득이는 습기는 싫었지만 비바람 속에 상큼한 꽃냄새가 맡아졌으므로 강미현은 창문을 반쯤 열고 차를 몰았다. 옆 좌석에 앉은 것은 친구 최희은이다.

"그렇다면 네 계획은 가을이냐? 가을에 식을 올리고 고려리아로 들어갈 거야?"

던지듯 그녀가 묻자 강미현이 윈도우 브러시를 빠르게 틀었다. 빗발이 세어지고 있었다.

"아마 그때쯤 고려시의 상가 건설도 윤곽이 잡힐 테니까."

강미현이 혼잣소리처럼 말했다.

"그리고 그 사람의 기반도 굳어질 것이고."

"말하자면 그때까지 그 사람이 무사해야 한단 말인데, 그렇지?"

"무슨 소리야? 재수 없게."

"말이야 바른 말이지, 네 아버지나 할아버지의 생각도 그러실걸?"

"……."

"혹시 네 생각도 그런 것 아냐?"

그러자 차의 속력을 줄인 강미현이 매섭게 눈을 흘겼다.

"내가 그런 계산이 있었다면 마피아 두목한테까지 찾아갔겠어?"

"맹목이었지."

최희은은 냉담했다. 강미현의 시선을 옆얼굴로 끄떡없이 받으면서 말을 이었다.

"그런 때가 있는 법이야."

승용차는 남산 중턱에 세워진 2층 벽돌집 앞에서 멈춰 섰다. 강미현이 자주 가는 양식집이다. 점심때였지만 비가 오기 때문인지 한산한 식당에 자리 잡고 앉은 그들은 식사를 시켰다.

"운송회사가 끊임없이 방해를 받는가 봐, 마피아한테."

수프를 떠먹으면서 강미현이 말했다.

"고려리아 내부는 제법 평온한 상태라는데, 아마 고려시에 진출하려고 각 조직들이 자중하고 있는가 봐."

"재미없어, 그쪽 이야기."

최희은이 말을 잘랐다.

"그, 김상철 씨 애인이었던 여자, 너하고 내가 약혼식까지 훔쳐보았던 박 무어라는 여자는 이혼하고 파리로 갔다고?"

"그래."

"김상철 씨가 알아?"

"모를 거야, 아마."

"그 여자한테 네가 사실대로 말해준 것이 그렇게 된 동기가 되었을 텐데, 그렇지?"

수프 그릇을 밀어놓은 강미현이 머리를 끄덕였다.

"아마 그렇겠지."

"불안하지 않니?"

"전혀."

"김상철 씨가 그 여자를 완전히 지웠다고 생각하는 거야?"

"아니."

"그렇다면 페어 플레이 해보자는 거야, 뭐야?"

"얘는 무슨……."

스테이크 접시를 받아들며 강미현이 웃었다.

"그 여자는 무대에서 사라진 것으로 보면 돼. 안 됐기는 하지만."

"……."

"떠났다는 것은 그 의미밖에 없어."

"그 여자야 그렇지만 김상철 씨는? 만일 그것을 알게 되었다면 말이야. 어떻게 나오리라고 생각했니?"

스테이크를 썰어 입에 넣은 강미현이 한참동안 씹은 다음 삼켰다.

"내버려 둘 거야. 나는 그렇게 믿어."

"……."

그녀는 정색한 얼굴로 최희은을 바라보았다.

"생각이야 하겠지만 그것은 내가 상관할 일이 아니야. 난 그것까지 욕심 부리지 않아."

"너, 그 사람을 정말 좋아하는가 보다."

최희은이 쓴웃음을 지었다.

"그렇게 자신만만했던 네가 그런 양보를 서슴없이 하다니."

화장을 고치고 난 이유미가 몸을 돌려 침대 위에 누워 있는 사내를 내려다보았다. 20대 초반으로 아직 앳된 얼굴이었지만 알몸인 상체가 우람한 사내였다. 이유미는 핸드백을 열고 봉투 하나를 꺼내 침대 귀퉁이에 내려놓았다.

"다음에 내가 연락할게."

"고맙습니다, 누님."

방을 나온 그녀는 엘리베이터를 타고 곧장 호텔의 지하 차고로 내려갔다. 성만 알 뿐 이름도 모르는 저 애송이와는 두 번 만났는데 오늘로 거래를 끝낼 작정이었다. 나이트클럽에서 만난 건달이었는데 이쪽을 꼬치꼬치 알려고 드는 바람에 정나미가 떨어진 것이다.

벤츠를 몰고 회사로 돌아왔을 때는 오후 3시, 사장실에 들어가 앉자 오영준 전무가 따라 들어섰다.

"사장님, 예술 관광회원 모집이 잘 안 되는데요. 이번 달에도 목표 미달입니다."

테이블 앞에 선 그가 말했다. 40대 후반으로 여행사 업무만 20년인 그는 이유미가 경쟁 업체에서 특채한 사내였다.

"세계 여행사에서도 같은 상품을 내놓았지만 그쪽도 마찬가지라는군요."

이유미가 소파로 옮겨 앉자 그는 앞자리에 앉았다. 예술관광회원이란 유럽의 이름난 도시를 여행하면서 각 고장의 음악회나 축제에 참석할 수 있도록 만든 관광 상품이었다. 그러나 이런 유형의 상품은 새로운 것이 아니다. 오래 전부터 있던 상품을 약간 개조했을 뿐이었다.

이유미가 입을 열었다.

"가격을 내리거나 서비스 품목을 추가시킬 필요는 없어요. 매출을 늘리려다가는 적자만 늘어날 테니까."

"옳은 말씀이십니다."

오영준이 머리를 커다랗게 끄덕였다.

"우리야 자금력이 있으니 손을 뗄 수도 있지만 다른 곳은 그렇게 하기가 힘들지요. 같은 상품으로 가격경쟁이 일어나고 있습니다."

한때 우후죽순처럼 생겨났던 수천 개 여행사는 치열한 경쟁이 끝난 후에 즐비한 기소중지자들을 만들어 놓고 정리되었다. 이제는 대형 여행사의 전문상품의 시대였다. 그러나 그것도 한계가 있는 것이다. 끊임없이 새상품을 개발해 내도 경쟁사는 금방 모방하여 뒤쫓아 온다.

"우선 기존상품으로 현상을 유지해 나갑시다."

이유미가 말을 이었다.

"서둘 것 없어요. 기존 거래선하고 고객들이나 철저히 관리하세요."

"알겠습니다, 사장님."

오영준이 방을 나가자 한동안 생각에 잠겨 있던 이유미는 손을 뻗어 수화기를 들었다. 다이얼을 누르면서 바라본 벽시계는 오후 4시를 가리키고 있었다.

"갑자기 웬일이야?

안인석이 이렇게 물은 것은 이유미가 거의 한 달만에 전화를 걸어왔기 때문이었다. 이혼한 지 두 달이 되었지만 이유미는 한 달동안 유럽에 가 있었는데다 다녀와서는 바쁘다면서 딱 한 번 짧은 통화를 했을 뿐이다.

이유미가 나긋나긋한 목소리로 말했다.

"요즘 어때? 일 열심히 해?"

안인석은 사무실을 둘러보며 쓴웃음을 지었다.

"그런 셈이지. 그것 확인하려고 전화한 거냐? 걱정이 되어서?"

"저 봐, 또 어린애 같이."

이유미가 나무라듯 말을 이었다.

"나도 요즘 죽을 지경이야, 경쟁 업체들 때문에."

"……."

"내가 다음 주쯤 거기 들릴게, 별일 없겠지?"

"별 일은 없어."

"그때 만나서 이야기 해. 그럼."

수화기를 내려놓은 안인석은 자신도 모르게 길게 숨을 내려쉬었다.

퇴근한 안인석이 쓰루하시에 있는 조그만 술집에 들어섰을 때는 저녁 7시가 조금 넘어 있었다. 이미 가게 안에는 손님들이 가득 차 있었다. 머뭇거리는 그를 향해 안쪽 테이블을 차지하고 있던 사내가 손을 번쩍 들었다.

"오늘은 조금 늦었소, 안 형."

그렇게 말하는 사내는 30대 중반쯤의 나이로 용모가 깔끔했다.

"우선 식사를 먼저 하실까?"

"아니, 밥 생각은 없습니다. 술이나……."

"좋지."

안인석의 잔에 정종을 따르며 사내는 얼굴에 웃음을 띠었다. 모르는 사람이라도 금방 호감을 느낄 만큼 흡인력 있는 웃음이었다.

"이제 좀 안정이 됩니까?"

금방 잔을 비운 안인석의 잔을 채워주며 그가 물었다.

"예, 그저……."

"시간이 약이지요. 그건 겪어 본 사람만 압니다."

그는 제일동포로 오사카에서 꽤 큰 전자제품 가게를 운영하고 있는 민태식이라는 사내였다. 대영 그룹 백용근 과장의 소개로 만난 이후 거의 사흘에 한 번꼴로 술자리를 함께 하고 있다.

"난 며칠 후에 고려리아로 갑니다. 그곳에서 열흘쯤 머물다가 올 예정이오."

술잔을 내려놓은 민태식이 말했다.

"아직 땅이 풀리지는 않았지만 벌써 공사를 시작한 구역도 있다는 거요."

"그럼, 공사는 언제쯤 끝납니까?"

"글쎄, 올해 안에 몇 개 빌딩은 끝나겠지만 아마 공사는 몇 년이 걸릴 겁니다."

민태식이 다시 술잔을 들었다.

"자, 우리의 미래를 위해 건배합시다."

그와 술잔을 부딪친 안인석은 한 모금에 술을 삼켰다. 백용근은 말하지 않았지만 두 번째 만났을 때 민태식은 자신이 야마구치조의 야쿠자 간부라고 제 입으로 털어놓았다. 야쿠자는 곧 고려시에 건물을 짓고 입성할 채비를 갖추고 있었다. 그들은 수천만 달러를 투자하여 호텔과 유흥업소, 백화점을 짓고는 그곳에 아성을 쌓을 치밀한 준비를 하고 있는 것이다. 그들에게 가장 큰 경쟁상대는 김상철이 될 것이었다. 따라서 김상철과의 관계를 알게 된 그들이 안인석에게 접근해 온 것은 조금도 이상한 일이 아니었다.

"고려그룹 내에서 고려리아 지원자가 늘어나고 있다면서요?"

민태식이 묻자 안인석이 머리를 끄덕였다.

"늘어나는 정도가 아니오. 지원자가 폭주한다고 할까, 경공업 분야는 거의 100% 지원을 해서 올해 안에 가족과 함께 이주를 마칠 예정이오."

"대단하군, 인원은 얼마나 됩니까?"

"대강 사원이 3만 명, 가족이 10만 명 정도 해서 13만 명 정도."

"허어."

"현지고용 한국인도 3, 4만 명 될 테니까 올해 안에 고려리아로 떠나는 한국인은 20만 명이 될 겁니다."

"그 자료를 뽑아주실 수 있겠소? 이주계획이나 고용계획 등 고려리아에 대한 고려 측의 자료 말이오."

"기획실에 친구가 있으니 해보지요."

"고맙소, 안 선생."

"넓은 땅에 경치 좋고 공기 맑은데다 주택이 무료로 공급됩니다. 더구나 물가 싸고 보수는 두 배 정도가 되니 답답한 한국 땅에 진절머리가 난 사람들이 줄을 설 수밖에요."

"당연하지, 하지만 소문보다 더하군. 이주 현상이……."

"다만 내부 치안이 문제가 되고 있는 것하고, 한국 정부가 제동을 걸기 시작한 것이 걸림돌이오."

"나도 들었소."

그들은 다시 잔을 부딪치고 술을 입으로 털어 넣었다.

대한민국 대통령의 집무실 안이다.

소파에 앉은 대통령의 앞쪽으로 국무총리 김재선, 외교통상부 장관 오병한, 국정원장 권준규, 비서실장 이태준이 서로 마주보며 앉아 있었고 안보수석 박정규는 위쪽의 대통령과 마주보는 위치에 자리를 잡고 있었다. 대선이 끝나 대통령이 집무를 시작한 지 채 한 달이 되지 않았는데 국정원장 권준규을 제외하면 모두가 새 얼굴이다. 대통령이 낮은 목소리로 입을 열었다.

"아무리 국경을 초월한 경제권 시대이고 이념투쟁이 퇴색한 세상이라지만 우리 한국은 달라. 아직도 휴전선이 있고 전쟁의 위협이 상존하고 있는 나라요."

그의 시선이 외교통상부 장관 오병한에게 머물렀다.

"러시아는 적극 협력하는 입장이라고 했습니까?"

"예, 대통령님."

주미대사 출신인 오병한이 상체를 꼿꼿이 세웠다.

"러시아는 서울, 고려시간의 직항노선을 곧 허용할 방침이고 고려리아 국경의 육로 검문도 곧 폐쇄할 것 같습니다."

그러자 안보수석 박정규가 나섰다.

"문제는 고려리아 행정 당국이 불투명한 사상으로 주민들을 관리하는 데 있습니다. 현재 조선족 인구가 20만 명에 러시아계 15만, 중국계가 20만 명 정도로 대부분이 친북세력입니다. 그런데 고려리아는 이제 직접 북한에서 노동자들을 받아들이고 있습니다."

대통령의 시선이 국정원장 권준규에게로 옮겨졌다. 고려리아의 사상 관리는 국정원 소관인 것이다. 권준규가 가볍게 헛기침을 했다.

"고려리아의 상황을 단순한 흑백 논리로 구분하면 안 됩니다. 그곳은 각기 다른 체제로 살아왔던 여러 인종이 뒤섞여 있는 곳이어서 그곳 현실에 맞게 관리해야만 합니다."

"그렇다면 북한계에 맞춘단 말입니까? 주민 대부분이 공산당 물이 들어 있는 현실이라 하는 말입니다."

그렇게 묻는 박정규는 프린스턴에서 국제정치학 박사학위를 받은 인물이다. 그는 대통령의 선거전 때부터 특별보좌관으로 일하다가 이번에 안보수석이 되었다. 그는 20여 년간 미국생활을 해오면서 모교의 교수와 미국무성 자문관을 지낸 화려한 경력의 사내였다.

"고려그룹은 급할지 모르지만 한국의 입장이나 국제 관계를 고려해 봐도 급격한 이주나 자금과 산면시설의 이동은 바람직하지 않습니다. 현재도 안심할 수 없는 상황 아닙니까?"

박정규가 열띤 말을 마치고 대통령을 바라보았다.

"산업시설이나 근로자들이 한국에서 얼마나 갈 예정인가요?"

대통령이 묻자 총리가 입을 열었다.

"부총리의 보고로는 산업시설 및 자산이 25개에 4000억 원 정도이고 근로자와 가족이주가 약 10만 명 정도로 되어 있습니다."

"제가 연구소를 통해 뽑은 자료에는 6000억 원에 20만 명 정도 입니다."

박정규가 금테 안경 알 속의 눈을 반짝이며 말했다.

"더구나 고려는 고려리아에 2기의 원자력발전소를 세울 계획으로 이미 러시아 정부의 허가를 받았다는 정보가 있습니다."

권준규가 머리를 들었다.

"그것, 어디서 들은 정보요? 미국 대사관에서 그럽디까?"

그러자 박정규를 포함한 모두가 대통령의 눈치를 보았으나 권준규는 내쏘듯 말을 이었다.

"고려리아는 고려인들에 의해서 지금까지 성공적으로 운영되어 왔습니다. 50년 임차지만 그곳이 곧 자치국이 될 것이라고 모두 믿고 있는 것입니다. 그러나 고려리아는 고려리아식의 통치 방법이 있어야 합니다. 조선족이 북한과 한국계로 나뉘어졌고, 러시아, 중국인들이 뒤섞여 있지만 통치하는 것은 분명히 한국입니다. 그러므로 그 기반을 굳히려면 한국계 이주민이 필요한 것입니다. 그렇게 되면 몇 년 안에 모두 이념이나 사상 같은 것들은 잊은 순수한 고려리아인이 될 것이라고 믿습니다."

그러자 대통령이 머리를 끄덕였으므로 모두의 시선이 모아졌다.

"난 북한이 고려리아로 노동자를 보낸다는 것이 마음에 걸려요."

그의 낮은 목소리가 방 안을 울렸다

"그것은 북한이 정부 차원에서 움직이고 있다는 증거요. 따라서 앞으로는 우리 정부도 나서야 될 것 같은데……. 그, 수십조가 되는 자산과 공력이 허망하게 없어지기 전에 말이요."

그러고는 결론짓듯 말했다.

"그래서 말인데 다시 검토를 해시보도록. 그동안 고려 쪽에는 움직임을 자제하라고 연락을 하고 말입니다."

그날 오후, 권준규는 강 회장과 마주앉아 있었다. 낡은 한식 온돌방이었는데 문 앞에 앉은 것은 비서실장 이남호이다.

"이것 참, 보류되었다면 야단인데."

권준규의 말이 끝나자 강 회장이 뱉은 말이다. 찌푸린 얼굴로 그가 이남호를 바라보았다.

"벌써부터 집을 팔아버린 사원들도 있다고 들었는데 말이야."

"예, 다음 달 출발할 사원과 가족 약 1500세대는 대부분이 집을 정리한 상태입니다, 회장님."

"이거 내 식구들이 거리에 나앉게 생겼다."

그러자 권준규가 입맛을 다셨다.

"아무래도 정부 관계자들과 회장님이 긴밀한 협조체제를 가지셔야 할 것 같습니다."

"……."

"대통령 각하께서 정부차원에서 추진하라는 지시를 내린 만큼 앞으로……."

"관리들이 나서서는 될 일도 안 되는데."

찌푸린 얼굴의 강 회장이 여러 번 입맛을 다셨다.

"전(前)대통령 시절에는 각료나 청와대 사람들하고 제법 얼굴을 익혔는데 이건 된통 새사람들이어서."

"박 수석하고 이 실장이 먼저 움직여야 합니다, 특히 박 수석이······."

"그 사람 미국에서 온 지 얼마 안 되어서 여기 있는 이 실장도 모르더라니까."

"아직도 미국무성과 연결되고 있는 것 같습니다. 그것을 대통령께서도 아시고."

"허어."

강 회장이 눈을 껌벅이며 그를 바라보았다.

"그렇다면 그 사람 생각이 미국 입장인가?"

"아마 그런 것 같습니다."

그러면서 권준규는 자리를 고쳐 앉았다.

"미국은 고려리아가 갑자기 번성하는 것을 경계하기 시작한 것 같습니다."

"······."

"고려리아에서 캄차카 반도만 건너면 바로 코앞이 알래스카 아닙니까?"

"그래서, 우리가 캄차카를 건너 알래스카라도 집어삼킬 것으로 보인단 말이요?"

"충분히 위협이 될 수가 있지요."

"우리는 군대도 없어."

"원자력 발전소를 짓고 첨단 공장들이 들어서게 됩니다. 그렇게 되면 그 기술력과 경제력으로 무장하는 건 금방이지요."

그러자 이남호가 말을 이었다.

"일본이 미국과 동조하겠군요. 권 원장님, 그렇지 않습니까?"

권준규가 머리를 끄덕였다.

"그렇습니다. 작년 말에 미국 국무장관 러셀과 일본 외상 오카와가 하와이에서 만났을 때 논의된 것이 고려리아 문제일거요. 발표는 주일 미군 문제에 대해서 회담한 것으로 되었지만."

"그렇다면 박정규가 그놈들의 끄나풀이로군."

강 회장이 혼잣말처럼 중얼거리자 권준규가 머리를 저었다.

"박 수석이 그들의 조언을 들었을 가능성도 있지만 한국 입장에서 봐도 의견은 타당합니다. 고려리아는 지금까지 한국 정부의 간섭을 배제해 온데다 산업시설과 자본이 한국에서 빠져나가는 상황이니까요."

잠자코 자신을 바라보는 강 회장을 향해 그가 말을 이었다.

"더욱이 고려리아가 공산화된다면 북한은 일시에 경제자립은 물론 동북아의 대국으로 부상할 가능성이 있지요. 미국과 일본이 우려하는 것도 무리가 아닙니다."

그러자 강 회장이 혀를 찼다.

"현실감각이 없는 공무원들의 탁상공론일 뿐이오. 미국과 일본 극우세력의 정세분석에 놀아나는 것이야."

권준규가 천천히 머리를 저었다.

"방법을 강구해야 합니다. 정부와 등을 돌리고 일을 할 수는 없습니다."

"이거 야단났다."

강 회장이 이남호에게로 머리를 돌렸다.

"나는 한국 공무원이 제일 무섭다. 이거 어떡하면 좋단 말이냐?"

베이지색 투피스 차림인 이유미가 커피숍에 들어서자 뭇 사내들의 시선이 일제히 쏠렸다. 저녁시간이어서 커피숍에는 손님이 많았으므로 카운터 앞에 멈춰선 그녀는 안쪽을 둘러보았다. 벽 쪽에 앉은 안인석은 그녀와 시선이 마주칠 때까지 기다렸다가 손을 들었다.

시간이 지날수록 이유미에게서는 농도 짙은 여자의 분위기가 풍겨 나온다. 몇 년을 같이 지냈지만 언제나 새롭고 언제나 알 수 없는 여자가 이유미였다. 그녀가 이혼한 것을 안 것도 최근의 일이었다. 며칠 전 오사카 도착예정일을 알려주면서 지나가는 말처럼 이혼했다는 말을 했던 것이다.

"기다렸지?"

앞자리에 앉으며 이유미가 꽃이 피어나는 것처럼 웃었다. 안인석은 문득 저 웃음으로 몇 명의 남자가 파탄을 맞았는지 궁금해졌다.

"어때? 식사할 거야? 아니면 술? 그것도 마땅찮으면 방으로 갈까?"

호텔 식당에서 저녁을 마친 그들이 방에 들어선 것은 10시가 조금 넘었을 때였다. 구두를 벗고 슬리퍼로 갈아 신으면서 이유미가 물었다.

"김상철이 소식 들었어?"

소파에 앉은 안인석이 그녀를 바라보았다.

"무슨 소식 말이야?"

"고려리아에서 그 사람이 제일 실력자라던데…… 운송회사도 운영하고."

냉장고에서 얼음 통을 꺼낸 이유미가 위스키 병과 함께 탁자 위에 가져다놓았다.

"운송회사를 독점 운영한다는 거야. 알고 있지?"

"……"

"하긴 회장 손녀와 결혼할 사이니까 고려 쪽에서 그렇게 배려해줬겠지."

안인석이 유리컵에 위스키를 반쯤 따르더니 크게 한 모금을 삼켰다.

"글쎄, 그것이 얼마나 오래갈지 두고 봐야겠지."

"하긴 그쪽은 전쟁터나 마찬가지라고 하던데, 마피아에다 삼합회, 거기 에다 북한쪽 조직까지."

"……."

"고려에 같이 신입사원으로 들어와서는 인생이 너무 판이하게 달라졌지? 인석 씨하고 그 사람 말이야."

"술맛 떨어지는 소리 그만해."

그러자 위스키를 한 모금 삼킨 이유미가 정색을 했다

"이젠 잊어야 돼. 인석 씨는 아직 응어리가 풀리지 않았겠지만 다 끝난 일이야."

"……."

"인석 씨 생각해서 그래. 괜히 마음 상하고 몸 버릴 필요 없어."

"내가 그놈 상대가 못 된단 말이구나?"

술잔을 내려놓은 안인석이 그녀를 쏘아보았다.

"너, 날 경멸하고 있지?"

"저 봐, 왜 그렇게 예민하게 반응하는 거야? 그리고 내가 왜 인석 씨를 경멸해?"

"넌 날 우습게보았어, 처음부터."

"……."

"날 가지고 놀았다고, 날 바보 취급하면서."

"마음대로 생각해."

이유미가 그를 똑바로 바라보았다.

"남한테 책임 전가하는 버릇, 아직도 고치지 못하고 있어. 인석 씨는 자신의 불행을 김상철, 박미정의 탓으로 돌리다가 이제는 나에게 돌려? 나까지 잃고 싶은 거야?"

"넌 나한테 돌아온 것이 아니야. 그저 방관자일 뿐이지."

"……."

"넌 조금 즐겼을 거야, 내 불행을. 특히 박미정과 나 사이의 문제를. 너는 그런 여자야. 그쯤은 알아."

"오늘, 이상하네."

이유미가 시계를 내려다보는 시늉을 했다.

"나는 보고 싶어서, 아니 조금은 위로해주려고 오사카에 들린 건데……"

"넌 내가 가장 절실하게 널 필요로 할 때마다 빠져나갔어. 이번에도 말이야."

"……"

"한 달 동안 유럽 출장을 갔다는 소리를 듣고 생각해보았지. 일주일에 한 번씩 오던 너였는데 말이야. 그러자 이런 생각이 들더군. 아, 유미가 이젠 나한테 일이 끝났구나 하고."

"……"

"나하고 박미정이의 판이 깨지니까 네 관심이 사라져버린 거야, 그렇지 않아?"

다시 시계를 내려다본 이유미가 소파에서 일어섰다.

"나, 내일 아침에 일찍 비행기 타려면 쉬어야 해."

머리를 끄덕인 안인석이 자리에서 일어섰다.

"나도 같이 있을 생각은 없어."

"잘 지내, 인석 씨. 몸 관리 잘하고."

그러자 안인석이 쓴웃음을 지었다.

"이젠 내가 알아서 잘하고 있으니 쓸데없는 걱정은 말아. 정말 쓸데없는……"

하바롭스크의 아무르 호텔 현관에 벤츠 네 대가 동시에 멈춰선 것은 오후 5시 5분 전이었다. 차에서 내린 사내들은 모두 단정한 용모의 40대 사내를 옹위하고는 무리를 지어 호텔 안으로 들어섰다. 극동지역 마피아 보스인 파벨의 행차였다. 조세프 파벨은 이제 수십 개에 달하는 국영기업체의 고문이자 수백 개 외국인 회사의 후견인이었고 직접 장악하고 있는 회사는 셀 수 없을 정도였다. 그들이 몰려간 곳은 호텔 최상층에 있는 스카이라운지였다. 부하들을 복도에 남겨둔 그가 하바롭스크 책임자인 니콜라이 마르첸코와 함께 안으로 들어서자 안쪽의 테이블에 앉아 있던 김상철과 그레고리가 일어섰다. 텅 비어 있는 라운지에 손님이라고는 그들 네 사람뿐이다.

"김, 이렇게 만나서 반갑네."

웃음 띤 얼굴로 파벨이 손을 내밀었다.

"정말 뜻밖이야, 갑자기 하바롭스크에 오다니……."

"실은 계획이 늦춰진 겁니다. 조금 더 빨리 올 수도 있었는데……."

인사를 마친 그들은 자리를 잡고 앉았다. 파리야킨 시대에 그레고리는 강도단 두목으로 그들과 몇 번 거래가 있었으므로 안면이 있다. 파벨이 그레고리를 향해 말했다.

"그레고리, 이제 고려리아에 정착을 한 기분이 어떻소? 듣자하니 당신 명성이 자자하던데."

"당신들 덕분에 정신없이 바쁩니다, 파벨 씨."

"우리들 덕분이라고?"

웃음 띤 얼굴로 파벨이 마르첸코를 바라보았다.

"우리가 그레고리 씨를 바쁘게 했나?"

그러나 마르첸코는 무표정한 얼굴로 그레고리를 바라볼 뿐 대답하지 않았다. 김상철이 입을 열었다.

"파벨 씨, 일주일 전에 하바롭스크의 우리 차량기지에서 화재가 발생했습니다. 트럭이 여러 대 불탔고 화물도 적지 않게 소실되었는데……."

"나도 들었어, 김. 유감이야."

어느 사이에 정색을 한 파벨이 김상철을 바라보았다.

"그런데 그것과 우리하고 무슨 관계가 있나?"

"그 일을 당신 부하들이 저지른 짓이라고 우리는 믿고 있어요."

"그런가?"

파벨이 종업원이 가져온 보드카 병을 기울여 잔을 채웠다. 마르첸코가 병을 건네받더니 자신의 잔을 채운다.

"그것이 우리가 한 짓이란 말이지?"

혼잣말처럼 말한 파벨이 술을 단숨에 삼켰다.

"만나자마자 화제를 본론으로 돌리는군. 이쪽에 여유도 주지 않고."

"그 일 때문에 협상하려고 온 것이니까요."

그러자 마르첸코가 나섰다.

"우리가 차량기지를 방화했다는 거야? 도대체 우리를 뭐로 보고 이래?"

"가만, 나서지 마라, 마르첸코."

파벨이 김상철에게로 몸을 돌렸다.

"김, 그걸 항의 하러 왔나?"

"협상하러 온 겁니다. 당신도 기다리고 있을 것 같아서."

"그래, 어떻게 말인가?"

"내 지분의 10%를 드리지요."

"자네 지분은 50%인 것으로 아는데……. 그렇다면 나는 전체의 5%를 갖게 되는군."

"내버려 두는 조건으로 5%면 대단한 금액이오. 이미 고려는 당신들한테 보호세를 내는 중이고."

"운송 사업은 그야말로 돈을 줍는 사업이지. 더구나 고려리아의……."

파벨이 김상철의 잔에 보드카를 따랐다.

"난 하바롭스크에 본부를 둔 운송회사로 고려리아의 운송업을 장악하려고 했는데 자네가 선수를 쳤어."

"그건 파벨 씨, 당신이 너무 욕심을 부린 겁니다. 고려리아에서 허락하지 않았을 거요."

"고려리아와 내가 50대 50으로 계약을 맺을 수는 있었지 않았을까?"

"그것도 불가능했을 겁니다. 운송업은 고려리아가 직접 장악하겠다는 원칙이니까."

"테러를 당해낼 수는 없지, 내 지시 한마디면 고려리아의 육로수송은 끊길 테니까. 공로도 마찬가지야. 러시아 정부가 개입해도 난 끄떡하지 않아."

김상철이 머리를 끄덕였다.

"전쟁이 일어날 겁니다, 그때는. 그렇게 되면 파벨 씨, 당신도 위험해집니다."

"어쨌든 난 그 조건을 거부하겠네."

술잔을 내려놓은 파벨이 의자에 등을 기댔다.

"자네 지분의 반, 그러니까 25%의 지분을 내놓는다면 몰라도. 그래도 전체 지분의 4분의 1밖에 안 된단 말이야."

김상철이 옆자리에 앉은 그레고리를 바라보았다. 라운지는 조용했다. 제복을 갖춰 입은 종업원 서너 명이 안쪽 주방 앞에 나란히 서서 이쪽을 바라보고 있었다. 이윽고 김상철이 입을 열었다.

"파벨 씨, 4분의 1이나 가져간다는 것은 너무 심한 것이 아닙니까?"

"자네하고 나하고 똑같은 지분이야. 그것이 아주 합리적인 것 같은데."

파벨이 다시 얼굴에 웃음을 띠었다.

"그것도 자네와 나의 우정을 생각해서 내가 양보한 것이야, 김."

파벨과 헤어져 숙소로 정해놓은 콤소몰 광장 근처의 저택에 도착했을 때는 밤 10시가 되어 있었다. 저택은 고려그룹의 하바롭스크 지사 겸 고려리아의 연락사무소 역할도 한다. 응접실에 들어서자 그레고리가 김상철을 바라보았다.

"내일 계약을 하실 겁니까?"

파벨과는 내일 다시 만나기로 하고 헤어졌는데 25%에서 조금도 양보하지 않는 강경한 자세였던 것이다. 고려리아의 물자는 모두가 러시아 땅을 통과하여 수송되므로 마피아의 손길을 피할 수가 없다. 소파에 앉은 김상철이 머리를 끄덕였다.

"어쩔 수 없어, 받아들여야지. 이런 식으로 수송단이 테러를 당할 수만은 없다."

"그렇더라도 25%나 가져가다니 그 강도 같은 놈을……"

자신이 강도 출신임을 상기한 그레고리가 말을 멈추고는 입맛을 다셨다.

"연말 결산을 하게 될 테니까 시간은 있어."

"그렇다면 올해 안에 무슨 변수가 생긴단 말입니까?"

"만들어야지. 놈한테 4분의 1의 수익을 거저 줄 수는 없어."

"어차피 전쟁이 일어나겠군."

혼잣말처럼 그레고리가 중얼거렸다.

"어쨌든 마피아하고도 한 번 정리가 되어야 합니다. 벅찬 상대이기는 하지만 말이오."

이제 마피아와의 밀월은 끝난 것이다. 고려리아의 임차조약 체결 당시에 보호세 문제로 전대의 보스 파리야킨을 남북 연합으로 제거한 후부터 시작된 밀월은 대아운송의 설립과 동시에 끝났다고 봐야 할 것이었다.

"그럼, 보스는 파벨이 어떤 조건을 제시하든 받아들일 생각이셨군요."

그레고리의 말에 김상철이 머리를 끄덕였다.

"시간을 벌 생각이었어. 파벨한테 기대를 갖고 온 것은 아니야."

"더러운 마피아 놈들, 그놈들은 러시아의 암세포요. 구소련 시대만 같았어도 그놈들을 몰살시킬 수가 있었는데 빌어먹을 개방이 뭔지……."

새벽 2시였다. 저택의 불이 대부분 꺼졌고 로비와 사무실에서 흘러나온 희미한 불빛이 넓은 정원 한쪽으로 흘러 나왔을 뿐 주위는 짙은 어둠과 정적에 덮여 있었다. 먼 쪽 도로를 달리는 자동차의 엔진소리가 잠깐 정적을 깼다가 다시 잠잠해졌을 때 저택의 왼쪽 담장 윗부분이 흔들리는 것처럼 보이더니 검은 물체가 소리 없이 아래로 내려앉았다. 그리고는 다시 어둠 속에서 모습을 보이지 않더니 그것은 어느 사이에 50미터쯤 떨어진 저택의 왼쪽 벽에 붙어서 있었다. 그림자 같은 사람이었다. 검은 두건으로 얼굴을 덮어써서 두 눈만 드러나 있었고 몸에 걸친 옷도 짙은 색이다. 그는 벽에서 미끄러지듯 옆쪽으로 옮겨가더니 한 길이나 위에 나 있는 유리 창문으로 기어 올라갔다. 잠시 후 유리 창문은 소리 없이 열렸고 사내는 연체동물처럼 안으로 몸을 집어넣었다.

안은 주방이었다. 사내는 가스레인지 위에서 가볍게 바닥으로 뛰어내리더니 온몸을 굳히고 서 있었다. 그리고 곧 문으로 다가가 허리춤에 끼워져 있던 길쭉한 소음기가 달린 권총을 뽑아들었다. 저택 안에서는 기침소리 하나 들리지 않는다. 권총을 세워든 사내는 조심스러운 동작으로 주방문을 열고 식당으로 들어섰다. 저택 아래층은 사무실과 직원들의 숙소, 회의실, 식당 등이 배치된 구조로 200평이 넘는 면적이었다. 식당의 문을 10센티미터쯤 연 사내는 눈만 내놓고 바깥쪽 복도를 바라보았다. 그러자 복도 끝에 서 있는 경비원의 모습이 보였다. 반대쪽의 로비 안에도 두 사내가 앉아 있었다. 2층으로 올라가려면 복도 끝의 계단으로 올라가야만 한다. 사내는 잠시 망설이는 듯 식당 안을 둘러보았다.

2층 계단 정면에 있는 방 안에서 이한은 부하들과 모여앉아 있었다. 김상철이 파벨을 만나러 하바롭스크에 왔다는 것은 적진에 뛰어든 것과 마찬가지 상황이다. 송길수나 따라온 그레고리까지도 김상철의 하바롭스크 행을 반대했지만 그의 고집을 꺾지 못했던 것이다. 이한은 50여 명의 대규모 경호원을 이끌고 따라 왔는데 러시아 당국의 허가를 받은 중무장한 병력이다.

"내일 아무르 호텔에서 회담이 끝나면 곧장 헬기장으로 가서 이곳을 떠난다."

이한이 부하들을 둘러보며 말했다.

"이곳은 도무지 마음이 놓이지 않아. 차라리 타운에서 얽혀 사는 것이 편하다."

지금도 그는 파벨이 김상철을 제거할지도 모른다는 생각을 하고 있었다. 그것은 그레고리, 송길수, 장인규도 마찬가지였다. 김상철만 제거되면 대아운송은 물론 타운이나 고려시의 사업장들은 위기에 처하게 된다. 고려에서 아무리 뒤를 밀어준다고 해도 구심점을 잃은 조직은 사분오열 될 것이고 그것이 마피아는 물론 다른 조직들에게 득이 될 것이라는 것은 불을 보듯 뻔한 일이었다. 이한이 자리에서 일어섰다.

"자, 그만 들어가 쉬자, 늦었다."

사내는 계단에서 일단의 사내들이 내려오자 식당 안의 벽에 등을 붙인 채 한동안 움직이지 않았다. 주위의 적막이 깨지고 발자국 소리와 문을 여닫는 소리, 낮은 말소리가 얼마쯤 계속된 다음 다시 복도는 조용해졌다. 손목시계를 들여다본 사내는 심호흡을 했다. 그리고는 얼굴에 쓴

두건을 벗어 바지 주머니에 구겨 넣었다. 사내의 얼굴이 드러났다. 조금 마른 듯한 얼굴에 짙은 콧수염을 길렀지만 흐린 눈을 감추지 못한 삼합회의 살인청부업자 마파척이다. 벨트 사이에 권총을 찔러 넣은 그는 식당 문을 소리 없이 열었다. 그가 복도로 나오자 로비 쪽에 있던 사내들은 반응을 보이지 않았지만 계단 입구에 서 있던 사내가 몸을 굴렸다. 처음에는 동료인 줄로 착각했는지 사내는 우두커니 다가오는 그를 바라보았다.

"퍽."

단 한 발이었지만 그 소리는 복도에 울려 퍼졌다. 소음기를 끼웠다 해도 모래 자루를 몽둥이로 힘껏 내려치는 것 같은 둔탁한 음향이 난다. 눈 깜짝할 사이에 권총을 뽑아 사내의 이마를 맞춘 마파척은 이제 맹렬하게 뛰고 있었다. 계단 앞에 쓰러진 사내를 뛰어넘어 한 걸음에 네댓 계단씩을 뛰어오르는 순간, 건물이 떠나갈 듯한 벨소리가 났다. 비상벨이다. 와락 이맛살을 찌푸린 그가 계단을 마악 올랐을 때 이쪽저쪽의 문이 열리면서 사내들이 쏟아져 나왔다. 마파척은 권총을 발사하여 그중 두 명이 쓰러지는 것을 보고는 그대로 몸을 날려 아래층으로 뛰어내렸다.

두 발이 바닥에 닿는 순간 몸을 굴린 그의 앞으로 사내들이 달려왔다. 엎드린 자세로 다시 두 발을 쏜 마파척은 몸을 세우면서 옆쪽의 방문을 상반신을 부딪쳐 열었다.

"이쪽이다!"

문 밖에서 어지러운 고함소리와 발자국 소리가 들려오고 있었다. 마파척은 단숨에 방을 가로질러 유리창으로 다가가 발을 휘둘러 유리창을 부쉈다. 요란한 소리와 함께 창문이 부서지자 그는 몸을 날려 다이빙을 하듯 밖으로 뛰어내렸다.

"세 명이 죽고 두 명이 다쳤습니다."

이한의 얼굴은 긴장으로 굳어져 있었다. 그는 집 안의 수색을 마치고 돌아온 것이다.

"빠른 놈이었습니다. 사격 솜씨도 뛰어나서 다섯 발을 쏘아 모두 맞췄습니다."

김상철의 방 안이다. 잠옷 차림의 김상철이 소파에 앉아 있었고 그레고리는 셔츠에 바지만을 걸친 차림이었다. 침입자는 유리창을 깨고 정원으로 달아난 후에 종적을 감춘 것이다.

"대단한 놈이다. 단신으로 들어오다니."

김상철이 앞쪽에 서 있는 이한을 바라보았다.

"집 안의 구조도 잘 알고 있는 놈 같다."

"동양계였다니 조선족이 아닐까요?"

그레고리가 묻자 김상철이 머리를 끄덕였다.

"마피아에도 조선족 요원이 있고 북한도 마찬가지야."

"그렇다면 파벨이 보냈을 가능성도 있겠습니다."

물론 목표가 김상철이라는 것은 물어볼 것도 없다.

"감시 카메라를 들여온 것은 한 달 전이야. 놈이 감시 카메라에 걸린 걸 보면 아직 그것은 모르고 있었던 모양이군."

2층 경비실에는 각층의 요소 여섯 지점에 설치된 카메라가 12대의 스크린에 비춰지게 되어 있는 것이다. 김상철이 자리에서 일어섰다.

"지금 고려리아로 들어간다. 내일 협상을 할 필요가 없어졌다."

그가 긴장한 그레고리와 이한을 바라보았다.

"부하들에게 서둘러 출발 준비를 시키도록 하고 비행장에도 연락을 해라."

몸을 돌린 그들에게 김상철이 말을 이었다.

"파벨이 보낸 놈이 아닌 것이 확인될 때까지 협상은 보류다. 이런 상황에서 눌러 앉아 있을 순 없어."

파벨이 보고를 받은 것은 그로부터 한 시간 후인 새벽 4시경이었다. 침대에 누운 채 수화기를 귀에 댄 그가 천장을 쏘아보았다.

"김상철이 비행장으로 가고 있단 말이냐?"

"예, 일행들과 함께 지금 이곳을 떠날 모양입니다."

부하는 차 안에서 그들을 따르는 중이었다.

"습격당한 것은 확실해?"

"예, 보스. 세 명이 죽고 두 명이 부상입니다. 제가 구급차에 실려 가는 것을 보았습니다."

"이런 빌어먹을."

시트를 걷어찬 파벨이 침대에서 일어나 앉았다.

"김상철이 공항에 도착을 하면 나하고 통화를 하도록 만들어라, 알았나?"

"알았습니다, 보스."

수화기를 내려놓은 파벨은 침대 옆에 놓인 흔들의자에 앉았다. 이제 몽롱했던 머리가 맑아져 있었다. 부하의 전화가 걸려온 것은 그로부터 30분쯤 후였다.

"보스, 김상철에게 보스가 전화 바란다고 전했습니다."

"직접 전했나?"

"아닙니다, 그쪽 경호원들한테."

"이런 병신 같은……"

수화기를 내려놓고 다시 20분쯤 기다렸을 때 벨이 울렸다. 서둘러 수화기를 들자 귀에 익은 김상철의 목소리가 들려왔다.

"파벨 씨, 전화 기다리신다고 해서……."

"김, 도대체 무슨 일인가? 갑자기 왜 떠나는 거야?"

"보고받지 않았습니까? 습격을 받았어요. 그래서 내 부하들이 여럿 죽었습니다."

파벨은 그의 목소리가 조금 흥분되어 있다고 느꼈다.

"나도 들었는데, 습격자는 누구야? 잡았나?"

"아직, 하지만 이대로 머물러 있을 수는 없지 않겠습니까?"

"김, 몇 명이 습격해 왔나?"

"확실하지 않습니다, 파벨 씨. 하지만 전문가들 짓이오."

"김, 자네 설마 우리가 그랬다고 생각하는 것은 아니겠지?"

"그러기를 바라지만 부하들의 생각은 다른 모양이오, 파벨 씨. 그래서 일단 고려리아에 돌아가려고 합니다."

"……."

"곧 다시 만나기를 바라겠소, 파벨 씨."

파벨은 끊긴 수화기를 한동안 들고 있다가 천천히 내려놓았다. 습격자는 북한에서 보냈을 수도 삼합회의 청부살인업자일 수도 있었다. 김상철은 적이 많은 놈이다. 그를 제거함으로 득을 볼 조직들이 많았고 자신도 그중의 하나가 될 것이었다. 입맛을 다신 파벨은 탁자 위에 놓인 담배를 집어 들었다. 김상철이 이번 사건을 마피아의 소행이라고 생각하는 근거는 충분했다. 자신은 그에게 양쪽의 밀월관계가 끝났다는 것을 회담석상에서 공공연히 말했던 것이다.

김상철이 하바롭스크에서 습격을 받았다는 소문은 금방 고려리아 안에 퍼져 나갔다. 타운의 마피아 보스인 그루진스키가 나파스 클럽으로 장인규를 찾아온 것은 김상철이 돌아온 다음날이다.

그들은 아직도 군데군데 로켓포의 폭발 자욱이 보이는 사무실에 마주 앉았다. 아침 10시였으므로 아직 이른 시간이다.

"하바롭스크 사건은 우리가 한 일이 아니오. 보스는 그 일을 대단히 유감스럽게 생각하고 있습니다."

떠들썩한 목소리로 그가 말하자 장인규가 머리를 끄덕였다.

"북한의 최태호가 찾아와 그런 말을 했고 삼합회에서도 사람을 보내 해명을 하더군요. 그렇다면 야쿠자 소행인가?"

"글쎄, 그것은 알 수 없지만 우린 그따위 방법을 쓰지는 않소."

"지금 우리에게 가장 호전적인 조직이 당신들이오, 그루진스키 씨. 당신들은 대아운송의 방해공작을 수십 차례 해온 것을 부인할 수 없을 거요."

"나는 모르는 일이오."

"우리가 당하고만 있을 것이라고 생각하세요? 그루진스키 씨."

장인규가 그를 똑바로 바라보았다.

"나하고 김 사장이 파리야킨을 죽이고 파벨을 보스로 만들었다는 사실을 알고 계시던가요?"

눈을 둥그렇게 뜬 그루진스키가 무의식중에 빈방을 둘러보았다.

"당신하고 김 사장이 파리야킨을 죽이다니?"

"그렇지, 북한의 이금철도 이곳에 있군요. 우리 셋의 연합작전이었지. 파리야킨이 고려에 너무 욕심을 부려서 그를 제거하기로 했던 거요. 물론 사전에 파벨과도 협의를 했지. 파리야킨이 제거되면 파벨이 보스가 되고 그때에는 고려와의 계약을 유리하게 해주겠다고."

"……"

"파벨이 김 사장이나 나한테 호의적이었던 이유는 그것 때문이오. 물론 북한의 이금철한테도 마찬가지이고."

"당치도 않은 소리. 파리야킨은 중국 마약조직의 로켓포를 맞아……."
"내가 쏘았어. 파벨한테서 도착시간을 연락 받고."
그러자 얼굴을 붉힌 그루진스키가 주먹으로 의자의 팔걸이를 쳤다.
"모함하지 말아! 만약 파벨이 알게 되면 당신을 가만 두지 않을 거야!"
"말해보시지, 그루진스키. 그땐 당신도 소리 없이 제거될 테니. 자신의 비밀을 알고 있는 부하를 살려두어서 후환을 키울 수는 없을 테니까."
"이건 참을 수가 없군."
그루진스키는 눈을 부릅떴으나 의자를 박차고 일어나지는 않았다.
"보스를 이런 식으로 모욕하다니."
"당신은 이런 말을 들었다고 파벨한테 보고할 수도 없어. 그러니 흥분해봐야 손해니까 잠자코 듣기만 해."
"……."
"만일 파벨이 이 이상 수송단을 방해한다면 내가 나서서 마피아 간부들한테 그 사실을 폭로할 작정이야. 당신한테는 직접 말했지만 다른 사람들한테는 다른 방법을 찾아야겠지."
"쉽게 먹히지 않을 걸? 보스는 그 정도에 흔들리지 않아."
이제 그루진스키는 평정을 찾아가고 있었다.
"마음대로 해. 난 듣지 않은 것으로 할 테니까."
그러자 장인규가 웃었다.
"난 파벨이나 다른 간부들한테 그 사실을 당신한테 털어놓았다고 말할 작정인데…… 실제로도 지금 그랬고."
"……."
"작정이라고 그랬지 꼭 하겠다고는 안했어, 그루진스키. 다만 당신이 알아둘 일은 우리가 너희들의 그 잘난 보스를 만든 사람들이라는 거야. 당신 따위는 나한테 대등하게 이야기를 할 신분이 못 된다는 이야기란 말이야."

"날 모욕하지 마라. 이 빌어먹을……."

"파벨한테 이렇게 전해. 장인규가 털어놓겠다고 하더라고. 무슨 말인지 모르겠는데 그렇게만 말하면 보스가 알 것이라고 하더라고 말이야."

"……."

"당신이 전하지 않으면 내가 파벨한테 직접 전할 테니 그렇게 알아."

그루진스키는 자리에서 일어섰다. 당장에라도 덮쳐올 것 같은 표정이었다.

"우리 보스에게 협박을 하다니. 그 결과가 어떤지 내가 두고 보겠다."

"박 사장님이세요?"

다가선 여자가 그렇게 묻자 박기동은 자리에서 일어섰다. 타운호텔의 커피숍 안이다. 호텔은 날이 갈수록 번창하고 있어서 커피숍은 언제나 사람들로 들끓었지만 이런 미인은 처음이었다.

"네, 그렇습니다만."

"처음 뵙습니다. 저, 이유미라고 해요."

여자는 핸드백을 열고 명함을 한 장 꺼내 내밀었다.

"저, 여기 앉아도 되겠어요?"

"앉으십시오."

그녀가 자리에 앉자 엷은 향수냄새가 풍겨왔다. 주위의 시선이 아직도 이쪽으로 쏠려 있는 것이 박기동은 싫지 않았다. 그녀가 커피숍 안으로 들어설 때부터 대부분이 남자인 손님들은 일제히 그녀를 바라보았었다. 잠시 주위를 둘러보던 그녀가 자신에게로 곧장 다가왔을 때 박기동은 가슴이 울렁거렸던 것이다. 여자가 귀한 때문이 아니라 그녀는 여자 속에 끼워 넣어도 눈이 번쩍 뜨일 만큼 미인인데다 품위도 있었기 때문이었다. 그녀의 명함에서 눈을 뗀 박기동이 얼굴에 부드러운 웃음을 지었다. 그녀는 꽤 알려진 여행사의 사장인 것이다.

"그런데 저한테 무슨 일이십니까?"

"고려리아에서는 박 사장님을 통해야만 일이 된다고 하더군요. 그래서 박 사장님이 어떤 분이신지 미리 알아두었죠."

"저런, 그건 과장된 소문입니다, 난 단지 중개인 역할만 할 뿐으로 실권은 없습니다."

박기동이 의자에 등을 기대고는 제법 편안한 자세를 취했다.

"여행사에서 고려리아를 찾아온 건 처음 같은데요. 더구나 이사장님 같은 미인이……."

"그렇다면 다행이네요."

다가온 종업원에게 커피를 주문한 이유미가 그를 바라보았다.

"김상철 씨한테 절 소개시켜 주셨으면 해서요."

"글쎄요, 그건……."

박기동이 머리를 한쪽으로 기울이더니 손을 들어 커피숍 안을 가리켰다.

"이 사람들도 모두 김 사장님과의 면담을 부탁하고 있단 말입니다. 그리고 김 사장님은 특별한 업무가 아니면 만나실 수가 없습니다."

"……."

"먼저 저한테 말씀해주시면 연락을 드리도록 하지요."

"김상철 씨한테 이유미가 만나고 싶어 한다고 말씀만 해주시면 돼요."

그러자 박기동이 의자에서 상체를 뗐다. 정색을 한 얼굴로 그가 이유미를 바라보았다.

"그럼, 김 사장님을 알고 계신단 말입니까?"

"잘 알아요."

"……."

"직접 그 사람한테 전화를 할까 하다가 절차를 밟는 것이 나을 것 같다는 생각이 들더군요."

"아니, 그거야……."

이제 박기동의 표정에서 여유는 싹 가셨다.

"바로 말씀을 올리지요. 호텔에 계시면 오늘 중으로 연락을 해 드리겠습니다."

견제하는 세력들

승용차가 저택의 정문에서 멈추자 경비원이 다가와 차 안을 들여다보았다.
"사장님 손님이야."
이유미와 동행한 사내의 말에 경비원이 한 발자국 물러섰다. 햇살이 차게 비치는 한낮이었다. 앞쪽에 펼쳐진 거대한 2층 저택을 바라보던 이유미는 소리 죽여 길게 숨을 내려쉬었다. 시간이 지날수록 긴장감이 더해지고 있었던 것이다.
타운은 활력이 넘치는 도시였지만 서울과는 전혀 다른 분위기로 긴박감을 느끼게 해주는 곳이었다. 그러나 자신을 위축시키고 있는 것은 김상철의 위력이었다. 차는 저택의 현관을 향해 곧장 달려 나갔다. 요소요소에 서 있는 경비원들은 중무장한 차림이었다. 현관 앞에 차가 멈추자 기다리고 있던 사내 한 명이 문을 열었다.
"이유미 씨입니까?"
굵은 목소리로 묻는 사내의 말투는 북한쪽 억양이다. 머리를 끄덕인 이유미를 본 사내는 따라오라는 듯 앞장을 섰다. 그녀가 들어선 곳은 1층에 있는 응접실이었다.

"여기서 기다리십시오."

안내한 사내가 방을 나간 후에 이유미는 소파에 앉아 주위를 둘러보았다. 20평쯤 될 것 같은 방 안에는 소파와 탁자 등 간단한 집기만 놓여 있을 뿐이다. 벽 한쪽에 만들어 놓은 페치카에서 장작불이 타오르고 있어서 방 안은 따뜻했다. 유리창 밖으로 통나무로 만든 담장과 아직도 눈에 덮여 있는 먼 쪽의 구릉이 보였다. 문이 열렸으므로 이유미는 긴장했다. 김상철이 들어서고 있었다. 짙은 색 스웨터에 바지차림으로 건강하게 보이는 얼굴이었다. 자리에서 일어선 이유미가 얼굴에 웃음을 띠우자 김상철이 따라 웃었다.

"대단한 여자야, 이유미 씨는. 이곳까지 날 찾아오다니……."

"사업 관계로 왔어요."

여러 가지 인사말을 준비해두었지만 막상 뱉은 것은 준비한 말이 아니었다.

그들이 자리에 앉았을 때 아름다운 여자가 쟁반을 들고 방 안에 들어섰다. 잠자코 그들 앞에 찻잔을 내려놓은 여자가 나가자 김상철이 입을 열었다.

"3년밖에 되지 않았는데 많이 변한 것 같군, 당신이나 나나."

"우선 축하드려요. 이렇게 기반을 굳히신 것."

그러자 김상철이 쓴웃음을 지었다.

"고맙군, 하지만 아직 기반을 굳힌 건 아냐. 그러려면 시간이 걸려."

김상철이 똑바로 그녀를 바라보았다.

"나한테 사업상으로 무슨 볼일이 있지?"

"관광 상품을 개발하려고 온 거예요."

"……."

"이곳은 얼마든지 큰 시장이 될 수 있겠다고 생각했어요, 특히 겨울 상품으로……."

김상철이 잠자코 있었으므로 그녀가 말을 이었다.

"더구나 아직 여행사들이 발을 들여놓지 않은 곳이기도 하고."

"안인석이는 잘 있나?"

갑자기 말머리를 바꾼 김상철이 찻잔을 들어 한 모금을 마셨다.

"당신과 나는 그 친구 때문에 인과관계가 생긴 사이니만치 그 이야기가 먼저 있어야 할 것 같은데."

"잘 있더군요. 하지만……."

이유미가 힐끗 그에게로 시선을 주었다.

"이혼한 것 아시죠?"

"……."

"여러 가지 좋지 않은 일이 있어서 신상 이야기는 삼가하고 있었을 뿐이에요."

"……."

"이번에 여기 오기 전에 오사카에서 안인석 씨를 만났어요. 그 사람한테도 여기 온다는 이야기를 못하겠더군요."

잠자코 있던 김상철이 입을 열었다.

"이혼한 이유는 뭐였지?"

"박미정 씨가 이곳에 왔다간 것이 결정적인 이유가 되었지만 그전부터 쌓여왔던 감정이 있었어요."

"결혼한 지가 얼마나 되었다고 그전부터라니……."

"안인석 씨는 오사카로 전출된 것이 김상철 씨의 배후공작 때문이라고 믿고 있었어요."

"……."

"그런 상황에서 박미정 씨가 이곳에 왔다간 것이 결정적으로……."

"……."

"무책임한 자식 같으니."

김상철이 혼잣말처럼 중얼거렸지만 이유미는 긴장했다. 그의 얼굴은 표정이 없었으나 으스스한 분위기가 느껴졌던 것이다.

"그놈은 이제 모든 것을 내 탓으로 돌리고 있겠군."

이유미가 조심스럽게 말했다.

"박미정 씨는 아이를 지우고 파리의 언니한테 갔다고 안인석 씨가 그러더군요."

방 안에 한동안 정적이 흘렀다. 김상철은 잠자코 벽을 바라보았고 이유미는 옆쪽의 창밖을 내다보고 있었다.

"사장님하고 알고 지내던 사이였던 모양이오."

박기동이 술잔을 들며 말했다. 이미 위스키 한 병이 거의 비워져 가는 참이어서 그의 눈 주위는 붉어져 있었다.

"굉장한 미인이야. 찬드라 씨도 호텔에서 보았지요?"

찬드라가 머리를 끄덕였다.

"섹시합니다. 아직 20대처럼 보이던데……. 여행사 사장이라면 집안에서 회사를 물려받은 모양이지?"

"글쎄, 그건 잘 모르겠는데."

크라우프 바의 밀실 안이었다. 저녁 8시면 타운이 흥청거리기 시작하는 시간이다. 바 안에서 일어나는 소음이 희미하게 방 안으로 전해져 왔다.

"우리 그룹도 고려시에 투자하기로 결정을 했어요. 나는 곧 고려리아 정부에 투자계획서를 낼 작정이오."

찬드라가 말하자 박기동이 커다랗게 머리를 끄덕였다.

"잘 생각하신 거요, 찬드라 씨. 내가 김 사장한테 말씀드려서 곧 만나도록 해드릴 테니까."

"고맙소, 박 사장."

박기동의 잔에 술을 채워준 찬드라가 생각난 듯 물었다.

"그런데 그 여행사 사장이라는 여자가 저택으로 숙소를 옮기지 않는 걸 보면 김 사장과 깊은 관계는 아닌 모양이지?"

"글쎄, 그럴 수도 있고 아닐 수도 있지요."

"그게 무슨 말이요?"

"김 사장은 곧 회장의 손녀와 결혼할 사람이니까 말이오. 여자를 함부로 집 안에 끌어들일 수는 없지."

"이해가 가는군. 소문이 날 테니까."

찬드라가 저고리 안주머니에서 한 뭉치의 달러를 꺼내 박기동 앞으로 밀어놓았다.

"이것, 만 달러요. 용돈으로 쓰시고……."

"아니, 찬드라 씨, 이게 무슨……."

눈을 동그랗게 뜬 박기동이 그를 바라보았다.

"내가 언제 돈 바랬습니까? 도로 집어넣으세요."

"내가 언제 무슨 부탁을 합디까? 부담 느끼지 말고 쓰시오."

찬드라가 소파에 등을 기대며 몸을 뺐다.

"나는 그저 김 사장의 최측근인 박 사장과 알고 지내는 것으로 만족하고 있단 말이오. 그리고 거래는 내가 직접 김 사장과 합니다."

사업으로 산전수전을 다 겪고 부도까지 맞은 박기동이 그 말을 못 알아들을 리 없다. 그는 달러뭉치를 마지못한 듯 주머니에 쑤셔 넣었다. 찬드라가 바라고 있는 것은 정보였다. 영업 활동에서 정보만큼 중요한 것은 없는 것이다.

"알겠습니다, 무슨 말씀인지. 그럼, 술이나 더 듭시다."

박기동이 술잔을 들자 찬드라가 얼굴에 웃음을 띠었다. 전혀 다른 사람처럼 해맑은 얼굴이었다.

김상철이 파벨의 전화를 받은 것은 그루진스키가 장인규를 만나고 간 지 닷새 후였다. 그동안 고려리아국경 근처에서 트럭 두 대의 전복사고가 있었지만 마피아 짓인지는 분명하지 않았다.

"김, 그루진스키한데서 이야기 들었네, 장인규가 굉장히 흥분하고 있다던데."

파벨이 부드러운 목소리로 말했다.

"털어놓겠다고 협박을 했다는군. 그루진스키는 무슨 영문인지 모르겠다고 하지만 내 생각엔 장인규한테 내막을 들은 것 같네."

"장인규가 흥분해 있어서요, 파벨 씨. 나도 나중에야 들었습니다."

"대단한 여자야. 어떤 땐 여자가 남자보다 더 독하다니까."

파벨이 무소불위의 권력을 휘두르고는 있지만 전능은 아니다. 내부에서도 경쟁자가 있고 러시아 군부 내에서도 마피아 숙청론이 대두되고 있는 것이다. 파벨의 목소리가 다시 송화기를 통해 들려왔다.

"지난번의 일은 우리가 한 일이 아니야. 그건 믿어주기 바라네."

"이미 지난 일이요, 파벨 씨."

"나는 자네와 적대관계가 되는 것을 원하지 않아. 우리 서로 뒤를 찌르는 일은 없도록 하지."

"난 그래왔습니다, 파벨 씨. 당신도 알 거요."

"그렇지, 나도 알고 있어. 어쨌든 앞으로 그런 일은 없을 거야."

"다행입니다, 파벨 씨. 이제까지 우리는 잘 해왔지요."

"그럼, 이만 끊겠네."

파벨은 대아운송에 대한 지분 이야기도 하지 않았다. 수화기를 내려놓은 김상철은 인터폰을 눌렀다.

장인규가 그의 방에 들어선 것은 그로부터 40분쯤이 지난 후였다. 서둘러 들어서서 앞자리에 앉은 장인규가 그를 바라보았다.

"무슨 일입니까?"

"조금 전에 파벨한테서 연락이 왔어."

김상철이 얼굴에 쓴웃음을 지었다.

"그루진스키한테서 이야기를 들었다면서 우리와 적대관계가 되는 것을 원하지 않는다는 거야."

"예상했던 대로군요. 대아운송의 계약 문제는 이야기하지 않던가요?"

"없었어."

화장기 없는 얼굴을 든 장인규가 김상철을 바라보았다

"이제는 우리가 파벨의 확실한 표적이 된 것 같군요."

그것도 예상하고 있었던 일이었으므로 그들은 서로의 얼굴을 마주보았다. 이제 파벨은 수송단의 방해공작 같은 눈에 띄는 도발은 하지 않을지도 모른다. 그러나 김상철과 장인규는 무슨 수를 쓰더라도 제거하려고 할 것이었다. 김상철이 머리를 들었다.

"어쨌든 얼마쯤은 시간을 벌었어. 그것만으로도 우리에겐 득이야."

고려시의 상가공사는 이미 시작되어 있었으므로 각 조직은 고려시에 건설될 사업장에 전력을 다하고 있는 상황이었다. 왕복차선의 폭이 1백 미터나 넘는 도로 주위에 호텔과 카지노, 나이트클럽과 백화점 등 온갖 소비와 유흥업체들이 자리 잡게 되는 것이다. 강 회장은 그곳을 동양의 라스베이거스로 만든다는 의지를 갖고 있었다. 미국의 라스베이거스가 네바다 사막 한가운데 세워졌다면 이곳은 눈 덮인 동토의 한복판이다. 그러나 도시의 설계나 기초시설의 준비, 그리고 규모면에서 고려리아의 새 유흥도시는 라스베이거스보다 월등했다.

이미 첫 투자단의 투자금액만 해도 5억 달러가 넘는다. 그 돈의 태반이 마피아와 삼합회, 야쿠자에다 북한계 자금이 유입된 것이지만 강 회장은 크게 개의하지 않았다. 오히려 그들끼리의 경쟁이 투자가들의 투자 의욕을 증가시킬 것이라고 믿었는데 그것은 사실로 드러났다. 세계 각국의 투자단들이 몰려들고 있는 것이다. 장인규가 머리를 들고 김상철을 바라보았다.

"참, 지금 타운 호텔에 묵고 있는 여자, 듣자니 여행사 사장이라던데, 어떤 사이지요?"

"어떤 사이라니? 그저 내 옛 친구의 애인이었던 여자일 뿐이야. 관광상품을 개발하려고 왔다던데."

김상철이 얼굴에 웃음을 띠었다.

"전에는 몰랐는데 사업가 기질이 뛰어나. 이곳이 곧 유망한 관광지가 될 것이라는 계산을 하고 있어."

"아름답더군요."

"그런가? 난 자주 봐서 그런지……."

"투돌레프 클럽의 지배인한테는 당신의 친구라고 한 모양인데, 시내를 휘젓고 다니고 있어요."

"……."

"그래서 사람들은 대부분이 당신 여자인 줄로 알고 있어요. 여자가 그런 분위기를 풍기니까 말예요."

그러자 김상철이 쓴웃음을 지었다.

"그 여자, 제 명대로 살기 힘들겠군 그래."

"불러다가 주의를 주지 그래요? 아니면 이곳에 데려다 놓든지."

"……."

"철이 없는 것 같기도 하고 교활한 것 같기도 해요, 그 여자."

공사현장에서 직원들에게 작업지시를 하고 있던 이대각이 헬기의 폭음에 머리를 들었다. 이제 4월 하순이어서 추위는 가셨지만 아직도 바람끝이 차가운 날씨였다. 흰색 바탕에 붉은색으로 고려 마크가 그려진 헬기 한 대가 옆쪽의 헬기장에 내려앉는 중이었다. 유장석의 전용 헬기였다. 유장석은 지난달에 개편된 인사 조치에 따라 고려그룹의 직함을 모두 반납하고 고려리아 행정부의 위원장이 되어 있었다. 이대각은 제2인자로서 부위원장 겸 건설위원이다. 헬기에서 내린 유장석이 이쪽으로 다가왔으므로 이대각도 그에게 다가갔다.

"웬일이십니까? 위원장님."

"가스기지에 가는 길에 내렸어."

유장석과 이대각은 수행원들로부터 떨어져 쌓인 철제빔 밑에 와 섰다. 한낮의 햇살이 산처럼 쌓인 빔에 가려 짙은 그늘에 덮인 곳이다.

"야단났어, 회장님이 정부와 충돌했어."

유장석이 찌푸린 얼굴로 말하자 이대각이 한 걸음 다가섰다.

"사원가족 이주 문제로 말입니까?"

"그래, 오늘 아침에 이주를 강행하려다가 정부가 공권력으로 막았어, 공항과 항구에서 소동이 일어나고 있단 말이야."

"이것, 야단났네."

이대각이 멍한 얼굴로 물었다.

"회장님은 어떻게 되셨습니까?"

"글쎄, 이 실장하고도 연락이 안 돼."

그들은 잠시 서로의 얼굴을 마주보았다. 한 달 가깝게 정부와 고려그룹은 고려리아의 관리 문제로 치열하게 협상을 벌여왔다. 그러나 정부 측의 완강한 자세에 밀려 협상은 지지부진이었다. 총리를 위원장으로 하는 정부 측의 고려리아 운영위원회가 발족되었는데 강 회장은 정부 측의 운영위원회 자체를 인정하지 않으려는 입장이었으니 당연한 일이었다.

정부는 고려리아에 운영위원회에서 추천하는 감사단을 비공식으로 파견하여 고려리아의 행정과 정책을 감사하겠다는 입장이었고 고려측은 국정원에서 파견한 경비단으로도 충분하다는 입장이었다. 그 때문에 한 달 동안 사원가족들은 짐을 쌓아놓고 호텔과 고려그룹 기숙사 등지에서 생활해왔는데 그 숫자가 이제 2만 명 가깝게 되어있었던 것이다.

"이런 빌어먹을."

이대각이 혀를 찼다.

"모두가 미국과 일본의 조종을 받는 놈들이 하는 짓이오, 그 단순한 놈들이."

"그렇더라도 그냥 밀어붙여 버리시다니…… 상대는 정부란 말이야, 한국 정부."

유장석이 길게 숨을 내려쉬었다. 터놓고 하소연할 사람은 이대각뿐이다.

"정부는 여론을 선동해서 우리를 몰아붙일 거야, 그놈들은 우리가 북한과 손잡고 한국의 재산을 빼내간다고 하고 있어."

"그나저나 회장님이 걱정이오. 그 양반이 어떻게 되면 우린 큰일 납니다."

이대각과 헤어진 유장석이 헬기를 타고 내린 곳은 가스기지가 아닌 김상철의 저택 안뜰이다. 그는 서둘러 마중 나온 김상철과 함께 응접실로 들어섰다. 소파에 앉은 그는 서울의 상황을 간략하게 설명한 다음 말을 이었다.

"정부에서는 아마 강력하게 나올 것이다. 회장님한테는 손을 대지 못한다고 해도 우리들은 요주의 인물이 될 거야. 아마 소환시킬 수도 있지. 우리는 대한민국 국적을 가진 사람들이니까."

"……."

"소환에 불응하면 그것은 우리가 범죄를 인정한 것이 돼. 이것은 우리 그룹 변호인단의 추측이다."

유장석은 이인숙이 날라 온 녹차를 한 모금 마시고는 그녀가 문을 닫고 나갈 때까지 기다렸다.

"이젠 국정원도 방패막이가 될 수 없어. 권준규 원장도 이번 기회에 갈릴지도 모른다는 이야기가 있다."

"……."

"고려리아의 핵심간부들도 문제지만 넌 더 위험해. 네가 북한 근로자를 끌어들인 장본인이라는 것을 한국에서도 알고 있으니까. 더욱이 너는 예전의 혐의를 잠시 보류시킨 것이라고도 볼 수 있으니까 얼마든지 다시 잡힐 수 있어."

"알고 있습니다, 위원장님."

김상철이 머리를 끄덕였다.

"이젠 한국 정부까지 적이 되었습니다."

그러자 유장석이 쓴 얼굴로 입맛을 다셨다.

수화기를 내려놓은 이상훈은 한동안 생각에 잠겨 움직이지 않았다. 방음장치가 잘된 방이어서 뒤쪽에 걸린 벽시계의 초침소리가 또렷하게 들려왔다. 그는 손을 뻗어 인터폰을 눌렀다. 보안과장 장동택이 방에 들어선 것은 그로부터 10분쯤 후였다.

"부르셨습니까?"

장동택이 부리부리한 눈을 굴리면서 그를 바라보았다.

"거기 앉아."

눈으로 앞자리를 가리 킨 이상훈이 입을 열었다.

"조금 전에 3차장한테서 연락을 받았어. 난 내일 아침에 본국으로 돌아간다."

"……."

"정부는 강경책을 쓸 작정인 것 같다. 난 내일 소환되면 아마 이곳에 다시 돌아오지 못할 것이다."

"아니, 부장님이 문책 당하실 이유가 뭡니까? 고려의 사원가족 이주 문제하고는 아무런 상관도 없지 않습니까?"

사건의 내막을 알고 있는 장동택이 볼멘소리로 말하자 이상훈이 머리를 저었다.

"문제는 고려리아의 공산화야. 그 책임은 우리한테도 있다는 것이다."

"공산화라니요? 아니, 누가 그런 말도 안 되는 이야기를…… 북한 여자 몇 백 명 받은 걸 가지고."

"그렇게 단순한 문제가 아니야."

이상훈이 담배를 입에 물고 길게 연기를 뿜어냈다.

"실제로 북한당국은 고려리아에 보내려고 수만 명을 훈련시키는 중이라는 거야. 그건 나도 조금 전에 3차장한테서 들었어."

"……."

"그것은 미국과 일본의 정보국에서 보낸 정보야. 이미 대통령은 물론 안보위원회에도 보고가 되었다고 하더군."

이번에는 장동택이 어깨를 늘어뜨리며 길게 숨을 뱉어냈다. 한국 정부의 분위기가 지금 어떨 것인지는 보지 않아도 알 수 있었기 때문이다.

이상훈이 말을 이었다.

"원장님하고도 연락이 안 돼, 이건 추측이지만 원장님도 신상에 변화가 있을지도 모른다. 그렇게 되면 고려리아에 있는 우리 간부요원들 대부분도 이동이 있을 것이다."

"……."

"정부에서 파견된 감사원들의 지시를 받고 일하게 되겠지."

장동택은 혼란에 빠진 듯 두 눈만 굴릴 뿐 입을 열지 않았다. 이제까지 국정원에서 파견된 요원들은 고려리아 측과 협조적이었다. 그것은 국정원장과 이상훈 등 간부들이 고려리아 정책에 공감하고 있었기 때문에 가능했던 일이다. 그러나 지금은 그것이 잘못된 생각이었다는 정부의 결정이 내려진 상황이다.

"당분간 장 과장한테 고려리아를 맡긴다. 상부의 지시를 충실히 따르도록. 다만……."

이상훈은 말을 멈추고 무슨 말인가를 하려다가 다시 입을 열지 않았다.

담장 앞에 드문드문 세워진 보안등 때문에 담장은 환하게 드러났고 경비원들의 모습도 선명했다. 저택과 담장 사이의 넓은 공터 위로도 보안등의 빛살이 뻗어 있었지만 위쪽은 먹장 같은 어둠이다. 별빛 하나 보이지 않는 밤이었다.

저택의 응접실이다. 김상철과 이유미는 마악 식사를 마치고 자리를 옮긴 참이었다. 창밖을 바라보며 서 있는 이유미에게 김상철이 술잔을 건네주었다.

"조금 빠른 감은 있지만 고려리아가 관광지로 알려진다는 것도 나쁜 일이 아니지."

그는 소파로 돌아와 앉았다.

"행정당국에 그랜드 여행사의 관광객은 들어올 수 있도록 부탁해 놓았으니 그 후의 일은 당신 책임이야. 현재의 시설과 조건으로 당신은 관광객들을 맞아야 돼."

"이만하면 충분해요. 자연조건도 최고이고…… 다만 안전 문제가 조금 걸리지만."

"관광객들은 건드리지 않아."

김상철이 잔에 위스키를 채우며 말했다.

"마피아도, 삼합회도, 그리고 북한쪽도 관광객이 많을수록 사업장 수입이 좋아진다는 것을 알아. 그들은 모든 조직으로부터 보호를 받을 거야."

창에서 몸을 뗀 이유미가 그의 앞자리에 앉았다. 몸에 딱 붙은 실크 드레스차림이어서 몸의 윤곽이 그대로 드러나 있다.

"일정기간 동안 고려리아의 관광객은 그랜드 여행사가 독점하도록 해주실 수 없어요? 관광객이 무질서하게 쏟아져 들어오면 시설이나 관리에 문제가 많을 거예요."

"……"

"우리도 이쪽 상황에 맞춰 관광 스케줄을 짤 테니까요. 그러면 고려리아에서 관리하기도 쉬울 것이고."

한동안 이유미를 바라보던 그가 입을 열었다.

"우리는 그냥 넘기고 지나갔는데 확실하게 해둘 것이 있어. 서로를 위해서 말이야."

이유미의 얼굴이 긴장으로 굳어졌고 조금 흐트러졌던 몸이 바로잡혔다.

"나와 당신과의 인연은 안인석이 때문이었지만 그때도 좋았다고 볼 수는 없었지. 그런데 지금은 그것마저도 없지 않은가 말이야."

"……."

"타운에서는 나와 관계가 있는 여자인 것처럼 행세를 했던 모양인데, 안인석과 홍만규에 이어서 내가 상대가 된 셈인가?"

이유미가 똑바로 그를 바라보았다.

"전 사업상 당신을 찾아온 거예요. 타운에서는 제 말을 들은 사람들이 오해를 한 것 같군요.그리고 안인석 씨와는 아직도 친구 사이로……."

"……."

"물론 결혼 후에는 서로 소원해졌지만……. 그가 이혼하고 나서 이번에 여기 오는 길에 한번 들렸을 뿐이에요."

"……."

"솔직히 말하면 전부터 나에게 당신은 두려운 사람이었어요. 그리고 당신이 나를 경멸하고 있다는 것도 알고 있어요."

술잔을 든 김상철이 한숨에 위스키를 삼켰다.

"당신의 사업계획에는 협조하겠어. 고려리아 발전을 위해서도 관광객 유치가 필요하고 그런 제의를 해온 여행사는 당신 회사가 처음이니까."

"……."

"하지만 독점권은 안 돼. 고려리아는 모든 여행사에게 개방될 테니까."

김상철이 그녀를 똑바로 바라보았다.

"그리고 앞으로는 주의해야 될 거야, 난 여러 번 습격을 받아왔는데 그놈들이 한국에서 온 내 옛 친구라고 떠들고 다닌 당신을 내버려둘 것 같지 않아."

"……."

"그놈들은 당신을 미끼로 날 끌어내리려고 할 가능성이 있어. 오래된 방법이지만 효과는 꽤 있는데……. 그때는 그놈들이 실수를 한 것이지, 그렇지 않겠어?"

오전 6시여서 아직도 세상은 짙은 어둠에 묻혀 있는 시간이다. 타운호텔의 커피숍에도 손님이라고는 이유미와 박기동이 둘 뿐이었고 종업원도 보이지 않았다. 창밖의 호텔 정문 쪽을 바라보던 이유미가 박기동에게 머리를 돌렸다.

"한 달쯤 후에는 현지사무실 업무가 시작될 수 있겠지요?"
"충분합니다. 사무실 건물로 좋은 곳이 여러 개 비어 있는데다가 김 사장님이 부탁하셨다면 행정당국도 문제가 없을 테니까요."

박기동이 시원스럽게 말했다. 그는 이제 그랜드 여행사의 일도 맡게 된 것이다. 그가 이유미로부터 5000달러의 계약금을 받고 행정업무를 처리해주기로 계약한 것이 어제 아침이다. 이유미가 손목시계를 내려다보았다.

"조금 늦는 것 같네요."
"시간은 충분합니다. 이 시간에 공항까지는 40분이면 도착하니까요."

이유미는 고려 공항을 출발하는 첫 비행기인 8시발 도쿄행 JAL 277편에 탑승할 예정이었다. 어제 저녁에 김상철의 저택으로 가기 전까지만 해도 떠난다는 말이 없었으므로 갑작스런 출발인 셈이다.

"그런데 참, 제가 어제 우연히 소문을 들었는데……."

이유미가 생각난 듯 말했다.

"제가 김 사장님의 옛날 애인이나 조금 친했던 사이로 소문이 났던 모양이지요?"

"아니, 저는 전혀……."

박기동이 눈을 둥그렇게 떴지만 실상은 그에게 그렇게 물어보는 사내들이 한둘이 아니었다. 지난번 이유미는 자신이 김상철과 친구인 것처럼 말했지만 타운을 돌아다니면서 만난 사람들한테는 약간 다르게 표현했다는 것을 그는 알고 있었다.

"저는 김 사장님 친구의 애인이에요. 다정했던 친구의……."

"아아, 그렇습니까?"

"그런 소문이 나서 어쩔 줄을 모르겠어요."

"하긴 지난번에도 여자 한 분이 오셨을 때 타운에 그런 소문이 났었지요. 하지만 금방 잠잠해졌습니다."

"박미정 씨말인가요?"

"이름은 잘 기억이 안 납니다만, 고생을 하고 오셨지요. 그분, 아십니까?"

"그분이 김 사장님이 사랑하시던 분이었지요. 지금은 파리에 가 있는데……."

"그렇습니까?"

"김 사장님은 아직도 그분을 잊지 못하고 계세요. 내가 잘 압니다."

"이것 차가 올 때가 됐는데……."

박기동이 시계를 내려다보는 시늉을 했다. 상관의 사생활에 상관하지 않는 것이 이롭다는 것을 그는 잘 알고 있는 것이다. 그러자 라이트를 켠 승용차가 호텔의 입구로 들어섰다. 두 대의 검정색 볼가였다.

"아, 저기 왔습니다."

박기동이 자리에서 일어서며 말했다. 김상철이 보내온 경호 차량들로 이유미가 직접 부탁한 것이었다.

바람결에 숲의 나뭇가지들이 흔들리면서 땅 냄새가 왈칵 맡아졌다. 아직 5월 초순이어서 나뭇잎은 연녹색으로 영글지 않았고 잡초의 뼈대도 약했지만 땅은 활짝 풀려 있었다. 강 회장은 이런 시기의 골짜기를 좋아했다. 한여름이 되면 진한 수풀냄새에 가려 지금처럼 조금 매운 듯하고 구수한 땅 냄새가 맡아지지 않는다.

설악산 변두리에 있는 조그만 골짜기 안이다. 나무숲에 가려 겨우 2층의 끝부분만 보이는 조그만 별장이 골짜기 중턱에 세워져 있다. 별장 앞마당에 서서 흘러내리는 개울의 물줄기를 내려다보던 강 회장은 머리를 돌렸다. 서너 명의 사내들이 서둘러 골짜기를 올라오고 있었는데 중간쯤에 신사복을 입은 사내는 이남호 실장이었다. 머리 위에서 내려 비치는 한낮의 태양은 강도는 약했지만 눈이 부셨으므로 그는 손바닥으로 눈 위를 가리고 그를 올려다보았다. 그들은 곧 골짜기가 내려다보이는 바위 위에 나란히 앉았다. 이남호는 금방 서울에서 날아온 길이다.

"여론이 대단히 불리합니다. 매스컴 전체가 우리를 북한과 연합하여 한국 경제를 망치는 집단으로 매도하고 있습니다."

이남호가 낮은 목소리로 말했다.

"지금은 고려그룹을 두둔하는 사람은 매국노나 빨갱이로 몰리는 분위기 입니다."

개울물을 내려다본 채 강 회장은 입을 열지 않았다. 국정원장 권준규는 열흘 전에 사표를 냈는데 해임이나 다름없는 인사였다. 고려리아로 파견되었던 이상훈과 대부분의 간부급 국정원 요원들도 귀국조치 된 후에 새 인물들이 떠났다. 정부는 대대적으로 고려 그룹의 비리와 자금이동을 추적하고 있는 중이었고 속속 비리가 발표되는 중이었다. 정부의 선동에 국민들이 호응하는 이유는 단순했다.

한국경제의 GNP비율로 10%를 차지하는 고려그룹이 그룹소유의 기업과 재산, 인력을 고려리아로 옮긴다면 물가 상승효과 6%에, 국민소득은 12%가 줄어들고 실업자가 50만 명 가깝게 늘어날 것이며 국민의 1인당

세금부담률도 8.5% 늘어날 것이라는 정부의 통계가 발표된 때문이었다. 그러나 고려는 고려리아의 유전이나 가스에다 한국에서 가져간 엄청난 자본과 기술, 그리고 조선족과 북한의 값싼 노동력을 발판으로 비약적인 성장을 할 것이라고 국민들을 선동하고 있었다. 고려는 한국인의 고혈을 빨아 성장해서 모든 재산을 고려리아로 빼돌린 다음 북한과 결탁하고 있다는 것이다.

국가 기간산업인 중공업과 화학, 자동차나 반도체 등의 이전계획은 없다고 고려그룹이 자신들의 입장을 발표했지만 믿는 국민은 거의 없는 실정이었다. 소비자연맹 등 수십 개의 단체에서는 이미 고려 물품에 대한 불매운동을 전개하여 확산 일로에 있었다. 그룹의 매출은 반 정도로 떨어졌고 이대로 가다가는 그룹 전체가 무너질 위기에 있었다. 한 달이 안 된 기간에 밀어닥친 엄청난 시련이었다. 강 회장이 머리를 들었다. 어두운 얼굴이었다.

"러시아에서 다른 조처는 없나?"

"어제도 대사가 외무장관을 만났습니다만 장관도 방법이 없다고만 말했다는 겁니다."

며칠 전에는 러시아 대통령이 한국 정부에 대한 비난성명을 발표했는데 언론은 그것을 러시아가 북한과 합작하여 고려편에 선 것으로 몰아붙였다. 국민은 모처럼 정부의 대 러시아 강경반응에 성원을 보내는 중이었다. 중국은 침묵을 지키고 있었다. 러시아와 미국, 일본이 개입되었을 때에는 언제나 그래왔던 것처럼 움직이지 않았다.

"회장님."

그렇게 부르는 이남호의 얼굴은 초췌해 있다.

"방법이 없습니다, 회장님."

강 회장이 머리를 들어 건너편의 숲을 바라보았다.

"정부의 안을 수용하고 기회를 기다리시지요. 이대로 가다가는……."

일주일 후, 항상 그래왔듯이 뜨거웠던 냄비는 금방 식었다. 매스컴이 하나둘씩 꼬리를 내리더니 일주일 후에는 고려 문제를 흥분만 할 것이 아니라 국익을 위해 신중하게 생각해야 한다는 논조가 주류를 이루었다. 정부의 언론플레이는 세계 제일이라고 해도 과언이 아니었다. 수십 개의 관변 단체들도 동원인력의 일당 지급을 그치고 휴식에 들어갔으며 국민들은 각각 새로운 특종을 만들어낸 매스컴에 의해 다시 감탄하고 감동을 받으며 고려리아를 잊기 시작했다.

오후 7시, 청와대 근처의 인가에 중형차 한 대가 멈춰서더니 강 회장과 이남호가 내렸다. 그들이 이미 열려져 있는 2층 양옥집의 대문으로 서둘러 들어서자 곧 문이 닫혔다. 아래층의 응접실에서 그들을 기다리며 서 있는 사내들은 청와대 비서실장 이태준과 안보수석 박정규이다. 서로 정중하지만 서먹한 인사를 나눈 그들은 마주보고 앉았다. 테이블 위의 각자의 자리 앞에는 이미 콜라와 생수병이 놓여 있어서 오가는 시중꾼의 번거로움을 없애 놓았다. 이태준이 먼저 입을 열었다.

"먼저 협조해주셔서 감사 말씀을 드리겠습니다. 국가의 장래를 위한 일이니만치 이해해 주시기 바랍니다."

잠자코 있는 강 회장을 향해 그가 말을 이었다.

"대통령께서도 대단히 안타깝게 생각하시고 계셨습니다. 그리고 회장님께서 협조하겠다는 말씀을 들으시고는 크게 기뻐하셨습니다."

"……."

"그러면 구체적인 사항은 준비해온 서류를 보면서 말씀을 나눌까요?"

그들이 서류를 펼치자 이번에는 박정규가 나섰다.

"우선 러시아 정부의 반발을 무마하기 위해서 고려와 정부가 적당한 선에서 타협한 것으로 보여야 합니다. 그러려면 회장님께서 애를 써 주셔야겠습니다."

"나도 러시아 정부에 고려리아를 몰수당하기는 싫소. 내가 당신들의 꼭두각시가 되었다면 그들은 당장에 계약을 무효로 할 테니까."

강 회장이 거칠게 대답하자 이태준이 머리를 끄덕였다. 3선 의원 출신인 그는 적응력과 인화력이 뛰어나다는 평을 듣는 사람이었다.

"그렇게 되겠지요. 그러면 국가적으로도 큰 손해가 됩니다."

다시 박정규가 서류에 시선을 주었다.

"고려리아 현지에 가칭 운영위원회를 두도록 해주십시오. 현재의 행정위원회 업무를 추인하는 부서로서 위원장 이하 위원은 모두 정부 관리는 아니지만 우리가 추천하는 사람들로 임명됩니다."

"……"

"그리고 현시점에서 고려리아에 대한 투자, 사업체 이전은 물론이고 고려그룹의 재산 반입은 금지됩니다. 이건 국민의 여론이 악화되어 있는 형편이니까 이해하여 주십시오."

"……"

"물론 북한인의 고용은 금지되어야 하고 북한계 세력도 운영위원회가 주관하여 소탕되어야 할 것입니다."

이남호가 힐끗 강 회장의 눈치를 보고는 어깨를 천천히 늘어뜨렸다.

"세부사항은 검토 하신 후에 곧 승인을 해주시기 바랍니다. 그리고……"

박정규가 머리를 들고 강 회장을 바라보았다.

"이것은 서류에 기재되지 않은 사항입니다만 중요한 문제인데, 이번의 사태에 책임을 져야 할 사람들이 있습니다. 이대로 유야무야 넘어가면 국민들이 납득하지 못할 것입니다."

"그, 국민 소리는 뺍시다."

이렇게 말을 뱉은 것은 이남호였다. 이제까지 눈치만 살피던 그가 버럭 소리치듯 말하자 폭발 일보 직전이었던 강 회장이 눈을 껌벅이며 그를 바라보았다. 이것은 그의 흥분상태가 반감되었다는 증거인데 이남호는 그것을 계산해서 그렇게 행동했던 것이다. 그가 내처 말했다.

"우리끼린데 솔직해집시다. 여론은 당신들이 만든 것이고 이번 사태는 미국과 일본의 압력에다 고려리아의 발전이 한국 정부에 이득이 없다는 계산에서 시작된 것이라는 걸 알 만한 사람은 다 압니다."

"아니, 이 실장님……."

눈을 치켜뜬 박정규가 그를 쏘아보았다.

"무슨 말을 그렇게……."

"그리고 그 계산이 지극히 근시안적이고 일방적이라는 것도 알 사람은 다 압니다."

얼굴이 시뻘겋게 달아오른 이남호가 주먹으로 테이블을 치자 생수병이 자빠졌다.

"우리는 목숨을 걸고 대륙을 개척했소. 지금도 고려리아를 지키려고 수많은 사람이 목숨을 내놓고 있단 말이오. 당신은 그 사람들을 매도하고 있는 거요."

"이봐라, 이 실장."

이제는 강 회장이 손을 뻗어 이남호의 어깨를 흔들었다. 얼굴이 지극히 난처한 표정이었다.

"너, 왜 이래? 그만해."

"뭐? 고려리아가 공산화된다고? 가보지도 않고 어떻게 그런 말을 한단 말이요? 미국 놈들이…… 일본 놈들이 그럽니까?"

이남호가 다시 소리치자 박정규가 자리를 차고 일어섰다.

"이런 건방진…… 아직 정신을 못차렸구먼."

"무엇이 어쩌고?"

이렇게 하고 버럭 소리친 것은 이제 강 회장이다.

"누구한테 하는 말버릇이야! 자리를 차고 일어나다니! 보이는 게 없단 말인가!"

그러자 이태준이 일어나 박정규의 어깨를 눌러 앉혔다. 그러나 강 회장의 분은 이제 마악 터져 오른 참이다.

"이제까지 수많은 정책이 만들어졌고 수많은 실패가 있었지만 책임을 진 정치인은 한 사람도 없었어. 이번에도 나는 어쩔 수 없이 정부정책에 따르겠지만 꼭 밝혀내고 말 거야. 이 일을 만든 주모자를 찾아내서 심판을 받도록 할 테다. 내 모든 것을 걸고."

그의 굵고 억눌린 목소리가 다시 이어졌다.

"고려그룹에서 희생양을 찾아내겠다면 차라리 나를 처벌하라고 대통령께 전해, 모두 내 책임이니까 목숨을 걸고 새 대륙을 개척한 내 직원들은 한 사람도 내놓을 수 없어."

그러자 박정규 대신 이태준이 머리를 들었다.

"고려직원은 아닙니다, 회장님. 그자는 민간인 신분이지만 고려의 지원을 받는 인물로, 예, 북한과의 교량역할을 하는 김상철이라고 하는 잡니다. 물론 알고 계시겠지요?"

돌아가는 차 안이다. 한동안 밤거리를 내다보던 강 회장이 머리를 돌렸다.

"김상철이한테 연락을 해. 곧 소환장이 보내질 테니 처신 조심하라고."

"알겠습니다."

이남호가 머리를 숙여 보였다.

"더구나 앞으로는 경비본부의 지원이 없을 테니 김상철이 힘들게 되겠습니다."

"할 수 없지, 그놈이 독자적으로 버텨가는 수밖에."

입맛을 다신 강 회장이 의자에 등을 기댔다.

"자네 생각엔 운영위원장으로 누가 보내질 것 같나?"

"소문으로는 장관급으로 친미성향이 있는 자가 임명될 것 같다고 들었습니다만."

"그런 놈이 어디 하나둘인가? 미국 박사만 해도 우리 그룹에 수백 명이야."

"유장석이와 번번이 부딪치겠다."

다시 차 안에 무거운 정적이 덮였다. 고려그룹은 오늘자로 정부에 항복한 셈이 된 것이다. 앞으로 고려리아는 정부에서 파견된 운영위원회에 의해서 운영된다고 해도 과언이 아니었다. 강 회장이 차 안의 정적을 깨뜨렸다.

"분하다. 일 년만 더 있었다면 고려리아의 기반이 단단해졌을 텐데……그렇게 되면 정부도 이렇게 하지 못했을 것이다."

그가 혼잣소리처럼 말을 이었다.

"한국에서 살기가 싫어졌다. 도무지 의욕이 일어나지 않아."

이남호가 강 회장을 바라보았다.

"회장님, 조금만 참으십시오. 기회를 기다리시면 꼭……."

"내 나이가 몇이냐? 내가 여유 있게 기다릴 나이냔 말이다."

"운영위원회에서도 현지 사정을 알면 곧 적응이 되리라고 생각합니다만."

그러자 강 회장이 머리를 돌렸다. 그는 고려리아가 공산화되지 않을 것이라는 확신이 있었다. 실제로도 고려리아에 정착한 친북 세력은 시간이 지날수록 이탈현상이 두드러졌다. 물론 성분의 흑백을 가진다면 붉은 색이 태반이어서 한국 정부나 미국을 긴장시킬 만했지만 말이다.

그러나 고려리아 행정부는 그들을 중화시킬 자신이 있었고 이주민의 호응도도 높았던 것이다. 이남호는 강 회장의 옆모습을 조심스럽게 바라보았다. 검버섯이 피어난 얼굴의 피부는 건조했고 깊은 주름이 패여 있었다. 이 사람은 위대하다. 갑자기 가슴이 메어져 왔으므로 그는 어금니를 물었다. 이 사람은 자신의 모든 것을 투자해서 새로운 한민족 국가를 건설하려고 했다. 이념을 초월한 한민족 대국을 건설하려는 그의 야망에 대부분의 고려인들은 공감하고 따른다. 만약 임차지 명칭을 고려리아가 아닌 대강민국이라고 했다면…… 그들은 더 큰 자부심을 가지고 호응하지 않았을까.

그 시간 평양. 창광 거리에 밀집된 고층 아파트들은 환하게 불을 밝히고 있었다. 창광 거리는 당과 군의 최고급 간부들만 모여 사는 지역으로 일반인들의 출입은 엄격히 통제되고 있다.

노동당 중앙위원회 건물이 바라보이는 어느 고층 아파트의 응접실 안이다. 안쪽의 상석에 앉아 날카로운 눈빛으로 좌우를 둘러보는 사내는 정무원 부총리 겸 노동당의 정치국원이며 대외연락부장인 하준일이었다. 노동당의 정치국원 10명 중의 하나인 그는 당 서열 4위로서 김정일 위원장의 최측근이었는데 고려리아에 대한 업무는 그의 소관이었다.

하준일이 앞쪽에 앉은 이금철을 향해 입을 열었다.

"고려그룹은 남조선 정부의 압력을 견디지 못할 것이다. 아마 곧 정부의 조건을 받아들이겠지."

그는 찌푸린 얼굴로 입맛을 다셨다.

"미국과 일본의 압력에 결국 한국 정부가 밀리고 말았어."

"고려리아의 행정위원회 간부들은 불만이 많았습니다. 남조선 정부를 공개적으로 비판하는 사람도 있었습니다."

이금철의 말을 옆자리에 앉아 있던 해외특수사업부 부장 안철현이 이었다.

"부총리 동지. 공식적으로 보낼 길이 끊긴다면 비공식으로 일꾼들을 보낼 수도 있지 않겠습니까? 일자리는 얼마든지 있다고 들었습니다만."

그러자 하준일이 이금철에게 물었다.

"이 대좌는 어떻게 생각하나? 지금 대기하고 있는 일꾼들만 5000명 가깝게 된다."

"당분간 보류하는 것이 낫다고 생각합니다, 부총리 동지. 지금은 상황이 좋지 않습니다."

"그렇겠지. 하지만 군에서 지원자를 뽑아놓고 무작정 기다리기도 난처하단 말이야."

그들은 다된 밥이 엎어진 기분이었다. 고려리아의 행정부는 김상철을 중개인으로 하여 북한 노동자를 받아들이기로 합의를 했고 1차로 보내질 3000명의 일꾼들은 이미 교육까지 마친 상태였다. 하준일이 다시 입을 열었다.

"남조선 언론들이 요즘 고려그룹의 비판을 줄이고 있는 걸 보면 고려는 이미 항복을 한 거야. 아마 곧 고려리아 행정부와 관리 체제가 바뀔 것이다."

이금철은 잠자코 그를 바라보았다. 당과 수령께 충성하겠다는 서약서를 써놓고 5만 명 가깝게 조선족을 고려리아로 보냈지만 그들의 태반이 전향해버린 상태였다. 자본주의의 물이 들어버린 것이다. 고려리아에서 당과 수령을 위해 일어나서 뭉치자고 한다면 지금은 미친 놈 소리를 듣는다. 핵심당원 수십 명만이 집회의 머릿수를 채우기 위해 동분서주하면서 보고서를 써 올렸고 그것을 읽는 하준일은 금방이라도 고려리아에 노동자 혁명이 일어날 것처럼 수령에게 보고했을 것이다.

"며칠 두고 보다가 결정을 하겠다. 그동안 이 대좌는 상황을 세밀하게 보고하도록."

"알겠습니다, 부총리 동지."

"남조선이 문제 삼는 것은 고려리아가 노동자의 국가가 된다는 것이다. 따라서 앞으로는 우리 측에 대한 경계가 강화될 것이야."

"잘 알고 있습니다."

"고려시에 거금을 들여 공사를 시작한 상황이다. 20만 명 가까운 우리 동포들이 이미 들어가 자리 잡고 있어. 고려리아는 이제 우리 공화국의 희망이야."

"……."

"수단과 방법을 가릴 것 없다. 우리 공화국이 대약진을 할 절호의 기회야, 다음번에는 이 대좌 당신도 위원장동지를 만나 위원장동지의 위대한 포부를 들을 수 있는 기회를 주겠다."

마피아와의 전쟁

장동택이 김상철의 저택에 찾아온 것은 이번이 처음이었다. 부하 두 명과 함께 현관으로 들어선 그는 이한의 안내를 받아 응접실로 들어섰다. 부하들은 대기실에서 기다리게 했으므로 그는 김상철과 둘이서 마주앉았다. 5월 하순으로 페치카의 불은 며칠 전부터 피우지 않는다. 넓은 방 안은 서늘했지만 견딜만했다.

"김 사장께 소환장이 왔습니다."

그가 대뜸 본론으로 들어갔다.

"아니, 소환장이라기보다 체포해서 본국으로 압송해오라는 명령이오."

"……"

"물론 예상하고 계셨겠지요?"

김상철이 잠자코 머리를 끄덕이자 그는 입맛을 다셨다.

"본부장님이 아침에 운영위원회에 불려가더니 지시를 받은 겁니다. 그 양반은 내가 김 사장님을 체포해올 줄 알고 있어요."

"앞으로 경비본부와 나하고는 적대관계가 되겠군요."

김상철의 말에 장동택이 쓴웃음을 지었다.

"안 가신다면 그렇게 되겠지요."

한동안 둘은 입을 다물고 딴전을 피웠다. 고려리아에 운영위원회 위원들이 도착한 것은 사흘 전이었고 경비본부의 박종용 본부장 이하 이상훈 부장 등 간부급 20여 명이 본국으로 소환되고 새 간부진으로 바뀐 것은 그보다. 일주일이 빨랐다. 한국 정부는 미리 준비하고 있었던 모양으로 강 회장과의 회담이 끝난 이틀 후에 운영위원회의 위원들을 전격적으로 고려리아에 보냈다. 이인숙이 녹차 잔을 들고 와 그들 앞에 내려놓고 나갔다.

"운영위원장이 강경합니다. 청와대 안보수석이 추천한 인물이라는데 어제도 유 위원장과 마찰이 있었던 모양이오."

녹차 잔을 든 장동택이 소파에 등을 기댔다.

"간부급으로는 나 혼자 남았는데 나도 곧 소환될 겁니다. 원체 내가 대북관계를 많이 알고 있어서 당분간은 어쩔 수 없이 이용하겠지만."

김상철은 그가 이상훈의 심복으로 자신에게 호의적이라는 것을 안다. 그는 이미 본국 소환을 각오하고 있는 만큼 자신을 체포해갈 생각은 없는 것이다.

"내가 체포되면 형편이 나아질까요?"

김상철이 묻자 장동택이 찻잔을 입에서 떼었다.

"무슨 형편 말입니까?"

"고려리아 말입니다."

"나아질 리가 있나? 당장에 난장판이 될 텐데."

그는 이제 세차게 혀를 찼다.

"까놓고 말하겠는데 운영위원회와 본부장은 김 사장 대신으로 일할 사람을 찾고 있어요. 그것 때문에 어제 유 위원장과 전창남 사이에 말다

틈이 있었습니다."

전창남은 운영위원장의 이름이다. 국책연구소의 소장을 지냈다는 것이 그의 이력의 전부였는데 그가 안보수석 박정규의 인맥이라는 것은 모두 알고 있었다.

"어쨌든 오늘부터 조심해야 됩니다. 본부장의 심복들 중에서 공명심으로 날뛰는 놈들이 있을 테니까. 물론 김 사장님의 힘을 아니까 무력을 쓰지는 않겠지만 방심했다가는 끝장이오."

찻잔을 내려놓은 장동택이 그를 바라보았다.

"참, 북한 측의 반응은 어떻습니까? 이번에 3000명 고용이 보류되어서 실망이 클 텐데."

"반응이 없어요. 이쪽 상황을 잘 알고 있을 테니까 우리한테 항의해도 소용이 없다고 생각했겠지요."

머리를 끄덕인 장동택이 자리에서 일어섰다.

"심 과장이 안부 전합디다. 몸조심 하시라고. 그 양반도 아슬아슬하게 칼날을 피해 갔어요. 고려리아 일에 손을 뗀 지 얼마 안 되었단 말입니다."

어깨를 늘어뜨린 장동택이 따라 나오는 그를 말렸다.

"체포하러 온 사람을 배웅하는 건 모양이 좋지 않습니다. 부하들도 있어서…… 그만 됐습니다."

다음 날 저녁, 김상철이 마악 저녁을 마치고 응접실에 들어섰을 때 그레고리가 따라 들어왔다. 서둘러 온 모양으로 호흡이 거칠다.

"보스, 하바롭스크에서 문제가 생겼습니다. 수송단 트럭 40대의 엔진이 부서졌단 말입니다."

그는 소파에 털썩 주저앉았다.

"마피아가 화염병을 던진 거요."

"화물은 어때?"

긴장한 김상철이 묻자 그가 머리를 저었다.

"화물은 반쯤 소실되었고 컨테이너 트럭 40대는 당분간 움직일 수 없게 되었습니다."

"이런 빌어먹을."

어금니를 문 김상철이 그레고리를 노려보았다. 파벨이 고려리아의 상황을 모를 리가 없다. 고려리아 행정부와 김상철이 곤경에 처해 있는 지금이야말로 절호의 찬스라고 생각했는지도 모른다.

"보스, 이대로 당하고 있을 수만은 없지 않습니까? 더구나 화물은 고려의 자재들이오."

그레고리가 다그치듯 말했다.

"그루진스키의 가게를 부숩시다. 우리가 당한 만큼만 태웁시다."

그때 전화벨이 울렸으므로 김상철은 수화기를 들었다.

"김 사장, 나야."

이대각의 목소리였다.

"자네, 하바롭스크의 수송단 화재 사건 들었나?"

"지금 들었습니다."

"조금 전에 이곳으로 파벨의 변호사라는 자가 전화를 해왔어. 운영위원회로 말이야."

"운영위원회로 말입니까?"

"그래. 수송단의 안전을 보장 받으려면 파벨과 계약을 해야 하지 않겠느냐고 했다는 거야. 이건 완전한 협박인데."

"……"

"그런데 그 빌어먹을 운영위원장 놈이 솔깃한 모양이야. 그놈들한테 맡기면 사고가 없을 게 아니냐고 나한테 묻더구먼."

이대각의 말투가 점점 격앙되어 갔다.

"그래서 그 개자식한테 그럴 것 없이 파벨을 운영위원회 위원자리에 앉히라고 쏘아주고 나왔는데, 이거 야단났다. 잘못하면 고려리아가 큰일 나겠어."

"그렇게 될 가능성이 있습니까? 파벨이 운송업을 맡을……."

"네 지분을 파벨한테 주는 것이니까 고려리아는 마찬가지 아니냐고 한다. 너는 곧 잡혀 갈 몸이라면서."

"……."

"우리 위원장도 물론 결사반대다. 하지만 설득력이 없어."

"잘 알았습니다."

"기운을 내. 내가 자리를 걸고 밀어줄 테니까."

"고맙습니다."

수화기를 내려놓은 김상철이 그레고리를 바라보았다. 한국말로 대화를 나눈 참이라 그레고리가 눈을 껌벅이며 그의 시선을 받았다.

새벽 3시가 되자 휘황했던 유흥업소의 네온사인도 거의 꺼졌고 거리에는 인적이 드물었다. 대기는 언제나 맑아서 개인 날에는 거리의 불빛이 수그러지면 하늘의 별빛이 선명했는데 오늘 같은 날이 바로 그랬다. 요즘은 고려리아에도 차량이 늘어 교통사고도 심심치 않게 일어난다. 그러나 지금은 차량의 통행도 끊긴 깊은 밤이다. 경비소의 순찰차량 한 대가 느린 속도로 동쪽 길을 달려오더니 모퉁이를 돌아 사라지자 거리는 더욱 깊은 적막에 싸였다. 겨울의 이맘때면 대기가 얼어붙어 사각거리는 소리가 귀를 울렸지만 지금은 5월 하순으로 대기는 부드러웠다.

길가의 좁은 골목길 안이다. 텅 비어 있는 것 같았던 골목의 양쪽 담가에서 갑자기 그림자 서너 개가 흔들리더니 곧 사내들의 형체가 드러났다. 모두 손에 긴 총신의 총을 들고 있었는데 얼굴은 모두 동양인이다. 앞장을 선 사람은 김상철이었다. 그들은 골목을 나와 순식간에 대로변에 있는 레닌 클럽의 입구에 섰다. 육중한 나무문이 굳게 닫혀 있었으므로 사내 하나가 앞으로 나서더니 문의 중심부를 향해 기관총을 겨누었다. 소음기를 끼워놓아서 억눌린 듯한 연속발사음이 거리를 울렸다. 사내가 발길질을 하자 문이 활짝 열렸다. 사내들은 한 덩어리가 되어 클럽 안으로 뛰어 들어갔다.

그루진스키가 침대에서 몸을 굴려 일어났을 때는 이미 뒤채에까지 사내들이 몰려온 다음이다. 요란한 총성에 놀라 잠에서 깬 그가 벌거벗은 하반신에 바지를 겨우 끼었을 때 복도를 달려오는 발자국 소리가 들렸다. 그는 한달음에 서랍 위의 권총을 움켜쥐었다. 같이 자던 여자는 소리도 지르지 못하고 벌거벗은 상반신을 시트로 가린 채 웅크리고 앉아 있었다. '꽝' 소리와 함께 문이 열리자 그루진스키는 문 쪽을 향해 루가의 방아쇠를 당겼다. 요란한 총성이 서너 발 울리고 나서야 그는 자신이 빈 공간을 향해 총을 쏘았다는 것을 알았다.

그 순간이다. 방 안으로 무언가 무거운 것이 떨어졌고 그것이 데굴데굴 발 앞으로 굴러왔다. 수류탄이다. 그가 번쩍 상체를 세우면서 뒤로 물러나는 순간 흰 섬광과 함께 폭음을 들었다. 그것으로 끝이다.

방으로 들어와 그루진스키와 여자의 시체를 확인한 김상철은 잠자코 몸을 돌렸다. 앞쪽의 레닌 클럽에서는 마악 화광이 치솟고 있는 중이었다. 그 시간에 그레고리는 붙잡혀 온 그루진스키의 부하 세 명을 바라보고 있었다. 이쪽은 레닌 클럽에서 300미터쯤 떨어진 러시아 클럽의 뒷마당이다. 이미 클럽은 화염에 싸여있었고 마피아 다섯 명을 처치한 후이다.

"대장, 갑시다."

부하 한 명이 뒤에서 재촉을 했다. 그러자 그레고리는 나란히 서 있는 세 사내를 향해 기관총을 겨누었다. 사내들은 미처 놀랄 겨를도 없이 빗발같이 쏟아진 총탄을 맞고 금방 시체가 되었다.

다음 날 아침, 행정위원장 유장석의 방에는 운영위원장 전창남이 찾아와 둘은 마주보고 앉아 있었다. 전창남은 50대 초반으로 배가 나온 비대한 체격에 혈색이 좋았다. 그는 살이 쪄서 둥근 얼굴을 쳐들고 유장석을 바라보고 있었는데 긴장한 표정이었다.

"사상자가 50여 명이나 되다니, 이건 전쟁 아니오? 도대체 이런 일이 왜……."

"앞으로도 계속될 거요. 아니 이보다 더 심해질 거요, 마피아가 당하고 있지는 않을 테니까 고려리아로 쏟아져 들어오겠지."

유장석이 의자에 편하게 몸을 기댔다.

"하지만 김상철도 만만치 않아요. 중무장한 병력이 500명 가깝게 되니까, 그가 마음만 먹으면 고려리아를 점령할 수도 있어요."

"아니, 무슨 말씀을 하시는 거요? 경비 본부에는 허수아비만 있답니까? 경비대원이 3000명이 넘는데."

"우리는 러시아와의 협정 때문에 경비용 소화기밖에 가질 수 없지만 김상철은 러시아에서 구입한 로켓포에 갖가지 화기를 갖췄단 말이오. 더욱이 무장 강도단을 휘하에 두고 있어서 막강한 세력이오."

그러자 전창남이 혀를 찼다. 김상철의 새벽 공격은 철저했다. 십여 군데에 이르는 마피아 영업장은 한 곳도 빠짐없이 불에 타 파괴되었고 그루진스키를 포함한 조직원 50여 명이 죽거나 다친 것이다. 나머지 조직원들은 통제 불능 상태가 되어 타운을 빠져나갔거나 민가 깊숙한 곳에 숨어 있을 것이다. 전창남이 그를 바라보았다.

"전쟁이 일어날 것 같습니까?"

"일어납니다. 이미 시작되었으니 우리 힘으로도 막을 수가 없습니다."

"우리가 김상철이를 잡으면 어떻겠습니까? 그러면 그쪽은 상대를 잃었으니 물러나지 않을까? 어쨌든 전쟁을 피하려고 하는 말이오."

"글쎄, 만일 실패한다면 어떻게 될 것 같소? 우리가 몰살당하지 않을까?"

"당신은 살려주겠지. 당신과 김상철과는 각별한 사이라고 들었습니다."

"그럴까? 그러면 나는 살리고 당신을 죽이겠군."

전창남이 혀를 찼다.

"대국을 생각하시오, 유 위원장님. 사사로운 정으로 일을 망치지 마시고."

"그렇다면 당신이 이 일을 맡으시오. 난 손을 떼고 귀국할 테니까. 난 이미 능력이 없다고 말했소."

"나, 이거야 원."

"당신이 운영위원장이니 경비본부와 알아서 처리해요. 난 빠지겠소."

"무슨 그렇게 무책임한 말을……."

"마피아가 고려리아를 장악하게 될 것 같다고 서울에 알리는 게 낫지 않을까요? 이미 당신은 대아운송의 김상철이 지분을 마피아에게 주는 것이 낫다고 주장한 참이니까."

찡그린 표정의 전창남을 향해 유장석이 덮어씌우듯 말했다.

"마피아냐 김상철이냐를 우리도 빨리 결정해야 합니다. 그러지 않았다가는 이긴 쪽이 우리를 다음 순서로 삼을 테니까."

"……."

"잘 아시겠지만 김상철에게는 응원군이 있소. 바로 북한 조직이오."

전창남이 퍼뜩 눈을 치켜떴으나 입을 열지는 않았다. 유장석이 말을 이었다.

"300명 가깝게 되는데 그자들도 정예요. 대부분이 군대에서 뽑혀온 자들이죠."

"……."

"남북연합군이지. 당신은 상상도 하지 못할 일들이 일어나는 곳이요, 이곳은."

"잘 쳤소. 이 선생."

이한에게 말한 것은 최태호이다. 그는 얼굴 가득히 웃음을 띠우고 있었다.

"속이 다 시원해. 로스케놈들을 철저하게 까부쉈더구먼."

그들은 금강산 클럽의 텅빈 홀에 앉아 있었다. 오전 10시가 조금 지났을 뿐이지만 새벽의 사건을 모르는 타운 주민은 없다. 이한이 입을 열었다.

"이제는 경비본부가 비협조적이라 우리도 경계하고 있습니다. 사장님께서는 이쪽도 주의하라고 하셨습니다."

"알고 있어요, 그쪽 사정도."

최태호가 시원스럽게 말했다.

"우리도 아침 일찍 회의를 했소. 그런데 모두가 그러더구먼, 김 사장이 머리를 잘 썼다고."

"……."

"그, 운영위원회인지 뭔지 하는 놈들한테 고려리아의 실상을 잘 보여준 거요. 아마 지금쯤 그놈들은 골머리를 싸쥐고 있을 거야. 김 사장을 잡으려니 마피아가 걸리고, 김 사장 편을 들 수도 없고 해서 말이야."

"사장님은 조만간에 다시 잔당을 소탕할 계획입니다."

이한의 말에 그가 눈을 크게 떴다.

"뿌리까지 뽑을 모양이군, 김 사장님은."

"그래서 말씀인데요."

의자를 당겨 다가앉은 이한이 그를 바라보았다.

"이북 쪽에서 놈들한테 그 정보를 흘려주셨으면 해서요, 이건 사장님의 부탁입니다."

"우리가 정보를 흘리다니? 그게 무슨 뜻이오?"

"미리 그자들이 타운을 떠나도록 하려는 겁니다. 더 이상의 살상은 피하려고."

"뒷정리를 우리한테 맡기려는 것이군."

"북한은 이제까지 그들과 사이가 괜찮았지 않습니까? 그래서 안면도 많으실 것이고."

"사이가 괜찮다니, 그저 소 닭 보듯 지낸 사인데."

그렇게 말했지만 최태호는 머리를 끄덕였다.

"위원장께 말씀드리겠소. 마피아 잔당에게 짐을 챙겨서 타운을 떠나라고 하라는 말 아니오?"

"그렇습니다. 떠나는 자는 내버려두겠지만 오늘밤 이후로 발견된 자는 가차 없이 없애버릴 작정이니까요."

"마피아의 씨를 말릴 생각이신 모양인데, 파벨이 가만있을까?"

"글쎄요. 그건 이후의 일이고 사장님도 예상하고 계실 테니까."

"알겠소. 위원장도 허락하실 거요."

"그놈들한테 생색을 내실 기회지요."

그러자 최태호가 쓴웃음을 지었다.

"글쎄, 그자들도 어린애가 아닌데 그렇게 생각할까?"

저녁을 마친 강 회장 일가는 응접실에 모여 앉아 있었다. 식사를 마치면 제각기 흩어지는 것이 보통이었는데 오늘은 강 회장이 불러 모은 것이다. 따라서 강재원과 강미현은 긴장해 있었고 강용식 회장도 내색은 하지 않았으나 자주 강 회장 눈치를 보았다. 그들에게 지난 한 달간은 악몽이었다. 고려그룹 창업 이후 이토록 철저하게 정부와 국민으로부터 질타와 배척을 받은 일이 없었던 것이다. 그것이 강 회장의 항복으로 수습이 되었지만 이제 고려리아의 실질적인 경영자는 한국 정부이다. 강미현은 조그맣게 기침을 하고는 자리를 고쳐 앉았다. 이렇게 가족이 모여 앉은 것도 오랜만이었던 것이다. 그러자 시치미를 뗀 얼굴로 앉아 있던 강 회장이 입을 열었다.

"김상철이가 일을 저질렀다."

강용식은 잠자코 있었으나 강재원과 강미현이 서로 얼굴을 마주보았다.

"오늘 새벽에 마피아를 공격해서 50여 명을 죽이고 가게들을 모두 불태웠다."

강미현은 할아버지가 전공을 발표하는 것같이 느껴졌다. 그만큼 강 회장의 표정이 밝아지고 있었던 것이다. 그가 말을 이었다.

"그리고 오늘밤 안으로 잔당들이 보따리 싸들고 나가지 않으면 몰살을 시키겠다고 통보를 한 모양이여."

강용식이 머리를 들었다가 강 회장이 말을 계속하려는 것을 보고는 잠자코 기다렸다. 그는 사건을 알고 있는 눈치 같았다.

"운영위원장이 오늘 아침에 어마 뜨거라 하고는 서울에다 연락을 했어. 고려리아에서 곧 전쟁이 일어날 것 같다고 말이다. 마피아가 쳐들어오기 전에 김상철이를 잡으면 어떻겠느냐고 했다는 거다."

"……"

"그러면 목표를 잃은 마피아가 전쟁을 일으키지는 않을 것 아니냐고."

강 회장이 이를 드러내며 웃었다.

"그 책상물림의 전아무개란 놈한테로 오후에 정부에서 연락이 갔어. 김상철이를 내버려 두라고, 이를 테면 인정 한다는 소리다."

강용식이 입을 열었다.

"정부에서 현실을 감지하기 시작하는 모양이군요, 아버님."

"그렇다. 김상철이를 몰아내고 마피아와 북한, 그리고 삼합회의 세상이 될 바에는 김상철이가 있는 것이 낫다고 느끼게 된 것이다."

"다행입니다, 아버님."

"생각지도 않았던 곳에서 길이 뚫린 것 같다. 고려리아가 혼란 상태에 빠질수록 김상철이의 가치가 돋보인다는 것을 나도 미처 생각 못했다."

"하지만 마피아가 보복을 해올 텐데요."

"이미 그놈들하고의 전쟁은 시작된 것이나 마찬가지야. 그놈들은 김상철이가 하바롭스크에 갔을 때 암살하려고까지 했어."

그가 굵은 목소리로 말을 이었다.

"대아운송은 당분간 러시아 영토의 운행은 중지 해야겠지만 그 대가로 고려리아의 마피아는 철저히 소탕당하고 고려시의 진출도 어려워 질 테니까."

강 회장이 의자에 등을 기대고 앉아 어깨를 폈다. 모처럼 여유 있는 모습이다.

"왜냐하면 김상철이는 북한 조직의 지원을 받고 있어. 남북한이 뭉치면 당할 자는 아무도 없다."

"그렇다면 할아버지……."

벼르고 있던 강미현이 마침내 입을 열었다.

"김상철 씨의 소환은 어떻게 되지요? 취소되었나요?"

"아니다. 그냥 보류되었을 뿐이지."

그러면서 강 회장이 자리를 고쳐 앉았다.

"그래서 말인데, 내가 너희들을 부른 것은……."

그의 시선이 강용식에게 머물렀다.

"미현이하고 김상철이 문제를 이야기하려고…… 너도 대충은 알지?"

"압니다, 아버님."

"나는 조금 더 두고 볼 생각이었다만 요즘은 마음이 조급해져서 말이야. 그래서 이번에 미현이하고 김상철이를 약혼시키려고 하는데 네 생각은 어떠냐?"

"이번에 말씀입니까?"

"그래, 상황이 대단히 나쁜 지금이 오히려 기회일 것 같다는 생각도 들고."

"……."

"내 의지를 보여주는 것이다. 한국 정부에나 김상철이한테도. 무슨 말인지 이해할 수 있겠느냐?"

"예, 하지만 상황이 이래서 김상철이가 자리를 비울 수도 없을 텐데요."

"우리가 미현이를 데리고 그곳에 다녀오면 된다. 마피아는 우리 가족을 건드리지는 않을 테니까."

강미현은 아무한테도 시선을 주지 않은 채 잠자코 주고받는 이야기를 들었다. 물론 그녀도 강 회장의 마음을 읽을 수 있었다. 한국 정부는 김상철을 고려의 일을 받아 하는 하청 업자로 취급했던 것이다. 그들은 고려리아 내부조직의 복잡한 역학관계를 한국의 폭력조직처럼 가볍게 생각한 실수를 저질렀다. 강 회장이 강미현에게로 머리를 돌렸다.

"미현이, 네 생각은 어떠냐?"

모든 시선이 자신에게로 몰리자 강미현은 볼을 조금 붉혔다.

"말씀하신 대로 하겠어요."

이것은 한국 정부에 대한 강 회장의 또 다른 도전이다. 고려리아의 골격을 만드는 것이 고려그룹이었고 이제 그것이 운영위원회에 의해서 통제를 받지만 내부의 김상철까지 다스릴 수는 없는 것이다. 강 회장이 만족한 얼굴로 머리를 끄덕였다.

"그럼, 내달 초에 떠나기로 한다. 그렇게 알고 있도록."

그의 기색을 살핀 가족들도 밝아진 마음으로 자리에서 일어섰다. 오랜만의 가족회의가 끝난 것이다.

"난 이혼한 지 3년 됐습니다."

박기동이 이인숙 앞으로 한 걸음 다가섰다. 저택 아래층의 구석에 위치한 창고 안이다. 부식을 내오려고 들어선 이인숙을 박기동이 따라온 것이다.

"물론 내 소문이 조금 나쁘게 난 것은 압니다. 하지만 사귀고보면 괜찮은 사람입니다."

바구니를 내려놓은 이인숙이 그에게로 돌아섰다. 차가운 표정이다.

"제발 그만 좀 하세요, 사람들 보기에 부끄럽지도 않으세요? 이게 뭐예요? 도대체."

그녀의 목소리가 높아졌으므로 박기동이 힐끗 문 쪽을 바라보았다.

"여자가 필요하면 타운에 얼마든지 있지 않습니까? 돈도 많으실 테니까 그곳으로 가세요."

"아니, 이인숙 씨. 나를 어떻게 보고……."

"사기꾼으로 봅니다."

박기동의 얼굴이 금방 붉어졌다.

"내가 누구한테…… 그 증거가 있소?"

"들었어요. 여러 사람한테서."

다시 몸을 돌린 이인숙이 바구니에 통조림을 담았다.

"자꾸 이러시면 김 사장님께 말씀드리겠어요. 난 박 사장님과는 그냥 좋은 관계로 지내고 싶습니다."

"그렇게 내가 싫다면 하는 수 없지."

그러면서도 박기동은 창고를 나가지 않았다.

"나는 한국으로 돌아갈 생각도 없는 놈이라 이곳에서 정착하고 싶었던 거요."

"……."

"이혼했다고 아까 말했지만 실상은 마누라한테 쫓겨난 거요. 회사가 부도났을 때."

"……."

"애가 하나 있는데 지금 열 살이지. 지금 마누라가 데리고 삽니다."

"……."

"내가 조금 경솔하고 돈을 밝히지만 사업하는 재주는 있습니다. 정도 많고…… 다른 사람은 몰라도 김 사장님은 날 알아줍니다. 알고 계시겠지만."

부식을 담은 바구니를 그녀가 힘겹게 들어 올리자 박기동이 다가와 바구니를 빼앗듯이 들었다.

"지금 당장 뭘 어떻게 하자는 건 아닙니다. 우리가 20대 청춘도 아니고, 그저 서로 말동무나 하면서 위로를……."

"그 바구니, 주방에 갖다놔 주세요."

이인숙이 문을 열면서 말했다.

"멀찍이 떨어져 오세요. 남보기 창피하니까."

주방에 바구니를 가져다놓은 박기동이 복도로 나왔을 때 사내 하나가

다가왔다. 저택 경비원인 조선족이다.

"이보쇼, 박 사장님, 한참 찾았수다. 사장님이 부르시니까 빨랑 가보시오."

놀란 박기동이 서둘러 계단을 올라 2층의 응접실에 들어섰다. 그러자 응접실의 소파에 앉아 있던 사람들이 일제히 그에게로 시선을 주었다. 김상철의 주위에 장인규와 송길수가 앉아 있었다.

회의 중인 모양이었다.

"부르셨습니까?"

박기동이 조심스럽게 묻자 김상철이 앞쪽의 빈자리를 턱으로 가리켰다.

"오늘 아침에 이금철과 합의를 했는데……."

자리에 앉은 박기동을 향해 김상철이 던지듯 말했다.

"우선 1500명을 받아들이기로 했어, 물론 밀입국이야. 고려리아 정부는 그들에게 허가증을 발급할 사정이 안 돼."

잠자코 머리를 끄덕이는 박기동을 향해 그가 말을 이었다.

"하지만 이대각 부위원장이 1000명을 데려가기로 했으니 나머지 500명은 우리가 맡는다. 우리도 인력이 모자라는 판이니까."

"예, 그럼, 제가……."

"이번에도 당신이 수고해야 겠어. 소문이 안 나도록 비밀리에 블라디보스토크에 가서 그들을 데려오도록."

"블라디보스토크에서 말입니까?"

"그래, 북한쪽이 블라디보스토크까지는 책임지기로 했으니까. 거기서부터는 우리 책임이야."

"……."

"국경에서 그레고리가 보낸 컨테이너 트럭이 대기하고 있을 것이다.

1500백 명을 싣고 오려면 50대 정도가 움직여야 될 거야."

"예, 그 정도는 있어야……."

"경비본부에 발각되면 전원 추방에 내 입장이 상당히 곤란해진다는 건 알고 있겠지?"

김상철의 시선을 받은 박기동이 잠자코 머리를 끄덕였다. 이제는 경비본부장 이하 간부급 요원들이 모두 바뀌어져 있는 것이다. 그들은 행정위원장인 유장석이 직접 지시를 하더라도 운영위원장 전창남의 확인을 받고나서야 움직인다. 박기동의 굳어진 얼굴을 보자 김상철이 얼굴에 웃음을 띠었다.

"걱정할 건 없어. 당신은 이곳에서 추방되면 북한이라도 갈 수가 있을 테니까. 요즘 그쪽과 사이가 좋아졌지 않아?"

농담이었지만 섬뜩한 기분이 들었으므로 그는 대꾸하지 않았다.

삼합회의 대형으로 고려리아에 새로 파견된 사람은 홍기천이라는 40대 후반의 사내였다. 진대원을 제거시킨 삼합회의 회주 방선휘는 이번에는 간부 중에서 노련한 인물을 뽑아 보낸 것이다.

홍기천은 본래 남경 출신으로 상하이에서 밀수조직을 장악하고 있다가 이번에 고려리아로 진출했는데 성격이 교활하고 잔인했다. 그러나 부하들의 관리능력이 뛰어나서 재주 있는 심복이 많다.

어두워지기 시작하는 저녁 무렵, 중국인 거리 깊숙한 곳에 위치한 마작방의 내실 안이다. 홍기천은 두 명의 부하와 함께 술을 마시는 중이었다. 그는 반백이 된 머리칼을 단정히 빗어 넘겼고 움푹 패인 두 눈과 마른 얼굴은 병자같이 보이는 인상이다.

"김상철, 그 어린놈을 우습게 보았는데 제법이다. 마피아와 전면전을 일으키면서 단숨에 궁지에서 벗어났어."

그가 얼굴에 쓴웃음을 지었다.

"하지만 그것도 잠깐이야. 곧 파벨이 치고 나올 텐데……. 김상철은 힘든 싸움을 하게 될 것이다."

그는 앞에 앉은 양필성과 한태를 바라보았다.

"내가 파벨이라면 고려리아의 수송단을 칠 것이다. 대아운송은 고려리아 밖으로 나오지 않을 테니 대신 고려의 수송단을 치는 거야."

"고려와 마피아는 이미 계약을 맺었습니다. 김상철이 때문에 마피아가 계약을 깨뜨릴까요?"

양필성이 조심스럽게 묻자 그가 머리를 저었다.

"이런 상황에서 계약은 따지지 않을 것이다. 그리고 김상철이가 고려리아 행정부의 대리인이라는 것은 누구나 알고 있는 사실이니까."

"……."

"이번 사건은 고려리아 사상 최대의 수난사가 될 가능성이 있어. 수송로가 막혀 물자공급이 중단된 고려리아는 공황상태가 될 테니까. 지난겨울에 있었던 생필품 폭동사건은 이것에 비한다면 아무것도 아닌 상태가 될 것이다."

"……."

"결국 고려는 마피아와 협상하게 되겠지. 김상철이는 제물이 될 것이고…… 마피아의 저력을 당할 수는 없어."

"그렇다면 생필품을 확보해두는 것이 낫지 않겠습니까?"

이번에는 한태가 물었다. 그는 홍기천이 상하이에서 데려온 심복중의 하나이다.

"주민들에게 최소한 석 달분의 식량을 쌓아두라고 해라. 그리고 물건이 귀해진다고 폭리를 취하면 안 돼. 지난번에는 그것이 결정적인 실수였고 토벌당할 명분을 주었다. 미련한 짓이었어."

지금까지 삼합회는 눈에 띄는 행동을 삼갔을 뿐더러 중국계 주민들한테 위압적인 처신을 한 적도 없었다. 그저 있는 듯 없는 듯한 처신을 보이면서 홍기천은 조직 관리에 심혈을 기울였던 것이다. 한태가 헛기침을 했다. 30대 후반으로 당당한 체격에 각진 얼굴의 사내였다.

"대형, 북한이 김상철에게 붙었습니다. 지금은 부하들끼리 서로 왕래하고 있어서 한 식구처럼 보입니다. 양쪽이 연합해 있다면 문제가 될 것 같은데요."

홍기천이 머리를 끄덕였다.

"그렇지, 남북한이 연합하면 우리와 마피아가 합해야 겨우 상대가 될 것이다. 하지만 걱정할 것은 없다. 일시적인 제휴이지 남북한 연합은 안 된다."

"……."

"내가 조선족 근성을 잘 안다. 근세에 들어서 같은 동족끼리 전쟁을 치른 나라는 조선족뿐이야. 이번에도 북한은 고려리아를 먹을 작정이고 고려리아도 북한의 속셈을 모르고 있지는 않아."

수화기를 들자 강미현의 목소리가 흘러나왔.
"저예요. 바쁘신데 전화한 것 아녜요?"
"아니, 그렇지 않아."
김상철이 의자에 고쳐 앉았다.
"그렇지 않아도 전화하려고 했는데."
"그쪽이 그렇게 위험해요?"
"내 약혼자한테는……."

강미현이 잠시 말을 멈추었다. 어제 강 회장은 5월 중순에 고려리아로 올 것이며 그때 강미현과의 약혼식을 할 테니 준비하라는 전화를 해왔던 것이다. 그는 이곳이 위험하다는 김상철의 말에도 아랑곳하지 않았다.

"할아버지는 곧 사람들을 그쪽으로 보내실 거예요. 미리 준비하려고."

김상철이 입맛을 다셨다. 강 회장의 고집을 이제 알 만큼은 안다.

"그렇게 무리 하지 않으셔도 되는데……."

"할아버지는 오랜만에 밝아지셨어요. 길이 뚫린 것 같다면서."

"……."

"나도 이제 조금 안정이 되고……."

그녀의 목소리도 밝았다. 강 회장이 무리를 해서 약혼식을 서두르는 이유를 알 것 같았으므로 김상철이 소리 죽여 숨을 내려쉬었다. 한국은 말할 것도 없고 가까운 러시아나 일본으로도 자신은 움직일 수가 없는 몸이다. 암살자의 표적이 될 가능성이 많았고 그리고 한국 정부의 기관원에 의해 연행될 수도 있다.

강 회장은 자신에게 힘을 실어주려는 의도인 것이다. 그리고 자신을 신뢰하고 있다는 증거로 강미현과 약혼을 치르려는 것이다. 강 회장이 고려리아의 상황을 모를 리 없다. 강미현이 적의 새로운 표적이 되리라는 것도 모를 사람이 아니었다. 김상철은 이제 강 회장이 품고 있는 집념을 피부로 느끼고 있었다. 그는 운영위원회에 의해서 허수아비가 되어 있는 행정위원회 대신으로 자신에게 기대를 걸고 있는 것이다. 그리고 강미현은 김상철에 대한 그의 신뢰의 표시이자 담보의 역할도 할 것이었다. 이윽고 그가 입을 열었다.

"미현 씨, 할아버지가 이런 상황에서 약혼을 서두시는 이유를 알아?"

"내가 모를 것 같아요?"

여전히 그녀의 목소리는 밝다.

"상철 씨를 믿고 있다는 증거이고, 또……."

"……."

"자신의 손녀를 희생시켜서라도 고려리아는 꼭 발전시키겠다는 의지의 표현."

"……."

"또 하나 있다면……. 이것이 첫 번째 이유인지도 모르겠는데, 할아버지가 요즘 초조해하세요. 이 실장이 아버지한테 말했다는데 살면 앞으로 몇 년을 더 살 것 같냐고 말씀하셨다고 해요."

"여긴 곧 전쟁이 일어나, 미현 씨."

"나도 알고 있어요."

"한두 달 동안이 될지 어쩔지 알 수 없지만 그때까지 만이라도 기다렸으면 해. 유 위원장도 회장님께 얼마 동안만 보류해 주십사하고 연락을 드린다고 했어."

"알겠어요. 할아버지도 그렇게 억지를 쓰시지는 않을 테니까."

시원스럽게 말한 강미현이 목소리를 낮추었다.

"우린 우리 이야기는 젖혀두고 이유와 상황, 희생 같은 이야기만 했는데, 왜 이렇게 삭막해요?"

"미안해. 분위기가 이래서."

"당신을 사랑해요."

"당신은 좋은 여자야."

"그 표현이 낫네, 낯 간지럽지도 않고."

강미현이 목 안을 울리며 낮게 웃었다.

"몸조심하세요, 상철 씨. 날 위해서라도."

통화를 마친 김상철은 한동안 자리에서 움직이지 않았다.

하바롭스크의 고려운송 터미널은 아무르 강변에 위치해 있어서 밤이면 강바람을 정면으로 받는다. 겨울에는 감히 바람을 맞을 엄두도 못 냈지만 조일문 대리는 창문을 열고 강바람을 맞았다. 6월 초여서 짧은 여름이 곧 다가올 것이다. 습기가 조금 섞인 강바람이 부드럽게 그의 피부를 스치고 지나갔다. 대아운송의 트럭이 국경을 넘어오지 않은지 일주일이 되는 날이다. 따라서 화물량이 40% 가량 늘어나 있었지만 겨우 편법을 써서 소화시키고 있었다. 고려가 화물을 국경 안에서 기다리는 대아운송의 트럭에 전달해주는 방법이다. 자리에 돌아온 조일문은 벽시계를 올려다보았다. 밤 11시가 되어가는 중이었고 사무실에는 당직인 그 혼자뿐이었다. 책상 위의 컴퓨터를 두드려 창고의 재고를 확인하던 그는 갑자기 울리는 폭음에 놀라 자리에서 일어섰다. 그러자 폭음이 연속적으로 났고 총소리도 섞여 들렸다. 창문으로 달려간 조일문은 트럭에 불길이 솟아오르는 것을 보았다. 넓은 주차장에 10여 대씩 나란히 세워진 트럭의 이곳저곳에서 잇달아 폭음과 함께 불기둥이 치솟고 있다. 그리고 불길 속으로 이리저리 뛰어다니는 사내들도 보였다.

"이런 빌어먹을."

눈이 뒤집힌 조일문은 몸을 돌려 달려 나갔다. 그러나 곧 문을 열고 다시 들어오더니 캐비닛을 열어젖혔다. 경비용으로 보관된 리볼버는 위쪽 서랍 위에 놓여 있었다. 그러는 동안에도 폭음은 계속해서 들려왔고 그가 2층의 계단을 뛰어내려와 밖으로 나왔을 때는 주차장은 온통 화염에 쌓여 있었다.

맨 끝 쪽의 거대한 창고 두 채에서도 불길이 치솟는 것이 보였다.

"이, 개자식들."

권총을 치켜든 조일문은 무작정 앞으로 달려 나갔다. 트럭의 불길 사이로 어른거리는 사내들이 보였다. 정문 앞 경비실에 네 명의 경비원이 있었고 사무실 아래층에도 두 명의 경비원이 있었지만 그들은 보이지도 않는다.

"이 개새끼들."

달려가면서 조일문은 사내들을 향해 방아쇠를 당겼다. 요란한 총성이 났고 어른거리던 사내들은 어느 사이에 보이지 않았다. 조일문은 불길에 휩싸인 트럭의 대열 사이를 헐떡이며 뛰었다. 폭음이 계속해서 났지만 이제는 어느 쪽인지 알 수가 없다. 다시 앞쪽에서 사람이 보였다. 러시아인이다. 그를 향해 달려가면서 조일문은 탄창이 비도록 쏘아 갈겼다. 공이가 빈 탄창을 철걱이며 때렸을 때 조일문은 총성과 함께 가슴에 거친 충격을 받고 멈춰 섰다. 다시 또 하나의 충격이 가슴을 치자 그는 무릎을 털썩 꿇더니 다음 순간 앞으로 엎어지면서 의식이 끊어졌다.

블라디보스토크에는 고려그룹의 전용부두가 있다. 고려그룹이 시당국과 50년 임차계약을 체결한 곳으로 면적이 100만 평 가깝게 되었고 다섯 대의 거대한 크레인과 부두 안까지 개통된 화물열차용 철로, 거기에다 컨테이너 적하장 등 현대식 시설을 갖춘 부두였다. 고려리아로 보내지는 거의 대부분의 화물이 하역되고 집적되는 장소인 것이다. 하역 노동자가 3000명이 넘었고 직원도 350명이 되는 부두의 책임자는 관리본부장 직함을 가진 서종호 이사였다. 그는 유장석의 심복으로 40대 초반의 다부진 사내였다. 고려건설에서 유장석을 상관으로 모시고 있었을 때 공식석상에서 대들었다가 뜨거운 맛을 본 후에 심복이 된 별난 인연이 있다. 서종호가 하바롭스크의 운송기지 습격사건을 들은 것은 10시 40분경으로 사건이 일어난 지 20분쯤 후였다. 연락은 거의 동시에 두 곳에서 왔는데 운송기지의 책임자인 하일남 부장과 고려리아 본부의 이대각 부위원장으로부터였다. 부두 안의 숙소에 있던 그에게 이대각이 고함치듯 말했다.

"마피아의 습격이야! 하바롭스크의 수송기지가 당했어! 경계를 철저히 하도록."

호흡을 가다듬은 그가 말을 이었다.

"놈들이 그곳도 칠지 모른단 말이야."

"알았습니다. 어서 전화를 끊어야 내가 일을 할 것 아니요?"

그러자 이대각이 서둘러 전화를 끊었다. 그 순간부터 서종호는 그야말로 눈이 뒤집힌 듯 움직였다. 경비대장에게 연락을 하고 비상연락망을 가동하여 사원을 모았다. 사원들에게도 각각 개인화기를 지급하여 요소마다 파견하고 겨우 한숨 돌렸을 때가 새벽 1시였다. 물론 고려타운의 마피아 소탕 사건이 있고나서 유장석은 경비원 50여 명을 증원시켜 주기는 했다. 따라서 경비 병력은 200여 명에 무장한 사무직까지 합한다면 500명 가깝게 되었지만 서종호는 마음이 놓이지 않았다. 자리에서 벌떡 일어난 서종호는 창으로 다가갔다. 흰색 페인트를 칠한 크레인 다섯 대가 나란히 세워진 부둣가를 지프 한 대가 속력을 내어 달려가고 있었다. 그의 지시로 부두의 모든 등불이 켜져 있었으므로 먼 쪽의 거대한 컨테이너 하역장도 보였다. 3000개가 넘는 컨테이너가 현재 하역장에 쌓여 있었고 그 중 1500여 개가 고려리아로 실려 갈 자재와 기계류, 가전제품과 생필품 등으로 채워져 있는 것이다.

부두의 상황실을 임시본부로 사용하고 있어서 그의 뒤쪽에서는 직원들의 전화 응답소리와 벨소리로 소란했다. 모두 긴장으로 경직되어 있는 분위기였다.

"본부장님, 전화 왔습니다."

직원의 말소리에 그는 몸을 돌렸다.

"고려리아 행정위원장이십니다."

그는 직원이 내민 수화기를 받아 귀에 댔다. 유장석이다.

"별 일 없나?"

그의 목소리를 확인하자마자 유장석이 대뜸 물었다.

"아직은 없습니다."

"놈들은 운송기지를 거의 전소시켰다. 사망자도 일곱 명이야."

"……"

"이제 부두가 피해를 입으면 우린 치명상을 받는다."

서종호가 입맛을 다셨다.

"밤낮으로 지키겠습니다. 탱크나 미사일을 갖고 온다면 몰라도 당하고만 있지는 않을 겁니다. 그런데……."

"그런데 뭐야?"

"내일 중으로 열차편으로 하바롭스크로 보낼 컨테이너가 450개가 됩니다. 운송기지가 당했다면 보류시켜야 되겠군요."

"받아 실을 트럭이 없어. 당분간 보류시켜."

유장석의 목소리가 가라앉았다.

"우리도 대책을 세우고 있으니까 그동안만이라도……."

다시 입을 열려 던 서종호가 숨만 내려쉬었다. 블라디보스토크에서 하바롭스크까지는 열차로 꼬박 하루가 걸리는 길고 긴 수송로이다. 설령 트럭이 온전하더라도 마피아는 마음만 먹으면 수송 열차를 폭파해서 화물을 쓰레기로 만들 수가 있을 것이다.

"이대각이가 조금 전에 하바롭스크로 떠났다."

유장석이 말을 이었다.

"극동군 사령관 로스토프를 만나러 갔어. 모스크바에서는 정상무가 국방장관 체르넨코를 만날 것이고, 우리도 모든 채널을 통해 대응을 할 것이다."

"알겠습니다, 위원장님. 그동안 목숨을 바쳐 지키지요."

"고맙다, 서종호."

수화기를 내려놓자 직원 하나가 손에 다른 전화기를 들고 다가왔다. 그의 통화가 끝나기를 기다렸던 모양이었다.

"본부장님, 고려리아 운영위원장이십니다."

서종호가 전화기를 쏘아보았다.

"없다고 해."

그러자 직원이 황급히 송화구를 손바닥으로 막았다. 벽시계가 새벽 2시를 가리키고 있었다.

"이대각이가 로스토프를 움직이게 할 수는 없을 것이다."

이렇게 말한 것은 마르첸코이다. 그는 하바롭스크 교외에 있는 자신의 별장에서 부하들과 모여앉아 있었다. 6월의 한낮이다. 창문을 활짝 열어놓아서 앞쪽 숲을 훑고 온 바람결에 옅은 숲 냄새가 맡아졌다.

"로스토프는 중립이다. 어느 쪽으로도 기울지 않아."

그가 이렇게 자신 있게 말할 수 있는 것은 마피아와 군부간의 밀접한 관계 때문이다. 군은 경비조달을 위해 군수품과 각종 병기류를 처분했는데 대리인 역할을 해준 것이 마피아이다. 공식적으로 현역군 관계자가 나서서 제3국으로의 판매를 추진하는 경우도 있었지만 그것은 전략무기이거나 국가간의 거래일 경우에 한했고 나머지 물량은 마피아를 통해 밀매되어 왔던 것이다.

지금 고려리아의 행정위원회 부위원장 이대각은 러시아 극동군 사령관 로스토프와 점심 식사를 하는 중이었다. 그리고 이쪽은 점심을 마치고 모여앉아 가볍게 보드카를 한 잔씩 마시고 있다.

"보스, 경찰국장이 조금 전에 현장을 둘러보고 갔습니다. 현장에는 경찰 1개 부대가 증원되었다고 합니다."

부하의 말에 마르첸코가 쓴웃음을 지었다. 컨테이너 1백여 개가 쌓여 있었으니 타다 남은 화물들도 많을 것이다.

"이곳이 관문이다. 이곳을 통해야만 고려리아로 들어갈 수 있어. 이제 고려리아는 얼마 가지 않을 것이다."

"타협해오지 않을까요?"

그렇게 물은 것은 시내에서 클럽을 운영하는 네프스키였다. 그는 어젯밤 부하들을 이끌고 고려의 운송기지를 쑥밭으로 만든 장본인이다.

"타협은 무슨…… 무조건 항복이지. 그러고 나서 우리와 재계약을 해야 될 것이야."

낮술이 조금 과한 것 같았지만 특별한 일이 없었으므로 그는 잔에 보드카를 채웠다.

"보호세 인상부터 배상금, 거기에다 고려시 상가의 지분획득, 운송 사업장악 등 엄청난 곳이다, 그곳은. 너희들은 곧 그곳에서 한밑천 잡게 될 것이다."

그는 파리야킨이 죽은 후에 나호트카의 일부분을 차지했던 신분에서 일약 서열 2위의 하바롭스크 보스가 된 인물이다. 그가 강력히 주장한 덕분에 파벨이 보스가 되었다는 것은 졸개들도 다 알고 있는 사실이었다. 술기운에 얼굴이 벌게진 마르첸코가 부하들을 둘러보았다. 모두가 그의 간부급 부하들이다.

"이제야 이야기하지만 보스와 나는 이미 합의를 했어. 내가 고려리아에 들어가기로."

그가 번들거리는 눈으로 부하들을 둘러보았다.

"하바롭스크에는 조금도 미련이 없다. 그곳은 나에겐 꿈의 땅이야, 나는 그곳에서 새로운 세상을 맞을 것이다."

모두들 잠자코 그를 바라보았다. 고려리아는 지금의 매출 규모만으로도 북한의 몇 배였고 곧 엄청난 규모로 발전하리라는 것을 그들 모두 알고 있다. 마르첸코가 보드카 잔을 들었다.

"자, 우선 건배를 하자. 우리들의 미래를 위해서."

그 시간 별장 정문에서는 서너 명의 경호원이 철문 안에 서서 강가의 길을 따라 이쪽으로 달려오는 세 대의 군용차량을 바라보고 있었다. 별장은 아무르 강이 내려다보이는 위치에 세워졌고 정문 앞으로는 차 한 대가 겨우 다닐 수 있는 강변의 길이 나있다. 그러나 이쪽은 민가도 없었으므로 차량의 왕래는 거의 볼 수가 없었던 것이다.

"육군인데…… 아마 강 아래쪽의 공병대로 가는 모양이다."

누군가가 그렇게 말했으나 대답하는 사람은 없다. 별장 앞에 나 있는 도로는 1킬로미터쯤 위쪽에서 국도와 연결된다. 트럭이 점점 가까워지자 정문의 경비 책임자인 포빈이 주위를 둘러보았다.

"각자 제 위치로 가 있어."

부하들이 옆쪽으로 흩어졌으나 그는 철문 안에 서서 다가오는 트럭을 바라보았다. 이상이 있다면 트럭이 지나왔을 검문소에서 연락이 왔을 것이었다. 500미터쯤 아래쪽의 길모퉁이에 그의 부하 다섯 명이 차단막을 내려놓고 검문을 한다. 앞장을 선 트럭이 똑똑히 보였다. 야전용 트럭으로 앞자리에 앉은 두 사내의 윤곽이 드러났다. 운전석 위쪽에 설치된 기관총좌도 보였다.

"타타타타타."

그 순간 총성이 울려 퍼졌다.

기관 총구에서 뿜어 나오는 흰 섬광과 발사음이 거의 동시에 보이고 들릴 만큼 거리는 가까웠다. 포빈은 온몸에 수발의 총탄을 맞고 뒤쪽으로 나뒹굴었고 트럭은 이제 전속력으로 달려와서는 철문을 부서뜨리면서 안으로 돌진했다. 기관총이 쉴 새 없이 발사되었으므로 정문 근처의 어설픈 방어벽 뒤에 있던 경비원들은 이미 대부분이 시체가 되어 있었다. 세 대의 트럭이 별장 안에서 멈춰 서자 곧 수십 명의 군인들이 뛰어내렸다. 트럭에 장착된 세 대의 기관총이 별장의 모든 곳을 향해 무차별 사격을 퍼붓는 중이었고 사방으로 흩어져 별장 안으로 진입해가는 군인들도 총을 쏘아댔으므로 별장은 총성에 뒤덮였다.

"넌 저쪽, 넌 이쪽으로."

그레고리가 짧게 지시하자 부하들은 우르르 흩어져 갔다. 애용했던 칼라시니코프 돌격소총을 움켜쥔 그는 개머리판을 접은 짧은 총신으로 2층의 계단을 가리켰다.

"놈은 2층에 있을 것이다."

이미 집 안은 앞뒤로 완전히 장악되어서 빠져나갈 길은 없다. 아래층을 순식간에 소탕한 부하들이 그의 뒤에 서서 눈을 번득이며 명령을 기다리고 있었다. 모두 무장 강도단의 이력이 있는 놈들이어서 활기가 넘치는 표정이다. 그 순간 계단 위쪽에서 무엇인가가 떨어져 내렸으므로 그레고리는 버럭 소리쳤다.

"수류탄!"

부하들이 제각기 사방으로 흩어졌고 그가 로비의 기둥 그늘로 몸을 감췄을 때 수류탄이 폭발했다. 그레고리는 파편이 채 떨어지기도 전에 기둥에서 빠져나왔다. 그리고는 2층의 계단을 달려 오르자 부하들이 뒤를 따랐다.

헝클어진 머리칼에 얼굴 한쪽은 벽에서 묻어나온 횟가루가 묻은 마르첸코는 한 손에 권총을 세워들고 소파를 방패삼아 쪼그리고 앉아 있었다. 지금도 총탄이 빗발처럼 쏟아지고 있어서 몸을 움직일 수가 없다. 벽에 맞은 유탄들이 어지럽게 튕겨 이미 어깨의 한쪽은 찢어진 상태다. 응접실은 난장판이 되어 있었다. 같이 술을 들던 다섯 명의 간부 중 두 명은 이미 시체가 되었고 한 명은 기관총탄에 복부를 뚫려 눈만 껌벅이며 바닥에 누워 있는 중이다. 다시 밖에서 쏘아대는 기관총탄이 쏟아져 들어왔다. 놈들은 이미 아래층을 점령하고 있는 것이다.

"마르첸코! 살아 있으면 대답해라!"

총성이 뜸해졌을 때 아래쪽에서 고함소리가 들렸다.

"30초 시간을 준다. 대답이 없으면 2층을 모두 가루로 만든다."

마르첸코가 권총을 고쳐 쥐었다. 습격해온 것이 김상철 일당이라는 것은 이미 알고 있었다. 운송기지를 폭파당한 보복이다. 그러나 그놈들이 하바롭스크까지 남하하여, 그것도 백주에 공격해 오리라고는 생각하지 못했던 것이다.

"이 개자식, 마르첸코, 10초다. 살고 싶으면 손을 들고 나와."

아래쪽에서 다시 고함소리가 났다. 어느덧 총성은 그쳐 있었다. 별장에는 경호원만 해도 10여 명이 있었던 것이다.

"보스."

벽에 기대 웅크리고 앉아 있던 부하가 메마른 목소리로 그를 불렀다. 레닌 대로에서 이번에 꽤 큰 클럽을 운영하게 된 사내였다.

"보스, 이대로 죽을 수는 없습니다. 차라리……."

마르첸코는 반대쪽 구석에 엎드려 있는 부하에게 시선을 돌렸다.

"이봐, 구도."

부하는 움직이지 않았다. 마르첸코는 그의 늘어져 있는 손가락을 보고는 그가 이미 죽어 있다는 것을 알았다.

"마르첸코! 시간이 다 되었다!"

아래층에서 다시 소리치자 마르첸코는 몸을 펴고 일어섰다.

"지금 나간다!"

버럭 고함을 친 그는 벽 쪽에서 따라 일어서는 부하를 향해 권총을 겨누었다.

"탕, 탕, 탕."

눈을 둥그렇게 뜬 얼굴 그대로 부하가 벽에 등을 부딪치며 쓰러지자 그는 권총을 바닥에 내동댕이쳤다.

"마르첸코가 지금 나간다."

놈들은 자신을 포로로 데려갈 생각이었고 그럴 바에는 혼자되는 것이 나을 것이었다. 왜냐하면 죽은 구도도 그렇지만 이놈도 파벨이 보낸 감시자임을 알고 있었기 때문이다.

파벨이 마르첸코 별장의 사고 소식을 들은 것은 그로부터 두 시간이 지난 오후 4시 30분경이었다. 경비원 중에서 겨우 살아난 사내 한 명이 넋을 잃고 있다가 국도 근처의 가게로 달려가 전화를 했던 것이다.

블라디보스토크 시내 중심부에 있는 그의 사무실 안이다. 파벨과 마주앉은 두 사내는 보포프와 마린스키였는데 그의 심복들이다.

보포프가 입을 열었다.

"금방 러시아 전체에 소문이 퍼질 것입니다. 이대로 내버려둔다면 부하들의 사기는 물론 통솔에도 영향이 옵니다."

그는 40대 중반으로 전직이 대학교수였다. 파리야킨 시대에는 단순히 통역관 역할을 맡고 있다가 파벨에 의해 중용되어 지금은 자문관 역할을 하고 있다. 그가 말을 이었다.

"더구나 거래회사나 외국인 합자회사들도 모두 우리를 주목하고 있습니다. 그뿐만이 아니오. 러시아 정부나 군부도 마찬가집니다. 우리의 대응방법 여하에 따라 변화가 일어날 가능성이 있습니다."

그러자 마린스키가 나섰다. 체격이 당당하고 턱수염이 짙은 사내였는데 블라디보스토크의 실질적인 관리자였다. 그는 고려 부두를 제외한 부두에 실력 기반을 두고 있다.

"보스, 고려 부두의 경비 상태는 정규군 1개 대대를 투입시켜야 승산이 있습니다. 모험을 할 필요는 없습니다."

마린스키가 말하자 보포프가 힐끗 파벨에게로 시선을 주었다. 그는 부두를 공격하여 고려리아의 숨통을 완전히 끊어야 한다고 주장해온 것이다. 파벨은 굳어진 얼굴로 잠시 입을 열지 않았다.

마르첸코가 부하들과 함께 몰살당한 것은 그에게는 충격이었다. 마르첸코는 파리야킨이 제거되자 자신이 보스로 옹립되는데 결정적인 역할을 담당했을 뿐만 아니라 파리야킨의 잔당을 몰아내고 기반을 굳히는 데 큰 공헌을 한 인물이다. 머리를 든 파벨이 그들을 둘러보았다.

"서두르지 마라. 열쇠는 우리가 쥐고 있으니까. 급한 것은 우리가 아니란 말이야."

김상철이 러시아에까지 진입해 와서 이렇게 적극적인 공격을 해올 줄은 전혀 예상하지 못했던 것이다. 놈은 고려리아의 부위원장 이대각이 극동군 사령관 로스토프를 찾아와 지원을 애걸하고 있는 동안 방심하고 있던 이쪽을 쳤다. 교활한 놈이었다.

"마르첸코가 행방불명 상태라면 놈들에게 끌려갔을지도 모릅니다."

마린스키가 말하자 파벨이 머리를 끄덕였다.

"어쩌면 몸을 피했을 가능성도 있지만 조금 더 기다려보기로 하자."

"보스. 만일 놈들에게 잡혀 있다면 어떻게 하시렵니까? 놈들은 협상을 하려고 들 겁니다."

파벨이 그를 노려보았다.

"협상? 그런 건 없다."

"……."

"마르첸코는 이미 끝난 상태야. 숨어 있든 잡혀 있든 말이다."

"그렇다면 병력을 모을까요? 다소 피해를 받더라도 고려 부두를 쳐서 아예 잿더미로 만들어 버리지요."

마린스키가 말하자 파벨이 머리를 저었다.

"조금만 기다려. 그렇게 서둘 필요는 없다. 부두가 어디로 갈 것도 아니니까."

유장석이 방으로 들어서자 전창남이 자리에서 일어섰다. 잔뜩 찌푸린 얼굴이었고 방 안에는 담배연기가 자욱했다. 이번에는 반대로 전창남이 자신의 방으로 그를 불러들인 것인데 오늘로 두 번째이다. 경비본부장 신재열이 낀 세 사람만의 회의였다. 저녁 6시가 조금 넘은 시간이었지만 고려시 중심부에 자리 잡은 행정청 안에서는 긴장감이 섞인 활기가 있었다. 대부분이 고려 직원들이었기 때문이다. 어젯밤의 운송기지 습격사건으로 침체되었던 분위기가 오늘 오후 마르첸코 별장의 정보를 듣고는 일시에 활기를 되찾았던 것이다. 러시아 방송에서는 시간마다 톱뉴스로 하바롭스크의 저명한 사업가 니콜라이 마르첸코가 별장에서 습격을 받아 동료들은 몰사했고 그는 실종되었다고 발표하고 있었다.

"본국에서는 도대체 어떻게 된 일이냐고 난리가 났습니다. 난 지금 허수아비가 되어 있는 느낌이오."

짜증 섞인 목소리로 전창남이 말했다.

"마르첸코를 습격한 것은 김상철 일당이 틀림없지 않습니까? 이것은 중대한 국제 문제로 발전될 거요. 만일……."

"잠깐만."

유장석이 그의 말을 잘랐다.

"국제 문제로 발전할 것이라고 어느 놈이 그럽디까?"

갑자기 뱉은 상소리에 전창남은 눈을 크게 떴다. 신재열이 헛기침을 가볍게 하는 것을 보면 그도 기분이 언짢은 모양이었다.

"어떤 새끼가 그랬느냔 말이요? 그것부터 대답해보시오."

유장석의 언성이 높아졌다. 어젯밤부터 끼니도 거른 채 유장석은 운송기지의 피해상황 체크와 블라디보스토크 부두의 경비 문제, 거기에다 하바롭스크로 이대각을 급파하는 등 눈코 뜰 새 없는 시간을 보냈었다. 그러고 나서 터진 사건이 마르첸코의 습격이다. 그동안 전창남은 방 안에 앉아 쉴 새 없이 서울로 상황보고만 하고 있었을 뿐 나서지 않았던 것이다.

"이것 보시오, 유 위원장. 당신, 말을 삼가야 될 거요."

호흡을 가다듬은 전창남이 말하자 유장석이 눈을 부릅떴다.

"내가 당신 같은 자의 유형을 잘 알아. 책임질 일은 절대로 하지 않는 사람이지, 고려리아의 운영위원장이라면 지금 이 시점에서 어떻게 움직여야 할 것인가를 결정해 봐. 당신 스스로 말이야."

"말을 삼가시오, 유 위원장님."

이렇게 말한 것은 경비본부장 신재열이었다. 그는 경찰간부 출신으로 이번에 전창남과 같이 고려리아로 파견된 사내였는데 박정규의 인맥이다.

"그렇게 막 말하면 됩니까? 도대체 일을 일으킨 것이 누굽니까? 유 위원장이 감싸고 있는 김상철이 아니요? 그놈이 유 위원장의 지시를 받고 행동하고 있는지도 모르지 않습니까?"

"무엇이 어째?"

유장석이 몸을 솟구쳐 일어섰다.

"이런 건방진…… 당신 지금 누구한테 눈을 쳐들고 대드는 거야? 당신 여기가 어딘 줄 알고나 있는 거야?"

"뭐야?"

신재열이 따라 일어섰다. 그도 눈을 부릅뜨고 있었다.

"엇따 대고 욕하는 거야? 이 사람이 정말 아직도 정신을 못 차린 모양인데, 나는 당장 당신을 체포해서 서울로 압송할 수도 있단 말이야. 정신 똑바로 차려."

"그래?"

유장석이 하얗게 굳어진 얼굴로 그들을 둘러보았다.

"좋다, 어디 해봐라. 네가 경찰권을 쥐고 있겠다……. 그렇게 되나 보자."

"이봐요, 유 위원장."

전창남이 차가운 표정으로 그를 바라보았다

"이성을 잃지 마시오. 당신, 지금 흥분하고 있는 거요."

그러자 신재열이 목청을 높였다.

"모든 일은 제가 일으켜 놓고 운영위원회나 경비본부는 허수아비로 만들어 놓았단 말이오. 당장에 이 사람을 서울로 압송시켜야 합니다."

유장석이 몸을 움직여 문 쪽으로 다가갔다. 문의 손잡이를 잡은 그가 몸을 돌려 그들을 바라보았다.

"그렇게 되지는 않을 거야, 절대로. 만일 그렇게 된다면 그땐 너희들도 끝장일 테니까."

"말을 삼가해, 유장석."

신재열이 버럭 고함을 쳤다.

"내가 네 부하라고 생각하면 오산이란 말이다. 난 정부 입장을 따라야 해!"

"그렇지."

머리를 끄덕인 유장석이 문을 열고 밖으로 나왔다. 복도를 활기 있게 걷는 직원들은 대부분이 고려 직원들이다. 그는 복도를 걸으며 어금니를 물었다.

몰락

밤 8시 30분, 블라디보스토크 부둣가에 있는 자신의 사무실에서 마린스키는 간부급 부하들과 테이블에 둘러 앉아 있었다. 그의 사무실에서 직선거리로 5킬로미터 북쪽이 고려리아의 부두였고 창가로 가 서면 다섯 개의 거대한 크레인이 희미하게 보인다. 마르첸코가 행방불명이 된지 만 하루가 지났다. 오늘도 그는 파벨과의 회의를 마치고 돌아와 대기상태를 유지하고 있는 중이다. 파리야킨도 그랬지만 파벨은 결코 한 사람에게 권력을 집중시키지 않았다. 이번에 행방불명이 된 마르첸코가 2인자 행세를 했지만 파벨이 보낸 세 명의 간부급 부하들로부터 견제를 받고 있었다는 것을 마린스키도 알고 있었다. 마린스키는 이고르에게 시선을 주었다. 그는 자신의 조직에서 2인자인 인물로 자문관이었는데 파벨의 심복이다. 아마 파벨은 이고르를 감시하기 위해 또 다른 심복을 보냈을 것이지만 그놈이 누구인지는 알 수가 없다. 그가 입을 열었다.

"공격 시간은 보스가 정해줄 것이다. 그것이 오늘밤이 될지 내일이 될지는 나도 모른다."

아마 마르첸코의 행적이 밝혀질 다음이 될 것이다. 그가 죽었건 살아 있건 파벨은 그것을 동기로 삼을 작정이었다. 테이블 위에는 보드카 병이 즐비 했고 모두들 냉수 마시듯 들이켜고 있었다. 문이 열리더니 부하 한 명이 들어섰다. 손에는 봉투 한 개가 쥐어져 있다

"보스, 이것이 사무실에 여러 개 와 있는데 누가 보냈는지는 알 수 없습니다."

그는 봉투 속에서 테이프 한 개를 꺼냈다.

"녹음테이프입니다. 마르첸코 씨의 목소리가 녹음되어 있다고 합니다."

마린스키가 술잔을 내려놓았다. 테이블 주위는 순식간에 조용해져서 테이프를 손에 쥔 부하는 당황했다.

"보스, 어떻게 할까요?"

"거기다 내려 놔라."

테이블 위에 테이프를 내려놓은 부하가 방을 나갔다 방 안에 잠시 정적이 흘렀고 대부분의 시선이 테이프에 모아졌다. 모두 좋지 않은 예감을 느낀 것이다. 이윽고 마린스키가 입을 열었다.

"여러 개가 보내진 모양인데…… 우선 듣자."

누군가가 녹음기를 가지고 왔고 테이프가 끼워졌다. 스위치를 누르자 조용한 방 안에 마르첸코의 목소리가 흘러나왔다.

"난 니콜라이 마르첸코다. 난 지금부터 2년 전 조세프 파벨이 어떻게 해서 안드레이 파리야킨을 제거했는지를 여러 동지들에게 고백하려고 한다. 파벨은 북한의 이금철에게 정보를 팔았다 그는……."

"그만!"

마린스키가 소리쳤으므로 부하 한 명이 스위치를 껐다.

"마르첸코의 목소리가 아닙니다."

단언하듯 말한 것은 이고르였다.

"이놈들이 우리를 교란시키려고 음모를 꾸미는 겁니다."

그러자 마린스키가 쓴웃음을 지었다.

"이런 유치한 방법으로 우리를 교란시키다니, 말도 되지 않는다."

"보스, 테이프를 회수해야 되지 않겠습니까? 여러 개가 있다는데……."

이고르가 묻자 그가 머리를 끄덕였다.

"회수하도록. 그리고 놈들의 조작이라고 들은 놈들한테 말해 주도록 해."

"알았습니다."

이고르와 두어 명의 부하가 서둘러 방을 나갔다.

"마르첸코가 다급했던 모양이지?"

의자에 등을 기댄 마린스키가 혼잣소리처럼 말하자 남아 있던 부하들이 서로 얼굴을 마주보았다.

이고르는 테이프의 목소리가 마르첸코의 것이 아니라고 말했었다.

"이것, 안 되겠다. 더 골치 아파지기 전에 아예 고려리아를 쓸어버리는 것이 낫겠다."

그 순간 문이 열리더니 부하 한 명이 들어섰다. 이번에는 다른 부하였는데 그가 쥐고 있는 것은 전화기였다.

"보스, 전화가 왔습니다."

"난 그레고리 파트킨이라고 한다."

그레고리가 쏘아대듯 말했다.

"뭐, 허튼 소리 늘어놓을 시간도 없고 기분도 아니야, 내가 보낸 테이프를 받았나 확인하려고 전화한 것이다."

"그레고리 파트킨이라면 강도단 두목 놈이로군. 지금은 김상철의 졸

개가 된……."

마린스키는 태연했고 오히려 그레고리보다도 여유가 있어 보였다.

"그런 테이프로 도대체 뭘 어쩔 작정이냐?"

"시간이 없어서 우선 500개만 이곳저곳에 뿌렸는데 2, 3일 후에는 몇천 개가 배포될 거야. 효과가 있을 거야."

"그레고리, 발악을 하는군."

"한 마디 하겠는데 마린스키……."

그레고리의 목소리가 차분해졌다.

"우리는 네까짓 졸개들한테 기대하는 것이 없다는 것을 미리 알아두었으면 해. 애초부터 우리 목표는 너 같은 강아지들이 아니다. 파벨이야."

"……."

"이 테이프가 제 부하들한테 수천 개 배포된 것을 알면 그놈이 어떻게 나올 것 같나? 마린스키."

"……."

"너는 잘 알 것이다, 마린스키. 용케도 그 자리를 차지하고 견디어 온 놈이니까."

수화기를 내려놓은 그레고리는 전화박스를 나와 길가에 멈춰서 있는 볼가에 올랐다. 그가 옆에 앉은 김상철에게 말했다.

"파벨이 가장 경계하는 것이 마린스키일 겁니다. 보포프는 최측근이지만 독자제력이 없고 마르첸코는 저꼴이 되었으니까요. 내가 전화했다는 것만으로도 효력이 있습니다."

볼가는 하바롭스크 시내를 벗어나 달려가는 중이었다. 김상철은 시계를 내려다보았다. 밤 9시가 넘어 있었으니 지금쯤 고려리아 부두에 송길수가 인솔하는 150명의 무장병력이 도착했을 것이었다.

"보스, 아직 군은 움직일 기미가 없습니까?"

그레고리가 생각난 듯 물었으므로 김상철이 머리를 저었다.

"로스토프는 경찰이 할 일이라고 말했다는 거야."

이틀에 걸쳐 로스토프를 만났던 이대각은 오후에 고려리아로 돌아갔다. 모스크바에서도 로스토프에게 압력을 넣고 있었지만 군은 움직이지 않을 모양이었다. 그레고리가 답답한지 한숨을 쉬었다. 경찰은 마피아와 더욱 밀접한 관계여서 온갖 정보가 그들에게로 흘러나간다.

"파벨도 지금쯤 테이프를 들었을 것입니다."

그레고리가 김상철을 바라보았다.

"놈이 당장에 대응할 최상의 표적은 고려 부두지요. 하바롭스크에 지사가 있지만 이미 직원들은 대피한 상태이고……."

"교활한 놈이다, 파벨은. 언제 어떤 짓을 할지 알 수가 없는 놈이야."

"그렇지만 그놈도 우리가 러시아로 뛰어들 줄은 생각하지 못했을 겁니다."

볼가는 속력을 내어 어두운 밤길을 달려 나갔다. 그들이 은신처인 김스크 마을에 도착한 것은 그로부터 30분쯤 후였다.

마을 안쪽의 공회당에서 차를 내린 그들은 판자문을 들치고 안으로 들어섰다. 넓은 마룻방 벽 쪽의 테이블에 앉아 술잔을 들고 있는 것은 마르첸코였다.

"여어, 이제 오시는군. 혼자서 술을 마시려니까 술맛이 안 났는데 잘 왔어."

마르첸코의 얼굴은 이미 술기운에 달아올라 있었다. 그들이 테이블에 앉자 마르첸코는 잔에 술을 따라 그들 앞에 밀어놓았다.

"제일 유력한 보스 후계자는 마린스키야. 그놈은 파리야킨한테서도 견제를 받아 블라디보스토크의 부두 한쪽만 영역으로 받았지."

술잔을 든 마르첸코가 건배를 하자는 듯 들어 올렸다가 그들의 반응이 없자 혼자 입 안에 술을 털어 넣었다.

"고려 부두도 마린스키가 습격하게 될 거야. 놈은 무장병력 1000명쯤은 금방 끌어 모을 수 있거든."

"……."

"파벨의 계산이지. 고려 부두의 경비대와 싸우게 되면 마린스키의 세력은 이기나 지나 큰 타격을 입을 테니까."

"그쯤은 알고 있어, 마르첸코."

그레고리가 자르듯 말했다

"하바롭스크에 파벨이 보포프를 보냈다. 놈은 이미 네 조직을 인수한 거야."

"보포프라…… 그 도마뱀 같은 놈."

얼굴에 웃음을 띠운 마르첸코가 술잔에 술을 채웠다.

"너희들 덕분에 파벨이 내부 정리를 할 기회를 잡았구먼 그래. 이번 기회에 놈의 기반이 단단히 굳혀지겠지."

"글쎄, 그것은 두고 봐야지."

그렇게 말한 것은 김상철이다.

"우리가 파벨한테만 기회를 준 것은 아니니까."

전화기를 내려놓은 박기동이 테이블로 돌아오자 조대길이 궁금한 듯 물었다.

"어떻게 되었습니까?"

"기다리라는데, 지금도 상황이 좋지 않다고."

박기동은 술잔을 들어 한 모금에 보드카를 삼켰다. 나호트카의 번화가인 치하오케안스카야 역 근처에 있는 카페 안이다. 아직 한낮이었지만 주위는 술손님으로 소란스러웠는데 대부분이 선원이었다.

"이것, 야단났는데…… 무작정 기다릴 수도 없고 말이오."

그렇게 말하는 조대길은 이금철의 부하로 이번에 박기동을 따라온 사내였다. 마피아가 하바롭스크의 운송기지를 폐허로 만들고 그 보복으로 김상철이 마르첸코의 간부들을 몰살시킨 사건으로 상황은 최악이었다. 떠날 준비가 된 1500명의 북한 근로자는 국경 근처의 군 기지에 수용되어 있었지만 고려리아로 들어갈 길이 끊긴 것이다.

철도로 하바롭스크까지 갈 수는 있다고 하더라도 고려리아로 들어갈 차편이 없다. 지금 고려리아와 하바롭스크와의 교통은 단절된 상태이기 때문이다.

"할 수 없어, 기다리는 수밖에. 자, 술이나 마저 마시고 나가자고."

박기동이 다시 술잔을 들었다.

"숙소로 연락을 주기로 했으니까 말이야."

그가 연락을 기다리는 사람은 블라디보스토크의 조선족 가게주인인 최진삼 씨였다. 최진삼 씨는 본래 장인규의 정보원이었다가 지금은 김상철의 대리인 역할을 하는 사람이다.

그들이 숙소로 정한 항구 근처의 모텔에 들어선 것은 오후 6시가 되었을 때였다. 보드카 한 병을 나눠 마신 그들은 적당히 취해 있었다.

"이봐, 조형. 밤에는 색싯집이나 가자고."

문에 열쇠를 끼워 넣으며 박기동이 말하자 조대길이 피식 웃었다. 블라디보스토크에는 고려 부두가 있는데다가 연락하기에도 쉬웠고 호텔도 깨끗한 곳이 많았지만 언제 전쟁이 일어날지 몰랐다. 그것이 그가 나호트카에 온 이유였다. 방에 들어선 박기동은 소파에 길게 앉았다. 김상철이 마피아를 습격한 것은 조선족한테도 엄청난 충격을 준 것 같았다. 그가 연락을 할 때마다 최진삼 씨는 이쪽의 사정은 아랑곳하지도 않고 신바람을 내 상황설명을 해주었는데 고려 부두는 조만간에 공격당할 모양이었다.

소파에 누워 깜박 잠이 들었던 박기동은 노크소리에 눈을 떴다. 자리에서 일어선 그는 문으로 다가갔다.

"거, 누구요?"

"문 열어요."

한국말이었으므로 그는 문고리를 풀었다. 그러자 낯선 사내 세 명이 쏟아지듯 들어섰으므로 그는 완전히 잠이 깨었다.

"당신들 누구요?"

"당신 박기동이지?"

그렇게 물으면서 사내 두 명이 박기동의 어깨를 밀어 소파에 앉혔다. 이제 박기동의 얼굴이 하얗게 굳어졌지만 아직 기는 꺾이지 않았다.

"그러는 당신들은 누구야? 지금 왜 이러는 거야?"

사내 하나가 그의 앞으로 다가와 섰다.

"소리쳐도 소용없다. 옆방에 있는 놈은 이미 골로 보냈으니까."

그는 30대 중반쯤으로 밝은 색 양복을 맵시 있게 입었고 정확한 서울 말씨를 썼다. 박기동의 어깨가 점점 가라앉았다.

"어때? 순순히 따라갈 거냐, 아니면 여기서 죽을 테냐? 결정해라, 당장."

"어, 어디로 말입니까?"

"그건 알아서 뭐해?"

"서울입니까?"

그러자 사내들이 서로 얼굴을 마주보더니 쓴웃음을 지었다.

"그렇지. 넌 기소중지자 신분이지. 부정수표 단속법 위반으로."

겨우 정신을 차린 박기동이 그 일 때문에 사내들이 나호트카까지 올 리는 없다는 생각이 들었다.

"아니, 도대체, 그러면 내가 무슨……."

"시끄러, 이 자식아."

갑자기 날아온 손바닥에 뺨을 얻어맞은 박기동이 몸을 움츠렸다.

"자, 일어나. 어서 짐을 꾸리란 말이다."

사내가 말하자 박기동은 자리에서 일어섰다. 옆방의 조대길을 골로 보냈다면 이놈들은 북한쪽도 아니다. 짐을 꾸리면서도 그는 잔뜩 겁에 질려 있었다.

어쩌면 이놈들은 조선쪽 마피아일지도 모르는 것이다.

"테이프쯤은 문제 될 것이 없다."

파벨이 의자에 등을 기대며 말했다.

"몇 만 개를 뿌린다고 해도 상관없다. 놈은 우리 조직의 분열을 기대하는 모양이지만 그것, 웃음거리 밖에 되지 않는다."

밤이 깊었으므로 저택은 조용했다. 응접실에 둘러앉은 간부급 부하들은 모두 파벨에 의해서 요직에 발탁된 인물들이었으니 최측근이라고 불리워도 될 사람들이었다. 그중 하나인 이고르가 입을 열었다. 그는 KGB 출신으로 마린스키의 보좌역이자 파벨의 지시를 전달하는 연락관의 역할을 한다.

"보스, 고려운송에서 컨테이너 트럭 300대를 보냈다는 소문이 있습니다만……. 고려시를 출발했다는데 타운에서 보내온 정보여서 확실하지는 않습니다."

그가 말하자 파벨이 쓴웃음을 지었다.

"나도 들었다. 어떻게든 물자를 날라야 할 테니까 아마 사실일지도 모르지."

"고려 부두를 공략할 필요 없이 그 트럭들만 파괴해도 되지 않겠습니까?"

"그건 보포프가 알아서 할 테니까 신경 쓰지 않아도 돼."

파벨이 주위의 부하들을 둘러보았다.

"고려의 강 회장이 대통령을 만나러 모스크바로 떠난 모양이야. 로스토프한테서 연락이 왔어. 당분간은 자제하고 있으라고."

모두들 긴장한 표정으로 그를 바라보았다.

"대통령이 나서면 조금 골치 아파져. 체르넨코나 로스토프도 입장이 난처해질 것이고."

모스크바의 양대 마피아 두목이었던 톨마초프가 아파트를 나서다가 반대파인 브리스탈파의 공격을 받아 살해된 것이 지난 달이다. 아파트 한 채가 거의 무너져 내린 전쟁이었는데 그 일을 기화로 대통령은 구소련 시대의 KGB 조직을 복원하려는 움직임을 보이고 있었다. 모스크바 경찰국장과 간부급에 KGB 출신 간부들을 임명한 것이 그 예이다.

"며칠간만 더 기다린다. 그때까지 각자 관리를 잘하도록."

파벨이 맺듯이 말하자 부하들은 자리에서 일어섰다. 밤 12시가 가까워져 있었다. 부하들이 모두 나가고 파벨이 혼자되었을 때 다시 방문이 열리더니 이고르가 들어섰다. 파벨도 기다렸다는 듯이 앞쪽에 앉은 그를 바라보았다.

"마린스키는 고려 부두 공격 계획에 적극적으로 나서고 있습니다. 그의 계획대로라면 승산은 있습니다, 보스."

이고르가 말하자 파벨이 잠자코 잔에 보드카를 채웠다.

"김상철이 마린스키를 목표로 삼는 것은 확실하지만 마린스키가 모험을 할 것 같지는 않습니다."

"그레고리가 세 번 전화를 해왔다면서?"

술잔을 든 채 파벨이 묻자 이고르가 머리를 끄덕였다.

"예, 어제 두 번, 이틀 전에 한 번이었습니다."

"무슨 이야기를 했을 것 같나?"

"글쎄요, 저는……."

"아마 내가 김상철이 같았더라도 그렇게 이야기했을 것이다. 고려 부두의 공격으로 네 세력은 거의 없어질 것이다. 넌 죽을지도 모른다. 너는 파벨의 총알받이로 희생될 것이다라고."

"……."

"아마 마르첸코 그놈도 끼어들어서 네가 고려 부두 공격을 맡은 것은 그것 때문이라고 충고를 했을지도 모르지."

"설마 마르첸코가……."

이고르가 굳은 얼굴로 말하자 파벨이 한쪽 입술만을 비틀며 웃었다.

"마르첸코는 충분히 그럴 수 있는 놈이다. 테이프를 들어보았겠지? 아주 구체적으로 성의 있게 협조해준 흔적이 보여. 그놈은 김상철과 손을 잡았다."

"……."

"마린스키가 병력을 모으게 하면 안 된다. 그래서 고려 부두의 공격을 지연시키는 거야. 그 빌어먹을 대통령이 나설까 봐 그런 것이 아냐."

"……."

"병력을 모아서 총부리를 나한테 돌리는 경우가 생길지도 모른단 말이야."

술잔을 내려놓은 파벨이 그를 찬찬히 바라보았다.

"이고르, 이럴 경우에 너 같으면 어떻게 처신하겠느냐? 말해보아라."

이고르가 굳어진 얼굴로 그의 시선을 받았다. 숨 막힐 듯한 정적이 방 안에 찾아왔다. 벽시계의 초침소리만 방 안을 울릴 뿐이었다.

강 회장을 수행한 것은 이남호 실장을 비롯한 10여 명의 그룹사장단과 그 배수 임원, 거기에다 고려리아에서 날아간 유장석 일행들이다. 그러나 코마노프 대통령을 만난 것은 강 회장과 이남호, 유장석 셋이었고 러시아 측 참석자는 코마노프와 체르넨코 국방장관, 그리고 마슈크 경찰총장 셋이다. 두 시간에 걸친 회담을 끝내고 강 회장이 숙소로 삼은 러시아 호텔에 도착했을 때는 오후 5시가 되어 있었다. 경찰의 엄중한 호위를 받으며 호텔 앞에서 차를 내린 그는 수십 명의 수행원에 둘러싸여 로비를 지났다. 국가원수 못지 않는 위용이다.

방에 들어 선 그는 저고리를 벗어 강미현에게로 건네주었다.

"고려리아에 가는 것은 당분간 보류다."

저고리를 받아든 강미현이 잠자코 서 있자 그가 입맛을 다셨다.

"물론 대통령은 우리 요구를 들어주었다. 부두에서 고려리아까지의 육로는 러시아군의 보호를 받게 될 거야."

소파에 앉은 강 회장은 지친 표정이었다.

"고려리아 내부 분위기가 심상치 않다. 우리가 지금 이러고 있는 사이에도 운영위원장 이하 정부 측 놈들이 고려리아를 망치고 있단 말이야."

강미현이 그의 앞자리에 앉았다.

"대통령을 만난 김에 말씀하시지 그랬어요? 한국 정부가 친미, 친일 정책으로 고려리아를 통제하려 한다고. 지금 같은 상황으로 나갈 바에는 차라리······."

말을 멈춘 강미현이 힐끗 강 회장의 눈치를 보았다. 답답한 김에 뱉은 말이었지만 강 회장이 공식적으로 그렇게 말한다면 러시아는 공식대응을 할 수밖에 없을 것이다. 러시아 정부는 이미 한국 정부의 의도를 샅샅이 파악하고 있을 터이니 이것을 계기로 계약을 무효화하고 러시아군을 진입시켜 고려리아를 장악할 수도 있다. 개발에 투입된 자금과 노력이 아까운 것이 아니다. 강 회장의 의도대로 이제 고려리아는 러시아와 중국의 조선족에게는 새로운 조국이 되어 있었다. 그들에게는 희망의 땅인 것이다. 강 회장이 입을 열었다.

"그럴 수야 있나? 우리 손으로 해결해야지. 그래서 상철이가 목숨을 걸고 있는 것이 아니냐?"

"……."

"코마노프한테는 내 사위가 될 놈이라고 말했다. 그랬더니 잘난 사위 두었다고 웃더라……. 그 사람이."

잠자코 탁자 위에 시선을 주는 강미현을 향해 그가 부드럽게 말을 이었다.

"코마노프도 내가 고려리아에 들어가는 것을 반대하더구나. 보기보다 꽤 사려가 깊은 사람이야. 될 수 있는 한 한국 정부를 자극하지 않고 일을 해결하기를 바라더라."

"그럼, 운영위원회가 어떻게 하고 있는 것도 알겠군요?"

"알겠지. 그래서 그들이 우리를 은근히 지원하는 것이야."

그렇다고 러시아 정부가 운영위원회 체제를 노골적으로 비판하면 한국 정부가 고려그룹을 억압하여 투자가 줄어들게 되는 것이다. 강 회장이 길게 숨을 내려쉬었다.

"우선 성과는 있었다. 코마노프가 육로를 보장해준다고 했으니 고려리아는 다음 기회에 가기로 하자."

그가 부드러운 시선으로 강미현을 바라보았다.

"내부사정이 심각해. 경비본부장 놈이 유장석이를 체포한다 어쩐다 하고 대드는 상황이란 말이다. 그리고 상철이도 아직 돌아오지 않았고."

"……."

"이 할아비 말을 들어. 그놈은 운이 강한 놈이니까. 그리고 내 운까지도 넘겨받은 놈이란 말이다. 무슨 말인지 몰라도 되니까 잠자코 기다려라."

고려리아 운영위원장 관사는 경비본부에서 500미터쯤 떨어진 3층 건물이다. 고려시 외곽에 세워진 이곳은 본래 영빈관으로 사용될 계획이었으나 운영위원회가 설치되면서 위원장 관사가 된 것이다.
아침 10시, 환한 햇살이 내려 비치고 있는 맑은 날씨였다. 보통 때 같으면 시내의 행정청에 출근했어야 할 운영위원회 전창남은 응접실에 앉아 있었다. 그의 앞에 앉아 있는 것은 방금 도착한 경비본부장 신재열이다.
"코마노프가 약속했다니 육로는 열렸다고 봐도 되겠습니다. 그렇다면 물자 부족 현상은 해결되겠는데……."
신재열이 말하자 전창남이 머리를 끄덕였다.
"이대각이 국경 근처에 대기시켜 놓았던 트럭 300대를 러시아로 출발시켰어."
"마피아가 그대로 둘까요?"
"글쎄, 두고 봐야지. 하지만 로스토프가 코마노프의 명령을 거역하면서까지 방관하고 있지는 않을 테니까 수송단 경비를 해주겠지."
"그렇다면 이번은 강 회장과 김상철이의 판정승인가?"
그러자 전창남이 자리를 고쳐 앉았다.
"그놈은 지금 어디에 있나?"
"어젯밤에 이곳으로 실어왔습니다. 아무래도 이곳이 안전하기도 하고 기초 조사를 마쳐야 할 것 같아서."
"뭐야. 자백했나?"
"예, 의외로 순순히 자백하더군요. 현재 북한 국경의 온성에 1500명이 대기하고 있는데다 교육을 받고 있는 놈들이 3000명 정도 더 있다고 합니다. 그놈이 직접 확인하고 나왔다고 했습니다."

"……."

"김상철이의 지시를 받은 겁니다. 타운의 북한 측 책임자 이금철 대좌와 김상철의 합작품이지요."

신재열이 열띤 표정으로 그를 바라보았다.

"확실한 증거를 잡은 겁니다, 위원장님."

타운에는 곧 북한 노동자들이 대량으로 입국할 것이라는 소문이 나 있었고 박기동이 김상철의 인력관리 대리인이라는 것은 경비본부에서 파악하고 있던 터였다. 신재열은 박기동을 추적한 끝에 확실한 증거를 확보한 셈이었다.

"보포프는 교활한 놈이야. 아마 당분간은 부하들과의 공식석상에도 나타나지 않을걸? 한 놈씩 불러 충성을 확인하면서 세력을 키우겠지. 전에 파벨이 쓰던 방법이야."

마르첸코가 의자에 등을 기대고는 김상철을 바라보았다. 머리칼이 헝클어져 있었고 지친 표정이었다.

"나한데 반감을 갖고 있었거나 조금 소외당했던 놈들을 키워주면서 제 사람으로 만들 거야. 그런 놈들이야 어느 조직에나 있기 마련이니까."

늦은 오후여서 공회당의 유리창 밖에는 기운 햇살이 만든 그림자가 덮이고 있었다.

"내가 얘기했던 베료스카의 지배인 칼리닌과 쟈파린 거리의 볼쇼이 클럽 주인 파르포프가 그놈에게 붙을 거야. 그놈들은 파벨이 심어 놓은 놈들이니까."

"……."

"나머지 놈들은 내 별장에서 죽었지. 한 놈은 내가 처치했지만."

김상철이 시계를 내려다보면서 말했다.

"칼리닌과 파르포프는 이미 죽었어. 칼리닌은 가게 안에서 기관총에 맞았고 파르포프는 차 안에 있다가 수류탄이 터지는 바람에……."

그러자 방 안에 숨막힐 듯한 정적이 흘렀고 그것을 김상철이 깼다.

"이제 마르첸코, 아무래도 당신을 풀어주는 것이 나을 것 같은데…… 그래야 보포프보다 빨리 손을 쓸 것 아닌가?"

마르첸코가 굳어진 얼굴로 김상철을 바라보았다.

"칼리닌과 파르포프를 없애다니, 보포프가 혼비백산 했겠는데."

"보포프를 없애는 걸 도와줄 수도 있어."

"……"

"오히려 마린스키 입장이 딱하게 되었는데 그건 당신한테 맡기겠어."

"조건이 뭐야?"

상체를 세운 마르첸코가 바짝 다가앉았다. 이제 두 눈을 치켜 뜬 그의 얼굴에는 지친 기색이라고는 찾아볼 수가 없다.

"새 마피아 보스의 동업자가 되는 것뿐이야. 아니, 후원자라고 할까?"

"……"

"파벨과 같은 시행착오를 범하지 않으려면 그러는 수밖에 없지. 그레고리의 부하 몇 명을 당신이 데리고 있어줘야겠어. 아마 도움이 될 거야."

"……"

"이미 칼리닌, 파르포프는 당신이 제거한 것으로 소문이 났을 테니까 보포프는 잔뜩 긴장하고 있을 거야. 어때, 나가서 해보겠나? 마르첸코."

한동안 김상철을 바라보던 마르첸코가 이윽고 머리를 끄덕였다.

"짐작하고 있었던 일이야. 그래서 나도 협력을 했고……. 내가 왜 안하겠나?"

김상철이 주먹으로 테이블을 치자 문이 열리더니 주코프가 들어섰다.

"보스, 부르셨습니까?"

"마르첸코 씨가 나가실 예정인데 그전에 우리들과 계획을 세워야 할 것 같다."

주코프가 머리를 끄덕였다.

"준비하고 있었습니다. 보스."

"로스토프가 1개 연대 병력을 고려 부두에 파견한다고 연락이 왔습니다."

이고르는 방금 파벨한테 다녀온 길이었다. 마린스키의 앞자리에 앉은 그가 말을 이었다.

"보스, 당분간은 움직임을 자제하라고 파벨이 말하더군요. 코마노프가 적극 개입하고 있답니다."

"나도 들었어, 고려의 강 회장이 코마노프를 만났다는 것을."

"코마노프가 직접 로스토프한테 지시를 내렸다고 합니다."

"고려의 수송단이 하바롭스크로 다가오고 있어. 300대가 넘어. 아마 내일부터는 고려 부두에서 수송열차가 출발하겠군."

"그렇게 되겠지요."

마린스키는 이미 술이 조금 들어간 상태였는데 술병을 움켜쥐더니 보드카를 두어 모금 삼켰다. 저녁 7시가 넘어 있어서 창밖은 짙은 어둠에 싸여 있었다.

"하바롭스크 이야기는 들었겠지?"

술병을 내려놓은 마린스키가 이고르를 바라보았다.

"파벨이 그 이야기는 안하더냐? 마르첸코가 대활약을 하고 있다는……. 그가 칼리닌과 파르포프를 없애는 바람에 보포프가 어디에다 머리를 처박고 숨어 있는지 알 수가 없다고 들었다."

"들었습니다. 그래서 알렉세이를 하바롭스크로 파견했더군요."

"알렉세이 같은 피라미쯤이야 2, 3일 후에는 얼굴 없는 시체가 되어서 아무르 강 위에 떠 있게 될 것이다."

"……."

"마르첸코는 김상철이의 지원을 받고 있어, 이미 하바롭스크는 마르첸코의 수중에 다시 들어갔다."

다시 술병을 쥔 마린스키가 병을 기울여 두어 모금을 삼키고 내려놓았다.

"마르첸코 습격사건이 있는 직후 파벨은 고려 부두를 공격해야 했어. 그렇게 했으면 나는 반 이상의 세력을 잃었을 것이고 성공했든 실패했든 파벨의 권위는 설 수 있었어."

이고르가 긴장한 얼굴로 마린스키를 바라보았다. 이것은 파벨에 대한 비판이다. 마린스키가 말을 이었다.

"이고르, 넌 내가 파벨 앞에서 내 병력을 동원해서 고려 부두를 치자고 솔선해서 나서지 않았던 이유를 알 것이다. 그것은 의심받기 싫어서였어."

"……."

"마르첸코의 테이프 사건과 놈들의 전화가 나한테 몇 번 왔다는 것을 알게 된 파벨은 아예 병력동원을 포기했지. 그렇지 않나?"

"그, 그렇습니다, 보스."

"파벨이 블라디보스토크는 너한테 넘겨준다고 하더냐?"

이고르가 얼굴이 뻣뻣하게 굳어졌다.

"아닙니다, 보스."

그러자 갑자기 마린스키가 술병을 거꾸로 들더니 테이블을 내려쳤다. 병이 깨어지면서 술이 사방으로 튀었고 동시에 문이 열리더니 부하들이 쏟아져 들어왔다. 모두 마린스키의 심복들이다.

그들이 잠자코 주위에 둘러서자 마린스키가 다시 입을 열었다.

"이고르, 이제 명분은 나한테 있다. 파벨은 이제 끝났단 말이다."

장인규가 금강산 클럽에 들어선 것은 아침 10시 정각이다. 이제 날씨는 영상 10도의 여름 날씨였으므로 얇은 가죽점퍼에 바지 차림을 한 그녀는 곧장 홀로 들어섰다.

"이쪽으로 오십시오."

안에서 기다리고 서 있던 사내 하나가 앞장을 섰다. 김상철이 러시아에 들어가 있었으므로 이제 그녀는 타운의 업소들뿐만 아니라 전반적인 일을 관리하는 입장이다. 사내는 홀 안쪽의 밀실로 다가가더니 문을 열었다. 방 안의 소파에 앉아 있는 이금철이 보였다.

"너희들은 여기서 기다려."

뒤에 붙어선 경호원들에게 그녀가 말했다. 이제 서로 왕래하는 사이이지만 한 번도 마음을 놓은 적이 없다. 방 안으로 들어서자 이금철이 자리에서 일어섰다.

"어서 오시오."

"클럽이 꽤 좋아졌네요."

그렇게 인사는 했지만 악수 같은 것은 양쪽 모두가 할 생각도 없는 듯이 자리에 앉았다. 탁자 위에는 생수병과 잔이 각각 앞쪽에 놓여 있었고 담배와 재떨이도 준비해 놓았다.

"그런데 무슨 일이요? 갑자기."

이금철이 묻자 장인규가 똑바로 그를 바라보았다.

"박기동 씨하고 연락이 끊겼어요. 블라디보스토크의 최진삼 씨도 나흘 전에 전화를 받은 것이 마지막이라는데……."

"글쎄, 나는 그쪽하고 직접 연락이 안 되어서……. 하지만 온성에 다녀간 것만은 확인이 되었소."

이금철이 이맛살을 찌푸렸다.

"혹시 김 사장한테 가 있지 않을까?"

"확인해봤는데 없어요. 그리고 박기동은 김 사장의 연락처를 모릅니다."

"그렇다면 이상하군."

머리를 한쪽으로 기울인 이금철이 입맛을 다셨다.

"이제 육로가 개통이 된 상황이라 박기동이 준비를 하는 줄로만 알았는데……."

"그쪽 사람도 연락이 없습니까?"

"온성과는 연락을 주고받지만 박 선생과 같이 다니면서 나한테 연락을 하지는 않소."

"그렇다면 좀 찾아봐 주세요, 나호트카에서 전화가 왔었다고 합니다. 바닷가의 무슨 모텔이라는데 최진삼 씨가 압니다."

자리에서 일어난 장인규가 말을 이었다.

"내일까지 연락이 없으면 김 사장께 보고를 해야겠어요."

따라 일어선 이금철이 머리를 끄덕였다.

"알겠소. 당장 사람을 보내지요. 온성에도 연락을 해보겠소."

하바롭스크는 마피아간의 전쟁터가 되어 있었다. 파벨이 보낸 알렉세이와 보포프가 연합한 세력과 마르첸코와의 싸움이다. 그러나 기선을 잡고 있는 것은 마르첸코였다. 그는 이미 파벨의 심복들을 거의 제거 했을 뿐만 아니라 그레고리의 지원을 받고 있는 것이다. 그들은 상대방 가게나 주거지를 불문하고 수류탄을 던지고 기관총을 난사하는 상황이었으므로 대낮에도 거리에는 폭음과 총성이 났다. 경찰당국은 총격전시는 물론이고 총기를 휴대한 마피아는 현장에서 사살한다는 강경책으로 나왔는데 마피아가 일사불란한 지휘체제였을 때는 엄두도 내지 못했던 일이었다. 지금 상황이 그들에게는 마피아를 제압할 기회로 보였는지도 모른다. 저녁 8시가 되자 시내는 인적이 드물었고 차량의 통행도 뜸해졌다. 경찰당국이 밤 9시로 통금을 실시했기 때문이다. 시 외곽의 주택가는 이미 인적이 끊긴 지 오래였다.

국도로 이어지는 주택가의 도로 모퉁이에 세워진 3층 건물도 짙은 어둠 속에 묻혀 있었다. 이곳은 전에 철도노동조합 사무실로 쓰이다가 지금은 낡아서 시의 자재창고로 사용되는 건물이다.

건물 2층의 사무실 안, 창에 짙은 색 커튼을 내린 방 안에 테이블을 중심으로 7, 8명의 사내들이 둘러앉아 있었다. 천장에 달린 두 개의 형광등이 열 평 남짓한 방 안을 비치고 있었는데 분위기는 무겁다. 보포프는 테이블 안쪽에 앉아 있었다. 며칠 사이에 그의 볼은 핼쑥하게 여위어 있었지만 눈빛은 날카로웠다. 그가 입을 열었다.

"마르첸코한테 칼리닌과 파르포프가 당했지만 아직도 간부급 서너 명은 우리가 끌어들일 수 있어. 주저하거나 저쪽으로 넘어갈 눈치가 보이는 놈들은 우리도 가차 없이 처단할 테니까."

그의 목소리가 방 안의 분위기를 더욱 가라앉혔다.

"오늘 빌리 클럽을 박살낸 것도 그것 때문이야. 바하린 그놈은 운 좋게도 살아남았지만 이제 다른 놈들도 정신을 차리게 될 것이다."

그와 마주보고 앉은 알렉세이는 30대 중반으로 유지노사할린스크 출신이다. 회색빛 머리칼에 다부진 체격의 그는 구소련 시절에 꽤 날리던 축구선수였다는 소문이 있다. 알렉세이가 담배연기를 길게 내뿜더니 시계를 내려다보았다. 사내들도 제각기 담배를 피우거나 딴전을 피웠는데 입을 여는 것은 보포프 혼자이다.

"저녁에 파벨하고 통화를 했어. 블라디보스토크를 곧 정리하고 이곳에 온다는 거야. 고려 부두는 코마노프가 가로막아서 당분간 보류시킬 수밖에 없겠다고 하더군."

그러자 알렉세이가 머리를 들었다.

"보포프, 마르첸코는 이미 예전의 조직 대부분을 규합해놓고 있어요. 그것도 파벨한데 말해주었소?"

보포프가 와락 얼굴을 찡그렸다.

"물론이야, 알렉세이. 그리고 김상철의 지원을 받아 더욱 날뛰고 있다고도 말해주었어."

"……"

"하지만 며칠 가지 못할 것이야, 그 배신자는."

문이 열리면서 사내 하나가 들어섰으므로 방 안의 시선이 그쪽으로 쏠렸다. 사내는 알렉세이의 부하였다. 곧장 알렉세이에게로 다가간 그는 허리를 굽혀 몇 마디 귓속말을 하고 물러섰다. 천천히 머리를 끄덕인 알렉세이가 보포프를 바라보았다.

"보포프, 파벨은 한 시간 전에 가족들을 데리고 도망쳤어. 블라더보스톡은 지금 마린스키가 지배하고 있어."

방 안은 숨소리조차 들리지 않았다. 알렉시이가 말을 이었다.

"방금 내 부하한테 연락을 해온 사람은 이고르야. 그러면 믿을 만하겠지?"

"말도 안 되는 소리."

얼굴이 하얗게 굳어진 보포프가 주먹으로 테이블을 내려쳤다.

"내, 당장 파벨한테 연락을……"

그 순간이다. 어느 사이에 권총을 빼든 알렉시이가 총구를 보포프의 가슴에 똑바로 겨누었다. 그러자 그의 부하들도 일제히 총을 뽑았다.

"이고르가 해준 말이 또 있다. 마린스키와 마르첸코가 손을 잡았다는 내용이야. 이고르가 마린스키측에 붙었듯이 나도 마르첸코에게 협조하는 것이 순서라는 것이지."

"이, 이것 봐, 알렉세이."

얼굴이 하얗게 질린 보포프가 손을 내젓는 순간 알렉세이의 총구에서 섬광이 튀었다. 소음기를 끼운 총성은 둔탁했지만 방안을 울렸고 가슴을 맞은 보포프가 앉은 채로 의자와 함께 뒤로 넘어졌다. 그것이 신호라도 되는 듯 알렉세이와 나란히 앉은 부하들이 앞쪽에 앉은 보포프의 일행을 향해 총을 난사했다. 10초도 안 되는 짧은 순간이다. 보포프와 그의 심복 세 명은 시체가 되어서 바닥에 쓰러져 버렸다.

"마르첸코를 찾아라. 서둘러."

알렉세이가 자리에서 일어서며 말했다.

"내가 만나고 싶다고, 아니, 연락이 되면 날 바꿔 줘, 어서!"

김상철이 파벨의 도주 사실을 안 것은 그날 밤이었다. 블라디보스토크로 내려 보냈던 그레고리의 부하가 전화로 알려왔던 것이다. 그리고 다음날 아침에는 하바롭스크의 마르첸코한테서도 연락이 왔다.

"어젯밤 알렉세이가 보포프를 사살했소. 이것으로 이번 사건은 종결이요, 김."

그의 목소리는 들떠 있는 것처럼 느껴졌다.

"마린스키와 곧 만나기로 했는데 아무래도 이제는 조직을 양분해야 될 것 같소."

그가 마린스키에게 전권을 양보할 수는 없다는 말이었다. 통화를 마친 김상철로부터 내용을 들은 그레고리가 이를 드러내며 웃었다.

"당연하지요, 그리고 그런 상황이 우리들에게는 차라리 낫습니다. 파벨과 같은 경우가 다시 일어날 가능성이 있으니까요."

"파벨은 어디로 갔을까?"

"모스크바나 아니면 유럽 쪽으로 가고 있겠지요. 이미 그자는 잊혀진 놈입니다. 부하 두어 명이 따라간 모양인데 아마 그놈들도 믿지 못해 당하거나 말거나 하겠지요."

일 년쯤 전의 일로 모스크바의 마피아 보스였던 밀리우스라는 자가 경쟁세력에 밀려 부하 몇 명과 함께 헝가리로 피신한 지 한 달 만에 시체로 발견되었는데 살해범은 그의 부하들이었다. 부하들은 그의 엄청난 재물을 모조리 강탈한 다음 뿔뿔이 흩어졌는데 사건은 그것으로 끝이었다.

"이제 난 고려리아로 돌아가겠다."

김상철이 말하자 그레고리가 머리를 끄덕였다.

"그렇게 하십시오. 난 이곳에 남아서 마르첸코와 수습을 하겠습니다. 마린스키도 만나봐야 될 것 같습니다."

"박기동이 나흘째 연락이 없다니 마음이 개운치가 않아."

"그놈, 마피아 전쟁이 일어나니까 어디 깊숙한 곳에 엎드려 있을 겁니다. 이제 사건이 끝났으니 얼굴을 내밀겠지요."

그레고리도 박기동을 탐탁치않게 생각하는 것이다.

김스크 부락은 아침부터 활기를 띠고 있었는데 부하들에게 마피아 내부의 정변이 알려졌기 때문이다. 부락민은 모두 조선족으로 100명도 안되는 인구였지만 벌써 10여 명이 고려 타운의 사업장에서 돈벌이를 하는 중이다. 그들은 부하들과 함께 번갈아 경비까지 서주면서 고생해왔던 참이라 같이 들떠 있었다.

공회당의 문이 열리더니 이한이 들어섰다.

"형님, 하바롭스크지사에서 연락이 왔습니다."

그들 앞에 선 이한이 말을 이었다.

"회장님은 어제 서울에 도착하셨다고……. 고려리아는 상황이 나아지면 들리시겠다고 하셨답니다."

"곧 들리시겠군, 이제는."

그레고리가 말을 받고는 김상철을 힐끗 바라 보았다.

"상황이 나아진 것이 아니라 완전히 풀려버렸지 않습니까? 마르첸코는 물론이고 이제 블라디보스토크의 마린스키도 고려리아를 건드릴 수 없습니다. 이번 기회에 아예 계약을 백지화시켜 버릴 수도 있을 것 같은데요."

강 회장이 탄 승용차가 청와대에 들어선 것은 아침 10시 45분이었다. 현관에서 차를 내린 강 회장과 이남호는 비서실 직원의 안내를 받아 곧장 비서실장 이태준의 방으로 들어섰다. 이태준이 자리에서 일어나 그들을 맞았는데 동석하고 있는 것은 안보수석 박정규이다. 인사를 마친 그들은 곧 소파에 마주보고 앉았다. 오늘은 이태준이 강 회장에게 러시아 방문 이야기를 해주십사하고 초청한 것이다.

"고생하셨겠습니다. 연로하신데 긴 여행을 하셔서."

이태준이 입을 열었다.

"성과가 대단하셨더군요. 군대가 동원된 것을 보면 이제 수송로는 물론이고 고려 부두도 걱정이 없겠습니다."

"그야……."

강 회장이 입맛을 다시고는 의자에 등을 기댔다.

"러시아 정부의 체면이 걸려 있는 일이니까요. 마피아 때문에 국사를 망칠 수는 없지요."

"대통령이 적극적으로 나선 모양이던데요."

"그렇지요. 직접 극동군 사령관한테 전화지시를 했으니까요."

"다행입니다. 고려를 위해서나 우리나라를 위해서도."

"……."

"곧 수송이 시작되겠지요?"

"아침에 열차가 블라디보스토크에서 출발했다고 들었습니다."

"잘 되었군요, 그런데 러시아 대통령이 다른 이야기는 없던가요? 한러 양국관계나 아니면 남북한 관계에 대해서."

"글쎄, 나는 고려리아와 러시아 관계만 신경을 쓰다 보니, 원체 정신이 없어서……."

강 회장이 힐끗 이남호를 바라보았다.

"자네도 같이 있었는데, 그 양반이 뭐라고 한 것 있었나?"

"없었습니다. 시간도 짧았고 해서……."

"그렇지. 짧았지."

머리를 끄덕인 강 회장이 이태준을 바라보았다.

"지난번 일로 러시아와 한국과의 관계가 조금 소원해졌지만 별일 없을 겁니다. 그렇다고 내가 제 얼굴에 침 뱉듯이 제 나라 험담하는 사람도 아니고."

"……."

"잘못되면 계약위반으로 러시아가 고려리아를 몰수해 갈 수도 있는 판이니까. 다된 밥을 엎을 수는 없지."

"뭐, 남북관계만 우리 정부와 호흡을 맞춰주신다면 문제될 것이 하나도 없지요, 강 회장님."

이태준이 부드럽게 말했다.

"그것도 고려리아와 회장님을 생각해서 어쩔 수 없이 그렇게 된 겁니다. 이해해 주셔야지요."

"경비본부장이 행정위원장에게 막말을 하고 대드는 상황인데, 어디 일이 제대로 될까요?"

강 회장의 말에 분위기가 금방 딱딱해졌다. 박정규가 헛기침을 하더니 나섰다.

"저, 그것은 조금 오해가 있었던 모양입니다. 그래서 우리가 주의를 주었습니다만."

"고려리아가 언제 넘어질지도 모르는 상황에서 운영위원회는 안에서 내분만 일으키고 있소. 행정위 소속의 직원들을 불러다가 조사나 하고."

그러자 이남호가 그의 말을 가로막듯이 입을 열었다.

"이제 일이 모두 수습되었으니 내부도 정돈해야 되겠습니다. 차차 조화를 이루면서 발전시켜 나가야겠지요."

"그렇지요. 조화가 중요합니다."

이태준이 맞장구를 쳤다.

"곧 경비본부장을 한국으로 불러들이지요. 잘잘못 이전에 하극상은 용납할 수 없습니다. 조처하겠습니다."

눈을 껌벅이며 이태준을 바라보던 강 회장이 이윽고 머리를 끄덕였다.

"그렇다면 좋습니다. 잘 생각하신 거요."

"저희들은 원칙을 지킵니다. 곧 대의를 지킨다는 말씀입니다."

"알겠소."

이남호의 시선이 박정규에게로 옮겨갔다. 그의 시선을 의식했을 것임에도 박정규는 잠자코 강 회장을 바라보며 움직이지 않았다.

국경에서 150킬로미터 정도 고려리아 영토로 들어선 곳에 테르시 마을이 있다. 본래 토착민 서너 가구가 사냥을 생업으로 하며 살던 곳이었다가 길이 뚫리면서 개척마을이 세워진 곳이었다. 그러나 인구는 아직

200명 정도로 반수 이상이 주유소와 정비소 등에 근무하는 고려리아 정부소속 직원들이었고 대아운송의 직원들도 7, 8명이 있다. 이곳에서 수송단이 차량을 점검하고 연료와 보급품을 갖추어 내륙으로 출발하기 때문이다. 김상철이 헬기로 이곳에 도착한 것은 오후 3시경이었다. 이젠 여름이어서 헬기장 주위에는 푸른 풀잎이 무성했고 프로펠러가 일으키는 바람결에 짙은 땅 냄새가 맡아졌다. 미리 연락을 하고 온 참이어서 대아운송의 테르시 책임자인 송명기가 헬기장에서 그를 기다리고 있었다.

"아직 타운에서 연락이 오지 않았습니다."

김상철 일행을 따라 헬기장을 나서면서 송명기가 말을 이었다.

"장 사장님이 도착하시는 대로 타운으로 연락을 바란다고 하셨습니다."

테르시는 한눈에 들어오는 조그만 부락이다. 헬기장에서 100미터쯤 앞쪽으로는 직진으로 뻗은 도로가 나 있고 그 양쪽으로 십여 채의 건물이 들어서 있다. 그들이 다가가는 대아운송의 주차장에는 50여 대의 컨테이너 트럭이 나란히 주차되어 있었다. 북한 노동자들을 싣고 가려고 대기하고 있는 수송단인 것이다. 김상철이 테르시에 온 것은 북한 노동자의 입국을 확인하기 위해서였다. 그들이 대아운송의 사무실로 들어서자 직원들이 자리에서 일어섰다. 김상철이 안쪽의 지사장실에 자리 잡고 앉자 송명기가 전화기를 들고는 다이얼을 눌렀다. 이한은 바깥 사무실에 있는 모양으로 방에 따라오지 않았다.

"사장님, 장 사장님 연결되었습니다. 급하신 모양인데요."

김상철은 송명기가 건네주는 전화를 받았다. 장인규에게는 하바롭스크를 떠나기 전에 테르시에 간다고 연락을 해두었던 것이다.

"무슨 일이요?"

그가 묻자 장인규가 서두르듯 말했다.

"박기동이 납치 된 것 같아요."

"……."

"나호트가의 모텔에서 두 사내가 대여섯 명한테 끌려가는 것을 주인이 보았다고 해요. 그 두 사내가 박기동과 조대길이 분명합니다."

"그게 언제였소?"

"닷새쯤 전이라니까 말이 맞습니다."

"러시아인이요? 아니면……."

"조선족이었답니다."

김상철이 이맛살을 찌푸렸다. 그러자 장인규가 재빨리 말을 이었다.

"이금철한테 확인을 했는데 펄쩍 뛰었습니다. 그도 지금 사람을 풀어 찾고 있는데……."

"그렇다면 누구란 말인가?"

"마피아나 나호트카의 폭력배들을 알아보고 있지만 아직 알 수가 없습니다."

"……."

"지금 이쪽으로 오시는 게 낫지 않을까요? 그곳에 계실 필요가 없습니다."

"알겠어. 곧 가지."

수화기를 내려놓은 김상철이 송명기를 바라보았다.

"헬기장에 연락해서 내가 곧 고려리아로 출발하겠다고 전해."

"알겠습니다."

송명기가 손을 뻗어 수화기를 쥐었다. 물론 마피아에도 조선족이 있었고 무리를 이룬 조선족의 폭력집단이 없는 것은 아니었다. 한동안 생각에 잠겨 있는 김상철에게 송명기가 다가와 섰다.

"사장님, 헬기가 대기하고 있답니다."

머리를 끄덕인 김상철은 문 쪽으로 시선을 돌렸다. 문이 열리더니 서너 명의 사내들이 몰려 들어왔기 때문이다.

"김 사장님, 고려리아 경호본부의 특수수사 과장 염태식이오."

그중 선임자로 보이는 30대 중반의 사내가 김상철의 앞에 멈춰서면서 말했다.

"당신을 보안법위반 및 살인혐의 등으로 체포합니다. 여기 영장이 있습니다."

사내가 점퍼 주머니에서 서류를 꺼내 흔들어 보였다. 딱 벌어진 어깨에 다부진 용모의 사내였는데 김상철로서는 초면이다. 넋을 잃은 송명기가 눈을 치켜뜨고는 김상철에게로 시선을 돌렸다.

김상철이 자리에서 일어섰다.

"날 어디로 데려 갈 겁니까?"

"그건 당신이 알 필요 없어."

사내 두 명이 다가와 김상철의 양쪽 팔을 잡더니 손목에 수갑을 채웠다.

"자, 가자."

염태식이 몸을 돌리자 사내들은 김상철을 에워싸고는 썰물이 빠져나가듯이 사무실을 나왔다. 사무실 직원들이 모두 일손을 놓고 일어서 있었으나 질린 얼굴로 그들을 바라보고 있을 뿐이었다.

운송 사무실에서 헬기장까지는 100미터도 되지 않는 거리였다. 헬기장에서는 이미 헬기가 프로펠러를 회전시키고 있었는데 김상철이 하바롭스크에서 타고 온 헬기였다. 염태식이 인솔해온 부하들은 20명 가깝게 되었고 모두 기관총과 권총으로 중무장한 차림이었다. 그들은 이미 김상철이 테르시에 온다는 정보를 입수하고는 기다리고 있었던 것이다.

"누구야? 운영위원장 짓인가?"

헬기장의 사무실로 다가가던 김상철이 앞장선 염태식에게 묻자 그가 머리를 돌렸다.

"닥쳐, 이 새끼야. 건방진 새끼 같으니, 어따 대고 반말이야."

염태식이 그를 쏘아보며 잇사이로 말했다.

"넌 인마, 이제 인생 끝이야. 좋은 시절 끝났단 말이다."

사무실로 들어서면서 김상철은 문득 박기동의 얼굴을 떠올렸고 순간 숨을 들이마셨다. 박기동의 실종과 이 사건의 연관성이 생각났던 것이다. 헬기장의 대합실은 좁다. 20평 남짓한 대합실 겸 휴게실로 들어서자 염태식은 여유를 찾은 듯 어깨를 펴고 주위를 둘러보았다.

"이 새끼 똘마니들은 몇 놈 잡았지?"

"네 명입니다, 과장님."

누군가가 대답하자 그가 얼굴에 웃음을 띠었다.

"고려리아가 제집인 줄 아는 모양이군. 겨우 경호 네 명을 달고 들어오다니."

그는 시계를 내려다보았다.

"시간이 없다. 우선 이놈하고 경호 책임자 이한이 두 놈만 싣고 떠난다. 너희들은 본부에서 헬기가 곧 올 테니 그것을 타고 오도록."

대합실에 가득한 경비요원들을 둘러보는 그의 모습은 당당했다.

"김 반장, 네가 남아라. 이 주임은 다섯 명을 데리고 나를 따르도록."

헬기는 고도 천 미터 상공을 날고 있었다. 강력한 터빈엔진 2기에서 뿜어 나오는 진동으로 기체는 신음하듯 떨고 있었지만 러시아가 자랑하는 Mi-24 하인드형 공격용 헬기였다. 물론 동체 측면의 날개에 대전차 미사일이나 로켓탄포드를 탑재하지는 않았으나 날개를 벌리고 나는 모습은 언제나 위협적이다.

러시아 공군은 Mi-24 수백 대를 민간에 양도하여 상업용으로 사용하고 있었는데 김상철도 하바롭스크에서 한 대를 빌려 타고 왔던 것이다. 조종석과 분리된 일렬식 좌석에 여덟 명의 사내가 넷씩 마주앉아 동체의 진동에 같이 떨고 있었다. 앞쪽의 창으로 티 한 점 없는 푸른 하늘이 바라보였다. 김상철은 염태식의 옆자리에 앉아 있었다. 처음 얼마 동안은 흥분 상태를 가라앉히지 못한 염태식이 부하들에게 이것저것 지시하고 힐끗거리더니 이제는 의자에 등을 기대고 앉아 무언가 생각에 잠긴 것처럼 보였다. 그도 이번에 국정원에서 교체 파견된 간부 중의 하나일 것이다. 며칠 전에 단 한 명 남아 있었던 국정원 파견 간부 장동택이 고려리아를 떠나 서울로 돌아갔다.

문득 머리를 든 김상철이 앞쪽에 앉은 이한을 바라보았다. 그는 아까부터 김상철에게 시선을 주고 있었던 듯 시선이 마주치자 떼지 않았다. 그에게도 청천벽력처럼 일어난 사건일 것이었다. 운영위원회와 행정위원회의 갈등, 한국 정부와 고려그룹간의 불화 등에 무관심했던 이한으로서는 아직도 현실이 이해되지 않을지도 모른다. 헬기가 방향을 트는 모양으로 기체가 조금 옆쪽으로 기울어졌다. 모두 안전벨트를 매고 있었지만 앞쪽의 사내들의 몸이 통로 쪽으로 굽혀졌다. 앞으로 두 시간쯤이면 고려리아에 도착할 것이다. 그때는 밤이 되어 있을 것이고 염태식은 자신을 비밀리에 경비본부의 사무실로 데려갈 것이 틀림없었다. 그리고 내일 아침이면 서울행 직행편 비행기를 탄다. 김상철은 길게 숨을 내려쉬었다. 고려리아의 남은 조직은 경비본부에 의해서 접수되거나 분해될 것이었다. 이제까지 이루어 놓은 모든 것이 끝이다.

그레고리는 아마 하바롭스크에서 돌아오지 않을 것이고 송길수는 블라디보스토크에 남아 모두 마피아 계열이 될 것이다. 그렇게 되면 다시 고려리아는 마피아의 제물이 된다. 그리고 북한의 이금철은 기회를 노릴 것이다. 김상철의 시선이 다시 이한에게로 옮겨지자 그때까지도 그를 바라보고 있던 이한이 시선을 아래로 떨어뜨렸다. 그의 시선을 따라 김상철이 눈길을 내리자 이한이 손가락 하나를 잠깐 올렸다가 내렸다. 다시 시선을 올린 김상철은 앞쪽을 바라본 채 주위의 사내들을 시선 안에 모두 집어넣었다. 앞쪽 사내들은 이쪽을 바라보고 있었지만 이쪽 사내들의 시선은 잡을 수가 없다. 김상철의 눈길이 다시 이한의 팔목으로 내려가자 그가 다시 손가락 하나를 들었다가 내렸다.

헬기가 고도를 낮추면서 앞쪽으로 쏠렸으므로 사내들의 몸이 일제히 기울어졌을 때 김상철은 다시 이한의 팔목을 보았다. 한손으로 다른 손목을 누르고 있던 이한이 잠깐 손을 들어보였는데 수갑의 양쪽날 끝이 드러나 있다. 이미 그는 한쪽 수갑을 풀어놓은 것이다. 헬기가 중심을 잡자 길게 숨을 내리쉬고 김상철은 앞쪽을 바라본 채 천천히 머리를 끄덕였다.

염태식이 머리를 돌려 그를 바라보았지만 입을 열지는 않았다. 창밖이 어두워지고 있었다. 그가 바라보는 창문은 동쪽에 붙어 있어서 어느덧 푸른빛이 가신 하늘은 회색빛이 되어가는 중이다. 김상철은 잠깐 아래로 시선을 주었다. 안전벨트는 버튼 식으로 누르기만 하면 풀어지는 형식이다. 머리를 든 김상철이 다시 이한을 보았다. 그리고는 천천히 이한의 오른쪽에 앉은 사내에게 시선을 던졌다가 다시 건너뛰어 왼쪽의 사내 두 명을 차례로 바라보았다. 왼쪽 끝의 사내가 그의 시선을 받고는 하품을 했다. 다시 한 번 김상철이 시선을 반복하자 이한이 보일 듯 말 듯 머리를 끄덕였다.

그로부터 30분쯤 시간이 지났을 때 앞 열 왼쪽 끝의 사내는 졸고 있었다. 창밖은 이제 완전히 어두워졌고 헬기 천장의 붉은색 등이 기체 안을 희미하게 비추고 있을 뿐이다. 김상철은 이한을 바라보았다. 그리고는 손끝으로 벨트의 버튼을 누름과 동시에 양쪽 팔꿈치를 추켜올려 오른쪽 사내의 미간을 후려치듯 찍었다.

그리고 다음 순간 이마로 염태식의 얼굴을 받으면서 손으로는 그의 벨트에 찬 권총을 뽑아들었다.

"땅, 땅, 땅."

헬기 안에 총소리가 울려 퍼졌는데 그것은 이한이 쏘아 갈긴 총성이었다.

"움직이지 마!"

김상철이 왼쪽 끝의 사내에게 총을 겨누고 소리치는 순간 다시 이한의 총이 발사되었다.

"땅!"

왼쪽 끝의 사내가 말 한마디 뱉지 못하고 사지를 늘어뜨리자 이한의 권총이 염태식에게로 겨누어졌다.

"쏘지 마라!"

김상철이 소리치자 눈을 치켜뜬 이한의 총구가 오른쪽으로 돌려지면서 다시 총성이 울렸다. 김상철의 팔꿈치에 미간을 맞고 흔들리고 있던 사내가 바닥으로 몸을 꺾었다. 이한은 옆 사내의 권총을 빼앗아 들자마자 나란히 앉은 세 사내를 차례로 쏘아죽이고 앞 열의 두 사내까지 마저 죽였다. 김상철이 얼굴이 피투성이가 된 염태식의 턱밑에 총구를 가져갔다.

"내 수갑을 풀어라."

그리고는 이한을 돌아보았다.

"조종사에게 저택으로 가라고 해, 그리고 장인규에게 연락해."

"이미 나는 경비 부원 다섯 명을 살해했다. 경비대는 곧 이곳으로 진입해올 것이다."

김상철이 방 안에 모인 사람들을 둘러보았다. 장인규를 위시한 타운에 남아 있는 간부급 사내들이 그를 바라보고 있었다.

그가 앉아 있는 곳은 저택의 응접실이었는데 도착한 지 채 10분도 되지 않은 시각이다. 이한의 무선연락을 받은 장인규가 저택에서 기다리고 있었으므로 금방 회의를 열 수 있었던 것이다. 그가 말을 이었다.

"나는 잡혀가지 않을 것이고 그렇다고 이곳에서 경비부원들과 전쟁을 치러 동지들을 희생시키지도 않겠다."

장인규가 입을 열었다.

"유 위원장에게 중재를 부탁하지요. 전쟁이 일어난다면 경비대에 승산이 있는 것도 아닙니다. 우리가 북한 측과 손을 잡으면 고려리아는 전복됩니다."

이맛살을 찌푸린 김상철이 그녀를 노려보았다.

"유 위원장한테 당신을 부탁할 생각이야. 대아운송은 넘겨주더라도 우리가 세운 타운의 사업장은 모두 당신과 우리 동지들이 관리 할 수 있도록."

"……."

"아마 그것은 책임져줄 것이다. 그리고 나는 떠난다."

그러자 방 안의 사내들이 서로를 돌아보며 웅성거렸다. 김상철이 손을 들자 모두들 조용해졌다.

"그 방법밖에 없다. 여러분이나 고려리아를 위해서……. 송길수와 그레고리가 돌아올지는 나도 장담할 수 없지만 앞으로 고려리아의 조직은 장인규가 맡는다."

장인규가 입을 열었다가 김상철의 세찬 시선을 받고는 입을 닫았다.

"고려리아의 운영자들도 북한을 견제하는 조선족 세력이 있어야 한다는 필요성은 느끼고 있다. 이제 그것을 장인규가 맡는 것이다."

"어디로 가실 작정 입니까?"

말석에 앉은 사내 하나가 물었는데 그는 주위의 시선을 아랑곳하지 않았다.

"제가 모시고 가겠습니다."

"고맙지만 하나라도 더 이곳에 남아서 장 사장을 도와라. 그것이 나에 대한 신의를 지키는 것이 될 것이다."

김상철이 다시 주위를 둘러보았다.

"행정위원회도 내 문제는 어쩔 수가 없을 것이다. 하지만 언젠가는 풀릴 것이다. 고려리아에 대한 한국 정부의 간섭이 풀리는 날이 되면."

"……."

"그때까지 잘 부탁한다."

"연락은 자주 하시겠지요?"

장인규는 상황판단이 빠른데다 분위기 장악력도 있다. 그녀가 그렇게 묻자 김상철이 커다랗게 머리를 끄덕였다

"물론이지. 이곳이 내 고향이고 내 형제들이 있는 곳이야. 당신들의 일거수일투족을 바라보고 있을 것이다."

저택의 뜰에 내려앉은 헬기가 다시 우렁찬 폭음을 울리며 두 개의 엔진을 가동시키고 있었다. 이제 밤이어서 주위는 짙은 어둠에 싸여 있었지만 저택 주위는 사내들로 뒤덮여 있었다.

헬기의 프로펠러가 일으키는 바람이 머리칼을 날렸고 먼지가 휘몰아 얼굴을 때렸다. 이한이 부하들을 지휘하여 분주히 헬기에 짐을 싣고 있는 것이 보였다. 김상철을 따라갈 사람으로는 이한과 그의 부하인 최복수, 정기만 세 사람이었다. 현관에 서 있는 김상철에게 장인규가 다가와

섰다.

"타운에 있던 달러를 실었습니다. 모두 200만 달러쯤 됩니다."

그러자 김상철이 이맛살을 찌푸렸다.

"나도 돈이 있어. 쓸데없는 짓을……."

"객지에선 돈이 많을수록 좋아요. 내가 당해봐서 압니다."

"유 위원장이 염려 말라고 했어. 내일 아침에 이대각 부위원장이 찾아오기로 했으니 만나보도록."

심란한 얼굴로 장인규가 머리를 끄덕이자 김상철이 그녀를 바라보았다.

"고맙소, 장인규 씨. 잘 부탁해."

"당신의 믿음을 배신하지 않을 겁니다."

"당신은 강한 여자야."

"그런 것만도 아닙니다."

"이곳으로 숙소를 당장 옮기도록 하고……."

그녀가 다시 머리를 끄덕이자 김상철이 생각난 듯 말했다.

"이인숙 씨 모녀도 잘 부탁해."

"글쎄 그런 걱정은……."

그러자 사내들을 헤치고 이금철과 최태호가 다가왔다. 현관의 등불에 비친 그들의 얼굴은 긴장으로 굳어져 있다.

"김 사장님, 어떻게 된 일이요?"

다가선 이금철이 다급하게 묻자 김상철이 쓴웃음을 지었다. 이미 그들은 이곳에 오기 전에 사건을 모두 들었을 터였다.

"난 당분간 떠납니다. 내 대신 여기 있는 장 사장이 조직을 맡기로 했고, 물론 행정위원장의 승인도 받았지요."

"아니 그런데 왜?"

"경비원들을 다섯이나 죽였소."

"이한이 했다던데."

"아무튼 여기 있지는 못하게 되었소, 당분간."

헬기에 짐을 다 실었는지 이한이 주춤거리며 다가왔다. 김상철은 장인규에게 손을 내밀었다.

"장 사장, 잘 부탁합니다."

장인규와 악수를 마친 김상철이 이제는 이금철을 향해 돌아섰다.

"잘 부탁합니다, 이 대좌. 내가 지켜보겠습니다."

"걱정 마시오, 잘 될 테니."

이금철이 그의 손을 힘차게 흔들어 주었다.

유랑

강미현이 사건을 안 것은 다음 날 아침이다. 운영위원회가 설치된 후로 고려리아 뉴스는 거의 매일 한국의 뉴스시간에 보도되었는데 그것도 정부 측의 치밀한 계획이었다. 이제 고려리아는 고려의 임차지가 아니라 한국의 임차지라는 인상을 심어주려는 것이다. 고려리아의 운영위원회 산하 홍보실은 재빠르게 김상철 사건을 한국에 보고했고 그것이 아침 뉴스로 보도된 것이다. 뉴스를 보다말고 응접실을 나온 그녀가 들어선 곳은 아래층 서재였다. 서재에 마주앉아 있던 강 회장과 강용식 부자가 들어서는 강미현을 보더니 입을 다물었다. 아침 7시가 조금 넘은 시간이어서 아직 식사 전이다.

"잘 왔다. 우리도 마침 네 이야기를 하고 있던 참이다."

강 회장이 입을 열었다. 그녀가 자리에 앉자 강 회장이 헛기침을 했다.

"김상철이 소식을 들었느냐?"

"네, 할아버지."

강미현이 무릎 위에 놓인 두 손을 옴켜쥐었다. 한마디로 말해서 엄청난 사건이었다. 보안법 위반 및 살인혐의의 용의자인 김상철이 체포되어 압송되는 도중에 국정원 요원 다섯 명을 살해하고 도주했다는 것이다. 김상철과 그의 일당에게 납치되었던 국정원의 모 간부는 밤늦게야 풀려났는데 그가 증인이라고 했다.

"우리는 오늘 새벽에 유장석으로부터 전말을 들었다."

강 회장이 말을 이었다.

"김상철이는 조직과 사업장 모두를 인계하고 어젯밤 고려리아를 떠났다."

"……."

"분하지만 우리도 어쩔 도리가 없다. 며칠 전에 청와대에 들어갔더니 그 사람들이 원칙대로 하겠다고 하더니만."

"……."

"경비본부장을 교체시키더니 김상철이를 잡았단 말이여."

"어디로 떠났는데요?"

그러자 강용식이 입맛을 다셨다.

"그건 모른다. 그리고 이젠……."

힐끗 강 회장의 눈치를 살핀 그가 말을 이었다.

"김상철이는 북한 노동자 1500명을 고려리아로 입국시키려다 체포된 거야. 대리인이라는 자가 낱낱이 자백했다는 거다. 북한과의 협상 내용도."

"……."

"북한에서 훈련받은 공작원 2만 명을 입국시키고 나서 고려리아를 적화시킬 계획이었다는 거다."

"아버지, 그 말을 믿으세요?"

강미현이 필사적인 얼굴이 되었다.

"그런 말도 안 되는 소리를."

"나도 믿지 않는다. 아마 그 박기동이라는 자가 정부 측이 만든 각본대로 이야기했을 것이다."

"……."

"하지만 이제 우리도 방법이 없다."

"경거망동을 해선 안 된다."

이제는 강 회장이 나섰다.

"우리 가족이 다시 여론의 표적이 되었다가는 대단히 힘들어진단 말이야. 언론이 너를 표적으로 삼을지도 모른다."

강미현이라고 전후 사정과 내외의 분위기를 모르는 것이 아니다. 탁자를 내려다보고 앉아 있는 그녀를 향해 강 회장의 말이 이어졌다.

"네가 가족과 기업을 위해서 개인감정을 버릴 때가 되었다. 절대로 내색하지 말고 초연한 태도를 보여야지, 그렇지 않았다가는 정부의 공격목표가 너와 우리 그룹으로 쏟아질 게야."

"……."

"오늘 석간이나 저녁뉴스에서 김상철의 북한과의 거래와 행적이 낱낱이 폭로될 것이다. 우리가 손을 써서 네 이야기는 덮을 작정이다만 그것도 아직 불안해."

서재를 나온 강미현이 2층의 계단을 오르는데 내려오는 강재원과 마주쳤다. 그도 뉴스를 들은 모양으로 표정이 굳어져 있다.

"할아버진 뭐라고 하셔?"

강미현은 잠자코 그의 옆을 스치고 지났다. 그에게 김상철의 안위 걱정을 바란다는 것은 무리였다. 그에게는 오직 강 회장의 의중이 중요할 뿐이었다.

"고려리아가 조용할 날이 없구면."

커피 잔을 내려놓은 백한기 과장이 안인석을 바라보았다.

"김상철이라는 놈, 잘 나가다가 신세 조졌어. 지금부터는 도망자 신세가 되었구면 그래."

퇴근 시간이 가까워질 무렵이다. 사무실의 책상에 풀린 자세로 비스듬히 앉은 그들은 잡담을 나누고 있었다.

"김상철이 잡히면 사형이겠다. 안 그래?"

"그렇겠지요."

백한기는 그와 김상철과의 관계를 알 리가 없다. 조금 전에 도착한 한국의 석간신문은 김상철에 대한 기사로 도배가 되어 있었던 것이다. 김상철은 전대미문의 살인범이자 야망을 위해서 북한과 결탁은 물론 고려리아의 적화도 무릅쓴 이기주의자로 묘사되었다. 신문을 접으며 백한기가 자리에서 일어섰다.

"글쎄, 처음부터 잘 나가는 놈은 꼭 뒤탈이 있다니까. 난 먼저 퇴근하겠어."

김상철의 일취월장을 시기해 마지않는 것은 백한기뿐만이 아니다. 대부분의 고려그룹 사원들은 말은 삼가고 있었지만 그런 분위기였고 모르는 사람일수록 그것이 더욱 심했다. 오후 7시가 넘어 직원들이 하나둘씩 빠져나가 사무실이 거의 비었을 때 전화벨이 울렸다.

"여보세요."

수화기를 든 그에게 낯익은 목소리가 들려 왔다. 이유미였다.

"웬일이야? 갑자기?"

"신문 읽었어?"

그녀가 대뜸 물었으므로 안인석은 쓴웃음을 지었다. 지난번에 그녀는 오사카에 들린 이후로 전화 한 통 없었던 것이다.

"그 일 때문에 전화한 거야?"

"꼭 그렇다고 할 수도 없지만 인석 씨와 내가 공통 화제를 삼을 수 있는 일이니까."

이유미의 목소리는 조금 가라앉아 있는 것처럼 느껴졌다.

"어쨌든 이제 김상철의 인생은 완전히 끝장이지? 지난 경우하고도 다르지 않아?"

"글쎄, 난 길게 생각하지 않아서 모르겠는데."

그러자 저쪽에서 잠시 말이 끊겼다. 서먹한 분위기에 그녀도 조금 당황한 모양이었다.

"인석 씨, 나한테 화났어?"

"아니, 그런 것도 없어. 그냥……."

"많이 변한 것 같아, 그동안."

"항상 같을 수야 없지. 넌 그것이 즐거울지 모르겠지만."

이왕 뱉은 말이라 안인석이 수화기를 고쳐 쥐었다.

"알고 있어? 넌 한 번도 열심히 살아본 적도, 그래서 보람도 고통도 당해본 적이 없다는 것을. 이제까지 다행히 넌 재주를 부리면서 꽤 화려한 인생을 살았지만 너도 잠깐이야. 언제 김상철이 같은 결과가 올지 모른다."

"……."

"네가 날 우유부단하고 재주 없는 놈으로 치부해왔다는 걸 잘 알아. 그리고 네가 날 아는 만큼 나도 널 알고……. 이제 쓸데없는 전화질도 그만하란 말이다."

던지듯이 수화기를 내려놓은 그는 담배를 꺼내 입에 물었다. 사무실은 어느덧 텅 비어 있었으므로 그는 의자를 뒤로 물리고는 길게 앉아 담배 연기를 내뿜었다. 그러자 전화벨이 울렸다. 한동안 잠자코 앉아 있던 그는 거칠게 전화기를 움켜쥐었다.

"여보세요."

"아, 안 형. 납니다. 기다리게 해서 미안합니다."

민태식의 목소리였다.

"자, 그럼, 우리 만날까요?"

한 시간쯤 후에 그들은 소네자키의 조용한 바 안에 마주앉아 있었다. 꽤 분위기가 있는 고급 술집이어서 바 안은 조용했다. 민태식이 보드카 잔을 들어 올리면서 얼굴에 웃음을 띠었다.

"나도 이제 보드카에 맛을 들였어. 고려리아 스타일이지."

그는 이제 한 달에 두어 차례씩 고려리아에 다녀오고 있었다.

"상가 공사는 본격적으로 시작될 예정이오. 겨울에는 시멘트 공사가 어렵기 때문에 이번 여름에 기초 공사는 끝낼 거요."

술을 한 모금에 삼킨 민태식이 안인석을 바라보았다.

"안 형, 조건이 갖춰졌습니다. 곧 고려리아에 지원을 하시오."

"어떤 조건이 말입니까?"

"운영위원회와 행정위원회가 사사건건 마찰을 일으키고 있어요, 우리는 운영위원회에 줄이 있습니다."

"……."

"이젠 마음에 걸릴 것도 없지 않습니까? 김상철이도 도주한 마당인데."

안인석이 민태식이 야쿠자의 연락원이 아니라 조총련계의 간부급 조직원이라는 것을 알게 된 것은 한 달도 안 된 일이다. 그러나 그는 별로 놀라지도 않았는데 야쿠자건 조총련이건 간에 이용하고 이용당하는 사이인 것은 마찬가지라고 느꼈기 때문이다. 이미 몸담고 있는 고려그룹을 배신하여 대영에게 정보를 넘긴 전력이 있는 몸이다. 오사카에 버려진 것처럼 쑤셔 박혀 있는 것보다는 자신의 가치를 재량껏 활용하여 출세하겠다고 마음을 먹었는데 그것은 김상철과 고려그룹에 대한 복수심 때문이었다. 그리고 자신을 무시하고 짓밟은 박미정과 이유미에 대한 반발심이기도 했다. 김상철이 패가망신하여 도주했다고 해서 그 감정이 지워질 수는 없었고 이젠 그럴 수도 없는 상황이었다. 안인석은 그를 바라보고 있는 민태식을 향해 머리를 끄덕여 보였다.

"좋습니다. 내일 지원을 하지요."

민태식이 만족한 듯 얼굴에 웃음을 띠었다.

"진급은 자동적으로 되겠지만 좋은 보직을 받게 될 겁니다. 앞으로 안 형의 미래가 열리게 될 것이오."

안인석의 잔에 보드카를 따르던 그가 생각난 듯 입을 열었다.

"참, 그 여자, 이유미라는 여행사 사장 말인데……."

"……."

"지난번 여기 들렸다가 고려리아에 가서 김상철이를 만났다고 하지 않았소?"

잠자코 머리를 끄덕인 안인석을 향해 그가 말을 이었다.

"고려타운을 휘젓고 다니면서 자기가 김상철과 친한 사이라고 소문을 뿌리고 다녔던 모양이야. 그러다가 김상철한테 쫓겨났다는 소문이 있소."

안인석이 얼굴에 웃음을 띠었다.

"충분히 그럴 만한 여자지요. 춥지만 않았다면 다리도 여러 번 벌렸을 겁니다."

움직임을 멈춘 민태식이 안인석을 찬찬히 바라보았다.

"다시 그 여자를 만날 가능성도 있겠소. 안 형이 고려리아에서 기반을 잡는다면."

다음날 회사로 출근한 이유미를 찾아온 첫손님은 40대의 두 사내였다. 국정원 직원으로 신분을 밝힌 그들과 응접실에 마주앉은 이유미는 좋은 기색이 아니다. 선임자로 보이는 사내가 입을 열었다.

"짐작하셨겠지만 김상철 씨 사건 때문에 왔습니다. 혹시 연락온 적 없습니까?"

"나한테 연락을 해요? 내가 그 사람하고 무슨 관계라구요?"

와락 얼굴을 붉힌 이유미가 물었으나 사내는 무표정 한 얼굴이었다.

"지난번에 고려리아에도 다녀오셨고, 그곳에서는 애인이라고 소문이 났던데요. 본인 입으로도 그렇게 말하고 다니신 걸로 아는데……."

"오해예요. 그 사람은 대학시절 제 남자친구의……."

"그건 압니다."

그녀의 말을 자른 사내가 탁자 위로 상체를 숙였다.

"전화 연락이나 어떤 형태의 연락이오면 우리한테 즉각 알려주셔야 합니다. 만일 숨겼을 경우에는 각오하셔야 할 거요."

"나, 정말."

사내를 쏘아보던 이유미가 뱉듯이 말했다.

"나보다도 고려그룹의 회장 손녀를 찾아가 보시지 그래요? 곧 김상철과 결혼할 사이인 여자 아녜요?"

"우리가 안 갔겠습니까?"

그러자 이제까지 잠자코 있던 마른 몸집의 사내가 수첩을 꺼내들었다.

"박미정 씨하고 김상철이가 서로 연락이 되는 사이든가요? 이혼하고 말입니다."

"그건 모르겠어요."

"지난번 고려리아에 가셨을 때 혹시 김상철로부터 들으신 이야기는 없습니까?"

"글쎄요. 잘 기억이 안 나는데, 아마 없었던 것 같아요."

"김상철이가 박미정 씨가 파리에 있는 것은 알고 있지요?"

"알고 있더군요."

"옛날 감정이 남아 있습디까?"

머리를 든 이유미가 사내를 바라보았다.

"사람인데 왜 감정이 없겠어요? 서로 사랑했던 사이였는데."

사내들이 응접실을 나가자 아침부터 기분을 잡친 이유미는 사장실로 돌아와 한동안 우두커니 앉아 있었다. 안인석과의 통화로 받은 충격이 꽤 컸던 때문으로 어젯밤에는 남자애 하나를 데리고 외박을 하고 나온 참이었다.

온몸이 나른했고 하체에 힘이 풀려 있어서 사우나를 한 다음 푹 자고 싶었지만 요즘 경기가 말이 아니다. 경쟁업체의 난립으로 도산하는 여행사가 속출하고 있는 실정이다. 이유미는 손을 뻗어 인터폰을 눌렀다.

"네, 사장님."

"오 전무를 내 방으로 오시라고 해."

의자에 등을 묻은 이유미는 가늘게 숨을 내리쉬었다. 지난달의 수지는 5억 적자였다. 오 전무에게 유럽의 배낭여행단 모집을 맡겼지만 실적은 바닥을 헤매고 있는 것이다. 만일 고려리아의 이번 사건만 없었다면 한국 최초로 고려리아 관광단을 모집하여 석 달 안으로 다시 상위권 여행사로 진입할 자신이 있었다. 모두가 김상철 덕분이었다. 그런데 어제 오후 고려리아 운영위원회는 김상철이 관여한 모든 계약과 업무를 취소하고 중지한다고 발표한 것이다. 이유미는 담배를 꺼내 입에 물었다

아무르 강이 내려다보이는 인투리스트 호텔의 8층 객실 안이다. 한낮의 태양이 비치는 강가의 모래사장 위에는 수영객이 가득했고 강물을 가

르며 모터보트 한 대가 달려가고 있었다. 한동안 창밖을 바라보던 김상철이 머리를 돌렸다. 밝고 따스한 바깥 날씨와는 달리 방 안의 분위기는 어둡고 무겁다.

"내가 러시아에 남아 있는 것도 고려리아에 부담이 될 거야. 한국 정부는 내가 유 위원장이나 장인규와 연락을 하고 있는 줄로 믿을 테니까."

앞쪽에 앉은 그레고리와 송길수를 향해 그가 말을 이었다.

"난 러시아를 떠난다. 당분간 이곳저곳을 떠돌면서 돌아갈 시기를 기다리겠어."

이미 그레고리는 하바롭스크에서 마르첸코와 연대하여 마피아 세력에 합류하기로 결정을 했고 송길수도 고려 부두에 파견 되었던 조선족 부하들과 함께 블라디보스토크에 남기로 한 것이다. 물론 송길수는 마린스키의 휘하에 들어가기로 결정이 되었는데 그것을 성사시켜 준 것은 그레고리였다. 그레고리가 무겁게 입을 떼었다.

"좋은 인연이었소, 보스. 내가 강도단 두목일 때 정착할 길을 열어주었고 이제 러시아 땅으로 되돌아와 기반을 굳히게 된 것도 모두 보스의 덕분입니다. 잊지 않겠소."

"운과 재능이 따라야지. 이것은 고려 강 회장의 인생관이야."

"존경할만한 보스를 갖는 것이 바로 운이 좋은 거요."

그러자 송길수가 머리를 들었다.

"이제 고려리아와 우리들의 인연은 끝났습니다. 장인규가 타운에 있지만 고려리아 정부와 우리들은 무관합니다."

송길수의 말에 그레고리가 커다랗게 머리를 끄덕였다.

"개자식들이고 배은망덕한 놈들이오."

하바롭스크에서 마르첸코와 그레고리가, 블라디보스토크에서 마린스키와 송길수가 가로막는다면 고려리아는 몇 달 버티지 못하고 붕괴될지도 모른다. 파벨의 방해공작과는 비교도 되지 않을 것이다. 러시아 군대가 목숨을 걸고 고려리아의 수송단을 지킬 리가 없으며 수송선은 1000킬로미터가 넘는 것이다. 그레고리와 송길수도 고려리아를 지키려고 목숨을 걸었던 사람이다. 그런데도 고려리아 정부는 허술한 때를 기다려 보스를 체포했고 자신들을 헌신짝처럼 버렸다고 믿고 있었다. 송길수가 말을 이었다.

"이 기회에 고려리아 운영위원회에 본때를 보여야 합니다. 수송단을 끊임없이 파괴하고 괴롭히는 것은 문제가 아닙니다. 그래야 형님의 가치를 알게 될 겁니다."

송길수는 너무나 분했다. 김상철과 고려리아의 개척단 후신인 행정위원회와의 관계를 잘 알고 있었지만 이렇게 보람 없이 쫓기는 신세가 된 김상철에 대한 애정의 표현이었다. 김상철이 입을 열었다.

"난 다시 고려리아로 돌아간다. 그곳은 내가 인생을 걸고 일을 할 장소이고 또 내 새로운 조국이야."

"……"

"나는 강 회장의 신념과 유장석 씨의 열정에 따랐던 사람이야. 그들이 고려리아에 남아 있는 한, 난 그렇게 못 해."

그는 그레고리와 송길수를 차례로 바라보았다.

"알아서 처신해주기 바란다. 이제 너희들도 각자의 사정이 있을 테니까."

입맛을 다신 그레고리가 의자에 등을 기대더니 길게 숨을 내리쉬었다.

"저격수를 보내 운영위원장 이하 한국 정부 측 놈들을 하나씩 쏘아죽이겠소."

김상철이 머리를 돌려 다시 창밖을 바라보았다. 그는 그럴지도 모르지만 말릴 생각은 없다. 방 안의 침묵을 송길수의 목소리가 깨뜨렸다.

"형님이 돌아오시면 저도 고려리아로 가지요. 그곳에 조선인 나라를 세운다는 것에 저도 동화가 되었으니까요."

운영위원장실로 들어선 유장석과 이대각은 곧장 전창남의 앞쪽 의자에 다가가 앉았다. 전창남은 그들이 앉을 때까지 시선만 들었을 뿐 입도 열지 않았는데 쓴 약을 삼킨 얼굴이었다. 이쪽의 유장석은 그런 대로 무표정한 얼굴이었지만 이대각은 다르다. 눈을 치켜뜨고 어금니를 문 고약한 표정이었다. 유장석이 입을 열었다.

"우리가 고려리아를 나갈 테니 당신들이 운영하겠소? 당신들 지금 무슨 짓을 하고 있는 거요?"

말소리는 낮았지만 그의 목소리는 날카로웠다.

"행정위원회와 협의도 거치지 않고 또 제멋대로 굴 거요?"

그러자 전창남이 손을 뻗어 책상 위의 인터폰을 눌렀다.

"네, 위원장님."

비서의 목소리가 들려 왔다.

"부위원장하고 경비본부장을 내 방으로 오라고 해."

"병신 같은 놈."

이대각이 혼잣소리처럼 말했지만 전창남은 알아들었다. 두 눈을 치켜뜬 그가 이대각을 쏘아보았다.

"당신, 지금 뭐라고 했소?"

"병이 난 것 같다고 했습니다."

전창남이 찌푸린 얼굴을 유장석에게로 돌렸다.

"무슨 일로 또 이러는 거요? 우리가 제멋대로 하다니?"

"어제 한국 정부에 고려리아의 경비병력을 1만 5000명으로 세 배 증원시켜야 한다는 공문을 보내지 않았소?"

"그것이 어쨌단 말이요?"

"이런 개새끼."

마침내 이대각이 주먹으로 테이블을 쳤다.

"야, 이 개자식아. 네가 뭔데 그런 공문을 보낸단 말이냐? 1만 5000명 경비병력을 들여오면 그 경비는 네가 댈 테냐? 한국 정부가 댄다더냐!"

"아니, 이런 버르장머리 없는……."

"이런 씨발 놈 봐라? 네가 날 어떻게 할 수 있을 것 같으냐?"

그러자 방문이 열리더니 부위원장 안주익과 경비본부장 소명일이 들어섰다. 전창남이 이제는 시뻘겋게 달아오른 얼굴로 고함을 쳤다.

"아니, 이런 불한당 같은 놈이 어디에다 대고 욕질이야! 여기가 어딘 줄 알고!"

"너하고 나하고 누가 여기에 오래 붙어 있나 내기할까? 그리고 네가 한국에 돌아가면 어떤 꼬락서니가 되나 내가 말해줄까?"

이대각도 악을 쓰듯 소리쳤다.

"이 개자식아, 정부가 네 뒷바라지 해줄 줄 알아? 여기서 쫓겨난 신재열이가 지금 어떻게 되었나 말해 줄까? 그 새끼, 옛날에 땅 투기한 것, 또 동생시켜서 돈 먹은 것, 깡그리 고발되어서 지금 쇠고랑을 차게 되었어, 이 새끼야."

"이것 보시오. 부위원장님."

소명일이 나섰다가 이대각이 노려보자 주춤 멈춰 섰다. 이대각이 다시 언성을 높였다.

"지금 사람 시켜서 네가 미국에서 어느 놈한테 후장을 대주었는지까지 다 조사하고 있단 말이다. 넌 이곳에서 떨려나가는 즉시 매장이야. 파멸이라고."

"이봐, 그만해라."

유장석이 팔을 뻗어 그의 어깨를 끌어당겨 앉혔다.

"언성을 높여서 될 일이 아니다."

"우리야 이곳에서 나가도 고려계열의 사장이나 회장으로 진급해서 자리 잡을 겁니다. 무용담이나 남겨야지요."

"난 이사람 같은 불한당하고는 일 못하겠소."

전창남이 이대각을 가리키며 말했다. 그의 얼굴은 하얗게 굳어 있었다.

"당장에 본국에 고발하겠소."

"그건 마음대로 하시오. 하지만 경비대병력을 1만 5000명으로 늘린다는 공문은 왜 우리한테 협의도 하지 않고 보낸 거요?"

유장석이 따져 묻자 전창남이 소명일을 바라보았다. 소명일이 대답하라는 표시였다.

"그건 정부에서 고려리아의 치안을 확보하려면 병력이 얼마나 필요한가를 물어왔기 때문에……."

소명일은 예비역 장군으로 고려리아에 온 지 얼마 되지 않는다. 그가 말을 이었다.

"현재 주민 85만 기준으로 보아도 1만 명이상이 필요한데다가 주민 대부분이 북한계 조선족과 러시아계 마피아, 중국계 삼합회의 세력에 지배당하고 있어서 그 조직들을 제압하려면 1만 5000명도 모자랍니다."

그러자 이대각이 헛웃음 소리를 내었고 유장석은 정색을 하고 말했다.

"그들의 견제세력으로 우리가 키웠던 김상철의 세력을 운영위원회는 산산조각 내버렸소. 친북 세력 이라는 이유로……. 그런데 북한 세력이 줄어든 것 같습니까? 내가 알기로는 요즘 며칠 동안에 배 이상으로 불어났습니다. 김상철의 세력이 견제력을 잃었기 때문이지."

그는 전창남을 노려보았다.

"삼합회도 마찬가지이고 마피아는 예전보다 더욱 강해진데다가 김상철의 부하들이 가담하여 우리한테 반감을 갖게 되었소. 본부장은 어떻게 생각하시오?"

"글쎄요, 저는……."

키는 작았지만 다부진 체격의 소명일이 머리를 한쪽으로 기울였다.

"본국에서 듣던 것하고 많이 차이가 납니다. 이곳은 흑백논리로 처리할 상황이 아닌 것 같습니다."

"김상철이 그대로 있었으면 경비대는 5, 6000명으로 충분했을 거요."

유장석이 말하자 전창남이 머리를 저었다.

"난 확신이 있소. 북한 근로자를 대량으로 들여오는 그런 정책으로는 얼마 가지 않아 고려리아는 적화되었을 거요."

유장석과 이대각이 일제히 그를 바라보았지만 이제는 이대각도 지친 듯 입을 열지 않았다.

김상철이 여장을 푼 곳은 우에노에 있는 조그만 여관이다. 하바롭스크에서 만든 러시아 여권은 실제로 러시아 정부의 직인이 찍힌 정식 여권이었지만 만일을 위해 주의가 쏠릴 호텔을 피한 것이다. 여관은 3층 건물로 아담했고 잘 손질된 정원도 있는 데다 주인 부부가 친절했다. 백발에 깡마른 몸매의 주인남자와 닮은꼴의 주인여자는 러시아에서 온 그들 일행에게 대단히 호의적이었다. 일식 구조의 벽돌 건물로 아래층은 주인내외의 거실과 식당, 응접실이 옹기종기 붙어 있었고 2, 3층이 여관이었는데 김상철 일행 네 명이 3층의 방 네 개를 모두 빌려 투숙하고 있는 것이다. 그들은 일본에 여행을 온 한국인 관광객이 되어 있었지만 주인 부부가 그것을 믿는지는 알 수 없었다. 투숙한 지 사흘째 되는 날 오전, 이한과 최복수를 심부름 보낸 김상철은 정원의 나무 의자에 앉아 신문을 읽고 있었다. 어젯밤에는 두 쌍의 남녀가 들어와 2층에 머물다가 일찍 나갔으므로 여관 손님은 그와 대문 옆 나무그늘에 앉아 있는 정기만 둘뿐이다. 고려리아의 장인규하고는 어제도 전화를 했는데 이대각이 많이 도와주는 모양이었다. 그는 타운에 있는 20개 가까운 김상철의 사업장 대리인으로 장인규를 인정해준 것이다. 그러나 대아운송은 고려운송과 합병하는 형식이 되어 관리가 고려운송으로 넘어갔다. 고려시의 상가에 짓고 있는 사업장도 마찬가지였다. 고려는 직영 사업장 외의 투자사업 에는 다른 관리인을 찾아야 할 것이었다. 주인여자가 현관을 나오더니 그에게로 다가왔다. 그녀는 찻주전자와 찻잔이 놓인 쟁반을 받쳐 들고 있었다.

"김 상, 차 드세요."

나무탁자에 쟁반을 내려놓은 그녀가 온 얼굴에 주름을 만들면서 웃었다.

"우에노 공원이 시원하고 여러 가지 볼 것도 많습니다. 왜 놀러가지 않으세요?"

"저녁때나 갈 생각입니다."

김상철의 일본어는 서툴었지만 의사소통은 된다. 그는 그녀의 모습에서 어머니를 떠올렸다. 마른 몸매에 정갈한 기모노 차림의 그녀는 머리를 끄덕이더니 잠자코 몸을 돌렸다. 그가 일본행을 택한 것에 특별한 이유는 없다. 러시아에서 가장 가까운 나라인데다가 교통이 편리 했고 몸을 숨기기가 중국보다 용이할 것이라고 생각했기 때문이었다. 그리고 또 하나가 있다면 한국에 계신 아버지 때문이다. 만나지 못할 바에야 일본에 있으나 미국에 있으나 마찬가지였지만 아버지와 가까운 곳으로 가고 싶은 그의 본능적인 행동의 영향도 있었다. 아마 신문이나 방송의 보도로 아버지는 사건을 알고 자신을 기다리고 있을지도 모른다. 그러나 기관원들도 같이 기다리고 있을 것이었으므로 김상철은 연락을 단념해야만 했다. 찻잔을 든 그는 뜨거운 녹차를 한 모금 삼켰다. 오사카에 안인석이 지사근무를 하고 있다는 것은 이미 알고 있었다. 그러나 그는 박미정과의 결혼 이후로 이미 자신의 가슴에 남아 있지 않은 인물이었다. 그는 박미정을 차지하기 위하여 신의를 버렸다. 둘의 결혼에 대한 감정은 분노나 배신감이라기보다 차라리 실망이었다. 희망을 잃은 것이다. 안인석은 자신이 살아있다는 것을 숨기기 위해서 교도소의 아버지를 찾아가지도 않았었다. 찻잔을 내려놓은 김상철은 의자에 등을 기대고는 한동안 정원을 바라보았다. 박미정은 두 남자에게 상처를 입은 셈이 되었다. 안인석이 자신과 박미정을 모두 배신했다고도 볼 수 있었다. 그러나 그에게만 책임을 떠넘길 수는 없는 것이었다.

그 시간에 우에노 경시청의 단바 형사는 부하 고간과 함께 차안에 앉아 있었다. 차는 오리가미 회관 앞을 지나고 있는 중이다.

"선배님, 한국인 수배자의 검거협조공문이 일선 경찰서까지 내려온 건 제가 보기에는 처음 있는 일입니다."

고간이 차에 속력을 내며 말했다. 모처럼 길이 뚫려 있었던 것이다.

"한국 측도 꽤 기민한데요. 하바롭스크발 도쿄행 일본항공편에 탄 네 사람이 용의자라고 찍어낸 걸 보면 말입니다."

"그건 우간다 경찰도 할 수가 있어."

단바가 씹던 껌을 종이에 싸서 재떨이에 버리고는 다시 새 껌을 입에 넣었다. 그는 담배를 끊고 나서 하루에 두 통의 껌을 씹는다.

"컴퓨터에 찍히는 인적사항을 조회하면 금방이야. 한국 놈이 기민한 것이 아니다."

그는 한국인을 얕보는 경향이 있었는데 뚜렷한 이유는 없다. 언론에 보도되는 한국인의 언행이 신경에 거슬린다는 것이 그 이유 중의 하나가 될 것이다. 그들 역시 일본인에 대해서 호의를 가지고 있지 않을 터였으므로. 차는 다시 신호에 걸려 멈춰 섰다. 김상철과 이한 등 네 명의 여권번호와 인상착의가 각 경찰서에 통보된 것은 어제 아침이었다. 일본 정부는 한국 정부의 수사협조 의뢰에 적극적으로 수사하고 있었는데 고간의 말마따나 한국의 범죄자에 대해 일본 정부가 이런 식으로 협조하는 것은 처음이다.

"그놈들, 고려리아에서 한국 국정원 요원 다섯 명을 살해했다니, 대담합니다. 잡으려면 힘 꽤나 들겠습니다."

고간의 말에 단바가 머리를 끄덕였다.

"고려리아의 한국계 조직 보스다. 이번에 한국 정부에 의해서 짤린 거야."

"그나저나 관내에 여관만 해도 200개가 넘습니다. 그놈들이 오피스 빌딩이나 개인소유 주택에 숨어 있다면 찾아낼 방법이 없어요."

신호가 풀리자 그는 차를 발진시켰다. 짚더미에서 바늘을 찾는 것과 마찬가지의 일이었으므로 탄바는 김상철의 수색에 기대를 걸지 않았다. 그리고 다른 부서의 다른 담당형사들도 마찬가지 기분일 것이다.

"이봐, 저기서 조금 쉬었다 가자, 커피나 한잔 하고."

단바가 턱으로 앞쪽의 간이음식점을 가리켰다. 다른 청에서도 아마 오늘쯤 조사보고서를 써내고 담당형사를 다른 사건으로 돌릴 것이다. 그리고 자신도 손을 댔다가 미루어둔 20대 여자의 폭행치사 사건을 다시 맡아야만 했다. 차를 길가에 세우고는 차 안에 앉아 커피를 마시면서 단바가 말했다.

"신고를 기다리는 수밖에 없어. 일단 숙박업소나 유흥업소에 모두 통보는 해두었으니까."

그는 피로한 듯 목을 좌우로 흔들었다.

"우에노가 신고율이 낮기는 하지만 말이야."

그날 밤, 다다미방 위에 누워 있던 김상철은 노크 소리에 눈을 떴다.
"누구요?"
"접니다, 형님."
이한이 문을 반쯤 열고 상반신을 들이밀었다. 11시가 넘어 있어서 여관 안은 조용했다.
"형님, 주인아주머니가 잠깐 뵙자고 하시는 것 같은데……."
이한은 일본어를 모른다. 김상철이 자리에서 일어나자 주인여자가 조심스럽게 들어와 문가에 무릎을 꿇고 앉았다.
"죄송합니다. 하지만 급한 일이어서……."
여자가 두 손으로 방바닥을 짚으며 말했다.
"오늘밤 안으로 이곳을 떠나주셨으면 합니다. 이것은 우리 주인양반의 부탁이기도 합니다."
얼굴을 굳힌 김상철이 그녀를 바라보았다.
"무슨 일입니까?"
"잘 알고 계시리라고 믿습니다만."
여자는 주름진 얼굴을 들었다. 적게 보아도 60이 넘은 노인이었는데 그를 향한 얼굴은 조금도 위축되어 보이지 않았다.
"오늘밤이 지나면 우리 주인은 서에 신고를 할 작정입니다."
"……."
"이제까지 4대에 걸쳐 여관업을 운영했지만 한 번도 여관에서 현행범이 체포되어 간 적이 없었다는 주인의 말씀입니다."
"알았습니다. 바로 떠나지요."
김상철이 머리를 끄덕였다.

"우린 일본법을 어긴 현행범이 아닙니다, 부인."

"그것도 알고 있습니다. 주인이 서에 연락을 해서 어떤 사건인지를 물어보았지요."

"……"

여자가 소리 없이 자리에서 일어서더니 다시 허리를 숙여 절을 했다.

"짐을 꾸리시는 동안 도시락을 준비해 두겠습니다. 아무래도 먼 길을 가셔야 할 것 같으니까요."

다음 날 아침, 단바 형사가 고간과 함께 득달같이 여관에 들어서자 주인인 이시하라 내외는 응접실에 나란히 앉아 그를 맞았다.

"어서 오십시오. 기다리고 있었습니다."

백발의 이시하라가 정중히 허리를 숙였다.

"아무래도 어젯밤에 떠난 네 명의 한국인이 서에서 찾는 사람들 같아서요."

낡은 헝겊 소파에 앉은 단바가 이시하라를 쏘아보았다.

"이시하라 씨, 협조공문이 발송된 것이 이틀 전인데 오늘 아침에야 그들을 알아보셨다니, 아무래도 이상하군요."

"나이가 들어서 주의력이 떨어집니다. 오늘 아침에 생각난 것만 해도 다행이오."

단바가 입맛을 다셨다.

"그자들이 어디로 갔는지 혹시 짐작이라도 가는 곳은 없습니까?"

"없습니다. 우리와는 말도 나누지 않는 손님이었소."

위층을 조사하고 내려온 부하들이 현관에 모여 서 있었다. 원체 조그만 여관이라 둘러볼 곳도 없는 것이다. 맥이 빠진 단바가 소파에 등을 기대며 앉자 고간이 수첩을 꺼내들고 주인부부의 진술을 기록했다. 진술을 참작해 보더라도 그들 네 명은 김상철과 그의 부하들이 분명했다. 그들은 모두 말쑥한 차림이었고 건장한 데다 예의가 발랐다. 아침에 일어나면 모두가 방 청소를 했고 소리 내어 음식을 씹는 사람도 없었다는 것이다. 그 대목에서 단바가 힐끗 고간의 수첩을 넘겨다보니 예상대로 고간은 적는 시늉만 하고 있었다. 그들은 곧 여관을 나왔다. 여름 햇살이 따갑게 쏟아지는 무더운 날씨였다.

"자아, 어쨌든 놈들은 우에노를 떠났다."

차에 오르면서 단바가 말하자 고간이 머리를 끄덕였다.

"도쿄를 떠났는지도 모릅니다, 선배님."

그러나 곧 우에노를 시발로 일본의 전 경시청에 비상이 걸릴 것이다. 한국기관의 자료만 갖고 있었던 일본 경시청은 이제 스스로 실체를 확인하게 되었기 때문이다.

"한잔 살 테니 같이 퇴근하자고."

백한기가 다가와 안인석의 어깨를 쳤다. 퇴근 시간이 얼마 남지 않은 오후 6시 경이었다.

"오랜만에 기생집이나 갈까?"

"저야 상관없습니다만 접대비가 크게 축나지 않겠습니까?"

"이 사람아, 이럴 때 그런데 가지, 언제 가나?"

그가 이렇듯 사근사근 구는 이유는 안인석이 고려리아로 발령을 받았기 때문이다. 오전에 팩스로 보내온 공문에 안인석은 고려리아 행정부의 기획실 근무로 명령이 났고 겸해서 대리로 승진이 되었다. 오사카 지사에서 고려리아 근무를 자원한 예가 없었던 터라 지사장 이하 간부급들이 모두 안인석에게 관심을 보였던 것이다. 오전에 지사장실에 불려간 안인석이 용기 있는 사원이라는 난데없는 칭찬을 들은 것이 그 좋은 예가 될 것이다. 백 한기가 자리에 돌아간 후에 안인석이 책상 위를 정리하는데 전화벨이 울렸다. 퇴근 무렵이면 전화가 잦다.

"여보세요."

"안인석 씨를 부탁합니다."

굵은 목소리의 한국말에 그는 주춤 눈을 치켜떴다.

"접니다만."

"나, 김상철이다. 오랜만이다."

얼굴을 굳힌 안인석이 숨을 죽이자 그가 말을 이었다.

"내 소식 들었을 테니 전화 받기도 불편하겠는데, 대답만 해라. 너, 오늘 저녁에 시간 있어?"

"시간은 있어."

"그렇다면 만나자. 나올 수 있지?"

"그것은……."

"물론 날 만났다는 사실이 알려지면 여러 가지 불편이 따르겠지. 어때, 모험 한 번 해볼래?"

안인석이 숨을 천천히 내려쉬었다.

"그래, 만나자고. 시간과 장소를 정해줘."

백한기와 기생집에 갈 상황이 아닌 것이다.

한 시간쯤 후에 안인석은 한큐우히가시 거리에 있는 한 음식점 안으로 들어섰다. 손님들로 북적대는 음식점 안은 소란스러웠고 빈자리도 찾을 수가 없다. 입구에 서서 머뭇거리는 그를 향해 종업원이 다가왔다.

"안 선생이십니까?"

그가 머리를 끄덕이자 종업원이 음식점 구석에 있는 전화기를 가리켰다.

"곧 전화가 올 겁니다. 조금 전에도 안 선생을 찾는 전화가 왔었습니다."

안인석은 겨우 빈자리를 찾아 자리에 앉아서는 주위를 둘러보았다. 모두 일본인들로 퇴근한 길에 어울린 모습들이었다. 전화벨 소리가 소음에 섞여서도 들렸고 종업원이 수화기를 들더니 안인석을 바라보았다 자리에서 일어난 그는 서둘러 다가가 수화기를 받아들었다.

"여보세요."

"나다. 전화를 끊고 밖으로 나가면 문 앞에서 널 기다리는 사람이 있을 거야. 그 사람을 따라오면 된다."

김상철의 목소리였다.

"알았어."

"미안하다. 혹시나 널 미행한 사람이 있을지도 몰라서."

끊긴 전화를 내려놓은 안인석은 바쁜 주인을 향해 머리를 숙여 보이고는 음식점을 나왔다.

"안인석 씨 되십니까?"

가게의 옆쪽에 서 있던 잠바 차림의 사내가 다가와 물었으므로 그는 머리를 끄덕였다.

"그렇습니다. 내가……."

사내는 20대 중반쯤으로 보였는데 햇볕에 탄 얼굴에 눈매가 날카로웠다.

"저를 따라오십시오."

대뜸 그렇게 말한 사내는 인파를 헤치며 앞장을 섰다. 안인석은 그를 따르며 주위를 돌아보았다. 유흥업소가 들어찬 번화가여서 행인들이 어깨를 부딪치며 지나갔고 가게에서 울려나오는 갖가지 소음이 그의 정신을 더욱 혼란스럽게 만들고 있었다.

사내와 함께 대만원인 지하철을 타고 시달리다가 다시 택시를 두 번이나 갈아탄 그들이 도착한 곳은 미나미의 아메리카촌 안에 있는 조그만 레스토랑 앞이다. 안인석은 잠자코 따라왔지만 사내가 미행을 당할까봐 신경을 쓰고 있다는 것을 알 수 있었다. 그래서인지 지하철도 세 정거장인가를 지난 후에 내려서 택시를 탔고 그것도 갈아타면서 빙빙 돌았던 것이다. 덕분에 이제 시간은 밤 10시가 되어가고 있었다. 레스토랑의 현관 앞에 서자 사내가 안인석을 바라보았다.

"안에 계십니다. 들어가시지요."

안인석은 어깨를 펴고는 레스토랑 안으로 들어섰다. 조금 지쳐있던 몸이 긴장으로 다시 굳어졌던 것이다. 레스토랑은 30평쯤의 규모였는데 조명이 어두웠다. 서너 테이블만 손님이 앉아 있을 뿐 빈자리가 많았는데 안쪽의 자리에서 그를 향해 손을 든 사람이 보였다. 김상철이다. 그가 다가가자 자리에서 일어선 김상철이 손을 내밀었다. 얼굴에 웃음기가 떠올라 있다.

"오랜만이구나."

"응, 정말 그렇다."

자리에 앉은 그들 사이로 한동안 서먹한 정적이 흐른 다음 다시 입을 연 것은 김상철이다.

"이해해라. 일본 경찰도 날 찾고 있어서, 도쿄에 있다가 오늘 낮에 이곳에 왔어."

"······."

"나하고 같이 온 사람들도 이곳 지리를 몰라서 널 데려오는 데 예행연습까지 해야만 했다."

안인석이 머리를 들었다.

"설마 날 의심하는 건 아니겠지?"

김상철이 얼굴에 다시 웃음을 띠었다.

"그렇게까지는 생각하지 않았어. 내가 일본에 와 있는 걸 경찰이 알고 있으니 널 감시하고 있을 것 같아서."

"……."

"너희들 둘을 또 다른 내 부하가 따라왔지만 미행은 없는 모양이다."

안인석의 굳은 얼굴은 아직도 풀리지 않았다. 그것은 긴장감과 함께 불안감이 더해지고 있기 때문이었다. 테이블 위에는 이미 양주병과 안주가 놓여 있었으므로 종업원은 얼씬하지도 않았다.

김상철이 입을 열었다.

"넌 내가 공작을 해서 오사카로 보낸 줄로 믿는 모양이더군."

"그건 사실이야. 나도 소스가 있으니까. 회장 측에서 압력이 내려 왔다고 알고 있어."

술잔을 쥔 김상철이 한 모금에 술을 입 안으로 털어 넣었다. 이제 그의 얼굴도 딱딱하게 굳어 있다.

"일본에서 갈 곳이 없었다. 그래서 생각난 것이 오사카였고 너였어."

"……."

"넌 나쁜 놈이야. 이제 나는 너를 믿지도 않고 친구로 생각하지도 않아."

가라앉은 목소리였지만 안인석은 기세에 눌린 듯 시선을 떨군 채 입을 열지 않는다. 김상철이 말을 이었다.

"너를 만나 분명히 해두고 싶은 일이 있었어. 난 네 인생을 방해할 생각이 없었고 그렇게 하지도 않았다. 그런데 너는 그런 선입견을 가지고 있는 모양이야, 박미정 씨가 고려리아에 다녀간 지 얼마 되지 않아 넌 이혼을 했는데……."

그는 차가운 시선으로 안인석을 바라보았다.

"그것이 나에 대한 반발이었든 두려운 감정 때문이었든 간에 넌 비겁한 놈이다. 주위 사람들에게 해를 입히는……."

"……."

"내가 너를 잘 알지. 마음이 여리고 참을성이 없는데다 책임감이 부족했던 거야. 너는 지금 그 일을 나나 박미정 씨 탓으로 돌리고 있을 것이다."

안인석이 머리를 들었다. 레스토랑 안은 어두웠지만 그의 얼굴이 하얗게 굳어져 있는 것을 알 수 있었다.

"네가 말하지 말라고 해서 미정이한테 이야기 안 했던 거야. 그리고 결혼한 것은 양쪽이 좋아서 그랬던 것이고."

"……."

"내가 오사카로 온 것은 강용식 회장이 전자로 직접 연락을 해왔기 때문이다. 나도 요즘에야 확인했어."

"……."

"생각해 봐. 남편을 둔 아내가 옛애인을 찾아 말도 없이 외국으로 떠났단 말이다. 난 자신이 없어졌다."

한동안 안인석을 바라보던 김상철이 머리를 돌렸다. 그에게 박미정이 찾아 왔을 때의 상황을 이야기해 준다는 것이 부질없게 느껴졌고 또 이미 너무 늦은 일이었다. 결국 오늘의 만남에서 확실하게 알게 된 것은 그의 증오심과 선입견이었고 자신도 그것을 해명하거나 설득할 의사가 없다는 것이었다. 이제 누구의 책임이었느냐고 따질 필요도, 기력도 양쪽 모두 없다. 그리고 또 하나 확인한 것은 그에 대한 자신의 감정이다.

이제까지 억누르고 있어 미처 깨닫지 못했던 분노가 그를 보자 불끈거리며 솟아오르고 있는 것이다. 김상철은 잔을 내려놓고 자리에서 일어섰다.

"언제 다시 만나겠지, 살아있다면."

안인석을 내려다보면서 그가 또박또박 말을 이었다.

"네 식으로라도 열심히 살거라. 그러면 누가 알겠냐? 너한테도 운이 열릴지."

"밝은 색 양복에 넥타이를 맸습니다. 부하 한 놈은 잠바 차림이었고 나머지는 보지 못했습니다."

안인석이 말하자 30대 사내가 머리를 끄덕였다.

"아마 근처에 있었겠지요. 그런데 다른 이야기는 없었습니까? 앞으로의 계획이라든가 아니면 여행 일정 같은."

"그 친구가 어디 어린앱니까? 꼬리 잡힐 말은 하지 않았습니다. 날 믿는 눈치도 아니었고."

안인석은 쓴웃음을 지었다.

"아마 내가 이렇게 신고할 것도 예상하고 있었을 거요."

밤 12시가 넘어 있어서 호텔의 로비는 한산했다. 안인석의 앞쪽에 앉은 두 명의 사내는 한국에서 파견 나온 국정원 요원들이다. 김상철과 헤어진 그가 오사카의 한국 총영사관에 전화를 걸어 신고를 하자 그들과 즉각 연락이 되었던 것이다. 한쪽 사내는 전화박스에서 어딘가로 전화를 하는 모양인지 이쪽에서는 옆모습만 보이고 있다. 사내가 다시 물었다.

"그렇다면 김상철이 안 형을 왜 찾아왔을까요? 믿지도 않고 있다면 말이오."

"나하고는 감정이 있었으니까……. 난 그놈이 사랑했던 여자와 결혼했지요. 그리고는 일 년도 안 되어서 이혼을 했습니다."

"……"

"그 여자가 그놈을 못 잊어서 그놈이 있는 고려리아로 찾아갔단 말입니다. 그래서 갈라섰는데 그것을 따지려고 날 찾아온 모양이오. 그 이야기만 했던 걸 보면."

"……."

"나보고 나쁜 놈이라고 합디다. 분위기가 오싹했어요. 날 어떻게 할 것 같아서 겁도 났습니다."

"김상철이 아직도 그 여자에 대해서 미련이 있는 모양이군요."

"나도 조금 전에야 확인할 수 있었어요. 난 그놈이 강 회장의 손녀한테만 빠져 있는 줄 알았거든요."

안인석이 자리를 고쳐 앉았다.

"아까 약속을 지켜주셔야 합니다. 이 일이 공개되면 난 고려그룹에서 일하기가 어려워질 뿐만 아니라 그놈의 표적이 될 수도 있으니까, 약속 지켜주실 거지요?"

사내가 천천히 머리를 끄덕였다.

"물론입니다. 염려하지 마십시오, 안 형."

김상철이 안인석을 찾아간 사실은 언론에 보도되지만 않았을 뿐이지 다음 날 아침에는 한국과 일본의 모든 수사기관에 통보되어 있었다. 물론 그가 도쿄의 여관에 은신해 있다가 잠적한 사건은 양국의 언론에 의해 크게 보도되었다.

강미현이 오리엔트 호텔의 스카이라운지에 들어선 것은 12시 정각으로 아직 점심 손님이 들어차지 않았을 때였다. 전망이 좋은 자리에 앉아 기다리고 있던 최희은이 다가오는 그녀를 향해 웃는 얼굴을 만들어 보였다.

"왜 심란한 얼굴이구나, 가엾은 것."

자리에 앉는 그녀를 보며 최희은이 서너 번 혀를 찼다.

"기다리는 동안 조금 생각해 보았는데 네 팔자는 모두 네가 만든 거야. 그래서 누굴 원망할 것이 하나도 없다는 결론을 냈다."

친구가 여럿 있었지만 대부분이 이쪽의 분위기를 맞춰주거나 거리감을 느끼게 했지만 최희은은 아니다. 종업원이 다가왔으므로 그들은 건성으로 음식을 시켰다.

"네가 날 보자고 했을 때 즉각 김상철 씨 사건 때문인 줄 알았어. 넌 잘나갈 때는 절대로 연락한 적이 없는 애니까."

냅킨을 펴면서 그녀가 말했다.

"내 짐작이지만 네 아빠나 그랜드아빠가 이젠 정리하라고 하실 것 같은데, 맞지?"

강미현이 잠자코 있자 그녀가 말을 이었다.

"이런 상황이 되었는데 네가 아직도 끈적끈적한 감정을 갖고 있으리라고는 안 믿어. 지금 경우는 지난번하고는 다르니까."

"……."

"잊어, 그만. 하긴 네가 애쓰지 않아도 시간이 해결해 줄 것이다."

"……."

"자신이 없어졌어."

혼잣말처럼 강미현이 말하자 최희은이 풀썩 웃었다.

"남녀관계가 무슨 수능시험 보는 것처럼 뭘 빡빡하게 갖춰야 되는 거냐? 자신이 있고 없고는 상대적이야."

"……."

"운 때가 맞아야 하고……. 속말로 궁합이지."

"……."

"난 요즘 잠자리 궁합이 딱 맞는 놈 씨를 만났는데 그냥 결혼해 버릴까 하고 생각하는 중이다."

최희은이 슬쩍 말머리를 돌린 것은 더 이상 말할 것이 없다는 표시였다. 음식이 날라져 왔으므로 그들은 말없이 야채를 찍어 입에 넣었고 스테이크와 새우튀김을 씹었다. 이윽고 포크를 세워 든 강미현이 입을 열었다.

"미국지사에나 보내 달라고 했더니 절대로 안 된다는 거야. 서울에 있으라고."

"당연하지. 누가 보내겠어?"

최희은이 코웃음을 쳤다.

"서울이 안전하지. 김상철이 들어올 수 없을 테니까."

"그 여자는 지금 파리에 있어. 알지?"

"그 여자라니? 누구 말이냐?"

"박미정, 그 사람의 애인이었던……."

"참, 그 여자가 거기로 갔다지."

포크로 야채를 찍은 그녀는 입가에 이것저것을 묻히고 흘리면서 소리 내어 씹었다.

"이것에 비하면 우리 김치나 동치미는 얼마나 예술적이고 깊은 맛이냐? 김치나 동치미 그 자체에 맛이 배어 있을 뿐만 아니라 그 국물에도……."

"그 사람의 다음 행선지가 어디일까 하고 자꾸 생각이 나."

"마요네즈에 술을 조금 섞고 오렌지나 과일 기름을 부어서 내놓은 이 꼴을 좀 봐, 야만인이 만들어낸 음식이야."

"난 파리에 가겠어. 아마 그 사람을 만날 수 있을지도 몰라."

"미쳤어."

소리 나게 포크를 내려놓은 최희은이 냅킨으로 입가를 닦았다.

"자존심도 없니? 네가 뭐가 모자란다고 그런 신파극을 연출해? 아예 그 박가 계집애와 함께 나란히 앉아서 그 사람 전화를 기다리지 그래?"

"난 네 이야기를 듣고 마음을 정했어. 난 포기하지 않을 테다."

"열녀 났네."

"나만이라도 그 사람을 응원하고 기다려줄 테야. 그것이 우리 가족과 회사의 신의를 지켜주는 일이기도 할 테니까."

"거창하네."

"솔직히 노력도 해봤지만 내가 너무 쓰레기 같이 느껴져서."

물 잔을 든 강미현이 이를 드러내며 웃었다.

"그리고 난 정말 그 사람을 사랑하고 있는 모양이야. 너 아니?"

"……"

"이렇게 자신 있게 말하는 내 기분이 얼마나 상쾌한가를. 넌 죽었다가 다시 깨어나도 모를 거야."

"그래, 너 잘났다."

입맛을 다신 최희은도 물 잔을 들었다.

"네가 그렇게 나올 줄 예상하고 있었어. 그런데……."

최희은이 의자를 당겨 앉았다.

"그 사람이 파리에 간다면 그 박가를 만나러 가는 것으로 봐야겠는데, 그렇지?"

"간다면 만날 수도 있겠지."

"똑바로 말하자고. 만나러 간 거야. 안 그래?"

"……"

"파리가 도망자의 도시라는 건 옛말이다. 혁명가들이 숨어살던 때는 아득한 옛날이야. 지금은 안 그래."

"파리는 유럽의 관문이야."

입맛을 다신 최희은이 그녀를 노려보았다.

"런던이나 스톡홀름, 아니면 로마라도 좋아, 차라리 그런 곳으로 가서 그를 기다리는 게 어때? 매스컴으로 네 여행지를 알리게 하면 그 사람이 알 수 있을 테니까."

강미현이 머리를 저었다.

"파리가 나아."

"왜? 박가하고 한판 붙겠다는 거야? 파리에서?"

"미쳤니?"

쓴웃음을 지은 강미현이 담배를 꺼내 입에 물었다.

"난 그를 만나서 아직도 내가 그를 사랑하고 믿고 있다는 것을 알려주는 것으로 족해. 나머지는 그의 선택이고."

"어머나, 행복해라."

"그 여자를 만난다면 그러라고 해야지. 난 하나도 부담스럽지 않아."

"그 여자를 만나러 갔는데 네가 돌연히 나타나서 당황하지 않을까? 물론 좋긴 하겠다만, 양손에 먹을 걸 쥐었으니."

"당황하고 주춤거릴 남자라면 이러지도 않아."

테이블 위로 연기를 내뿜은 강미현이 낮게 목구멍을 울리며 웃었다.

"마음을 정하니까 개운해. 모두 네 덕분이다."

"미리 정해놓고선, 망할 계집애."

이맛살을 찌푸린 최희은이 코웃음을 쳤다.

"내가 네 속을 모를 줄 알아?"

기다리는 사람들

센강 아래쪽, 앙리 4세 다리에서 뻗어나간 무프타르 거리에는 오래된 건물이 많다. 그중 하나인 3층 건물의 3층이 박미정의 사촌언니 박은희의 집이었다. 치과의사인 그의 남편이 아침 일찍 몽마르트의 병원으로 출근을 하면 방이 다섯 개짜리 큰 집에는 여섯 살짜리 아들 하나와 그들 셋이 남게 된다. 박은희는 프랑스 유학을 왔다가 학교에서 지금의 남편인 랑베르를 만나 국제결혼을 한 것이다. 랑베르는 30대 중반으로 검은 눈동자에 이목구비가 수려한 미남이었다. 박은희도 남에게 빠지지 않는 미인인지라 그들이 외출하면 주위의 시선이 모인다. 다정다감한 성격의 랑베르가 오히려 언니보다 더 신경을 써주는 형편이어서 박미정은 파리 생활에 빠르게 적응해가고 있었다. 오후 4시가 되자 정장 차림의 박은희가 응접실로 나왔다. 밝게 화장을 한 얼굴에 귀걸이가 반짝이고 있었다.

"오늘도 좀 늦을 거야. 기다리지 말고 자."

미안한 듯 웃음을 띠운 그녀가 다가와 박미정의 어깨를 가볍게 쳤다. 그녀는 랑베르와 시내에서 만나 친구들 모임에 가는 것이다.

"응, 걱정말고 놀다와."

"앙드레한테는 너무 많이 먹이지 말고."

"알았어, 언니."

박은희가 응접실을 나가자 집 안은 조용해졌다. 학교에서 돌아 온 앙드레는 놀이방에 박혀서 저녁 먹으라고 부를 때까지 나오지도 않을 것이다. TV리모컨을 들어 채널을 이곳저곳 눌러보던 박미정은 곧 스위치를 끄고는 소파에 길게 앉았다. 예비학교의 가을 학기 수강신청을 해놓았으니 그때에는 바쁜 나날을 보내게 될 것이다. 그러나 아직 전공을 무엇으로 해야 할지 정하지 못했다.

자리에서 일어난 그녀는 창가로 다가가 섰다. 김상철이 고려리아에서 탈출한 것을 그녀가 알게 된 것은 사건이 일어난 지 일주일 쯤 지난 후였다. 우연히 한국 식당에 들어가 묵은 신문을 들추다가 사건을 읽게 된 것이다. 그 후부터는 하루에 한 번씩 식당에 들렸기 때문에 김상철이 도쿄 우에노의 여관에 묵었다가 다시 잠적했다는 것도 알 수가 있었.

거리에 사람들이 활기 있게 움직이고 있었다. 여름휴가 때에는 텅 비어 한낮에는 관광객들만 가끔 지나가던 거리였다. 이제 여름이 지나고 가을이다.

박미정은 석상처럼 아래쪽 거리를 내려다보며 서 있었다. 하루에 한 번 식당에 들려 신문을 읽고 돌아오는 길에 마켓에서 장을 봐오는 것이 요즘의 일과이다. 이제는 외출도 하지 알고 집 안에만 틀어박혀 있는 것이다. 박미정은 저도 모르게 긴 숨을 내려쉬었다. 자신은 김상철을 기다리고 있는 것이다. 그것은 그의 탈출 보도를 읽었을 때부터 가슴속에 그 기다림이 솟아나더니 시간이 지날수록 점점 더 크게 자리 잡고 있는 중이었다. 처음에는 그것이 당치 않은 상상이며 욕심이라고 스스로를 억눌러도 보았다. 이렇게 버려두었다가는 상처만 커질 뿐이라는 계산도 했던 것이다. 그러나 지금은 상처도 욕심도 나중에 생각할 문제였다. 그의 전화나 또는 만남을 상상하는 것이 요즘의 박미정에게는 단 하나의 희망이었다.

"수심에 젖은 얼굴이야, 섹시한데."

이렇게 말한 것은 건너편 건물 4층의 창가에 서 있던 박항석이다. 도로 폭이 20미터 정도밖에 되지 않았으므로 앞쪽 3층 건물의 창가는 손에 닿을 듯이 가까웠다. 거기에다 망원경까지 눈에 대고 있었으니 주근깨라도 보일 판이다.

"이봐, 커튼을 조금 더 닫아. 틈새가 너무 넓다."

뒤쪽의 소파에 기대앉은 현민규가 짜증스럽게 말하자 박항석은 커튼을 닫았다.

"이쪽에 나 있는 창문이 20개도 넘는단 말이야. 그리고 햇볕의 반사로 커튼 안쪽은 보이지도 않아."

쓸데없는 소리를 한다는 듯 박항석이 그를 흘겨보았다. 그들은 국정원 요원으로 본래 국립미술학교의 연구생이 사용하던 이방을 빌린 지 일주일이 되어가고 있었다. 한 달 계약으로 3000달러를 건네자 그는 두말 하지 않고 방 열쇠를 건네주고 지금은 때늦은 여름휴가를 즐기고 있다. 이제 박항석은 커튼 사이로 건물의 현관과 3층의 창문을 내려다보았다.

"제기, 정말 죽겠구먼. 기약도 없고, 낌새도 없이 만날 이 지랄이니."

박항석이 혼잣소리로 투덜거렸다. 2, 3일 전부터 그의 말버릇이었으므로 현민규는 잠자코 잡지에서 눈을 떼지 않았다. 하루 12시간씩 2명씩 2교대 근무였으므로 짜증이 날 만도 했다. 12시간에서 1시간 간격으로 창가에 앉아 눈을 떼지 말아야 하는 것이다. 현민규의 옆쪽 탁자 위에는 커다란 금속제 가방이 뚜껑이 열려진 채 놓여 있었는데 그것은 전화도청

장치였다. 일주일 전에 가족이 모두 집을 비웠을 때 요원 둘이서 집 안에 들어가 도청장치를 설치해 놓고 나온 것이다. 이제 집 안에서 전화를 걸거나 걸려왔을 때 가방 속의 수신기와 연결되어 옆에서 말하는 것처럼 통화내용을 들을 수가 있다.

"어제 이야기 들었는데, 염태식이가 병가원을 냈다는 거야. 간이 나쁘다고 6개월짜리로."

박항석이 말하자 그제야 현민규가 잡지에서 시선을 뗐다.

"병가원을? 그렇다면 내년 초에 과장 진급이 어렵겠는데."

"진급은 이미 물 건너갔어. 김상철이를 놓쳤을 때부터……. 죽지 않고 산 것만 해도 다행이지, 그 친구."

"그 일 없었으면 진급 0순위 였는데……."

"글쎄, 운이라니까? 아마 병가원도 진급이 물 건너간 줄 알고 선수 친 것 같아."

그렇게 말하던 박항석이 목을 뽑더니 아래를 내려다보았다.

"2층의 할망구가 오늘은 시장 보러 가는 것이 조금 늦는군."

그러더니 얼굴에 웃음을 띠었다.

"최 형이 그러던데 아예 한국 신문을 집으로 배달시켜 주는 방법을 만들자는 거야. 한국 식당까지 따라갔다가 돌아오는 것이 지겨워서 죽겠다면서 말이야."

박미정이 집을 나오면 감시자 한 명은 서둘러 뒤를 따라야 하는 것이다. 그것은 집 안에 앉아 아래를 내려다보는 것보다도 더 지겨운 일이었다. 똑같은 길을 같은 페이스로 걷는데 이제 그들은 눈을 감고도 세 개의 사거리를 지나 횡단보도를 다섯 개 건너 한국 식당에 도착할 수 있었다.

"이 새끼, 이렇게 애타게 기다리는 여자가 있는데 도대체 어디서 뭘 하고 있는 거야?"

박항석이 다시 투덜거렸으나 현민규는 잡지에서 눈을 들지 않았다. 박미정이 훑어보는 것은 신문의 사회면이다. 그녀는 정치, 경제, 문화면은 거들떠보지도 않았으므로 커피 한잔 마시고는 10분이면 다시 식당을 나오는 것이다. 그들은 그녀가 무엇을 찾고 있는가를 알고 있었으므로 지루함 속에서 조금 긴장감을 찾기도 했다.

심재택이 차장실에 들어서자 제3차장 오학수가 머리를 끄덕이며 눈으로 앞자리를 가리켰다. 지난번에 고려리아 파동으로 국정원의 수장 이하 간부급 대부분의 이동이 있었고 오학수도 신임이다. 그러나 그는 심재택과 부산에서 같이 근무했던 인연이 있었으므로 서로를 잘 알고 있는 사이였다.

"상황이 아주 좋지 않아. 누군가가 총대를 메야 될 것 같아."

오학수가 가라앉은 목소리로 말했다.

"북한계가 급격히 세를 늘리고 있어. 상대적으로 장인규 세력이 위축되다 보니까 놈들은 이제 공개적으로 고려리아의 주인 행세를 하고 있단 말이야."

"운영위원회더러 책임을 지라고 하지요."

"그자들이 책임을 질 인물들인가? 김상철이 북한계를 배후에서 조종한다고 하는 자들인데."

"암적인 존재입니다. 하지만 저희들로서는 불가항력입니다."

오학수가 입맛을 다셨다. 세를 늘리는 것은 북한계뿐만이 아니다. 삼합회는 공공연히 중국인 행사를 열어 주민들을 결속시켰고 마피아도 이미 전의 기반을 회복해 놓고 있었다. 그것에 대한 고려리아의 대비책은 경비대원을 현재의 4800명에서 1만 5000명으로 늘린다는 것이었다.

"지금까지의 운영방식에 문제가 없었다고 하면 당장에 북한프락치로 몰리는 상황입니다. 지금은 강 회장도 속수무책인 형편인데 저희들이 어떻게……."

심재택의 말에 오학수가 길게 한숨을 쉬었다. 그는 고려리아 안보의 실무 책임자였지만 고려리아의 정책을 결정하는 운영위원회에 한번도 참석해본 적이 없다. 그래서 회의에 참석하는 부장 손에 여러 차례 쥐어준 상황분석 자료는 번번이 다시 들려왔는데 모두 안보수석 박정규에 의해서 거부당한 것이다.

"박정규가 상황을 모를 리가 없어."

오학수의 목소리가 다시 낮아졌다.

"이제야말로 고려리아가 북한 손에 들어갈 가능성이 있다는 것을 말이야."

"……."

"무조건 경비대원만 늘린다고 되는 일이 아니야. 고려에서 반발이 대단해."

"저는 요즘 20년 가까운 이 생활에 환멸을 느낍니다, 차장님."

"솔직한 자네 생각을 듣자. 자네가 이 상황에 대해서 느낀 것을."

"글쎄, 차장님. 그것이 무슨 소용이……."

그러자 오학수가 눈을 치켜떴다. 50대 초반의 그는 조그만 체격이었지만 강단이 있는 인물이다.

"잔소리 말고, 어서."

"고려리아는 곧 북한 손에 떨어집니다. 조선족 주민들 속으로 북한 조직이 깊게 파고들 테니까요."

"……."

"고려그룹은 그놈들이 잘 자라도록 토양에 잔뜩 비료를 뿌려준 셈이 되었습니다. 고려리아의 조선족은 새로운 형태의 공산주의 사회를 만들 겁니다. 관리자 놈들은 적응력을 키웠으니까요."

"……."

"김상철은 그들을 견제하고 어쩌면 흡수시켜 버릴 수도 있었던 스펀지 역할을 해왔었지요. 그리고 힘으로도 제압해왔습니다."

그는 머리를 들어 오학수를 바라보았다.

"저는 그놈을 믿습니다. 절대로 공산주의자가 될 수 없는 놈이지요. 확실한 자유인으로 개성이 강한 놈이었습니다."

"그놈 이야기는 그만해 이미 끝난 일이니까."

"화가 나서 그럽니다."

"그래도 그놈은 우리 요원 다섯 명을 쏴 죽였어. 엄청난 일이야."

"저라도 그랬을 겁니다. 고려리아를 위해 마피아와 전쟁을 치르고, 그것도 이기고 돌아왔는데 난데없이 체포했으니."

"……."

"우리도 병신이 되었지요. 박정규와 전창남, 거기에서 경비본부장으로 연결된 선에서 일이 결정되었으니까요. 우린 사건이 끝나고 나서야 보고를 받았지 않습니까?"

오학수가 다시 입맛을 다셨다.

"그만해 둬라. 곧 잡히거나 죽게 될 놈이니까. 고려리아 일이나 생각해."

그들이 산책이라고 부르는 한국 식당까지의 도보 왕복을 마치고 박항석이 방에 들어섰을 때는 오후 3시가 되어 있었다. 오전과 오후, 이렇게 12시간씩 나눠 근무를 하고 있어서 산책은 대개 오전반인 최병국 조가 맡았는데 오늘은 박미정이 오후에 집을 나섰던 것이다. 그는 미리 신문을 읽어본 터여서 오늘자 한국 신문의 사회면에 김상철의 기사가 없다는 것을 알고 있었으므로 그녀의 뒤를 따르면서 답답했었다. PC로 신문의 사회면을 읽는 방법도 있었던 것이다.

"아니, 음료수 안 사왔어?"

그의 빈손을 보고 현민규가 이맛살을 찌푸렸다.

"내가 사오라고 두 번이나 말했잖아? 음료수 없이 어떻게 저녁을 먹는단 말이야?"

"이런 젠장, 애가 곧장 집으로 가는데 날더러 어쩌라고?"

박항석이 따라 소리치면서 소파에 앉았다.

"오늘은 마켓에도 들리지 않더란 말이야, 망할 년이."

현민규가 혀를 찼다.

"할 수 없이 내가 나갔다 와야겠군."

창가의 의자에 앉아 있었던 그는 창문을 향해 말했다.

"정말 짜증나는구먼 이게 무슨 꼴이야? 열흘이 가깝도록."

그의 말을 귓가로 흘리며 잡지를 뒤적이던 박항석은 문이 열리는 소리에 머리를 들었다. 그리고는 소스라쳐 자리에서 일어섰다가 권총의 총구에서 발사되는 섬광을 보면서 뒤로 넘어졌다.

한 발에 심장을 관통당한 것이다. 그때에는 이미 현민규도 일어서 있었으나 그는 비무장이었다. 무겁고 거치적거렸으므로 권총집을 탁자 위에 올려놓은 것이다. 창을 등지고 어정쩡한 자세로 서 있는 현민규를 바라보며 사내가 빙그레 웃었다. 동양인이었으나 김상철은 아니다. 양복차림에 조금 허리를 굽히고 권총을 똑바로 겨누고 있는 사내의 얼굴을 바라보던 그는 온몸에 찬 기운이 스쳐가는 것을 느꼈다. 사내의 두 눈은 죽은 생선의 눈 같았다. 사내가 옆걸음으로 두어 걸음 돌았으므로 현민규도 그를 바라보며 몸을 틀었다. 그 순간 현민규 머리를 스치는 생각이 있었다. 놈은 창에 총알 자국을 내지 않으려는 것이다. 창 앞에 서 있는 자신을 쏜다면 창문 밖으로 떨어질 수도 있다. 현민규가 와락 몸을 창으로 돌리는 순간 사내의 총구에서 다시 섬광이 튀었다. 둔탁한 총성이 방 안을 울렸고 박항석과 같이 심장이 뚫린 그는 벽에 등을 부딪치며 넘어지더니 금방 숨을 멈췄다. 마파척은 권총 끝에 배인 화약 냄새가 가시기를 기다리는 듯 총구를 허공에 대고는 서너 번 휘저었다. 그리고는 방 안을 천천히 둘러보았다. 여유 있는 태도였다.

"누구세요?"
문 앞으로 다가간 박미정이 불어로 묻자 저쪽에서는 잠시 대답이 없다.
"누구세요?"
"저, 김상철 씨가 보낸 사람입니다."
낮으나 또렷한 영어가 들리는 순간 박미정은 온몸을 굳혔다.
보안경을 통해 밖을 내다보자 사내 한 명이 초조한 표정으로 서 있었다.
"박미정 씨, 계십니까?"
사내가 다시 묻고는 불안한 표정으로 주위를 둘러보았다. 동양인으로 훌쩍 큰 키에 마른 체격이다. 조금 어깨가 굽어져 있었으므로 평범한 샐러리맨 같은 분위기를 풍기는 사내였다. 박미정은 문의 고리를 풀었다. 가슴이 커다랗게 고동을 쳤고 얼굴이 뻣뻣하게 굳어진 것이 느껴졌다. 문이 열리고 사내는 방 안으로 들어서더니 우선 주위를 살펴보았다. 흐린 시선이었다.
"놀라시게 해서 미안합니다. 저는 김상철 씨의 부하로 진이라고 합니다."
사내가 낮으나 부드러운 목소리로 말했다. 그는 아직 응접실의 한복판에 서 있는 채였다.

"저는 한국인이지만 중국에서 태어나 한국어를 모릅니다. 고려리아에 들어와 김상철 씨 밑에서 일을 한지 일 년이 되었습니다."

"그가 무슨 일로 저를……."

"만나고 싶다고 하셨습니다."

"……."

"이곳은 한국 국정원의 감시를 받고 있습니다. 알고 계십니까?"

박미정이 머리를 젓자 그는 턱으로 탁자 위에 놓인 전화기를 가리켰다.

"전화도 도청이 되고 있습니다. 그리고 건너편 건물에도 두 사람이 24시간 이곳을 감시하고 있지요."

"……."

"지금은 그들이 잠시 자리를 비웠지요. 하지만 시간이 30분밖에 없습니다."

"그는 어디에 있는데요?"

"홍콩."

박미정이 퍼뜩 머리를 들었다.

"홍콩이요?"

"일본에서 겨우 홍콩으로 왔습니다. 더 이상 움직이기가 어려워서요."

"……."

"절박한 상황입니다. 마지막으로 꼭 만나야겠다고 하셨습니다."

"마지막으로?"

"그렇습니다. 한국기관뿐만 아니라 인터폴에서도 쫓고 있으니까요."

온몸의 기력이 떨어진 박미정이 소파의 등받이에 겨우 몸을 기대고 섰다. 사내가 그녀에게로 한 걸음 다가와 섰다.

"저도 위험을 무릅쓰고 찾아왔습니다, 보스의 지시를 받고."

"……."

"지난번 고려리아에 오셨을 때 저택에서 뵌 적이 있습니다만, 그때 병이 나셔서 제가 의사를 데려왔었지요. 그래서 얼굴을 알고 있는 제가 이곳에 온 겁니다."

박미정이 똑바로 섰다.

"조금만 기다려주세요. 준비를 해야겠으니……."

"그냥 간단히……. 시간이 없습니다."

사내가 불안한 듯 다시 주위를 둘러보았다.

"옷가지만 간단히 추려 가시면 됩니다. 다른 건 제가 준비해왔으니까요."

그로부터 3시간쯤 후인 오후 7시경, 생제르맹 데 프레에 있는 케이레 호텔의 객실 안이다. 전화기를 움켜쥔 홍경준의 얼굴은 하얗게 굳어 있었다. 그는 박미정의 감시 책임자로 케이레 호텔이 감시본부인 것이다.

"네, 지금 요원 세 명이 현장에 나가 있습니다."

그가 소리치듯 말을 이었다.

"박미정은 집 안에 없습니다. 예, 아마 김상철이 요원들을 해치고 바로 박미정을 데리고 데려 간 것 같습니다."

전화를 받는 사람은 고위층인 제3차장 오학수였다. 그는 사건 보고를 받자 직접 홍경준에게 전화를 걸어온 것이다. 오학수도 목청을 높였다.

"여기서도 조처를 할 테니 넌 그곳에서 사건을 수습해라. 무슨 말인지 알겠나?"

"예, 차장님, 알겠습니다."

"도청장치는 치웠겠지?"

"예, 차장님."

"김상철에 대한 수사협조 의뢰가 프랑스 당국에 전달될 것이다. 그리고 오늘 중으로 이곳에서도 전담반이 그곳으로 출발한다. 기다리도록."

수화기를 내려놓은 홍경준은 땀이 밴 이마를 손등으로 닦았다. 앞에 서 있던 요원이 불안한 표정으로 그를 바라보았다. 박항석과 현민규가 피사체로 발견된 것은 한 시간쯤 전이었다. 한 시간에 한 번씩 보고하던 아파트 감시조가 두 시간 동안 연락이 없었으므로 이쪽에서 사람을 보냈던 것이다. 홍경준이 머리를 들었다.

"최병국이한테 연락해서 준비가 되었으면 경찰에 신고를 하라고 해."

머리를 끄덕인 부하가 전화기를 쥐었다. 현장에는 요원 세 명이 도청 장치를 치우고 무기들을 회수하는 등 프랑스 당국에 문제가 되지 않도록 현장을 수습하고 있는 중이었다. 그러나 시체 두 구를 치울 수는 없는 것이다. 서둘러 최병국과 통화를 하는 부하의 목소리를 귓가로 들으며 홍경준은 시계를 내려다보았다.

시체를 발견한 지 한 시간이 조금 넘었다. 그러나 그들이 피살된 것이 몇 시간 전인지 정확하게 알 수가 없었는데 아마도 김상철은 지금쯤 박미정을 데리고 유유히 도망치고 있을 것이었다.

"이 새끼, 어디 두고보자."

눈을 치켜뜬 홍경준이 혼잣소리처럼 말했다. 한국이었다면 이미 전국에 수배령이 내려졌을 상황이었는데 이곳에서는 한 시간을 헛되게 보낸 것이다.

파리발 로이터 통신으로 한국 기관원 두 명의 피살사건이 보도된 것은 다음 날 오전이다. 그리고는 석간신문에 특파원들의 흥분이 그대로 드러난 내용이 사회면의 톱을 장식했는데 이제는 김상철을 살인마라고 부르는 일간지도 있었다.

그날 저녁, 아예 집에다 연락도 하지 않은 채 강미현은 이태원의 카페에서 최희은과 마주앉아 술을 마시기 시작했다. 파리행 결심을 굳히고 아버지한테는 이태리 밀라노의 현지공장 취재의 허락까지 맡아놓은 상태였던 것이다. 고려기획의 직원들과 밀라노에 도착해서는 그곳에서 혼자 파리로 간다. 파리의 고려그룹 현지법인 담당자들은 놀랄 테지만 그들에게 자신이 파리에 와 있다는 소문을 내도록 하는 것이 그녀의 계획이었다. 김상철이 파리에 온다면 그것을 모를 리가 없다. 그리고 자신을 찾을 것이라고 믿고 있었던 것이다.

"프랑스 수사당국이 김상철과 박미정을 추적하고 있다던데, 이건 한 편의 드라마다. 아니, 드라마틱한 액션 영화야."

술잔을 든 최희은이 강미현을 바라보았다. 어두운 실내였지만 그녀의 반들거리는 두 눈이 또렷하게 드러났다.

"차라리 잘 되었어. 그 일이 조금만 늦게 일어났다면 삼류 멜로물이 될 뻔했으니까, 물론 눈물의 주인공은 네가 되었겠지, 가엾은 것."

그러자 강미현이 쓴웃음을 지었다. 이럴 때일수록 심한 말을 뱉는 것이 최희은의 성격이다. 그것이 어설픈 위로보다 훨씬 효과적이라는 것을 알고 있는 것이다.

한 모금에 위스키를 삼킨 강미현이 의자에 등을 기댔다.

"조금 의외야. 그렇게까지 할 필요가 있었을까 하는 생각이 들어."

"막판이야, 보이는 것이 없어서 그랬겠지."

이제 최희은의 목소리도 조금 낮아졌다.

"감시하고 있었던 모양인데……. 그 죽은 두 사람이, 할 수 없지 않았겠니? 만나려면."

잔잔하고 낮은 음악이 흘러나오고 있었으므로 강미현은 머리를 한쪽으로 기울이고는 한동안 입을 열지 않았다. 최희은이 혼자서 술잔을 채우고는 홀짝이며 마셨다.

"오늘 오후에 들었는데……."

생각난 듯이 강미현이 입을 열었다.

"이 실장한테서 전화가 왔었어. 김상철 씨가 오사카의 안인석이를 찾아갔다는 거야. 도쿄에서 오사카로 간 것이지."

"……."

"안인석이가 신고를 했는데, 물론 언론에 보고는 안 되었고, 박미정이를 찾아갈 것 같은 눈치를 보였다고 했다는 거야."

"그것은 네가 잘 짚었다."

그리고는 최희은이 코웃음을 쳤다.

"파리로 간다는 것 말이다. 족집게다."

"……."

"이제 끝났어, 진짜로."

술병을 든 최희은이 강미현의 잔에 술을 채웠다.

"넌 이혼녀와의 경쟁에서 넉아웃 당한 거야. 그래서 널 위해 내가 금방 말을 만들었는데……. 김상철이는 제 분수에 맞는 상대를 꿰차고 도망친 거야. 어때?"

쓴웃음을 지은 강미현이 술잔을 들어 한 모금에 넘겼다 최희은이 말을 이었다.

"화실에서는 애들이 김상철이가 멋있다고 그러더라. 그런 사랑을 한 번 받아보았으면 좋겠다는 애도 있고……. 미친 것들이지. 막상 제 앞에 그런 일이 닥치면 팬티에 오줌을 찔끔대다가 도망칠 것들이."

"……."

"다 남의 일이니까 그런 야단법석을 떠는 거야. 그런데 이건 네 일이야. 네 인생이 걸린 문제라고. 미현아, 꿈 깨."

"누가 꿈꿨니?"

강미현이 그녀를 쏘아보았다.

"난 한 번도 그런 적 없어."

"번번이 착각해오구선……."

"그 사람 만날 때까지는 아니야."

술잔을 든 강미현이 이를 드러내며 웃었다.

"이렇게 된 이상 나한테 연락을 해오겠지. 그리고 확실하게 해줄 거야. 그때까지는 너도 입 닥쳐."

그러자 의외로 최희은이 잠자코 술잔을 들었다. 이제는 부드러운 노랫소리가 카페 안을 흐르고 있었다.

자바 섬의 동북단에 위치한 술라바야는 인도네시아 제2의 항구도시이다. 바로 건너편의 마두라 섬에서는 유전이 발굴되고 있는데다 자바 해협을 건너면 거대한 원시림의 땅 칼리만탄에서 생산되는 원목 등이 집결되는 요충지인 것이다. 술라바야의 해변가. 마악 석양이 지고 있어서 바다는 짙은 남색이 되었고 수평선 위의 하늘은 이미 잿빛으로 물들어 있었다. 넓게 펼쳐진 모래사장 위로 바다의 껍질을 한 꺼풀씩 벗겨내는 것처럼 파도 끝의 흰 물거품이 차례로 몰아쳤다. 눅눅한 바닷바람이 스치면서 바다냄새가 맡아졌다. 탁자 위의 신문이 바람에 날려 바닥에 떨어졌으나 김상철은 바다를 향해 앉은 채 움직이지 않았다.

술라바야의 모텔에 투숙한 지는 열흘째가 되어가는 중이다. 본래의 목적지는 자카르타였는데 그곳에서 다시 국내선 비행기로 술라바야로 이동한 것이다. 하바롭스크에서 그는 여섯 개의 여권을 만들어 놓았고 이한 등도 모두 서너 개씩의 여권을 가지고 있어서 입출국할 때마다 다른 여권을 사용했지만 모두 러시아 여권이라는 것이 약점이었다.

나무계단을 올라오는 소리가 들리더니 최복수가 그에게로 다가왔다.

"형님, 식사준비가 다 되었습니다."

그는 화려한 남방셔츠에 바지차림으로 표정이 밝다. 시베리아를 벗어나지 못했던 그들에게 이번의 유랑이 김상철과는 다른 감정일 것은 분명한 일이었다.

"한이가 올 시간이 되었는데, 오면 같이 먹자."

"예, 형님."

고분고분 대답한 최복수가 다시 아래층으로 내려갔다. 그들은 50평이 넘는 2층 목조건물에 묵고 있었는데 독립된 방갈로식 모텔로 뒤쪽에는 수영장까지 만들어져 있었다.

주위가 어두워졌다. 이쪽으로 밀려오는 파도의 흰 끝만 겨우 보일 뿐, 바다는 짙은 어둠에 묻혀 있었다. 밝은 날에는 마두라 섬의 서쪽 해안에서 반짝이는 민가의 불빛이 보였지만 오늘은 흐린 때문인지 그것도 보이지 않는다.

아래쪽에서 두런거리는 말소리가 들리더니 나무계단을 서둘러 밟아 오르는 발자국 소리가 났다.

이한이다. 2층의 불은 아직 켜지 않았으므로 그는 윤곽만을 드러낸 채 다가와 섰다.

"형님, 다녀왔습니다."

그는 술라바야 시내로 들어가 블라디보스토크의 송길수와 통화를 하고 온 참이다. 이틀에 한번 정도로 김상철은 송길수로부터 고려리아의 상황을 보고받고 있었던 것이다.

"형님, 문제가 생겼습니다."

이한의 목소리가 가라앉아 있었으므로 김상철이 일부러 가볍게 물었다.

"무슨 일인데 그래?"

"고려리아의 일이 아닙니다."

"……."

"파리에 계셨던 박미정 씨가 납치당했습니다."

"그게 무슨 말이야? 도대체 누가?"

"한국 언론이 크게 보도하고 있다는 겁니다. 모두 형님이 그렇게 하신 줄로……. 박미정 씨를 감시하고 있던 국정원 요원 두 명을 사살하고 납치했다고 믿고 있습니다."

두서는 없었지만 이한은 송길수로부터 들은 이야기를 빠짐없이 말하고 나서 김상철을 바라보았다.

"형님, 혹시 이것도 한국 정부의 장난이 아닐까요?"

박미정이 홍콩에 도착한 것은 다음날 오후 5시였으니 시차까지 포함하면 꼬박 하루가 걸린 비행이었다. 비행기 안에 있을 때는 그래도 나았지만 막상 공항의 입국 심사대 앞에 서자 박미정의 얼굴은 딱딱하게 굳어졌다. 진 선생은 이미 옆쪽의 심사대를 통과해서는 그녀를 바라보며 서 있었으나 그것으로 안정이 되는 것은 아니었다.

"어떤 비행기로 오셨지요?"

박미정에게 세로로 앉아 있던 세 명의 심사관중 가운데 앉은 사내가 물었을 때는 가슴이 덜컥 내려앉았다.

"싱가포르 에어 725편입니다."

사내는 그녀의 여권을 손에 쥐고 있었는데 조금 지친 듯한 표정이었다.

"관광하러 오셨군요."

"……."

사내가 머리를 끄덕이면서 스탬프를 찍자 박미정은 어깨를 늘어뜨렸다.

심사대를 통과하자 진 선생이 다가왔다. 얼굴에 웃음을 띠우고 있었다.

"눈에 띄게 긴장하고 계시는군요. 걱정하지 마시라는데도."

그는 가운데에 있는 사내하고는 미리 이야기가 되어 있으니 걱정하지 말라고 했던 것이다. 박미정이 들고 있는 여권은 붉은 색의 중국 여권이다. 진 선생은 이미 그녀의 중국 여권을 준비해 왔는데 최근의 모습인 자신의 사진까지 붙어 있었다.

그들은 면세점 사이를 걸어 곧장 검색대를 지났다. 짐이라고는 각각 손가방 하나씩뿐이었으므로 검색할 것도 없다. 이제 마지 막 관문을 지났다고 생각하자 박미정의 마음도 조금 가벼워졌다. 프랑스 출국과 홍콩 입국이 모두 끝난 것이다. 그가 만들어온 여권은 그의 말대로 중국 정부가 발행한 것이 확실한 모양이었고 미리 홍콩의 공항에까지 손을 써놓은 것이다. 택시 정류장으로 다가가던 박미정은 무의식중에 손을 들어 머리칼을 쓸어 올렸다. 비행기가 홍콩에 가까워지면서 생겨난 버릇이었는데 입국 심사대 앞에서는 잊고 있었다가 다시 시작된 것이다.

구룡 반도의 어느 혼잡한 길가의 건물 앞에 그들이 도착했을 때는 저녁 8시가 되었을 때였다. 인도에는 행인들이 들끓었고 늘어선 가게에서 울리는 소음으로 거리는 떠들썩했지만 활기에 차 있었다. 진 선생이 앞장서서 입구로 들어섰다. 5, 6층은 되어 보이는 건물이었는데 간판과 빨래, 뻗어 나온 테라스 등으로 지저분한 분위기였다. 박미정은 가방을 옮겨 쥐며 그의 뒤를 따랐다. 서민층이 밀집되어 살고 있는 곳이어서 어수선한 차림의 남녀가 좁은 복도를 걷는 그들을 스치고 지났고 양쪽의 벽 안에서는 갖가지 소음이 들렸다. 아이들의 울음소리와 웃음소리, 거기에다 어느 곳에선 남녀가 싸우는 모양이었다. 진 선생이 2층의 계단을 오르다가 힐끗 그녀를 돌아보았다. 머리칼을 매만지며 뒤를 따르던 박미정이 얼굴에 웃음을 띠우자 그는 다시 발을 떼었다. 3층의 좁은 계단을 오르자 그는 곧장 안쪽의 복도로 들어섰다. 박미정은 갑자기 잠깐 쉬고 싶다는 생각이 들었다. 어디 조용한 곳에서 옆방이라도 좋으니 잠깐 숨을 돌리고 나서 김상철을 만나고 싶은 것이다. 앞장서 걷던 진 선생이 멈춰서더니 힐끗 이쪽을 보고는 주먹으로 문을 두드렸다. 그와 두 걸음쯤 옆에서 멈춰선 박미정은 가늘고 긴 숨을 내려쉬었다.

입국 심사대 앞에서와는 경우가 다른 긴장감이 엄습해왔으므로 그녀는 두근거리는 가슴을 억제하려는 듯 어금니를 물었다. 문이 열리자 진 선생이 그녀를 돌아보았다.

"들어가시지요."

안으로 들어선 박미정은 지저분한 방 안에 서 있는 두 사내를 바라보았다. 허름한 옷을 걸친 그들은 무표정한 시선으로 그녀에게 시선을 주고 있었다. 진 선생이 들고 있던 가방을 방 안의 의자 위로 내던지더니 사내들과 중국어로 빠르게 말을 주고받았다. 그러자 한 사내는 안쪽의 문을 열고 사라졌고 다른 한 사내는 방 안을 치운다.

"거기 앉으세요."

저고리를 벗어 다시 의자 위로 던지면서 진 선생이 턱으로 낡은 소파를 가리켰다.

"어서, 피곤하실 텐데."

소파로 다가간 박미정이 한쪽 끝에 조심스럽게 앉았다. 넥타이를 끌어내리던 그가 문득 머리를 돌려 박미정을 내려다보았다.

"사장님은 지금 집 안에 안 계십니다. 이제까지 기다리고 계시다가 일 때문에 어젯밤에 나가셨다는군요."

"……."

"그동안 이곳에서 쉬고 계시라고 하셨답니다. 이곳이 지저분하기는 해도 갖출 건 다 갖췄지요, 위험하니까 밖으로 나가지 마십시오. 경찰 정보원이 깔려 있으니까요."

"그분은 지금 어디 계시는데요?"

박미정이 겨우 묻자 그는 얼굴에 웃음을 띠었다.

"다시 일본에 가셨답니다. 하지만 곧 오실 겁니다. 제가 부인을 모시고 왔다고 연락을 할 테니까요."

시테 섬의 중심부에 있는 파리 경시청 안이다. 홍경준과 최병국은 담당 수사관 미셸의 사무실에 앉아 있었는데 방 안의 분위기는 가라앉아 있었다. 미셸은 30대 중반으로 비대한 체격에 대머리였다.

홍경준은 그의 불친절이 인종에 대한 편견 때문인 것으로 믿고 있었다. 그런 놈일수록 겉으로는 그렇지 않게 보이는 법이다. 하지만 결정적인 때가되면 본색을 드러내 강한 거부감을 나타내는 것이다.

이놈은 파리의 두 곳 공항에 두 남녀의 여권번호만 체크했을 뿐 수십 군데의 국경 출입국 관리소에는 연락조차 하지 않았다. 미셸이 머리를 들고 홍경준을 바라보았다.

"우리는 입출국 심사대에서 일일이 여권심사를 하지 않아요. 비자가 필요 없는 국가의 여권을 가진 사람들은 여권만 흔들어 보이면 통과시킵니다."

그가 육중한 몸을 의자에 기대자 턱의 주름이 세 개로 늘어났다.

"프랑스에 있는 모든 항공사와 여행사에 박미정과 김상철의 여권번호와 신상명세를 보내주었으니 그쪽에서 연락이 올지도 모릅니다. 물론 바보같이 제 여권을 보이고 탑승했다면 말이오."

홍경준은 불어에 익숙했으므로 그의 비꼬는 듯한 말투를 그대로 알아들었다.

"미셸 씨, 공항에 두 사람의 사진을 보냈습니까?"

"물론이요, 팩스로 보냈습니다."

"김상철이 러시아 여권을 사용하고 있으니 박미정의 여권도 미리 러시아 여권으로 만들어져 있을지도 모릅니다."

"그렇겠군요. 그래서 러시아 여권을 가진 동양인을 주의해서 체크하라고 통보했습니다."

이미 사건 이후로 수백 대의 비행기가 프랑스를 떠났고 육로나 해상으로 떠난 사람들은 수백만이다. 홍경준을 맥이 풀렸다. 미셸이 의자를 삐걱거리며 자리를 고쳐 앉았다.

"그런데 당신들, 박미정의 아파트에 도청장치를 해두었더군요."

"……"

"당연하지요, 우리라도 그랬을 테니까. 앞 건물에서 멀거니 바라보기만 할 수는 없지요. 사건이 신고된 후에 조사반이 아파트에서 도청장치를 바로 찾아냈소."

"……"

"남의 나라에 와서…… 더구나 프랑스 시민의 주택에 무단 침입해서 도청장치를 설치했다는 건 대단히 큰 문제요. 그렇지 않습니까?"

"미셸 씨, 그건……"

미셸이 손을 들어 홍경준의 말을 막았다.

"지금 고위층이 언짢게 생각하고 있습니다. 나도 이렇게 협력을 하고 있기는 하지만 기분이 썩 좋은 것은 아니요, 선생."

이것으로 미셸이 인종차별주의자가 아닌 것만은 확인된 셈이었다.

밀실에 앉아 술잔을 비우고 있던 홍기천이 흐린 시선을 들어 어둑한 방 안을 둘러보았다. 이곳은 고려 타운 깊숙한 곳에 있는 중국인 마을의 마약방이다.

홍기천은 마약을 하지 않는 대신 술이 셌다. 50도짜리 보드카도 약하다면서 물처럼 마셨는데 그가 취해서 흔들리는 모습을 본 부하는 없다. 밤 11시가 넘어 있었지만 안쪽의 마약방은 만원이었다. 마약방에는 중국식 빨대를 이용해서 아편을 마시는 전통적인 방법을 썼는데 철저한 회원제로 운영되고 있었다. 신분이 확실한 중국인이 아니면 마약방 근처에는 얼씬할 수도 없는 것이다. 안쪽이 조금 술렁이더니 방문이 열리면서 양필성이 들어섰다. 그는 전임 대형인 진대원이 제거된 후로 고려리아 삼합회의 실질적인 2인자의 위치를 차지하고 있었다. 양필성은 홍기천의 앞자리에 앉았다. 홍기천은 회주의 두터운 신임을 받고 있는 사내다.

"대형, 마파척은 홍콩에 있습니다. 조금 전에 구룡에 있는 곽 선생한테서 연락이 왔습니다."

말소리를 낮춘 그가 말을 이었다.

"곽 선생한테도 비밀로 하고 있어서 정확한 소재는 아직 알 수가 없다고 하던데요."

"마파척, 그놈은 신의가 있는 놈이다."

술잔을 든 홍기천이 느린 목소리로 말했다.

"그놈이 진대원과 관계가 있다는 것은 분명해. 그놈이 목적도 없이 고려리아에 오랫동안 남아있었을 리가 없어."

양필성이 잠자코 머리를 끄덕였다. 마파척이 찬드라라는 가명을 쓰고 타운 호텔에 투숙하고 있는 것을 안 것은 우연이었다. 마파척은 간부급들도 이름만 들었지 얼굴을 모르는 사람이 많았는데 타운 호텔에 들렀던 간부급 하나가 그를 알아보았던 것이다.

그런 지 얼마 되지 않아 마파척은 타운 호텔을 떠나 자취를 감추었다. 홍기천은 마파척과 예전에 몇 번 거래를 해본 경험이 있었다. 유리컵에 담긴 보드카를 꿀꺽이며 마시고는 그가 손등으로 입가를 씻었다.

"마파척의 용도는 단 한 가지뿐이야. 너는 진대원이 어떤 용무로 그를 불렀을 것 같나?"

"시기적으로나 상황으로 보아도 한 가지뿐입니다. 김상철의 제거지요."

"……."

"진대원은 김상철을 제거하려고 혈안이 되어있었습니다. 그렇지만……."

양필성이 입맛을 다셨다.

"진대원이 죽은 이상 거래대상이 없어진 형편입니다. 그렇다면 다른 용무가 있었을지도 모릅니다."

술병을 기울여 잔에 술을 채우던 홍기천이 빈병인 것을 깨닫고는 병을 내려놓았다.

"죽기 전에 계약을 했을 수도 있지, 이미 계약금을 받은 상태이고."

"……."

"20여 년 전에 홍콩의 부간이라는 거간꾼이 죽기 전에 흑사회의 전태대를 죽여 달라고 거금을 내놓고는 죽었다. 전태대가 일 년 후에 목이 잘려 죽자 우리 삼합회에서도 그 해결자의 신의를 칭송한 적이 있었다."

"그 해결자는 누구였습니까?

양필성이 묻자 홍기천이 눈을 껌벅이며 그를 바라보았다.

"모른다. 어쩌면 뜨내기 강도였는지도."

"……."

"부간이 거금을 내놓았다는 것을 본 놈도 없고 증거도 없어. 소문일 뿐이었고."

"……."

"우리도 회원들에게 신의와 충성을 강조하기 위해서 그 사건을 미화, 과장시킨 흔적이 있어. 그러나 마파척 같은 성격의 해결자는 그것을 교훈으로 삼고 살아왔을 가능성이 있다."

"그렇다면 마파척이 아직도……."

"상관없는 일이야."

홍기천이 의자에 등을 기대고 앉았다.

"김상철이 파리에서 날뛰거나 쥐새끼가 쥐구멍 드나들듯 마파척이 홍콩을 들락거리는 것에 신경 쓸 필요는 없어. 이제 그놈들 모두 우리와는 인연이 멀어진 놈들이니까."

"장인규의 말을 누가 믿는단 말이냐?"

신문을 내던진 유장석이 창가로 다가가 섰다. 아침 햇살이 곧게 뻗은 대로 위에 하얗게 부서지는 9월초의 맑은 날씨였다.

"그리고 장인규도 직접 들은 말이 아니지 않아?"

뒷짐을 지고선 그가 혼잣말처럼 내뱉자 이대각이 길게 숨을 내려쉬었다.

"우리야 그 말을 믿고 싶지만 이거 증거로 내세울 게 있어야 말이지요."

소파에 기대앉은 그의 말투는 가라앉아 있었다. 한국에서 공수된 신문은 연일 김상철의 파리 잠입과 살인, 박미정과의 인연에다가 고려리아에서의 활약상을 흥미 위주로 보도하고 있는 중이었다.

고려리아는 겉으로는 정상 운영이 되어가고 있는 것처럼 보였다 고려시의 상가는 기초공사가 거의 끝나 지금은 외관을 알아볼 수 있을 정도가 되었다. 세계 각국에서 몰려든 투자단들이 경쟁하듯 건물을 짓기 때문인데 이미 고려리아에 진출한 각국의 건설회사만 해도 50여 개가 되어 있었다. 고려시의 골격을 만든 고려리아 측에서 건설시장을 개방했기 때문이다. 그러나 내부의 상태는 점점 더 악화되고 있다. 행정위와 운영위의 갈등 해소를 위해 연합회를 발족시켰지만 이제까지 한 번도 순탄한 결론을 내어본 적이 없다. 운영위측은 조선족의 이주부터 제한하려 했는데 그것은 고려리아의 설립 취지부터 부정하는 입장인 것이다. 그러자 이금철을 중심으로 한 북한계 세력의 단결력이 급격히 강해졌고 세력이 커졌다. 삼합회와 마피아도 마찬가지였고 일본에서는 조총련계와 조선인 야쿠자가 밀려들어오고 있다.

경비대를 우여곡절 끝에 2000명 늘려 7000명 가까운 병력이 되었지만 유장석도 치안상태의 불안함을 느끼고 있었다.

김상철이 내부를 장악했던 전에는 5000명의 경비대만으로도 안정된 분위기였던 것이다. 유장석이 창에서 몸을 돌렸다.

"어때? 장인규의 생각은?"

"생각할 것도 없답니다. 만일 누가 끼어든다면 사업장을 정리하고 고려리아를 떠나겠다는 겁니다."

그리고는 혼잣말처럼 말을 이었다.

"당연한 일이지. 죽 쒀서 개줄까?"

"전창남과 소명일은 지금 적극적으로 일을 추진하고 있어, 머지않아 윤곽이 드러날 거야."

"하라고 내버려 두지요, 뭘."

불끈 눈썹을 치켜세운 이대각의 목소리가 거칠어졌다.

"그 작자들 여태껏 우리한테 그 내용을 상의 한번 하지 않았습니다. 그러니 우리도 관여 할 필요가 없습니다."

운영위원장 전창남과 경비본부장 소명일은 고려리아 내부 관리에 있어서 한국인의 조직화된 세력의 필요성을 느꼈던 것이다. 처음에 김상철의 존재와 그의 잠재력을 부정했던 그들이었지만 지금은 경비대만으로 주민을 장악할 수 없다는 것을 알게 되었다. 그래서 생각해낸 방법이 그들의 대리인과 휘하 조직을 보내 장인규가 통솔하고 있는 김상철의 세력을 흡수한다는 것이었으니 장인규가 강력히 반발할 만도 했다. 이대각이 말을 이었다.

"잘못하면 김상철의 조직마저 분해될 가능성도 있습니다. 현장을 모르는 관리 놈들의 탁상공론이오. 고려리아가 망해도 그놈들은 떠나면 끝입니다."

"장인규의 입장은 이해하지만 그대로 둔다는 것도 위험해. 세력이 갈수록 약해지고 있어."

유장석이 그의 앞자리에 앉았다.

"김상철의 귀향은 불가능하다는 사실을 장인규도 알아야 돼. 그나마 조직을 유지하려면 그런 도움이라도 있어야 한단 말이야."

그러자 입맛을 다신 이대각이 머리를 저었다.

"아, 글쎄, 제가 입이 닳도록 설명을 해주었습니다. 그런데도 막무가내인 걸 어떡합니까? 차라리 독자세력으로 남을 테니 한국인 조직을 새로 결성하라고까지 한단 말입니다."

"……"

"소명일이하고 같이 갔는데 아예 소명일이하고는 말도 하지 않았습니다. 철저하게 불신하고 있었어요."

"……"

"괜찮은 여잡니다. 남자보다 나아요."

장인규가 전화를 받은 것은 오전 11시 정각이다. 수화기를 귀에 대고는 무의식중에 벽시계를 올려다보았더니 정시가 되어 있었던 것이다.

"전화 바꿨습니다."

"장인규 사장 맞습니까?"

나파스 클럽 사무실에 설치된 직통전화였는데 사내가 영어로 커다랗게 물었다. 처음 듣는 목소리였다.

"그래요, 납니다."

장인규는 러시아어 뿐만 아니라 영어에도 익숙하다. 그러자 사내가 대뜸 물었다.

"당신은 김상철과 연락이 되는 것으로 알고 있는데 맞지요?"

이맛살을 찌푸린 장인규가 허리를 세웠다.

"당신 누구야?"

"김상철에게 연락을 해야 할 일이 있소."

"쓸데없는 소리하면 전화 끊겠어."

"박미정의 생명이 달린 문제요."

장인규가 말의 뜻을 되새기듯 잠자코 있자 사내는 말을 이었다.

"박미정이 파리에서 실종된 사건은 알고 계시지요?"

"알고 있어."

"김상철이 한 짓으로 알고 있습니까?"

여유 있는 사내의 목소리에 그녀는 온몸을 굳혔다. 파리 사건을 모르는 고려리아의 주민은 없을 것이다. 사건 소식을 듣자마자 장인규가 블라디보스토크의 송길수에게 연락을 한 것은 당연한 일이었다. 그러자 송길수는 그것은 다른 자의 짓이라면서 길길이 뛰었다. 김상철은 파리에 가지도 않았고 지금 다른 곳에 있다는 것이다. 하지만 그녀의 말을 들은 이대각조차도 반신반의하는 상황이었고 증거로 내세울 만한 것이 없을 뿐더러 나설 수도 없는 입장이다. 사내가 말을 이었다.

"다른 사람이 한 짓이오. 김상철 씨는 누명을 쓴 것이지. 나는 그래서 김상철 씨와 연락을 하고 싶습니다, 왜냐하면 내가 박미정 씨가 갇혀 있는 곳을 알고 있기 때문이죠."

"당신은 누구요?"

"김상철의 누명을 벗겨주고 싶은 사람으로 알면 되겠지."

"당신 말을 어떻게 믿지?"

"믿어서 손해 볼 것이 무엇인가 계산해 보시오. 박미정의 생명과 잘되면 김상철의 살인 누명이 벗겨질 상황인데……"

"……"

"고려리아 전화는 거의 전부가 경비본부의 감청을 받을 테니 다시 말해드리지요. 파리 사건은 김상철이 한 짓이 아니오. 자, 되었지요?"

"……"

"내가 김상철과 직접 연락할 수 있도록 해주시오, 박미정의 생명이 달린 일이니까, 어서."

길게 숨을 내리쉰 장인규가 입을 열었다.

"세 시간 후에 다시 연락을 해줘요. 그때 가부간에 결정을 할 테니까."

녹음을 들은 소명일은 한동안 책상 앞에 서 있는 박환을 바라보며 입을 열지 않았다. 장인규의 통화 내용이 전화국에 파견되어 있는 경비본부 요원에 의해 녹음된 다음 보고가 된 것이다. 경비본부가 감청하고 있다는 것을 알고 있는 대부분의 조직들은 암호를 쓰거나 때로는 군대용 무전기를 사용하기도 하지만 이번의 통화는 장인규로서도 어쩔 수 없었던 것이다. 이윽고 소명일이 박환에게로 시선을 주었다. 그는 정보담당 과장이다.

"이 내용은 기밀이야. 감청 원본을 나한테 가져오고 누설하지 말도록."

"알겠습니다, 본부장님."

긴장한 박환이 대답하자 소명일이 다짐하듯 말했다.
"내 말은 경비본부 내부까지 기밀이란 말이야. 무슨 말인지 알겠나?"
"예, 본부장님."
"세 시간 후에 다시 연락을 하자고 했는데, 그때 장인규가 송길수의 연락처를 알려주겠구먼, 송길수는 김상철에게 연락을 하고."
"그럴 가능성이 많습니다."
소명일이 찌푸린 얼굴을 한쪽으로 기울였다.
"도대체 이놈이 누구일까? 한국인은 아닌 것 같고……"
"중국계나 일본계 같습니다만……"
자신 없는 말투로 박환이 말을 이었다.
"어쩌면 조선족일 가능성도 있습니다."
"그렇다면 박미정을 이놈이 납치했단 말인가?"
"이자는 박미정이 갇혀 있는 곳을 안다고, 그래서 김상철에게 직접 연락해서 알려주겠다고 했습니다만."
"글쎄 그 이유가 뭘까 말이야?"
"……"
"이 망할 놈이 경비본부가 전화 감청을 하고 있다는 것까지 떠들고, 그래서 김상철이 파리 사건을 저지르지 않았다고 되풀이하는 걸 보면 혹시 김상철이 쇼를 부리는 게 아닐까?"
"예, 그럴 가능성도……"
소명일이 와락 눈을 치켜떴다
"가능성, 가능성 하지 말어, 듣기 짜증나."
"예, 본부장님."
장인규가 송길수의 연락처를 알려주고 나면 그것으로 끝인 것이다. 이제 마피아의 간부가 되어 블라디보스토크에 버티고 있는 그에게로 접근해서 뭔가를 알아낼 생각은 꿈도 꾸지 말아야 한다. 그것이 소명일을 짜증나게 하는 이유였다.

다음 날 오후, 시내에 다녀온 이한이 2층으로 올라왔다. 방갈로 안은 조용했는데 아래층의 최복수와 정기만도 긴장하고 있었기 때문이다.

"형님, 송길수한테 그자가 전화를 해왔습니다. 3일 후에 홍콩의 메리디안 호텔에 투숙해 있으면 연락하겠답니다."

그는 김상철 앞으로 다가와 섰다.

"송길수는 부하들을 데리고 홍콩으로 가겠다고 합니다만."

"쓸데없는 소리."

김상철이 머리를 저었다.

"그럴 필요 없다."

사내는 이제 송길수에게 연락을 했고 이쪽도 송길수로부터 전해 듣는 상황이 되어 있는 것이다. 따라서 정보기관의 도청 위험성은 조금 가셨다고는 하지만 이쪽은 아직 그의 신분도 모르는 형편이다.

"3일 후에 와 있지 않으면 박미정 씨는 없어진 것으로 알라고 했다는데요."

"내일 아침에 홍콩으로 떠난다."

김상철이 말하자 이한이 머리를 끄덕였다.

"예. 하지만 저희들 넷으로는 조금 불안합니다."

"그놈이 박미정 씨를 데리고 있다지만 아직 누구인지도 모릅니다. 하지만 분명한 것은 그놈이 함정을 파놓고 있다는 겁니다."

"……"

"송길수도 그것을 걱정하고 있었습니다. 우리가 노출된다면 그놈뿐만 아니라 홍콩 경찰, 한국 기관원들한테도 표적이 될 테니까요."

이것도 송길수가 한 말일 것이다. 경찰 출신인 송길수는 치밀한 사고력을 가진 사내였다. 김상철이 머리를 끄덕였다.

"그놈은 고려리아 내부 사정을 잘 아는 놈일 것이다."

"예, 송길수도 그렇게……."

"내가 안 가면 박미정은 위험하다."

"예, 그것도, 하지만……."

"이대로 이곳에 있을 수는 없다."

그의 말을 자른 김상철이 자리에서 일어섰다. 비스듬한 햇살을 받은 바다위로 짙은 그늘이 덮이고 있었다.

나흘째 되는 날 아침, 박미정은 침실에서 나와 응접실을 건너 식당으로 들어섰다. 지저분한데다가 가구도 제대로 갖추지 못한 집이었지만 세 개의 방에 식당과 응접실까지 갖추어져 있어서 밖에서 보는 것과는 달리 꽤 넓은 공간을 차지하고 있다. 아침 8시 정각에 식탁에는 흰밥과 닭요리, 튀김과 수프 등 중국식 식사가 차려져 있었다. 오늘도 진 선생은 보이지 않았고 사내 하나가 주방 당번으로 바쁘게 움직이는 중이었다. 자리에 앉은 박미정이 젓가락을 들면서 식탁에 물 잔을 내려놓은 사내를 바라보았다.

"저, 부탁이 있는데요."

물론 영어이다.

사내가 움직임을 멈추었다.

"미안하지만 신문을 가져다 주셨으면 좋겠는데, 영자신문도 좋지만 한국 신문을……. 거리에 나가면 구할 수 있을 텐데요. TV도 없어서 조금 답답해요."

"밖에 나갈 수가 없습니다."

허리를 편 사내가 표정 없는 얼굴로 그녀를 내려다보았다.

"오늘 오후에 진형님이 오실 테니까 그때 말씀해보시지요."

"미안해요. 그렇게 할게요."

벼르고 있었던지라 그의 차가운 반응에 식욕이 떨어져버린 박미정이 흰밥에 젓가락을 댔다. 집 안에는 다행히 오래된 잡지와 신문, FM 라디오가 있었으므로 사흘 동안 그것을 읽고 들으며 지내왔다. 인터폴이 김상철은 물론이고 자신까지 추적하고 있다는 진 선생의 말에 집밖으로는 얼씬도 하지 않았던 것이다.

진 선생은 도착한 다음 날 용무가 있다면서 집을 나갔지만 두 사내는 집 안에 틀어박혀 외출하는 것도 보지 못했다.

식당으로 마른 체격의 다른 사내가 들어서자 그들은 빠른 중국어로 이야기를 시작했다. 사내들이 이쪽을 힐끗거리는 걸 보면 조금 전에 자신이 한 말로 화제를 삼는 모양이었다. 점심 식사를 마치고 방에서 잡지를 뒤적이고 있는데 노크소리가 들리더니 문이 열렸다.

단정한 양복 차림의 진 선생이 방 안으로 들어섰으므로 박미정은 의자에서 일어섰다. 그는 얼굴에 웃음을 띠고 있었다.

"신문을 가져다 달라고 하셨다면서요?"

그녀의 앞쪽에 앉으면서 그가 부드럽게 물었다.

"네, 답답해서요, 그런데……."

조심스럽게 자리에 앉은 그녀가 그를 바라보았다.

"김상철 씨는 언제 오실 건가요?"

"지금 오시는 길입니다."

"……."

"밖의 소식이 궁금하십니까?"

"네, 전화도 없다보니까……. 물론 있다고 해도 여기서는 곤란하겠지만, 집에다 연락해서 안심시켜 드리고 싶어요."

그가 천천히 머리를 끄덕였다.

"이해합니다. 하지만 곧 김 사장님이 오실 텐데, 그때 다시 상의하시는 것이……. 왜냐하면 전화의 발신지 추적이 되면 위험해질 수가 있습니다."

"그분하고는 연락이 되셨나요?"

"그럼요, 이제 도착하실 날이 이틀 남았습니다."

"……."

"신문은 제가 나갔다가 내일 사가지고 오겠습니다. 그때까지는 답답하시더라도……."

"아녜요. 잡지가 많아서 그렇게 많이 답답하지는 않았어요."

이틀만 지나면 되는 것이다. 박미정에게 바깥소식에 대한 궁금증은 이미 사라져 있었다. 왜냐하면 그것은 김상철을 중심으로 한 바깥소식이었기 때문이다.

대결

　오후 3시, 회의를 마친 강미현은 방으로 돌아와 지친 듯이 소파에 앉았다. 지난달에 그녀는 고려기획의 대표이사 부사장으로 승진해 있었으므로 넓은 집무실은 격조에 맞는 가구로 장식되어 있었다. 대형 유리창 밖으로 가을의 느슨한 햇살이 내려쬐였고 파란 하늘에는 구름 한 점 없다. 박미정이 실종된 지 나흘째, 이제 매스컴은 조금 기세를 늦추었지만 일간지 한 곳이 김상철의 인생역정을 소설 형태로 3회째 연재하고 있는 중이었다. 그룹 차원에서 손을 써서 자신과의 관계는 A그룹 B양 식으로 슬쩍 표현해서 넘어갔지만 알 사람은 다 안다. 그렇다고 그것이 꺼림칙한 것은 아니다. 오히려 언론사에서 걸려온 전화를 받게 되었을 때, 강미현의 당당한 표현에 그들이 당황하곤 했던 것이다. 전화벨이 울렸으므로 그녀는 팔을 뻗어 수화기를 들었다. 직통전화였다.
　"여보세요."
　"강미현 씨, 납니다."
　김상철의 목소리였다. 숨을 죽인 강미현이 온몸을 굳혔다.

"걱정시켜서 미안합니다."

그의 목소리는 가라앉아 있었다.

"아니, 제 걱정은 마세요. 그보다도……."

그곳이 어디냐고 물을 뻔한 강미현이 잠시 말을 멈추었다.

"나도 한국 신문을 봅니다. 내가 꽤 유명 인사가 되었던데……."

"곧 잠잠해질 거예요."

"파리의 사건은 내가 한 짓이 아니오."

"……."

"물론 박미정 씨도 내가 납치한 것이 아닙니다. 난 그럴 만한 열정도 없고 무모하지도 않아요."

"믿겠어요."

강미현이 힘 있게 말했다.

"제가 믿어드릴게요."

"지금 박미정 씨를 납치해간 사내한테서 연락을 받았어요, 박미정을 찾으러 오라고 말이오. 그놈의 목표는 나인 것 같습니다. 박미정을 미끼로 나를 유인할 작정이오."

"……."

"이것은 함정이오. 하지만 상대방이 어떤 개인인지 아니면 어떤 조직인지 아직도 확실치가 않아요."

강미현이 마른 입술을 혀로 축였다. 그녀는 기를 쓰고 묻고 싶은 말을 참고 있는 중이었다. 김상철이 말을 이었다.

"난 박미정을 찾을 작정이오. 내버려둘 수는 없습니다."

"……."

"박미정이 끌려간 건 어쨌든 나 때문이니까. 내 책임이란 말입니다."

"이해할 수 있어요."

강미현이 부드럽게 말했다.

"그런데 제가 도와드릴 일이라도……."

"있어요."

그가 가볍게 말을 받았다.

"이 일이 아니었다면 연락하지 않으려고 했습니다. 현실적으로 우리는 대단히 어려운 관계가 되었는데……."

"……."

"내가 파리 사건을 일으킨 것이 아니라고 해명할 필요도 없었지만 당신한테는 꼭 알려줘야겠다는 생각이 들어서……."

"……."

"당신이 어떻게 받아들여도 할 수 없지만 당신을 배신하지 않았다는 것만 알아주시오."

"왜 나한테 존댓말을 써요?"

문득 강미현이 그렇게 묻자 김상철은 당황한 듯 대답하지 않았다.

"자신감을 잃지 마세요. 이제까지도 난 잘 버티어 왔고 앞으로도 그럴 참이니까."

"……."

"설령 박미정이 가슴속에 있다고 하더라도 난 당신을 받아들일 자신이 있어요. 기운을 내세요."

저도 모르게 뱉은 말이었지만 강미현은 가슴이 후련해짐을 느꼈다. 진심이었던 것이다.

강미현이 오리엔트 호텔의 라운지에 들어서자 기다리고 있던 심재택이 자리에서 일어섰다. 저녁 시간이어서 라운지에는 손님들이 꽤 들어차 있었다. 간단한 인사를 마친 그들은 테이블을 사이에 두고 마주앉았다.

"날씨가 제법 선선해졌습니다."

심재택이 여유 있는 표정으로 그녀를 바라보았다. 그는 오후에 강미현의 만나자는 전화요청을 받고는 두말 않고 나온 것이다. 주문을 받으려고 종업원이 다가왔다. 식사시간이었지만 그녀가 대뜸 커피를 시키자 심재택도 머리를 끄덕였다.

"요즘 걱정이 많으시겠습니다."

"그 일 때문에 뵙자고 했어요."

짐작하고 있었다는 듯이 심재택이 잠자코 머리를 끄덕였다.

"오늘 김상철 씨 전화를 받았어요, 오후 세시쯤."

"……."

"파리 사건은 자신이 한 일이 아니라고 했습니다. 파리 사건은 함정이라고……."

그녀가 이야기를 하는 동안 심재택은 숨을 멈춘 듯한 얼굴로 듣고 있었다. 그녀의 이야기가 끝나자 한동안 멍한 얼굴로 앉아 있던 심재택이 입을 열었다.

"이건 내 개인적인 입장으로 말씀드리는 거지만 김상철이 파리 사건에 개입되지 않은 것 같아요."

"당연하지요."

"그 지역을 알면 우리가 도움을 줄 수도 있을 텐데 유감입니다."

이것은 그저 빈말이다. 파리 사건은 아니라고 하더라도 김상철은 요원 다섯 명의 살해범으로 쫓기는 몸인 것이다. 그가 강미현을 바라보았다.

"이미 김상철은 고려리아를 떠난 상황이고 각 조직이 그렇게까지 해서 그를 제거할 만한 이유가 없습니다. 하나씩 꼽아보면 북한은 김상철과 제법 돈독한 관계로 오히려 그가 필요한 입장이고, 마피아는 그레고리와 송길수가 간부진에 끼어든 상황이니 말할 것도 없고, 삼합회는 진대원을 김상철 측 손에 제거시킬 정도로 마찰을 피해온 형편이오. 난 도무지 감을 잡을 수가 없습니다."

"어쨌든 박미정은 그들에게 잡혀 있어요. 그리고 그 사람은 박미정을 구하러 떠났고."

"그렇군요."

"저는 파리 사건이 그 사람의 소행이 아니라는 것을 주장하려고 뵙자고 한 건 아닙니다. 아직 내세울 만한 증거도 없는데다 그 사람도 그걸 기대하지는 않았어요."

강미현이 테이블 위로 상체를 기울였다.

"다만 기관원에 쫓기는 몸으로 그 일을 해야 한다는 것이 안타까워서, 우선 그 일이 끝날 때까지 만이라도 그의 추적을 보류시켰으면 하는 생각으로······."

"······."

"도와주실 수 있으세요?"

그러자 심재택이 소리 내어 숨을 내려쉬었다.

"불가능한 일입니다, 저로서는······."

"······."

"제 직속상관인 3차장도, 아니 국정원장의 힘으로도 어렵습니다."

그는 식어버린 커피 잔을 들었다가 그냥 내려놓았다.

"이미 알고 계시겠지만, 고려리아에 김상철의 공간을 메우는 작업이 진행 중입니다. 한국 정부와 운영위원회가 뒤늦게 필요성을 깨달은 것이지요. 곧 김상철을 대신할 사람과 조직이 파견될 예정입니다."

"······."

"그들에게 김상철은 귀찮은 존재지요. 비록 멀리 떨어져 있다고 하더라도 아직 고려리아에 남은 그의 부하들의 구심점이 되어 있으니까요."

강미현이 머리를 똑바로 들고는 어깨를 폈다.

"저도 들었는데 그렇게 쉽지는 않을 걸요? 두고 보시면 아시겠지만."

더 이상 위로도 조언도 할 것이 바닥난 심재택이 입맛만 다셨고 강미현도 말을 잇지 않았다.

"나도 그 말을 믿는다."

심재택의 이야기가 끝나자 오학수는 커다랗게 머리를 끄덕였다.

"김상철은 옛 애인을 만나려고 그따위 유치하고 무모한 짓거리를 할 놈이 아니야."

밤 9시 가깝게 된 시간으로 그들은 오학수의 아파트 안에서 머리를 맞대고 앉아 있었다. 강미현과 헤어진 심재택은 곧장 오학수의 아파트로 찾아온 것이다.

가장의 생활에 익숙한 식구들은 응접실에 얼씬도 하지 않았고 집 안은 조용했다.

"하지만 차장님, 제가 강미현에게도 말해주었지만 우리로서는 손을 쓸 길이 없습니다. 박미정이 어디에 갇혀 있는지도 모를 뿐더러 그놈이 누구인지도……."

찌푸린 얼굴의 심재택이 말하자 오학수가 피우던 담배를 재떨이에 비벼 껐다.

"고려리아에 관계가 있는 조직이겠지. 그것은 확실해."

"그렇다고 하더라도……."

고려리아의 경비본부는 이미 그들의 장악권에서 벗어나 있는 것이다. 소명일은 국정원의 통제를 받고 있지 않을 뿐만 아니라 협조도 제대로 하지 않고 있었다. 두 사람은 잠시 침묵을 지켰다.

"소명일은 아마 장인규를 제거할 모양이야."

오학수의 목소리가 방 안의 정적을 깼다.

"그들 입장에서 본다면 장인규는 북한의 해외특수사업반인 32호실 출신에다가 조선족 여성동맹위원장까지 지낸 빨갱이거든."

"장인규는 북한 공작원 여섯 명을 죽이고 달아난 여잡니다."

심재택의 말에 오학수가 머리를 저었다.

"다시 이금철과 협조관계에 있거든, 어쨌든 간에."

"만일 그렇게 된다면 고려리아 내부는 파탄 상태가 됩니다. 현실을 모르는 탁상공론이란 말씀입니다."

"소명일이 한국에서 전직 경찰을 중심으로 이미 1백여 명의 인원을 모은 것은 그 때문이야. 그것들은 김상철의 공백을 메울 친위세력의 역할을 맡을 것이고 장인규는 당연히 장애물이 돼."

"야단났습니다."

심재택의 얼굴이 잔뜩 찌푸려졌다.

"장인규만 제거한다고 되는 일이 아닙니다. 하바롭스크와 블라디보스토크의 그레고리와 송길수가 당장에 들고 일어날 겁니다. 내부에서는 이금철이 반발 세력을 모을 것이고."

"……."

"마피아와 북한 세력이 연합합니다. 거기에다 장인규의 반발세력까지 그렇게 되면 경비대를 아무리 늘려도 당해낼 수가 없습니다."

"그렇게 되면 고려리아 행정부가 두 손을 들겠지, 운영위원회와 경비본부 수뇌 급들은 한국으로 도망쳐올 것이고."

오학수가 말을 이었다.

"러시아가 내분을 핑계 삼아 고려리아를 다시 흡수하든 북한이 지배하는 땅이 되건 한국 정부는 상관하지 않을 것이다."

잠자코 바라보는 심재택을 향해 오학수가 쓴웃음을 지었다.

"미국과 일본이 경계해왔던 것은 한국의 거대한 자본과 기술력이 투입되고 거기에다 조선족이 대거 몰려든 또 하나의 한국이라는 사실 때문이다. 다시 러시아 땅이 되건 북한의 세력권이 되건 그때에는 한국으로부터의 자본과 기술 유입이 끊길 테니까 고려리아는 더 이상 위험 대상이 아니지."

심재택이 어깨를 늘어 뜨렸다.

"분합니다. 고려리아는 민족의 에너지를 분출할 수 있는 희망의 땅이었습니다."

"나도 요즘에야 박정규와 운영위원회가 무모한 작전을 서슴지 않고 밀어붙이는 이유를 짐작하게 되었다."

그가 심재택의 얼굴을 탐색하듯 바라보았다.

"이미 그들은 최악의 상황까지 예상해 두고 있는 거야, 미국 측의 각본일 것이다. 거기에다 일본 측의 입장도 포함된……."

"……."

"광개토대왕 이후로 처음 갖는 우리의 거대한 땅이 될 뻔했다. 그것도 반도에서 벗어날 절호의 기회였는데……."

밤이 깊어지고 있었으나 두 사내는 시간의 흐름을 잊은 것처럼 보였다.

안인석이 배치된 곳은 고려리아 운영위 소속 종합기획실이었다. 종합기획실은 전창남의 직속기관이었는데 업무 내용은 거창한 명칭과는 달리 행정위원회 업무의 감사와 정보수집이었다. 원칙적으로 고려리아 내부 업무는 행정위원회 소관이었으나 운영위원회가 감사의 권한을 갖게 된 것이다. 따라서 종합기획실 구성원은 대부분이 전창남이 데려온 사람들로 채워져 있었다. 고려그룹 소속으로 발령 난 직원은 안인석이 최초라는 것이었다.

안인석은 아침에 출근하자마자 숨을 돌릴 겨를도 없이 기획실장 박찬홍의 방으로 불려 들어갔다. 기획실 근무 일주일째 되는 날이었다.

"거기 앉아, 안 대리."

박찬홍은 웃는 얼굴이었다. 그는 한국에서 전창남이 소장으로 있던 국책연구소에서도 기획실장이었다.

"이제 대충 업무 파악은 되었겠지?"

"예, 실장님."

단순한 업무여서 파악하고 자시고 할 것도 없다.

"안 대리도 대충 짐작하고 있으리라고 생각하는데……."

부드러운 목소리로 그가 말을 이었다.

"자네는 우리가 애를 써서 이쪽으로 빼내온 거야. 행정위원회가 상당히 반발했었어."

이미 주위 동료들로부터 들은 이야기였다. 운영위가 고려 직원을 차출해간 예가 거의 없었기 때문에 동료들도 처음에는 그에게 거리감을 두었었다.

"내가 왜 안 대리를 데려왔는가는 알고 있겠지?"

이것은 간단히 대답할 수 있는 성질의 이야기가 아니다. 안인석이 잠자코 있자 그가 다시 얼굴에 웃음을 띠었다.

"이미 고려는 자네를 사생아 취급하고 있었어. 그것은 김상철과의 관계 때문이지."

"……."

"안 대리가 고려리아 지원을 하자 그들은 서슴없이 받아들였지. 고려전자의 오사카 지사에 근무시키는 것보다 고려리아에 보내는 것이 안전하다고 생각한 거야. 그들은 우리가 자네를 끌어갈 줄은 상상하지도 못했을 테니까."

"제가 할 일은 무엇 입니까?"

"잠자코 내말을 들어."

박찬홍의 얼굴이 굳어졌다. 표정이 순식간에 바뀌는 사내였다.

"자네, 오사카에서 만난 사람이 있지?"

"……"

"거기에서는 민태식이라고 전자제품 가게를 운영하고 있는 사내 말이야."

"……"

"처음에는 자네한테 자신이 야쿠자 관계자라고 접근해 왔을 거야, 그렇지?"

"그렇습니다."

"안 대리는 그자의 본색이 무엇이라고 생각하나?"

머리를 든 안인석이 결심한 듯 말했다.

"민태식은 자신이 조총련계라고 말했습니다."

"그렇다면 자네는 조총련계와 수시로 접촉하여 그의 지령을 받고 그에게 한국 기업의 정보를 넘겨준 셈이 되는데……."

"……"

"그를 어떻게 만났지?"

"대영그룹 소개로 만났습니다."

이제 숨길 것도 없다. 박찬홍은 이미 모든 것을 알고 있는 눈치이기도 했지만 그가 자신을 추궁하기 위해서 이러는 것이 아니라는 것을 느끼고 있었기 때문이다.

박찬홍이 머리를 끄덕였다.

"알고 있었어, 그것도. 그런데 안 대리, 민태식의 본색이 무엇인지 궁금하지 않나?"

긴장으로 눈을 크게 뜬 안인석을 향해 그가 말을 이었다.

"그는 조총련계에 침투해 있는 일본 정보 요원이야. 그자는 대영그룹의 핵심 간부들과도 밀접한 관계를 갖고 있어서 이번에 북한 측이 고려시의 사업장에 진출하는 데 큰 공적을 세웠지."

"……."

"일본 정보국은 고려리아 문제에 대해서 CIA와 긴밀한 협조체제를 유지하고 있어. 이만하면 우리가 자네를 끌어들인 이유를 이해할 수 있겠나?"

마른 입술을 혀로 축이며 안인석은 손바닥으로 이마의 땀을 훔쳐냈다. 이해하기에 앞서 온몸에 식은땀이 흘렀던 것이다. 이곳의 업무는 결코 단순한 것이 아니었다. 치열하고 살벌한 음모가 있었고 계략이 난무하는 곳이었다.

"김상철이는 지금 박미정을 데리고 잠적해 있어. 솔직히 우리는 그놈이 그렇게까지 무모한 놈인지는 예상하지 못했네."

박찬홍이 말머리를 돌렸다.

"안 대리가 제일 잘 알겠구먼. 그놈 성격이 전에도 그랬나?"

"그렇습니다."

머리를 끄덕인 안인석이 말을 이었다.

"박미정을 만나려고 그렇게 했다는 걸 전 이해할 수 있습니다. 잘 아시다시피 그 여자는 제 마누라가 되기 이전에 그 친구의 애인이었지요."

"……."

"제가 오사카에 있을 때에도 그 여자는 고려리아로 그 친구를 찾아간 적이 있습니다. 아직도 서로 잊지 못하는 사이지요."

"그렇군."

쓴웃음을 지은 박찬홍이 몸을 반듯이 세워 앉았다.

"이제 그쪽은 끝장난 인생들이야. 앞으로는 자네의 인생이 활짝 펴질 거야."

홍콩, 저녁 7시경의 시장 안은 소란스러웠고 번잡해서 옆 사람의 말소리도 들리지 않을 정도였다. 이곳은 공항 위쪽으로 아파트촌을 끼고 올라가다가 내륙으로 빠지는 길목에 세워진 시장이었는데 주로 채소와 어물이 거래되는 시장이었다. 펄펄 끓는 기름 솥을 걸어놓고 튀김국수나 삶은 고기를 파는 간이음식점 앞에 가득 모인 사람들은 선 채로 음식을 먹는다. 사람과 소음으로 가득 찬 시장은 활기에 넘쳐 있었다.

앞장을 서서 사람들을 헤쳐 가던 정기만이 문득 걸음을 멈추고는 옆쪽을 바라보았다. 시장 안에 있는 가게는 거의 간판도 없어서 그놈이 그놈 같이 보였으므로 그들은 시장을 두 번째 돌고 있는 참이었다. 그가 바라보는 어물 가게의 한쪽 구석에 푸른 종이등 한 개가 달려 있었는데 안에 켜진 전등 빛에 비춰진 흰 글씨가 드러났다. 대해(大海)였다. 좌우를 주의 깊게 둘러본 정기만이 앞장을 섰고 그의 뒤를 이한이 따랐다. 가게는 꽤 컸고 수십 종류의 생선이 산더미처럼 쌓여 있었다. 주인은 50대 중반쯤으로 보이는 비대한 체격의 사내였다. 한 손에 쇠갈퀴를 쥔 그는 들어서는 그들을 둥그레진 눈으로 바라보았다.

"어서 오십시오. 어떤 고기를 드릴까?"

그러면서 그는 그들을 쉴 새 없이 번갈아 바라보았다. 중국어에 능통한 정기만이 그에게로 한 걸음 다가가 섰다.

"채선생이시요?"

"예, 내가 채담이오."

안쪽의 지저분한 구석에서 나무상자를 내리던 사내들이 이쪽을 힐끗거렸다.

손님 서너 명이 들어왔으므로 사내들이 그쪽으로 다가갔다.

"블라디보스토크의 유리예프 씨 연락을 받으셨을 텐데."

정기만의 말에 그가 머리를 끄덕이더니 쇠갈퀴를 내려놓았다.

"조금 늦으셨군."

"찾기가 어려웠소."

작업복을 벗어던진 채담이 그들을 안내해간 곳은 시장 건너편의 주차장이다. 주차장에서 낡은 승용차를 몰고나온 그는 그들을 태우고는 이제 짙게 어둠이 덮인 밤길을 달렸다.

"필요한 건 뭐요?"

한동안 말없이 운전하던 채담이 문득 물었다. 승용차는 고가도로 위를 달려 와서는 주택가로 들어서고 있었다. 정기만이 주머니에서 종이쪽지를 꺼내더니 머리 위에 있는 실내등을 켰다.

"권총과 기관총 각각 5정에 실탄이 각 1000발과 3000발, 수류탄 20개, 로켓포와 포탄 10발, 저격용 소총 2정에 실탄, 야간투시경과 휴대용 무전기가 각각 5개."

채담이 표정 없는 얼굴로 머리를 끄덕였다.

"로켓포탄 종류는 어느 걸로 하시겠소? 물론 로켓포는 RPG 7V요, 러시아에서 나온 최신형이지."

"HEAT탄이오."

채담이 다시 머리를 끄덕였다. 그는 마피아로부터 무기를 수입해온 무기 상인이었다. 따라서 마피아의 무기 거래 책임자인 유리예프의 부탁을 거절할 입장이 아닌 것이다. 큰길에서 좁은 골목으로 꺾어져 들어가면서 채담이 입을 열었다. 가로등만 드문드문 켜진 한적한 길이었다.

"모두 합해서 미화로 5만 달러 되겠습니다. 유리예프의 부탁을 받아서 염가로 드리는 거요."

앞자리에 앉아 있던 정기만이 힐끗 이한을 바라보다가 머리를 끄덕였다.

"좋소. 물건이나 봅시다."

그날 밤, 침대에 누워 있던 박미정은 문이 열리는 기척에 소스라쳐 상반신을 일으켰다. 문은 안에서 잠그는 장치가 없었지만 이제까지는 사내들이 꼭 노크를 했고 늦은 시간에 들어오는 일도 없었던 것이다. 진 선생과 마른 사내가 방 안으로 들어서고 있었다.

"주무시는 중이군."

진 선생이 의자를 당겨 앉았으므로 그녀는 침대에서 일어나 반대쪽 의자에 앉았다. 잠옷차림에 맨발이었지만 옷을 갈아입을 상황이 아니다.

"무슨 일이세요?"

"김상철이 도착하기로 한 날이 내일이오."

그의 흐린 시선이 앞가슴에 닿자 박미정은 손으로 잠옷의 앞쪽을 여몄다.

"그래서 오늘부터는 이곳도 준비를 해둬야 할 것 같아서."

진 선생이 뒤에 서 있는 사내에게로 머리를 돌리더니 무어라고 짧게 중국어로 말했다. 그러자 사내가 박미정에게 다가왔는데 손에 들고 있는 것은 수갑이었다.

"왜 이러시는……"

얼굴이 하얗게 된 박미정이 더듬거리며 영어로 물었지만 사내는 얼이 빠져 반항도 하지 못하는 그녀의 두 손에 수갑을 채웠다.

"처음부터 이러려고 했지만 네가 너무 믿고 있어서."

진 선생이 입술만으로 웃었다.

"너한테도 다행한 일이지. 고생을 덜 한 거야, 그동안."

"당신은 누구요?"

그녀가 겨우 그렇게 묻자 진 선생이 다시 웃음을 띠었다.

"난 마파척이라고 살인전문가다. 영어의 킬러라는 표현은 너무 가볍다고 생각해."

"……."

"널 미끼로 김상철을 부르는 오래 된 수법을 쓴 거야. 꽤 오래 공을 들였어."

박미정이 수갑 찬 두 손을 들어 잠옷의 앞자락을 여며 쥐었다. 의자에 앉아 있었지만 다리가 떨리는 바람에 온몸이 흔들리는 것 같이 느껴졌다. 마른 사내가 우두커니 서 있다가 소리 없이 방을 나갔다.

"소리를 질러도 들여다볼 사람도 없지만 만일 그런다면 입에다 테이프를 붙여 두겠다. 그러니 그대로 침대로 들어가."

마파척의 목소리는 낮았지만 이제 박미정에게는 섬뜩하게 들렸다.

"난 김상철을 없애기로 오래 전에 계약을 했어. 그 계약은 김상철이 죽어야만 무효가 되는 거야."

그는 의자에 등을 기대고는 박미정을 똑바로 바라보았다.

"김상철이 오기로 한 날이 내일이다. 그놈은 네가 미끼가 되어 있다는 연락을 받고는 홍콩으로 오겠다고 했어. 그럴 줄 예상은 했지만 꽤 어리석은 놈이야."

"……."

"대개 철부지 놈들은 신의나 의리, 또는 여자에 대한 책임 등의 우스꽝스러운 이유로 목숨을 걸지. 김상철 그놈도 예외일 리가 없으니까."

"나쁜 놈."

아직도 몸이 떨렸지만 기를 쓰고 눈을 치켜뜬 박미정이 말했다.

"나한테 그런 거짓말을 하다니……."

그러자 마파척이 다시 웃었다.

"하긴 너도 그런 셈이지. 김상철이 찾는다는 말에 모든 것을 내던지고 날 따라온 입장이니까. 김상철과 오십 보 백 보로군."

"나쁜 놈."

이를 악문 박미정이 어깨를 떨었다.

"그는 나를……."

"너를 위해서는 그래도 다행이다. 김상철이 오지 않았을 경우를 생각하면 말이야."

마파척은 분위기를 즐기고 있는 것처럼 보였다.

"아마 그렇게 되었다면 너는 두 번 죽었을 테니까."

자리에서 일어난 마파척이 가볍게 손뼉을 치자 마른 사내가 들어왔다.

"이 여자를 침대에 눕히고 다리에도 수갑을 채워라."

그는 박미정의 몸을 위아래로 훑어보았다.

"그리고 입에도 테이프를 붙여둬라. 마음이 바뀌었다."

"결국 홍콩에서 꼬리가 드러났군."

이렇게 낮은 목소리로 말한 것은 홍기천이다. 그는 오늘도 물 컵으로 보드카를 마시고 있는 중이었다. 안쪽의 아편방은 조용했다. 새벽 1시가 넘어 있어서 새 손님을 받지 않기 때문이었다. 오늘은 양필성도 대작을 하고 있었으므로 술잔을 쥔 그가 입을 열었다.

"채담이 한국어로 쓰인 무기목록을 보았답니다. 그리고 총기를 각각 다섯 정씩 주문한 것도 아귀가 맞습니다."

"그쪽은 네 명 아닌가?"

"한 정은 예비로, 아니면 숫자를 감추기 위해서 그럴 수도 있지요."

물 컵을 들어 서너 모금의 보드카를 삼킨 홍기천이 더운 숨을 뿜어냈다.
"마피아 쪽에서 연결을 시켜준 것도 들어맞는다. 블라디보스토크에 송길수가 두목급 간부로 있으니까. 김상철이 송길수한테 부탁했을 것이다."

채담은 삼합회 간부였다. 그는 마피아로부터 무기를 수입해서 필리핀이나 캄보디아 등 제3국으로 팔아 막대한 이익을 남기는 삼합회 소속의 무기상인 것이다. 유리예프로부터 비밀을 지키라는 당부를 받았지만 채담이 즉각 총회에 보고를 한 것은 이 일이 마피아와 삼합회가 관련된 일이 아니라는 것을 짐작했기 때문이다. 관계된 일이라면 자신이 삼합회원인 줄로 알고 있는 유리예프가 그런 거래를 주선할 리도 없는 것이다. 총회로부터 정보를 받은 홍기천과 양필성은 채담한테서 무기를 사간 자들이 김상철의 일행이라는 것에 의견일치를 보고 있었다.

"자, 그렇다면 홍콩에서 전쟁이 터질까?"

술잔을 내려놓은 홍기천이 양필성을 바라보았다. 마파척을 찾아 김상철이 홍콩에 간 것이다.

다음 날 아침, 홍콩 메리디안 호텔의 객실 안이다. 전화벨 소리에 잠에서 깬 김상철은 누운 채로 수화기를 들었다.

"여보세요."

"자고 있나?"

사내의 목소리에 김상철은 일어나 앉았다.

"누구십니까?"

"당신을 기다렸던 사람이야."

"그럼, 당신이 바로……."

"박미정을 데리고 있는 사람이지."

익숙한 영어를 쓰고 있었지만 사내에게서는 동양인식 억양이 느껴졌다. 사내가 말을 이었다.

"내 목적은 단 하나, 네 목숨이야. 그것은 알고 있지?"

"알고 있다. 나도 알고 싶은 것이 단 하나 있는데, 너는 누구야?"

"곧 알게 될 테니까 서두르지 마."

"이제 내가 왔으니 여자는 놓아줘도 될 텐데, 그렇지 않아?"

"그럴 수도 있지. 이제 넌 시체로밖에 홍콩을 벗어날 수 없을 테니까."

"……"

"선택권은 나에게 있어. 넌 요구조건을 내놓을 입장이 아니야."

"넌 비열한 놈이다."

자리에서 일어난 김상철이 수화기를 귀에 댄 채로 옷을 입었다.

"네가 마피아도, 북한계도, 삼합회 소속도 아니라는 걸 알고 있어. 넌 명분도 없이 날뛰는 쓰레기 같은 놈이라는 것도."

"잘 아는군."

사내가 목구멍을 울리며 웃었다.

"수단과 방법을 가리지 않고 목적을 달성하는 사람이야, 나는."

"……"

"너한테 개인적인 원한은 없다. 다만 나는 사자(死者)와의 약속을 지키려는 것이다."

사내의 말투가 조금 빨라졌다.

"시계를 보아라."

김상철이 탁자 위에 놓인 손목시계를 들어보았다. 아침 7시 20분이다.

"지금 몇 시냐?"

"7시 20분."

"당장 옷을 입고 그곳을 떠나. 왜냐하면 내가 홍콩 경찰당국에 너를 신고했기 때문이야. 아마 곧 경찰이 그곳에 들이닥칠 거야."

"……."

"네 이름을 댔으니 더 빠를지도 모르지."

이를 악문 김상철의 귀에 사내의 목소리가 다시 울렸다.

"다음 목적지는 구룡 반도 입구에 있는 성화 호텔이다. 내가 10시 정각에 다시 그곳으로 전화를 하겠다."

전화가 끊기자 김상철은 저고리를 걸치고는 구두를 신었다. 어쩔 수가 없는 상황인 것이다.

<2부 계속>